JN056785

本格ミステリ・エターナル300

探偵小説研究会■編著

行舟文化

本格ミステリ・エターナル300

探偵小説研究会
編著

CONTENTS

COLUMN

まえがき

本書『本格ミステリ・エターナル300』は、探偵小説研究会が二〇〇二年に刊行した『本格ミステリ・クロニクル300』、二〇一二年に刊行した『本格ミステリ・ディケイド300』に続くシリーズ第三弾である。前二著は原書房から刊行されたが、今回は版元をあらためて行舟文化からの刊行となる。

シリーズ第一弾の『クロニクル』は新本格スタートの年から十五年目まで、具体的にいえば一九八七年から二〇〇二年までを振り返るブックガイドだった。続く『ディケイド』は、二十一世紀に入ってからの本格ミステリの激動ぶり、新作家の登場の多さなどを鑑みた結果、十五年という区切りではなく十年というスパンを設定して、二〇〇一年から二〇一〇年までの間に発表された作品を対象としている。

今回の『エターナル』も十年というスパンで区切ることを踏襲し、二〇一一年から二〇二〇年までの間に発表された作品を対象とする予定であったが、諸般の事情で編集がずれ込んだため、二〇一一年から二〇二一年までの間に発表された作品を対象とし、さらに二〇二三年の上梓であることを鑑みて、二〇二二年における斯界の動向を巻末のコラムで補っている（書影や版元名表記は二〇二三年八月時点のデータであることをお断りしておく）。

二〇一一年からの十年は、『ディケイド』で対象とした時期以上に、本格ミステリ界における地殻変動が激しい時期ではなかったかと思われる。それは特に「推理」の位相や「世界／異世界」への関心の現われや変化に見て取れるのではないかと考えられる。その二〇一〇年代の国内本格シーンを振り返り、総括し、次の十年への展望を示す座談会を付すと共に、それをフォローする意味で、用語集的なコラムを付した。『ディケイド』でも試みた、映像、ゲーム、ライトノベル（Ｗｅｂ小説やライト文芸を含む）、コミック、時代小説、海外、復刊など、この十年間における動向を振り返るコラムは、本書でも踏襲している。

表題に用いた〈エターナル〉eternalは「永遠の、不変の、不滅の、無限の」というふうに、時間を超えて存在する永遠性を表わす形容詞句である。名詞句になると「不滅の存在」という意味にもなるが、形容詞として使う場合は、永遠に終わらない、という言い回しで訳されることもある。一九八七年に「復活」した本格ミステリは、表層の部分では、さまざまな変化を繰り返しているものの、その核となる部分はまさに永遠に変わらずに存在し続け、現在までバトンが渡され続けているのではないか。本格ミステリのムーヴメントは永遠に終わらない、そして本格ミステリのスピリッツは不滅である、そういう意味を込めたタイトルになっているかと思うが、その変わらないものとは何なのか。本書を通読することで浮き彫りになってくるはずだ。

ゼロ年代に続くほぼ十年間に、国産本格ミステリがどのような作品を生み、どのような経過を辿ったのかを簡単に振り返ることが可能になるようにしたのは、先の二冊と同様である。本書はさらに、一九八七年から続くムーヴメントの時期に生まれた次世代の読者にとって、ムーヴメントに同伴してきた人間にとっては常識であり、暗黙の了解になっていることが、理解しにくくなっているであろう現状を鑑みて、これから書き手になるかもしれない若い世代に対する指針となることも意識しながら編集されている。未知の作家・作品を探す手掛かりとして、また、ゼロ年代以降の本格を外観する見取り図としてはもちろん、あらためて本格ミステリとは何なのかを問い直し、理解を深めるツールとして、活用していただければ幸いである。

探偵小説研究会

【凡例】

各作品の刊行月日については、各年の扉に記し、ガイド部分はタイトルと著者名、最新版の書影を掲載している。

本書は２０２３年８月現在の情報に基づいている。

2011

城平京『虚構推理』　2011.05.09
皆川博子『開かせていただき光栄です』　2011.07.15
法月綸太郎『キングを探せ』　2011.12.07

玩具堂『子ひつじは迷わない』　2011.01.29
千澤のり子『シンフォニック・ロスト』　2011.02.07
中山七里『連続殺人鬼カエル男』　2011.02.18
東川篤哉『放課後はミステリーとともに』　2011.02.25
静月遠火『真夏の日の夢』　2011.02.25
高井忍『柳生十兵衛秘剣考』　2011.02.25
加賀美雅之『縛り首の塔の館』　2011.03.07
我孫子武丸『眠り姫とバンパイア』　2011.03.16
小島正樹『龍の寺の晒し首』　2011.03.24
沢村浩輔『夜の床屋』　2011.03.25
田中啓文『真鍮のむし』　2011.03.25
三上延『ビブリア古書堂の事件手帖』　2011.03.25
麻耶雄嵩『メルカトルかく語りき』　2011.05.09
化野燐『鬼神曲』　2011.05.25
門前典之『灰王家の怪人』　2011.06.08
倉野憲比古『墓地裏の家』　2011.07.10
貴志祐介『鍵のかかった部屋』　2011.07.30
彩坂美月『夏の王国で目覚めない』　2011.08.15
岸田るり子『白椿はなぜ散った』　2011.08.20
山形石雄『六花の勇者』　2011.08.25
倉阪鬼一郎『五色沼黄緑館藍紫館多重殺人』　2011.09.06
東野圭吾『マスカレード・ホテル』　2011.09.10
長沢樹『消失グラデーション』　2011.09.30
京極夏彦『ルー=ガルー２』　2011.10.14
笠井潔『吸血鬼と精神分析』2011.10.20
北森鴻・浅野里沙子『邪馬台』　2011.10.30
乾くるみ『嫉妬事件』　2011.11.10
黒田研二『さよならファントム』　2011.12.06
北山猛邦『猫柳十一弦の後悔』　2011.12.06
似鳥鶏『いわゆる天使の文化祭』　2011.12.16
中山七里『贖罪の奏鳴曲』　2011.12.21

虚構推理

城平京

講談社タイガ

グラビアやバラエティ番組で活躍していたアイドル・七瀬(ななせ)かりんは、父親殺しという黒い疑惑のために、仕事を休止して身を隠しているさなか、マンション建設予定地で建築資材の鉄骨の下敷きとなって死んでいるのが発見された。マスコミに追われていたアイドルの変死とあって、話題にはなったものの、限りなく自殺に近い事故として決着がついていた。ところがしばらくして、鉄骨を抱えてアイドルのような格好をした顔のない女性の亡霊が、深夜に目撃されるようになり、〈鋼人(こうじん)七瀬〉という二つ名がつけられてネットで話題となっていた。はたして鋼人七瀬は真の怪異なのか、それとも愉快犯による悪戯なのか……。

このように紹介すると、怪奇現象に合理的な説明を与える〈段差の美〉を追求した本格ミステリだと思われるかもしれないが、さにあらず。いずれも異能の持ち主である二人――岩永琴子(いわながことこ)と桜川九郎(さくらがわくろう)をトラブルシューターに据えた本作品は、都市伝説が誕生した原因を論理的に説明するだけでなく、都市伝説が真の怪異となって現実世界に影響を与えるのを防ぐために、真実ならぬ物語的な〈真実〉を多重に提示することによって、事態の収束を図る物語なのである。

あるいは本作品を、怪奇幻想ジャンルに括ってしまう読者もいるかもしれない。だが「論理と想像と妄想を駆使して都市伝説を合理的に説明する面白さ」とは本格ミステリの面白さそのものではなかったか。物語的な虚構の推理を次から次へと繰り出す様は、多重解決ミステリそのものだ。それだけではない。「理屈を費やし、ひとつひとつが説得力を持っていても、重なる分だけ真実をいっそう不確かにし」ていく多重解決の特質が戦略的に使用されることで、多重解決趣向を脱構築するメタミステリ的な面白さすら醸し出している。

第一二回本格ミステリ大賞を受賞した本作品は、最初『虚構推理　鋼人七瀬』と題して上梓され、文庫化の際に改題して後、続編が書かれ、まんが化され、ついにはアニメ化されるに至った。ネット社会を背景としたポスト・トゥルースや陰謀論といった問題系ともリンクする、二十一世紀ふたつめの十年紀の幕開けを告げるにふさわしい問題作だ。（横井）

開かせていただき光栄です

皆川博子

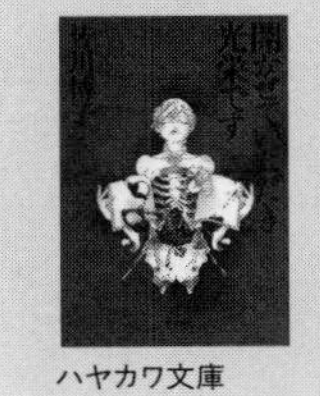

ハヤカワ文庫

解剖学が異端視されていた一八世紀のロンドンを舞台にした本書は、第一二回本格ミステリ大賞の小説部門を受賞しており、著者の数多いミステリの中でもベスト級といえる。

外科医ダニエルの五人の弟子は、妊娠した準男爵の令嬢の解剖中に警察に踏み込まれ、遺体を暖炉の奥に隠した。ところが一難去って遺体を取り出すと、手足を切断された少年と顔を潰された男の死体に代わっていた。この事件を担当する盲目の治安判事フィールディングと判事の目を務める男装の秘書アンは、ダニエルと弟子たちに捜査協力を依頼する。

被害者の少年は、詩人になる夢を抱いてロンドンに出てきたネイサンで、ネイサンが発掘した貴重な古詩の秘密が事件と関係している可能性が浮上する。ネイサンは、ダニエルの弟子エド、ナイジェルと交流していたことも分かってくる。

捜査が進む間にも、体に暗号らしき刻印がある死体が増え、最有力の容疑者が変則的な密室で殺され、ダニエルの弟子の一人が犯行の自白を始めるなど、不可解な状況が続く。

こうしたミステリのパートだけでも十分に面白いのだが、著者は産業革命で発達した資本主義が生み出す社会のひずみも徹底した時代考証で活写していく。ネイサンや探偵役のエドたちの過去を通して、上流階級の退廃と下層階級の悲惨な生活、裁判の結果さえも金で買える司法の腐敗なども浮かび上がるが、それを英国流の皮肉がきついジョークやユーモアを交えて提示しているだけに、悲劇が際立って感じられる。こうした社会の〝闇〟には現代の日本とも無縁ではないものもあるので、身につまされる読者も少なくないのではないか。

終盤になると、ミステリとは無関係に思えた時代考証やエピソードまでを伏線に使って驚くべき真相が導き出されるので、本格ミステリとしてはもちろん、社会派推理小説、医療ミステリ、時代小説、諷刺小説、キャラクター小説としても完成度が高く、すべての読書好きが満足できるはずだ。

エドの物語は、謎の文章が書かれたナイジェルの死体が見つかる『アルモニカ・ディアボリカ』、エドが独立戦争中のアメリカで投獄される『インタヴュー・ウィズ・ザ・プリズナー』の三部作で完結した。（末國）

キングを探せ

法月綸太郎

講談社文庫

繁華街のカラオケボックスに集まった四人組。偶然の出会いから集まった四人だが、それぞれに殺害したい人間がいたため、リーダー格の案内のもと、四重の交換殺人を計画することに。トランプのカードでターゲットと殺人の順番を決めていく。そうして選ばれた一人目「夢の島」は、押し込み強盗のふりをして老人を絞殺し、札束を持ち帰る。その代わりに、うつ病で悩む妻を殺害してもらう事になっていた。

一方、自宅に帰宅した法月警視の機嫌がわるい。綸太郎が水を向けると、うつ病で通院していた女性が殺害され、同じ病院の通院者と女性の夫が容疑者として浮かぶも、ふたりともアリバイがあり、捜査が振り出しに戻ったのだという。詳しい事件の背景を聞いた綸太郎は、容疑者が持っていたトランプから、この事件が一対一の交換殺人ではなく、三重の交換殺人ではないかという仮説を提示するのであった。

『生首に聞いてみろ』から約七年、名探偵・法月綸太郎シリーズ第八弾として刊行された本書は、その年の「本格ミステリ・ベスト10」で第一位を獲得したほか、各ミステリランキングでも上位ノミネートするなど、高く評価されている。同年度のミステリ作品や著者の過去の長編と比較しても、コンパクトな作品であるが、一方で本格の硬度は勝るとも劣らない。さらにいうならば、著者には「ダブル・プレイ」や「リターン・ザ・ギフト」といった短編の交換殺人ものがあるが、本作はその決定版といってよいはずだ。本作は四重交換殺人という破格のプロットを構築すべく、さまざまな方法で目眩ましを配し、捜査陣や読者を幾重にも騙しぬく搦め手を隠している。また連続殺人が現在進行中であることから、能動的に容疑者を追い込むことができ、緊張感ある本格舞台を演出できる。もちろん読者もその臨場感に身を委ねるだけでなく、自ら推理の歩みを進めなくてはならない。綸太郎の仮説を理解するだけでも脳内の卓上に事件の構図を用意する必要があるからだ。そう推理しても、多くの読者がキングを見つけることはできなかったはずだ。しばしば古風な本格譚と卑下している著者だが、他の作品含めて極めて現代的な本格を画策していることは、もはや明らかだろう。（蔓葉）

子ひつじは迷わない
回るひつじが2ひき

玩具堂

角川スニーカー文庫

生徒会が始めた、生徒のお悩み相談「迷わない子ひつじの会」。生徒たちから持ち込まれる奇妙な謎に、書記の成田真一郎と佐々原三月が、隣の部屋にいる幽霊文芸部員・仙波明希に相談しに行くと、仙波はたちまち謎を解き明かしてしまうのだが……というフォーマットの学園青春ミステリ。

シリーズ全六巻のうち、ミステリファンに最も評価が高いのが、この二巻に収録されている「VSかぐやテスト」である。国語の試験問題についてのやりとりで親しくなったカップル未満の文芸部員。交際するか否かを、彼女の作った現代文の読解問題を解けるか否かで決めることになったのだが、問題を解くのに必要な情報がどう読んでも本文に書かれていない……。たったひとつ見方を変えることで全ての設問が論理的に解決されていく過程に加え、なぜこのような問題を出題したのか、というホワイダニットの一撃が鮮やかな快作だ。謎を解くことと、問題を解決することの違いをめぐる青春ミステリとしても見逃せない。ほか、京極夏彦的な奇想が炸裂する長編の四巻、一種のミステリ論でもある五巻収録の「EX『々人事件』」なども要注目。（浅木原）

シンフォニック・ロスト

千澤のり子

講談社ノベルス

都内にある北園中学校。吹奏楽部でホルンのパートリーダーを務める二年生の泉正博は、フルート奏者の一年生、市ノ瀬愛絵と、土手を並んで歩くだけの淡い交際をしていた。自主練にも力を入れている。約二ヵ月後、三月二十五日には、1stホルンのソロで始まる『亡き王女のためのパヴァーヌ』を定期演奏会で披露する予定なのだ。しかし彼の演奏はなかなか上達しない。そんな中、「部内でカップルができると片方が死ぬ」という噂がどこからともなく広がり、実際に吹奏楽部から死者が出てしまう……。

学園ミステリは高校を舞台にしたものが圧倒的に多いが、著者は単独名義でのデビュー長編『マーダーゲーム』（二〇〇九年）では小学校を、本書では中学校をあえて舞台に選んでいる。小学生はまだまだ「子供」、中学生も「半分子供」である一方で、短期間に思わぬ成長を遂げたりする。登場人物の言動に仄見える、それぞれの身心の「成長痛」が、リアルで生々しい。そして相次ぐ事件は意外な形で幕を下ろす。

あなたは再読時にフェアな伏線をいくつ発見できるだろうか。著者との本当の勝負は読了後に始まる。（市川）

連続殺人鬼カエル男

中山七里

宝島社文庫

十二月一日、埼玉県飯能市にある住民のほとんどいないマンションの十三階廊下で、吊るされた女性の全裸死体が発見された。被害者は鈍器で殴打された後に絞殺され、現場には「かえるをつかまえたよ」という犯行声明文のようなメモが残されていた。埼玉県警の渡瀬と古手川を中心に警察は捜査にあたるが、短期間で連続殺人に発展する。事件は飯能市民を名字の頭文字から五十音順に殺害しているとみなされたが、犯人「カエル男」の正体はつかめないままだった。

第八回『このミステリーがすごい！』大賞を受賞した著者の『さよならドビュッシー』（原題は『バイバイ、ドビュッシー』）と同年に最終選考に残った「災厄の季節」が改題され、出版に至った。二〇一八年に続編『連続殺人鬼カエル男ふたたび』を刊行、二〇二〇年にはテレビドラマ化もされている。

実在する街を舞台にし、刑法第三十七条や児童虐待などの社会問題と絡め、動機や手がかりが現実味を帯びていることにより、生理的嫌悪感を及ぼしかねないほどの残虐性が日常的に起こり得ることを予見させる。古典海外作品を逆手にとって、さらにひっくり返した意外性にも要注目だ。（羽住）

放課後はミステリーとともに

東川篤哉

実業之日本社文庫

『学ばない探偵たちの学園』（二〇〇四年）に始まる鯉ヶ窪学園探偵部シリーズの番外編第一作。鯉ヶ窪学園探偵部副部長であり、名探偵にあこがれる霧ヶ峰涼が、学園内外で起こる事件に挑む。

廊下から消える犯人、部屋から消失する人物、混入経路不明の毒など、各話で扱っている謎はオーソドックスなもの。しかし、結末でツイストを見せていくところが読みどころである。とりわけ、「霧ヶ峰涼の屈辱」と「霧ヶ峰涼の逆襲」は、短いながらも当初の予想から大きく外れたところに着地するテクニカルな作品。主人公がプロ野球ファン（正確には広島カープファン）であるため、そこかしこに野球ネタが仕込まれているが、それも謎解きと絡むことがあるため油断できない。

また、ＵＦＯ騒動を扱った「霧ヶ峰涼とエックスの悲劇」など、この舞台設定・キャラクターでなければ成立しないようなトリックもあり、ユーモアと謎解きを骨がらみにするという著者の特徴は本作でも存分に発揮されている。続編『探偵部への挑戦状』（二〇一三年）もぜひ。（諸岡）

真夏の日の夢

静月遠火

メディアワークス文庫

外部から閉ざされた狭い増改築住宅で、男女混交七人が一ヶ月の共同生活をするという心理実験のバイトに参加することになった修太郎ら大学劇員たち。特殊な状況ながら劇団員との舞台稽古に専念できる環境で、修太郎は充実した日々を送っていた。だが一週間ほどが過ぎたある日、その中の一人が突然姿を消し……。

心理実験という特殊状況を利用して、自然なクローズドサークルを現代の都市に現出せしめた集合住宅ものの「館」ミステリ。舞台を活かしたトリックや、ある古典的なトリックのアレンジも巧みで、文庫判三百頁に満たない分量ながら、エンタメ×ミステリ全部乗せという豪華な仕上がりである。読者は演劇に情熱を捧げる青春群像劇を気楽に愉しみ、修太郎らも楽しく日々を過ごす、だがその背後で何が進行しつつあったのか、といったホワイダニットミステリとしても強い印象を残してくれる。終盤に詰め込められた怒濤の解決編を読めば、何気ない記述の数々に幾多の伏線やミスリードが丹念に仕込まれていたことに気付かれることだろう。ライトな読み味ながら読者を見事に翻弄する快作だ。（嵩平）

柳生十兵衛秘剣考

高井忍

創元推理文庫

笹沢左保の短編「鬼神の弱点は何処に」は、剣豪小説と本格を鮮やかに融合していた。この伝統を継承、発展させたのが、柳生十兵衛と女武芸者の毛利玄達が、秘剣が関係する不可能犯罪に挑む『柳生十兵衛秘剣考』である。玄達は十兵衛ほど有名ではないが、講談の世界では寛永御前試合で吉岡又三郎と戦い、得意の手裏剣術で十兵衛を翻弄した達人とされている。ただ玄達を女性にしたのは、著者の独創である。

「兵法無手勝流」は、渡し舟でからんできた男を驚くべき方法で撃退した塚原卜伝の有名な逸話を模倣した武芸者は誰かが議論される。被害者の足跡しかない泥地という密室状態で発見された死体が、遠くの敵を斬る秘剣で殺されたのかを推理する「深甚流〝水鏡〟」は、戸部新十郎の短編「水鏡」と併せて読むとより楽しめる。小笠原源信斎の一番弟子と宮本武蔵が対決する「真新陰流〝八寸のべがね〟」は、十兵衛も恐れる秘剣を武蔵が破った方法が軸となっている。

派手な活劇と、有名な剣豪や秘剣のエピソードを利用した魅惑的な謎は、剣豪小説ファンも楽しめる。続編として『柳生十兵衛秘剣考　水月之抄』が刊行されている。（末國）

縛り首の塔の館
シャルル・ベルトランの事件簿
加賀美雅之

講談社ノベルス

パリ警視庁を牛耳る予審判事シャルル・ベルトランが関わった五つの事件を収めた短編集。表題作は衆人環視の霊媒師による遠隔殺人、「人狼の影」は狼男による猟奇連続殺人、「白魔の囁き」は伝説の巨人による高所からの落下死、「吸血鬼の塔」は吸血鬼と疑われた家庭教師がらみの墜死、「妖女の島」は魔女の呪いによる密室殺人と、いずれも超自然現象が絡む奇怪な事件の顛末が、甥パトリック・スミスの筆によって語られる。古風ながらいずれも直球のド本格だ。

探偵役の設定や、オカルトがらみの不可能犯罪など、ディクスン・カーの影響は明らかで、「縛り首の塔の館」が『読者よ欺かるるなかれ』、「人狼の影」が『夜歩く』を彷彿させるほか、「あとがき」によれば「吸血鬼の塔」は『囁く影』、「妖女の島」は『火刑法廷』に挑戦したものだという。アルジャーノン・ブラックウッドへの関心もまた、カー由来の怪奇趣味といえようか。作者のデビュー作が刊行された同年にポール・アルテが『第四の扉』によって本邦初紹介されており、日仏両国のカーへのリスペクト作品が並んだのは、これも因縁というべきものだろう。（横井）

眠り姫とバンパイア
我孫子武丸

講談社文庫

小学五年生の相原優希は、クリスマスイブの夜、窓を叩く音で目を覚ました。パパが、ママに内緒で三年ぶりに帰って来てくれたのだ、バンパイアとなって。

この話を聞いた家庭教師の荻野歩実は、前任者に相原家の家庭環境について問い合わせる。そこで判明したのは、優希の父親は三年前に交通事故で死んでいるということだった。当時の新聞にも記事が掲載されており、母親も夫は死んだと語る。優希の話は突然の悲劇から現実逃避をするための妄想なのか。しかし、優希の様子を見るとそうとも思えない。歩実はさらに調べを進めていく。

講談社「ミステリーランド」のために書き下ろされた一作。優希視点の章と歩実視点の章が交互に配置され、前者で提示された相原家に関する謎が、後者で検証される形で進んでいく。一介の家庭教師がどこまで生徒のプライベートな領域に踏み込むかは難しい判断が必要だ。しかし、歩実はほとんど迷わない。それは謎を解くことが優希たち家族が次のステージに進むために必要であることを確信しているからだ。本作は謎解きを介した家族の回復を描いている。（諸岡）

龍の寺の晒し首

小島正樹

南雲堂

群馬県北部の寒村で、翌日に結婚式を控えた花嫁の首なし死体が発見される。現場は密室状態にあったが、切られた首はそこから消えており、村にある寺のひとつ龍跪院の境内で発見された。続いて花嫁の友人の首なし死体が発見され、切られた首はまたしても龍跪院で発見される。しかも発見時、龍跪院の撞木堂に設置してある陶製の龍が浮き上がるという怪異が目撃されていた。そして、ついに第三の首切り殺人が起きる……。

密室状況からの首の消失に加え、第二の被害者の首が周辺各地に出現したり、寺院の各所に設置された装飾の龍が血反吐を吐いたり、宙に浮いたりするといった奇想や怪現象が、これでもかといわんばかりに盛り込まれ、合理的に説明されるという趣向、さらには、獄卒鬼の馬頭に襲われるという奇怪な体験を綴る手記や寺社縁起などの読み解きなどを通して、真相が二転三転するプロットを構築する手腕は、この作者ならではの特色に満ちている。本作品は名探偵・海老原浩一シリーズの一編だが、のちに独立してシリーズ化される浜中康平刑事の初登場作としても見逃せない。（横井）

夜の床屋

沢村浩輔

創元推理文庫

大学生の佐倉は、友人の高瀬と行楽中に道に迷った末、無人駅に辿り着いた。舎内で夜を明かそうとしたら、理髪店が営業していることに気付き、興味本位で来店する。なぜこんな時間に店を開けているのか。店主は「予約してきた客のためだ」と語ったが、翌朝に訪れた町の喫茶店で出会った記者から、理髪店は廃業していると聞く。

本書は第四回ミステリーズ！新人賞を受賞「インディアン・サマー騒動記」を表題作にした連作短編集で、文庫化の際に改題された。七夕の日に再会を誓った少年少女のエピソードが異常な心理に発展する「空飛ぶ絨毯」、近所に住む小学生からドッペルゲンガーの捜索を頼まれる「ドッペルゲンガーを捜しにいこう」、近々売却予定の別荘に招待されたことから壮大な物語に巻き込まれていく中編「葡萄荘のミラージュⅠ」「葡萄荘のミラージュⅡ」「『眠り姫』を売る男」（第三回同賞最終候補作）「エピローグ」が収録されている。

ファンタスティックな事象を、会話中心のロジックで現実的に解明するスタイルを取りながら、逆に非現実世界へと誘う。まさに「奇妙な世界」の集大成となる作品だ。（羽住）

真鍮のむし
永見緋太郎の事件簿

田中啓文

創元推理文庫

ジャズバンド・唐島英治クインテットのテナーサックス奏者・永見緋太郎がジャズがらみの事件の謎を解く「永見緋太郎の事件簿」のシリーズ第三弾であり、現時点での最終巻でもある。単行本の時の原題は『獅子真鍮の虫』。今回は表題作の短編から唐島英治と永見緋太郎がアメリカに渡る。ニューヨーク、シカゴ、ニューオーリンズのさまざまなところで、まるで武者修行のようにセッションを重ね、人々と関わり、ジャズの真髄を感得してゆく。「ぬるい」本格なのかもしれないが、むしろ本格にはこんなこともできるという可能性を広げた連作短編といえるだろう。楽しいジャズ小説でありながら、かつ本格ミステリでもあるという贅沢さである。

連作短編の各話の間に挿入された「田中啓文の『大きなお世話』的参考レコード」という文章が、程よいジャズガイドになっていて、それも楽しい。小説の中でも現実のジャズの巨人をめぐるエピソードと、フィクションとしてのエピソードが巧みに織り交ぜられていて、世界観の醸成に見事に成功している。これで一旦終了というのは残念で仕方がない。「永見シリーズ、もっと読みたいぞー」。（浦谷）

ビブリア古書堂の事件手帖
栞子さんと奇妙な客人たち

三上延

メディアワークス文庫

古今東西、古書を題材にしたミステリは多いが、日本で最も幅広い人気を獲得したのは間違いなく本書である。

トラウマで本が長時間読めない五浦大輔は、祖母の遺品の『漱石全集』に書かれているのが本当に夏目漱石の署名かを確かめるため、北鎌倉のビブリア古書堂を訪ねる。入院中の店主・篠川栞子に会った大輔は、署名に隠された秘密を聞くことになる。栞子に誘われビブリア古書堂で働き始めた大輔は古書が関係する事件に巻き込まれ、それを入院中の栞子が推理するので安楽椅子探偵ものになっている。最終話では、栞子が入院した原因と古書マニアの狂気が明らかになる。

取り上げられる古書は有名作家の名作が多いので親しみやすく、栞子が古書の専門知識を駆使した推理で浮かび上がらせる愛書家たちの人間ドラマも物語に奥行きを与えていた。

本書はシリーズ化され第七巻で完結したが、栞子の娘・扉子が登場する第二シリーズが現在も継続中である。ミステリ好きには、乱歩の古書コレクションが事件にからむ第四巻、二〇一八年に初めて単行本化された横溝正史の『雪割草』をめぐる謎が描かれる第二シリーズのⅡがお勧めだ。（末國）

メルカトルかく語りき

麻耶雄嵩

講談社文庫

巻頭の「死人を起こす」では一年前の事件の捜査を依頼されたメルカトルが大遅刻。その間に新たな事件が起きてしまう。メルは信じてもいない犯人を指摘してお茶を濁すが、実はそれが正解なのである。読者代表というか、先頭に立って否定するはずの登場人物が反論できない形になっている点が巧妙。続く「九州旅行」では美袋(みなぎ)の住むマンション内で殺人事件が発生。警察への通報を三時間遅らせて、その間にメルが真相を明らかにするのだが、なぜか美袋がピンチに陥る。しかしその二編はまだおとなしい方で、残る「収束」「答えのない絵本」「密室荘」では、『夏と冬の奏鳴曲(ソナタ)』を書いたあの麻耶雄嵩が読者に牙をむく。

　消去法で導き出される真相など、作者のパラメータの与え方次第だということを「収束」で明らかにしたあと、ではそのパラメータが狂っていたらどうなるかを問うたのが「答えのない絵本」「密室荘」の二編である。この種の思考実験を任せるのに「銘探偵」ほどふさわしい人物はいないだろう。ひとり極北の涯てに辿り着いた麻耶は、誰も見たことのない荒涼とした景色を読者に提供する。それが本書だ。（市川）

鬼神曲

考古探偵一法師全の不在

化野燐

角川文庫

遺跡発掘バイトの古屋は、学芸員・呉(くれ)の求めで島根の〝鬼の墓〟なる古墳まで運転手としてかり出される。そこでは古代史研究会の面々が最近発見された片目の鬼の骨の研究をしていたのだが、その骨が盗まれてしまう。更に自分の恋人を生贄にしたという元同好会の笹野という人物が度々目撃されるという不穏な空気の中、ついに宿泊した鬼面館で殺人が……。

　考古探偵一法師全(いっぽうしぜん)シリーズ第二弾にして、その名探偵不在の事件。そして、首きり殺人・足跡なき殺人・消えた凶器・空中での死・密室殺人・定説を覆す歴史ミステリ・クローズドサークル・怪人趣味など、ガジェット盛り盛りの本格ミステリでもある。読みやすい軽めのキャラミステリながら、民俗学ミステリ要素や、小道具を活かした物理トリック、名作短篇をより大がかりにした構図の反転などがあり、真相に繋がるヒントも親切なため、本格初心者にも勧めやすい作品だ。またシリーズ第三弾『偽神譜』では『鬼神曲』の連続殺人事件と同時進行で発生していた一法師たちが巻き込まれた事件が、シリーズ第四弾の『火神録』では一法師の過去の事件が描かれている。（嵩平）

灰王家の怪人

門前典之

南雲堂

鳴女という村へ行け。そして灰王家を訪ねよ。そこにお前の過去が眠っている——。北九州の孤児院で幼少期を過ごし、現在は平凡な勤め人として日々を送っている鈴木慶四郎のもとに、差出人不明の手紙が届けられた。誘われるように足を向けた山間の村に建つ廃業した温泉宿・灰王館で、慶四郎は十三年前に起こったという屋敷の秘密を耳にする。

「兄は格子のなかでばらばらに殺されたのよ。誰も出入りできない座敷牢のなかで」——。

両面宿儺(りょうめんすくな)の伝説、屋敷の周囲にあらわれる怪しげな人物、そしてやがて起こる殺人事件。過去と現在の事件にはどのようなかかわりがあるのか。

門前典之はデビュー以来名探偵蜘蛛手の活躍を書き続けてきたが、本作はノンシリーズ長編。そのせいもあってか、ひときわ異彩を放つ作品で、怪奇浪漫の色合いがことに濃い。冒頭で明らかになることだが、探偵役を務めるはずの雪入が早々に退場を強いられ、その遺志をついでワトソン役の慶四郎が単身事件に挑むという構成も凝っている。そして著者ならではの常識を覆す仰天のトリックに要注目だ。(松本)

墓地裏の家

倉野憲比古

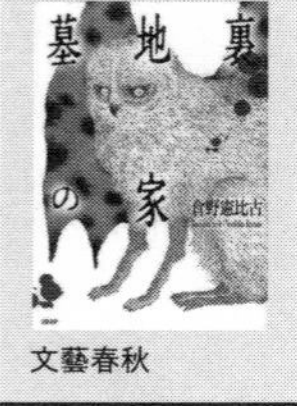

文藝春秋

心理学を専攻する夷戸武比古はその知識を見込まれ、血を教義にした神霊壽血教の教祖の一族・印南家当主の観覧車に対する異常な執着を治すべく招聘される。だがそこで夷戸が遭遇したのは、壽血教の利権争いと、盲目の少女以外の全員にアリバイがある、印南家長女の密室における死であった。

細部まで血が通った変格探偵小説的な装飾や、ペダントリーに彩られた精神・心理学的な知識を活かしたプロット・トリック作りを得意とする著者は、変格ミステリ作家クラブ創設の発起人でもあり、デビュー作『スノウブラインド』からその変格への志向は明らかだった。夷戸シリーズ第二弾の本書では、本格ミステリ的な手続きを前作以上に取り入れつつも、ある特定のモチーフで全編を覆ったことで、高らかに叫ばれる変格及びホラー愛を読者は感じとるに違いない。だがそれも作者の罠の一つで、互いにその力を引き立たせた変格と本格とを習合させた新たな姿を読者は目にすることとなる。十年のブランクを経て発表された異形の本格『弔い月の下にて』で見事な復活を遂げた著者によって、今後もより深化した変格の血が継承されていくことだろう。(嵩平)

鍵のかかった部屋

貴志祐介

角川文庫

完全密室状態の山荘で首吊り死体となって発見された葬儀社社長。目張りされた部屋で一酸化炭素中毒により死んだ少年。欠陥住宅を利用した完全犯罪計画。脱出不可能な楽屋で殺害された役者……難攻不落の四件の密室殺人に、防犯コンサルタント（本職は泥棒）の榎本径が挑む。

長編『硝子のハンマー』、短編集『狐火の家』に続く防犯探偵・榎本シリーズの第三作。作中の密室トリックは、もし現実にこんなトリックを使う犯人がいたら警察もお手上げではないかと思うほど緻密なものが多く、それだけに、頭が良すぎる犯人対それ以上に頭が良すぎる榎本の頭脳戦が盛り上がる。その職業だから犯人はそのトリックを思いつけた……という必然性も、強い説得力を具えていて抜かりがない。

榎本の真打ちとしての推理に対し、前座を務める弁護士・青砥（あおと）純子の誤った推理は、シリーズが進むにつれてコミカルさを増しているが、本書のラストを飾る「密室劇場」は作品全体のトーンが思い切ってスラップスティックに振れた一編。この設定でなければ成立しない衝撃（笑撃？）のトリックは読めば絶対忘れられない。（千街）

夏の王国で目覚めない

彩坂美月

ハヤカワ文庫JA

耽美な作風でカルト的人気のある正体不明の本格ミステリ作家、三島加深（みしまかふか）。ディープなファンだけが入室を許されたサイトの管理人が提示した、加深の未発表原稿という賞品に釣られて、七人は二泊三日のミステリツアーに旅立つ。役名や台詞、設定がそれぞれに与えられ、いわゆるＴＲＰＧの要領で進むシナリオ内の課題は、羽霧泉音（うむいずね）という女流作家の墜死事件の謎解きだった。ところが参加者の一人が寝台車内の密室から消失する事件が発生。さらに翌朝、第二の事件が。これもシナリオの内なのか？　それとも……。

お互いを役名で呼び合う参加者たちは、三島加深ファンという共通点がありながら、ルール上そういった話もろくにできず、ときに協力しときに反発し合いつつ、現実とシナリオ内の、複数の階層にまたがる事件の謎に挑んでゆく。その複雑な構成と手数の多さからは、著者がこの一冊に懸けた強い思いを感じる。原型作品『偽りの夏童話』は二〇〇六年には完成していたという。それを丹念に磨き上げ、プロデビュー後に三作目として発表した本書は、第十二回本格ミステリ大賞の最終候補に残り、著者の出世作となった。（市川）

白椿はなぜ散った

岸田るり子

徳間文庫

幼稚園からの幼馴染である貴と万里枝は、地元の京都で同じ大学に進み、創作サークル「カメリア」に所属した。万里枝だけを愛し続けている貴は、大金持ちの御曹司であるメンバーの一人に彼女を奪われそうだと危惧し始める。生き別れになっていた父親違いの兄が下宿先に転がり込んできたことがきっかけで、貴は万里枝の心をつかむために、正体を偽らせて彼をサークルに引き入れた。そして、自分の思いを短編小説にして、兄の名義で同人誌に発表したのだが。

それから十年後。余命いくばくもないミステリ作家の青井は、ある女性から頼まれた原稿を作中作に取り入れたところ、盗作が発覚し脅されるようになった。証拠を提示され、金銭も支払ったのに、脅迫者が何者かに殺害されてしまう……。

一本の原稿が軸となり、章を追うごとに過去の意外な事実が明らかになっていく。現在の殺人事件と過去の悲しい事件が絡み合うと同時に、終わってしまった青春の哀愁が全体を包み込む。唯一変わらないのは貴の一途な想いだけであるが、偏執的か究極の純愛か。受け取り方によっては印象の変わる作品である。（羽住）

六花の勇者

山形石雄

ダッシュエックス文庫

世界を破滅に追いやる魔神の復活を前にして、魔神を封じた聖者の力を受け継いだ六人の勇者が集結した。だが、集まった勇者は、なぜか七人いた。七人のうち一人は、魔神側の送りこんだ偽者。結界で閉じこめられ、疑心暗鬼に陥る勇者たち。その一人、地上最強を自称する少年アドレットは、最有力の容疑者として他の六人から追われることになる――。

デビュー作の『戦う司書』シリーズで高い評価を得た山形石雄が送り出したファンタジー世界でのフーダニットに挑んだ、ライトノベルレーベル発の特殊設定ミステリの代表作である。最初の「七人目」探しは一巻で決着しているので、まずは一巻を読んでその衝撃のラストに驚いてほしい。二巻以降はコンゲーム色が強くなり本格色はやや薄くなるが、現時点における最新の六巻に至って、本作の壮大な真の企み――本作が〝どういう種類のミステリなのか〟が明らかになる。物語は未完だが、ミステリとしては六巻でほぼケリがついているので一気読み推奨。

二〇一五年に放送されたテレビアニメも、原作一巻を十二話かけて丁寧に映像化した良作である。（浅木原）

五色沼黄緑館藍紫館多重殺人

倉阪鬼一郎

講談社ノベルス

春未だ浅い裏磐梯・五色沼の畔に、唐草模様に彩られた二つの奇妙な館があった。黄緑館・藍紫館とそれぞれ名づけられた館の落成を祝って集った、一癖も二癖もある客たちはミステリや小説談義に花を咲かせる。雪の降りしきる中やがて夜が更け、それぞれが部屋に引き取った〝雪の山荘〟に悲鳴が響き渡った。恐るべき連続殺人が幕を開けたのだ。同地に伝わる、無を凝縮した刻印を宿す怪物が世界の〈外〉から襲ってきているのか――？

『四神金赤館銀青館不可能殺人』（二〇〇七）以来、作者が講談社ノベルスで年中行事としてきた「バカミス」――とりわけ〈館〉ものはメタ趣向、叙述の騙り、紙面に埋め込まれた文字の地雷（暗号）と、物語世界を無化するため過剰な労力を傾けるがそれ自体、作品を完全に支配することで、空虚で無秩序な現実に束の間でも抗する切実な試みでもある。作中で繰り広げられるバカミス論にも、その意志の片鱗が覗える。作品世界の外側にまで支配を及ぼし、現実を侵食しようとするこの体裁の紙の本であればこそのある仕掛けにいたっては、感動混じりに唖然とさせられる。（笹川）

マスカレード・ホテル

東野圭吾

集英社文庫

東京都内で犯行現場を暗号で予告する連続殺人事件が発生した。次なるターゲット先は、一流ホテルの「ホテル・コルテシア東京」。警察は潜入捜査を開始し、一部の捜査官を従業員に扮するよう送り込んだ。フロント係の山岸尚美（やまぎしなおみ）は、捜査一課の刑事・新田浩介（にったこうすけ）の教育係を命じられる。二人は衝突しながらも、料金を支払わずに立ち去るスキッパー、備品の盗難、宿泊客へのストーカー、幽霊が出ると難癖をつけるクレーマーなど、次々に起きるトラブルを処理していくが、主たる事件の見当はつかないままだった。

ホテルで時を過ごす人々を仮面をかぶっているとなぞらえた、『マスカレード』シリーズの第一弾。人間を見たら疑ってかかる新田と、どんな客の言い分も信じて対応する尚美の、対照的な観察眼が見事にマッチする、新たなタイプの相棒が誕生した。警察もホテルマンも、チームプレイで問題を解決するという意外な共通項があることも分かる。

多くの人が行き交う非日常的空間における小さな事件が、大きな殺人事件を推理する手がかりとなる過程が面白い。木村拓哉主演で映画化、宝塚歌劇団で舞台化もされた。（羽住）

消失グラデーション

長沢樹

角川文庫

男子バスケ部に所属する椎名康は、ケガを口実に頻繁に練習を抜け出し、校舎裏の《背徳の死角》で女子生徒との逢瀬を繰り返していた。一方、その場所には放送部員の樋口真由の手によって以前から無人カメラが設置されていた。そんな折、女子バスケ部のエース・網川緑がクラブ棟の屋上から転落する。発見者となった椎名も何者かに襲われ気を失い、目を覚ましたときには網川の姿が校内から消え失せていた。

横溝正史ミステリ大賞受賞作。未成熟な少年少女の心身を活写するなかに、伏線やミスディレクションをちりばめた学園青春ミステリだ。屋上というのは、外に開かれていながらどこにも行けない、学校空間を象徴する場所として存在していて、その〈密室〉から抜け出すにはそこから飛び降りなければならない。だからこそ本作しかり、ほしおさなえの『ヘビイチゴ・サナトリウム』や七河迦南の『アルバトロスは羽ばたかない』しかり、青春ミステリの登場人物たちは屋上から落ちるのではないか。なお、樋口真由シリーズには、『消失』以前を描いた続編『夏服パースペクティヴ』および時系列を補完する中短編集『冬空トランス』がある。（秋好）

ルー＝ガルー2 インクブス×スクブス 相容れぬ夢魔

京極夏彦

講談社文庫

二〇三〇年、少女たちを犠牲者とする連続殺人事件の決着から三カ月後。その時に殺されかけた来生律子は、ともに被害者となった作倉雛子と再会、雛子から小壜に入った「毒」を託される。一方、刑事の職を辞した橡兜次は、殺人を犯した親友の霧島タクヤに関する真実を追っていた。そして、彼らの周囲で再び事件と陰謀が動き出す。

前作で脇役だった律子と雛子を少女視点パートの中心に据える一方、橡を主人公とする大人視点パートは前作同様という構成。小壜の毒のエピソードは「百鬼夜行」シリーズの『邪魅の雫』とリンクしている。作中の近未来社会の詳細は前作で説明済みのため、続編の本書ではそのあたりを省略して物語の展開に集中した結果、前作より冒険活劇としてぐっと面白さを増しており、文庫版で千ページ近い分量ながら一気に読ませる。だが前作より増しているのはそれだけではなく、ミステリ度も大幅にアップ。前作で謎のままだった伏線も回収されているし、過去と現在を架橋する妄執に満ちた大陰謀の、ＳＦミステリだからこそ可能な大がかりで奇想天外な謎解きは『魍魎の匣』を想起させる。（千街）

吸血鬼と精神分析

笠井潔

光文社文庫

メディアによって「土曜日の〈ヴァンピール〉事件」と名づけられたのは、被害者が全て女性で、全身の血が抜かれており、まるで吸血鬼に襲われたかのような連続猟奇殺人だった。犯人の正体は杳として摑めないまま第三の事件が起きるに至り、矢吹駆（やぶきかける）はある事件の情報と引き換えに連続殺人のミッシング・リンクを示唆する。宿敵イリイチの行方を追っていた矢吹は、連続殺人の一週間前に起きたルーマニアからの亡命将校殺しに注目していたのだ。一方、ミノタウロス島の連続殺人事件から生還後、精神の不調を実感し始めたナディア・モガールは、友人の勧めで女性精神分析医と会った縁から、ルーマニアから亡命してきた少女と知り合うのだが、睡眠時遊行症を疑われた少女は第四の被害者になってしまう……。

ジャック・ラカンをモデルとした精神分析医を介してフロイト精神分析学説や、旧約聖書のある章をめぐる議論を踏まえつつ、相互に関連性を見出せない連続殺人事件と亡命将校殺しという二つの事件それぞれの突破口となるような現象学的支点を見出し、臆断に囚われずに論理を詰めていく矢吹駆の精緻な証明が堪能できる重厚な大冊である。（横井）

邪馬台

蓮丈那智フィールドファイルⅣ

北森鴻・浅野里沙子

新潮文庫

東敬大学に在籍する異端の民俗学者・蓮丈那智の助手・内藤三國は「廃村の民俗学」に興味を持ち始めた。一方、那智の方は、邪馬台国へ民俗学的アプローチを試みようとしている。そんな折、内藤三國が担当する市民講座の学生である榊原紀夫という初老の男が、「阿久仁村遺聞」という書物の存在について持ち掛けてきた。阿久仁村は、鳥取県と島根県の県境に明治の初期まで存在したにもかかわらず、明治十四年の鳥取県再置の時に地図から消えてしまった村である。その村に関する民間伝承を収録したものが「阿久仁村遺聞」だが、その現物は下北沢にある古物商・雅蘭堂こと越名集治から蓮丈那智が手に入れていた。その「阿久仁村遺聞」をめぐってさまざまな人物が暗躍する。全二十五話の「阿久仁村遺聞」の意味するものは何か。阿久仁村はなぜ消滅したのか。それらの謎に、邪馬台国、出雲神話、桃太郎伝説などの日本史上の謎がからむ壮大な歴史ミステリだ。蓮丈研究室のメンバーが謎を解いてゆくにつれ、日本の歴史の闇の部分が次第に姿を現す。作者・北森鴻の没後、浅野里沙子が書き継いで、完成された「合作ミステリ」でもある。（浦谷）

嫉妬事件

乾くるみ

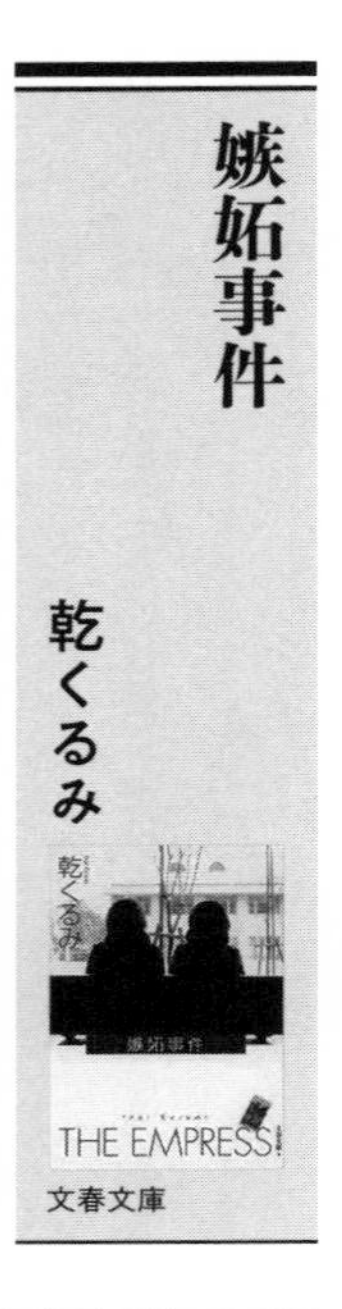

文春文庫

城林（じょうりん）大学ミステリ研究会では年に一度、犯人当ての新作を朗読し、推理を競い合うというイベントが行われていた。一九八四年のその日も、通常通り犯人当てのイベントが行われるはずだった。ところが、数字錠がかかっていたにもかかわらず、部室に設置された本棚の最上段に並んだ書籍の上に、何者かによって人糞が置かれていたことから、新作朗読会は一転して、人糞放置事件の犯人当て討論会になってしまったのだった……。

竹本健治『ウロボロスの基礎論』で紹介された伝説の「京大ミステリ研ＢＯＸうんこ事件」を基に、推理合戦を繰り広げる犯人当て小説に仕立てあげた一編。「うんこ」という単語が飛び交うあたり、辟易する読者もいるかもしれないが、死体を対象とするミステリは受け入れられるのに汚物を対象とするミステリには忌避感を抱くのはなぜか、という哲学的？なテーマも内包しつつ、合理的な解決へと着地させた剛腕には脱帽させられよう。ボーナストラックとして、当日のイベントで読まれる予定だった犯人当て小説「三つの質疑」を収録しているのも、心憎い趣向である。（横井）

さよならファントム

黒田研二

講談社ノベルス

事故で寝たきりとなったピアニストの僕（新庄篤）の前に、自分だけに見えて毒づいてくる熊のぬいぐるみの姿をした死神クーニャが現れ、そこから僕らの奇妙な共同生活が始まった。ある日歩けるようになった僕は、妻が男と密会した上、無断で僕のコンサートの出場辞退とピアノの売約準備をしたことに激高し、衝動的に妻を殺害してしまう。自暴自棄になった僕は母の墓参りの後に自殺しようと出かけたが、その最中に様々な災難に巻き込まれた女性ココロを助けるはめに。その後成り行きで彼女に妻の殺害を告白したが、なぜか彼女はそれでも僕から離れようとはせず……。

全編にわたって伏線＆ミスディレクションが施された超絶技巧作品で、そこからこぼれ落ちた部分だけが作中でホワットダニットやホワイダニットという謎の形を取り、読者を惑わし、牽引していく。クーニャとの軽妙な掛け合いや、篤たちの行く末に目を傾け、物語に耽溺している間も、読者は作者の掌で踊らされているのだ。別れのあと、読み返せば読み返すほど作者の見事な技法に惚れ直す、ある名作で用いられたミスリードを一歩も二歩も進めた意欲作である。（嵩平）

猫柳十一弦の後悔
不可能犯罪定数

北山猛邦

講談社文庫

大東亜帝国大学の探偵助手学部の学生、君橋君人と月々守は探偵、猫柳十一弦が担当するゼミの学生だ。名探偵の雪ノ下が主催する孤島でのゼミ合宿に参加することになった三人は、不可解な状況での連続殺人に巻きこまれる。ひとりは蓄光塗料まみれで胸に杭を打ちこまれた。もうひとりは透明アクリルケース内での一酸化炭素中毒殺である。折しも接近した台風のせいで孤島は……しかし電波状況はよく、ＰＣもケータイも使えるのだった。

猫柳はまだ若く、頼りなさそうな女性探偵である。ゼミ生たちも彼女を完全に舐め、発言には遠慮がない。しかし、被害者の生命を守ることに使命感を燃やし、身を挺して謎解きを進める。これほど痛みと傷に見舞われ、連続殺人を献身的、犠牲的に探偵が妨害したことが、かつてあったろうか。不可能犯罪のトリックの完成度はもとより、「探偵」の受難劇として記憶に残る快作だ。助手（学生たち）と探偵との絆、信頼関係も印象的である。孤島の通信が途絶していない理由も、最後には明かされる。続編の『猫柳十一弦の失敗』も併せて楽しみたい。（大森）

いわゆる天使の文化祭

似鳥鶏

創元推理文庫

九月上旬に開催される文化祭に向けて、着々と準備が進められていた夏休み終盤。「天使」が描かれた貼り紙が、市立高校の各部室に貼られるという事件が発生。「天使」は卵型のペンギンのようなユーモラスな絵柄である。同様の貼り紙事件は、二学期が始まってからも続いた。興味を惹かれた葉山は独自の調査を始める。一方、吹奏楽部の一年生、蜷川奏は、犯人を自称する人物に呼び出され、第三の事件の目撃者にされてしまった。現場となった楽器室は密室状態だった。彼女はもう一人の目撃者、葉山と情報を交換する。そこから浮び上がってきた事件の意外な構図とは。

学園ミステリをシリーズ展開する場合、そうそう人死にばかりを扱うわけにはいかない。デビュー作『理由あって冬に出る』（二〇〇七年）から続く著者の主力シリーズ第四作となる本書は、長編を支えるスケールの日常の謎を描いていて隙がない。二人の語り手を配しつつ、最後はやはり伊神さんが美味しいところをさらってゆく。大小のネタの取り合わせや、ユーモアとシリアスのバランスも良く、安定感がある。井口さん絡みのエピソードが特に印象的。良作。（市川）

贖罪の奏鳴曲

中山七里

講談社文庫

トラック事故に巻き込まれ意識不明となった製材所の社長が、集中治療室で死亡した。装置のスイッチに指紋が検出されたことから、妻が殺人容疑で逮捕される。先天性の四肢麻痺と言語障害のある息子の介護疲れと看病が重なった発作的な犯行と思われたが、保険金殺人の疑いがかかった。無実を訴える彼女に、必ず執行猶予を勝ち取る無敵の弁護士・御子柴礼司(みこしばれいじ)が国選弁護を引き受ける。

「どんでん返しの帝王」と呼ばれる著者の代表シリーズのひとつで、本書は第一作目にあたる。殺人事件が発生しているが、犯人当ては主たる謎ではない。倒叙形式を用いているので、御子柴が事件の加害者側であることは自明の理になっている。悪徳弁護士のみならず、彼の正体は幼女バラバラ殺害事件の真犯人「死体配達人」だったという過去まで判明する。

心理描写を抑えた劇的な緊張感で物語は進む。特に少年院での出来事は、誰しもの心に深く刻まれるだろう。罪を解き明かすだけが謎解きではなく、その後の「贖罪」まで含めないと事件の全容を明らかにしたとはいえないことを追求した作品である。(羽住)

COLUMN

倒叙ミステリ

犯人の正体が伏せられている通常のミステリとは逆に、最初から犯人が明かされていて、その犯行がいかにして暴かれるかを興味の中心とするミステリを倒叙ミステリと呼ぶ。歴史上最古の倒叙ミステリは、オースティン・フリーマンが一九一二年に発表した短編集『歌う白骨』であるとされる。その後、フランシス・アイルズの『殺意』、F・W・クロフツの『クロイドン発12時30分』などが生み出されたが、現在の日本のミステリファンが倒叙と聞いて思い浮かべるのは、アメリカのドラマ『刑事コロンボ』と、そのフォーマットを踏襲した日本のドラマ『古畑任三郎』だろう。

この両ドラマから影響を受けた倒叙ミステリのシリーズの書き手としては、大倉崇裕、倉知淳、深水黎一郎、相沢沙呼らがいる(本書の座談会も参照)。また、倒叙とフーダニットを組み合わせた「変型倒叙」と呼ぶべき作品もあるが(古典的な代表例はアイラ・レヴィン『死の接吻』である)、現代の倒叙ミステリにも、普通の倒叙と思わせておいて実は……という作例が幾つかあり、東野圭吾がこのパターンを得意としている。(千街)

COLUMN

映像本格ミステリが全面開花した二〇二〇年代

千街晶之

前著『本格ミステリ・ディケイド300』に寄稿した「今世紀の映像本格の傾向」で、私は二〇〇一年から二〇一〇年にかけての映画・ドラマなどの本格ミステリについて言及したが、続く二〇一〇年代から二〇二〇年代初頭とは、映像本格にとってどのような時代だったのか。それは、本格ミステリが映像というメディアの特性によって、以前よりも更に市民権を得た時代と言える。

それを象徴するのが、東川篤哉原作『謎解きはディナーのあとで』（二〇一一年）、貴志祐介原作『鍵のかかった部屋』（二〇一二年）、麻耶雄嵩原作『貴族探偵』（二〇一七年）といった高水準な連ドラの存在だ。中でも『鍵のかかった部屋』『貴族探偵』は、フジテレビ系月曜夜九時、通称「月9」枠の連ドラとして放映されたが、この枠では以前にもミステリドラマは作られていたものの、巧妙極まりない密室トリックや、映像に置き替えるのが難しい叙述トリックなどの要素から逃げることなく映像化を試みたスタッフの志の高さは、それ以前の時期とは比較にならないものだった。『謎解きはディナーのあとで』は櫻井翔、『鍵のかかった部屋』は大野智、『貴族探偵』は相葉雅紀といった具合に、アイドルグループ「嵐」のメンバーが名探偵役を務めることで、本格ミステリに伴う敷居の高いイメージを視聴者に意識させなかったことも成功の要因だろう。私は先述の「今世紀の映像本格の傾向」で、二〇〇〇年代の名探偵を象徴する俳優は阿部寛、デス・ゲームものの流行を象徴する俳優は藤原竜也だと記したが、二〇一〇年代のミステリドラマを象徴するのは間違いなく「嵐」の面々だった。

他に、連ドラでは三上延原作『ビブリア古書堂の事件手帖』（二〇一三年）、有栖川有栖原作『臨床犯罪学者　火村英生の推理』（二〇一六年）、井上真偽原作『探偵が早すぎる』（二〇一八年）、葉真中顕原作『W県警の悲劇』（二〇一九年）、若竹七海原作『ハムラアキラ～世界で最も不運な探偵～』（二〇二〇年）、大山誠一郎原作『アリバイ崩し承ります』（二〇二〇年）、木元哉多原作『閻魔堂沙羅の推理奇譚』（二〇二〇年）、単発ドラマでは芦辺拓原作『金田一耕助VS明智小五郎』（二〇一三年）、法月綸太郎原作『一の悲劇』（二〇一六年）などの作例があった。程度の差こそあれ、従来のドラマよりも遥かに原作の謎解き要素を重視している点に二〇一〇年代以降の特色がある。ミステリ作家の書き下ろし原作を犯人当てドラマ化した「謎解きLIVE」シリーズ（二〇一三年〜）は、放送局こそ違うものの、長期の休止のあと二〇一七年に完結した「安楽椅子探偵」シリーズの後継企画とも言うべき視聴者参加型ドラマである。

古典ミステリの映像化でも、それまでにない試みが見られた。例えば、NHK-BSプレミアムでは、『シリーズ・江戸川乱歩短編集』や『シリーズ・横溝正史短編集』（ともに二〇一六年〜）として、乱歩や横溝の作品を三十分ドラマにしたシリーズが放映された。これらは、台詞回しなどは可能な限り原作をなぞりつつ、女優である満島ひかりに明智小五郎を演じさせるなど、自由な演出で古典の現代的再解釈に成功していた。

同じくBSプレミアムでは、長谷川博己主演の『獄門島』（二〇一六年）をはじめ、横溝正史の金田一耕助シリーズの有名作品を単発ドラマ化する試みが続いている。長谷川が大河ドラマ主演が決まってそちらに時間を取られたせいか、二作目『悪魔が来りて笛を吹く』（二〇一八年）からは金田一役は吉岡秀隆にバトンタッチされたが、これら一連の作品は、それまでの横溝映像化に顕著だった市川崑監督の映画版からの影響を一掃し、トリックなどは原作をより忠実に再現しつつ、『獄門島』における金田一のエキセントリックなキャラクター造型など、目新しい要素も導入することでマンネリ感を完全に排することに成功した。『人形佐七捕物帳』（二〇一六年）や『探偵・由利麟太郎』（二〇二〇年）のように、金田一以外の名探偵の登場作品もドラマ化されている。

乱歩・横溝以外の古典本格で、映像化に恵まれたのは坂口安吾である。まず、アニメ『UN-GO』（二〇一一年）は、明治初頭が舞台の『明治開化　安吾捕物帖』を、なんと近未来の東京に置き替えた試みである。會川昇の脚本による翻案が出色だった（同年には、前日譚にあたる劇場版『UN-GO episode:0　因果論』も公開された）。二〇二〇年には同じ原作が『明治開化　新十郎探偵帖』として実写で連ドラ化された。

海外古典の映像化ではアガサ・クリスティーの日本風翻案が目立った中、『オリエント急行殺人事件』（二〇一五年）、『黒井戸殺し』（二〇一八年）、『死との約束』（二〇二一年）と続いた三谷幸喜脚本のドラマは秀逸で、特に、後編を犯人視点で描いた『オリエント急行殺人事件』の構成は前代未聞だった。

二〇〇〇年代から続いているシリーズとしては、東野圭吾原作「ガリレオ」シリーズが、単発ドラマや映画として断続的に映像化されており、東野作品の根強い人気を感じさせる。二〇〇〇年代の人気ドラマ『時効警察』が、二〇一九年に『時効警察はじめました』として復活したのには驚かされた。

ベストセラー・ミステリの映画化としては、乾くるみ原作『イニシエーション・ラブ』（二〇一五年）、米澤穂信原作

『氷菓』（二〇一七年）、今村昌弘原作『屍人荘の殺人』（二〇一九年）があり、いずれも原作の持ち味を殺すことのない巧妙な出来と言える。東野圭吾作品の映画化は書き切れないほどあったが、中でも注目は『マスカレード・ホテル』（二〇一九年）と『マスカレード・ナイト』（二〇二一年）。木村拓哉・長澤まさみの二大スターが探偵役を演じ、その周囲に誰が犯人でもおかしくない豪華ゲストを揃えて、お祭り感が溢れる楽しい映画に仕上げていた。

オリジナル脚本の連ドラでは、単発ドラマから連ドラ化した『スペシャリスト』（連ドラは二〇一六年）、『刑事ゼロ』（二〇一九年）など、刑事ドラマのフォーマットで天才型名探偵に推理を繰り広げさせた脚本家・戸田山雅司の活躍が目立った。一方、『コンフィデンスマンJP』（二〇一八年）や『タリオ　復讐代行の2人』（二〇二〇年）はコン・ゲーム路線の連ドラの秀作だ（前者は映画版も出来がいい）。『執事　西園寺の名推理』（二〇一八年・一九年）では万能の執事が名探偵として活躍する。『アンナチュラル』（二〇一八年）は、先進国の中で最低水準である変死者の解剖率を改善するために設立された架空の組織を舞台とする法医学ミステリで、西尾維新原作『掟上今日子の備忘録』（二〇一五年）などで優れた脚本を書いていた野木亜紀子が、オリジナル脚本のミステリでも実力を発揮してみせた傑作である。『ネメシス』（二〇二一年）はトリック監修として今村昌弘・藤石波矢・周木律・降田天・青崎有吾の名前がクレジットされ、彼らによるノヴェライズが刊行された。見落とされがちな深夜枠のドラマにも『警視庁ナシゴレン課』（二〇一六年）や『警視庁捜査資料管理室（仮）』（二〇一八年）など、低予算なりに工夫を凝らした秀作があった。

『刑事コロンボ』『古畑任三郎』の流れを汲む倒叙ミステリドラマには『実験刑事トトリ』（二〇一二年）などがあったが、中でも大倉崇裕原作『福家警部補の挨拶』（二〇一四年）は、倒叙ミステリのお約束を破って探偵役の内面にまで踏み込んだ異色作だった。

アニメ映画では毎年恒例の劇場版『名探偵コナン』のほか、忘れてはならないのが『ドラえもん　のび太のひみつ道具博物館（ミュージアム）』（二〇一三年）と『映画クレヨンしんちゃん　謎メキ！花の天カス学園』（二〇二一年）。いずれもお馴染みの世界観を背景に、フーダニット、ホワイダニット、ハウダニットなどの面で優れたアイディアが盛り込まれており、低年齢層に謎解きの面白さを布教するのに最適の出来だった。

TVアニメでは先述の『UN-GO』以外にも、米澤穂信原作『氷菓』（二〇一二年）、綾辻行人原作『Another』（二〇一二年）、森博嗣原作『すべてがFになる』（二〇一五年）、柳広司原作『ジョーカー・ゲーム』（二〇一六年）、城平京原作『虚構推理』（二〇二〇年）など、原作つきアニメの秀作は数多かった。また、第四シリーズ（二〇一五年）でトリッキーなエピソードを続出させ、第六シリーズ（二〇二一年）では監修の大倉崇裕をはじめミステリ作家たちが脚本に参加した『ルパン三世』にも要注目。小説家が脚本を担当した例としては、舞城王太郎がシリーズ構成と脚本を担当した『ID:INVADED(イド・インヴェイデッド)』(二〇二〇年)もあった。オリジナル脚本アニメでは、『レイトンミステリー探偵社～カトリーのナゾトキファイル～』(二〇一八年)が優れた出来だった。

最後に、二〇一〇年代以降の海外と日本の相互影響関係について触れておきたい。この時期には、イギリスBBCでサラ・フェルプス脚本によるアガサ・クリスティー作品のドラマ化が続いたが、特に『そして誰もいなくなった』(二〇一五年)はこの名作の映像化としては間違いなく最高傑作であり、日本におけるBSプレミアムの金田一耕助シリーズと対比すべき古典の新解釈の成功例だった。『オリエント急行殺人事件』(二〇一七年)に始まったケネス・ブラナー監督・主演のエルキュール・ポアロ・シリーズ映画化、ノン・シリーズの傑作の映画化『アガサ・クリスティー　ねじれた家』(二〇一七年)、オリジナル脚本だがいかにもクリスティー風な舞台設定と人物配置の中で殺人が起こる『ナイブズ・アウト／名探偵と刃の館の秘密』(二〇一九年)など、クリスティー復権の動きは二〇一〇年代に活発化したが(これは小説の方面におけるアンソニー・ホロヴィッツらの活躍とも連動している)、古典の映像化ということでは、日本への影響が最も大きかったのはアーサー・コナン・ドイルの原作を現代に翻案したドラマ『SHERLOCK　シャーロック』(シーズン1は二〇一〇年)だろう。ベネディクト・カンバーバッチが演じたシャーロック・ホームズの芝居がかった仕草や、空中に推理が文字として浮かぶ演出など、どれほど多くの日本のドラマで模倣されたかわからないほどである。

中国映画「唐人街探偵」シリーズ(二〇一五年～)は、一作目では歌野晶午や青崎有吾が言及され、三作目では日本ロケが行われ日本の俳優が出演するなど、国境を越えた壮大なスケールの本格ミステリ映画となっている。

また、逆に日本産本格ミステリ小説が海外に与えた影響ということでは、東野圭吾『容疑者Xの献身』の韓国や中国での映画化(それぞれ二〇一二年と二〇一七年)、法月綸太郎『一の悲劇』の韓国でのドラマ化(二〇二一年)などの映像化の例が挙げられる。これは、中国で東野圭吾から影響を受けた作家が何人も登場するなど、小説方面での動向とも関連していると考えられる。アジア圏に限らず、横溝正史作品の英訳が一気に進んだり、イギリスで島田荘司作品の影響を受けた作家が次々と現れるなど、このところ海外で日本のミステリ小説の評価が進んでいるが、同様に国産映像本格ミステリの最近の水準の高さも海外にもっと知られてほしいところだ。

(放送が複数年にまたがるドラマの場合、基本的に第一シリーズの放送開始年を記しています)

2012

大山誠一郎『密室蒐集家』　2012.10.26

綾辻行人『奇面館の殺人』　2012.01.05
天祢涼『葬式組曲』　2012.01.27
市井豊『聴き屋の芸術学部祭』　2012.01.30
愛川晶『ヘルたん』　2012.02.25
獅子宮敏彦『君の館で惨劇を』　2012.03.14
山田正紀『ファイナル・オペラ』　2012.03.25
水生大海『転校クラブ　人魚のいた夏』　2012.03.27
初野晴『千年ジュリエット』　2012.03.29
小川一水『トネイロ会の非殺人事件』　2012.04.20
三津田信三『幽女の如き怨むもの』　2012.04.23
伊坂幸太郎『夜の国のクーパー』　2012.05.30
井上夢人『ラバー・ソウル』　2012.06.06
阿部智里『烏に単は似合わない』　2012.06.26
幡大介『猫間地獄のわらべ歌』　2012.07.13
竹本健治『かくも水深き不在』　2012.07.20
高野史緒『カラマーゾフの妹』　2012.08.01
大門剛明『レアケース』　2012.08.07
はやみねかおる『名探偵夢水清志郎の事件簿２』　2012.08.15
山口雅也『謎の謎その他の謎』　2012.08.25
野崎まど『2』　2012.08.25
芦辺拓『スチームオペラ』　2012.09.25
初野晴『向こう側の遊園』　2012.09.26
横山秀夫『64（ロクヨン）』　2012.10.25
有栖川有栖『江神二郎の洞察』　2012.10.30
三津田信三『のぞきめ』　2012.11.30
石持浅海『フライ・バイ・ワイヤ』　2012.11.30
折原一『潜伏者』　2012.12.10
歌野晶午『誘拐リフレイン』　2012.12.20
法月綸太郎『犯罪ホロスコープII』　2012.12.20

密室蒐集家

大山誠一郎

文春文庫

一九三七年の京都。柳園高等女学校に通う鮎田千鶴は、学校に置き忘れてきた『Yの悲劇』を取りに来た時に、音楽教師の君塚が拳銃で射殺される場面を目撃してしまう。しかし現場が密室状況だったために、捜査は難航する。そこに突然「密室蒐集家」と名乗る男が現れた。三十歳前後の長身で、鼻筋の通った端正な顔立ち、切れ長の澄んだ目をした「密室蒐集家」が時を超えて密室殺人事件の謎を解く連作短編。

一九五三年の事件を描く「少年と少女の密室」は、上荻の篠山家で少年と少女の心中を装った死体が見つかる事件である。現場は当時、闇煙草取引を張り込む刑事の視線によって四方を見張られた密室状況であった。「死者はなぜ落ちる」は一九六五年の大阪の事件。伊部優子は木津川橋近くのビルの五階の部屋で窓の外を転落してゆく女の姿を見てしまう。しかし、階上に住む内野麻美の部屋も屋上も密室状況だった。「理由(わけ)ありの密室」は、一九八五年の北区西ヶ原のマンションの一室でフリーライターの岸本徹夫が密室で射殺された事件である。トリックそのものは簡単な物理トリックだったが、その密室には〈真の罠〉があったのだ。「佳也子の屋根に雪ふりつむ」は二〇〇一年の事件。福島の月野町の林の中で睡眠薬自殺を図った笹野佳也子は、入院中の病院に隣接する住居で、助けてくれた香坂典子の刺殺体を発見する。当時、香坂病院は「雪の密室」状況であった。

『密室蒐集家』は、『本格ミステリ・ベスト10』の二〇一三年版で国内二位になり、第一三回本格ミステリ大賞を受賞している。また、「佳也子の屋根に雪ふりつむ」は二〇一一年の「新世紀本格短編オールベスト・ランキング」で第十五位にランクインした。まさに大山誠一郎の初期の代表作といえるだろう。『Yの悲劇』や『禁じられた遊び』、東京オリンピック、ワープロなど各年代を表す小道具も巧みに配置されており、それ以外の時代考証も実は丁寧になされている。圧巻は密室の博覧会のごとくさまざまな「密室」にアプローチをしながら考察までも加えているところであろう。戦後直後の〈語られざる事件〉も存在するので、是非、新作が期待されるシリーズである。（浦谷）

奇面館の殺人

綾辻行人

講談社文庫

人里離れた場所に建つ〈奇面館〉。資産家が古今東西の仮面コレクションを収容するためにつくらせた館だ。そこへ、現在の主人である影山逸史によって六人の客が招かれる。客の中には、急な病気に罹った知人に代理を頼まれた推理作家にして名探偵、鹿谷門実の姿があった。謝礼は高額ながら会合は奇妙なもので、鍵のかかる仮面を着用して素顔を隠し、主人と対面せねばならないという。そして季節外れの吹雪に見舞われて屋敷が孤立した日に、事件が起こる。部屋に踏み込んだ鹿谷が見たものは、首のない死体だった——！

『十角館の殺人』に始まる、著者のというよりも新本格を代表する〈館シリーズ〉の第九作。執筆にあたり、著者はあえて「懐かしの新本格」をイメージしながらプロットを練り込んだと述べている。居合わせた人々への聞き込みや犯行の可能性の検証など、展開も手練れの芸。単にシリーズ初期作品群へ回帰したと捉えるのではなく、全員がニックネームで呼ばれた『十角館』から四半世紀を経てなお、登場人物の表面的なパーソナリティを剝ぎ取るという遊戯性に満ちた作品を書いてみせる著者の矜持に注目したい。（松本）

葬式組曲

天祢涼

文春文庫

日本のとある鄙びた地方都市で北条紫苑の営む葬儀社に不思議な葬式の相談が舞い込んでいた。亡くなった老舗酒造の杜氏の遺言で家業を手伝う長男ではなく、出ていった次男を喪主とする葬式や、なぜか棺だけに異様なこだわりを持ったり、妻の幻聴から逃れるための葬儀など。それらの葬式を進めながら、北条葬儀社のスタッフたちはその裏にある人々のわだかまりや企みを紐解いていく。

もとは葬式文化が現代とは異なる架空の日本を舞台にした連作短編ものであったが、コロナ禍における葬儀の変化もあり、二〇二二年の文庫再刊に際し、架空の設定を排して現代社会における事件へと大改稿された。葬儀の作法や費用感など、その文化は登場人物の思考に深く影響を与えており、犯行方法や動機についても読者へ能動的に推理することが求められる。とくに最後の短編での「葬式」の社会的意義が殺人事件と並行して語られるシーンは圧巻の一言。葬式の舞台裏が緻密に、そしてわかりやすく描かれていることも高評価だが、そうした面白さにかまけて油断すると作者の企みのほとんどを見逃してしまうであろう。（蔓葉）

聴き屋の芸術学部祭

市井豊

創元推理文庫

表題作「聴き屋の芸術学部祭」で第五回ミステリーズ！新人賞佳作入選した著者のデビュー短編集。他人から話を聞かされることが多い「聴き屋」体質の大学生・柏木を主人公に、芸術学部祭での焼死体、途中で終わっている演劇シナリオの結末、何者かによって破壊された模型、古びた旅館での窃盗犯との対面と、バラエティに富んだ四つの作品が収録されている。

どの話も見所があるが、とりわけ、未完の演劇シナリオにまつわる謎を描いた「からくりツィスカの余命」は完成度が高い。柏木は、演劇として面白くなければならない、ハッピーエンドでなければならないなどの条件を課されながら物語の結末を推理していくが、そのほかにも、シナリオ自体が未完になった理由といった物語の外のことにも気を配らなければならない。短いながらも多くのアイディアが注ぎ込まれ、それらが効果的に絡み合った珠玉の一編だ。登場する各サークルの面々も一癖も二癖もあり、繰り広げられる会話もユーモアがあって楽しい。本書が気に入ったら、続編『人魚と金魚鉢』（二〇一五年）に手を伸ばそう。（諸岡）

ヘルたん
ヘルパー探偵誕生

愛川晶

中公文庫

引きこもり生活を続けていた神原淳は、なんとか状況を変えなければと焦っていた。しかし、折悪しく両親が破産してしまう。そんなとき、東京の遠縁の人物から提案されたのは、浅草に住む元名探偵・成瀬秀二郎宅での居候。独居高齢者の成瀬にとって、敷地内に若者がいることにはメリットがあるという。成瀬は週に三回ヘルパーを頼んでいるが、淳はその顔を見て驚く。同じ高校の先輩・中本葉月だったのだ。淳は次第にヘルパーの仕事に興味を持ち、葉月とともに行動するようになるなかで、介護の場で起こったいくつかの謎に遭遇する。その謎について、成瀬は常に鋭いひらめきを見せるのだが、実は、成瀬自身もある秘密を抱えていた。

本作（『ヘルたん』を文庫化の際に改題）は連作短編集であり、エピソードを重ねるごとに、キャラクターの過去が徐々に判明していく。一冊のうちに多様な要素が描き込まれており、淳に注目すれば成長小説として、ヘルパーの仕事に注目すればお仕事小説として楽しむことができるが、謎解きという点で印象的なのはやはり成瀬だ。読了後、読者は彼の名探偵としての凄みを実感することになるだろう。（諸岡）

君の館で惨劇を

獅子宮敏彦

南雲堂

本格ミステリの名場面を描く謎の画家・幻城戯賀の個人美術館・幻遊館を訪れた売れない本格作家の三神悠也は、一緒に行った人気作家の白縫乙哉から、ミステリ作家をワトスン役にして不可能犯罪を解決するダーク探偵の噂を聞いた。

二年後、乙哉の自殺で衝撃を受けた三神の前に、ダーク探偵が現れる。館で本格マニアと暮す依頼人の大富豪・天綬在正に「黒死卿」から脅迫状が届き、江戸川乱歩と横溝正史に挑んだ密室で館の誰かを殺すという。予告通り、乱歩の未完の長編『悪霊』を模した密室状態の土蔵の中で四肢を切断された天綬の美貌の妻・麗火の死体が見つかる。続いて宙を舞う怪人が出没し、横溝の世界を再現した密室殺人も起こる。

著者は、大掛かりなトリックを成立させるため、歴史を題材にした特異な世界を作ってきた。初の現代ミステリとなる本書も同様に、本格の名場面を再現したテーマパークを舞台にすることで本格のゲーム性と遊び心を凝縮させ、本格愛がなければ成立しない驚愕のトリックと動機を作っていた。その意味で本書は、若手が先人の業績を継承し発展させている本格史のダイナミズムを的確に捉えているのである。(末國)

ファイナル・オペラ

山田正紀

早川書房

東日本大震災の翌年に刊行された『ファイナル・オペラ』は『ミステリ・オペラ　宿命城殺人事件』(二〇〇一年。第二回本格ミステリ大賞、第五十五回日本推理作家協会賞受賞)、『マヂック・オペラ　二・二六殺人事件』(二〇〇五年)に続き、「検閲図書館」黙忌一郎(もだしきいちろう)が探偵役だ。オペラ三部作を貫くのは、歴史のなかで翻弄される個人というテーマである。

本作は、終戦間際の昭和二〇年(一九四五年)と青島陥落の大正三年(一九一四年)など複数の時代を行き来しながら、転生モチーフを織り交ぜ、衆人環視の能上演中に起きた演者の殺人事件が語られる。焦点となるのは明比(あさひな)家に伝わる秘能「長柄橋」。それは、我が子を見殺しにされた母が人買いへの復讐のため、不可能犯罪を企てる内容であり、世界最古の探偵小説とされる。黙忌一郎は、能が描く罪なき子どもの死と、戦争や飢餓による現実の子どもの死を重ね、人間の原罪だと説く。物語のミステリ趣向は、それを表現するものになっている。シリーズ第一作『ミステリ・オペラ』の印象的なフレーズ「この世には探偵小説でしか語れない真実というものがある」の残響は、本作からも聴こえる。(円堂)

転校クラブ
人魚のいた夏

水生大海

原書房

遊園地を擁する海沿いの町の中学校に転校してきた早川理は、転校早々異常な事態に直面する。同じ日に転校してきた神崎美佐姫という少女が、クラスメイトたちからいきなり激しい敵意を向けられていたのだ。彼女は遊園地事業を手がける経営者一族の人間で、人魚の娘とも噂されており、海難事故で行方不明になった父親の死体を探しているらしい。理は期せずして、美佐姫の死体探しに協力することになる。

一見すると爽やかな学園青春ミステリ風の舞台が、一族の不穏な人間模様に彩られた探偵小説的世界と直結している日常。理たちが生きるのは、そんな歪でグロテスクな空間だ。常に加えてその日常はデフォルメされた悪意で覆われている。常に明るく前向きな理だが、コミュニティサイト《転校クラブ》上では、時に身のまわりの状況を相談し、時に愚痴を吐き出してもいた。しかし、そこすら彼女たちを取り囲む日常と完全に隔絶しているわけではない。事件の核心は、まさにその点にこそあるだろう。

続編として、新たな転校先で理が再び事件に巻き込まれる『転校クラブ　シャッター通りの雪女』がある。（秋好）

千年ジュリエット

初野晴

角川文庫

部員不足で廃部寸前まで追い込まれていた清水南高校吹奏楽部は、顧問の草壁先生の着任によって、わずか十六ヶ月で東海大会出場を成し遂げた。秋になり、二年生でフルート奏者の穂村千夏とホルン奏者の上条春太をはじめとする部員たちは、文化祭に向けて練習に打ち込んでいる。

本書はアニメ化や実写化でもおなじみ〈ハルチカ〉シリーズの第四作だ。競売にかけられそうなピアノの鍵の謎を解く「エデンの谷」、学園祭のステージに立つためタクシーに乗った少年がいつまで経ってもやってこない「失踪ヘビーロッカー」、解決場面の脚本が未完成のままミステリ劇の公演時間が迫ってきた「決闘戯曲」、ネット越しで恋愛相談にのっていた少女たち五人組の一人が文化祭に忍び込む「千年ジュリエット」の四篇が収録されている。

吹奏楽部員以外の視点を入れることで、謎解き要素が増し、ドタバタした空気もより鮮明に映し出される。喜怒哀楽の楽が強く伝わってくる作品だ。短い青春時代でも眺めていると結構長いということを、文化祭後の打ち上げ花火にたとえて締めくくる場面が印象深い。（羽住）

トネイロ会の非殺人事件

小川一水

光文社文庫

小川一水は『天冥の標』で第四十回日本SF大賞を受賞するなど、SFのイメージが強いが、優れたミステリも書いている。中編集『トネイロ会の非殺人事件』が、その代表だ。
表題作では、恐喝されてきた男女が協力して敵を殺害する。だが、裏切者がいたため「非犯人」を探すことになる。「くばり神の紀」は、遺産をみんなに分配させるくばり神がいるという土地のいい伝えをめぐる話（民俗学的要素の導入は二〇一五年刊のミステリ連作短編集『美森まんじゃしろのサオリさん』にもみられた）。「星風よ、淀みに吹け」は、月面開発のために作られた閉鎖的な訓練施設での毒ガス殺人が語られる。同作は日本推理作家協会編『ザ・ベストミステリーズ2010』、本格ミステリ作家クラブ編『本格ミステリ10』という二つの年鑑ベスト選集にも収録されたSFミステリの名品だ。
三作はノンシリーズだが、限られた人々や特定の地域でのせめぎあいを描いた点で共通する。狭い範囲のなかでの感情や考え方の相違、利害得失といった状況や事情と、ミステリとしての趣向が巧みに組みあわされている。（円堂）

幽女の如き怨むもの

三津田信三

講談社文庫

桃苑（ももぞの）遊郭の大見世〈金瓶梅楼〉で、一人の遊女が窓から身を投げて死んだ。「巫女遊女」との異名を取る雛雲は、彼女が現場となった部屋に棲むものに呼ばれたのだと言う。さらに第二、第三の身投げ事件も発生するが、事はそれにとどまらなかった。戦中・戦後と時を置き、見世の名前や業態も移り変わりながら、しかし三人連続の身投げが再三にわたって繰り返される。これらは互いに関連のない、単なる偶然の連なりか、あるいは巧妙な連続殺人か、それとも楼内に跳梁する花魁姿の女怪〈幽女〉の仕業なのか？
刀城言耶シリーズは特殊な伝承・習俗に彩られた僻村を舞台としてきたが、長篇第六作の本書は遊郭という、都市の日常の傍らに存在するリアルな〈異界〉を描く。そこで起きる事件＝死傷も数こそ多けれど、個々は不可能犯罪どころか平凡な自傷事件。その平凡の連鎖にこそ謎を見出すという構成は〈幽女〉という正体不明の怪とパラレルであり、代々の花魁〈緋桜〉たちの姿を通して色街の女たちの悲惨な生を普遍化するのみならず、個を圧殺する近代日本の歩みをも浮き彫りにして、物理波矢多（もとろいはやた）シリーズへと繋がっていく。（笹川）

夜の国のクーパー

伊坂幸太郎

創元推理文庫

八年間の戦争の後、国王がいる町に占領軍がやってくる。『夜の国のクーパー』は、その町が、敵国である鉄国といかに対峙するかという構図で始まる。興味を引くのは語り手の設定だ。猫のトムは、国王殺しなど、町の人々と鉄国兵士の間の出来事を「僕」に話す。猫なのに喋れるのだ。それに対し、もう一人の語り手「僕」は、妻の浮気に悩む仙台の公務員であり、釣り船で遭難しこの地へ迷いこんだのだった。落差があるはずのファンタジー的世界と小市民的現実が、しれっとつながる。伊坂幸太郎特有の大胆な展開が楽しい。

本作では、二つの国の間で人々が様々な動きをみせる。並行して鼠たちが、猫に自分たちを狩らないように要望し、交渉する様子が綴られる。猫だけでなく鼠も喋るのだ。べつに敵意などなく習性で鼠を狩るだけの猫を相手に、懸命に取引条件を考える鼠は滑稽にみえる。そんな種族間対立と対比して描かれる人間の戦争に関しても、滑稽なほどの認識ギャップが潜んでいる。物語の焦点は、動く樹の怪物クーパーの謎だ。防御のために壁で囲い、閉ざされていた町の秘密とはなにか。世界が反転する結末が、待っている。（円堂）

ラバー・ソウル

井上夢人

講談社文庫

音楽専門雑誌《ミュージック・ボックス》にビートルズの記事を書く鈴木誠は、容貌の醜い男だった。深海魚のような顔でサメのような目、生気の感じられない気味の悪さ……。女性に無縁で何度も自殺を試みたことがある鈴木誠がモデルの美縞絵里に恋をしてしまう。雑誌の撮影中の事故でカメラマンが死亡し、動顛していた絵里を、女性に接したことがほとんどない鈴木誠が自宅まで車で送ることになった。そこから彼のストーカー行為が始まる。絵里に近づく男たちが次々と殺されてゆくのだった……。

ストーカー行為自体は実際の事件を引き合いに出すまでもなく法律で禁じられた犯罪行為である。また、法制定やその言葉が用いられる以前からもストーカーは被害者にとって多大な恐怖を感じさせる行為であったため、むしろミステリの世界では多く描かれてきた。しかし、本作はなぜか切なくて美しい読後感を私たちに与えるのである。それはミステリの持つ〈意外な結末〉というもののなせるわざであろう。また、結末の〈語り〉は本格ミステリの謎解きにも匹敵する。本作はストーカー小説の傑作である。（浦谷）

烏に単は似合わない

阿部智里

文春文庫

松本清張賞の史上最年少受賞作である本書は、和風ファンタジー「八咫烏（やたがらす）シリーズ」の第一作である。著者の代表シリーズとなり、コミカライズもされている。

人の姿に転身できる八咫烏たちの暮らす山内（やまうち）は、東西南北の地に分かれた四家四領（よんけよんりょう）の国だ。長となる金烏（きんう）を宿す宗家が、最高権力者として民を統治している。東家の二の姫あせびは、疱瘡（もがさ）にかかった姉の代わりに日嗣（ひつぎ）の御子（みこ）の后候補として登殿（とうでん）した。春殿は東家、夏殿は南家、秋殿は西家、冬殿は北家、合計四人の貴族の姫君たちが男子禁制の宮殿に集っている。御子に見初められ、入内できるのは果たして誰なのか。登殿者に宮烏の資質が無い烏太夫がいると噂が立ち、自殺か他殺か分からない状態で女房の一人の死体が発見された。

平安朝を彷彿させる世界観で、烏たちは姿も含め、人間と同様の生活をしている。第一章は女性たちの熾烈な戦いで幕を開け、第二章から不穏な陰を落とし、本格ミステリと化す。複雑な物語構成と巧みな心理描写に圧倒され、謎が解かれる瞬間まで伏線が貼られていることすら気付かない者は少なくないはずだ。四者四様の恋の結末も要注目である。（羽住）

猫間地獄のわらべ歌

幡大介

講談社文庫

猫間藩江戸下屋敷の密室状態の書物蔵で、腹に脇差が刺さった御広敷番の死体が発見された。明らかに切腹だったが、藩主の愛妾・和泉ノ方は、不祥事の責任を問われるのを恐れ、御使番の「俺」に事件を密室殺人にするよう命じる。

同じ頃、猫間藩の銀山近くで、首のない女の死体が見つかる。郡奉行が捜査を始めるも首切り殺人は止まらず、土地のわらべ歌に見立てた連続殺人との噂も広まる。再び江戸。猫間藩の御用商人が、大川沿いに建つ日光館に繋がれた船中で殺された。日光館には船でしか往来できず、容疑者の弟は同じ立地条件の月照館にいたという鉄壁のアリバイがあった。

切腹を密室殺人にする強引な推理から始まり、首切り、見立て殺人、奇妙な館、アリバイ崩し、時代考証のペダンチックな解説にメタミステリの要素まで、新本格が確立したミステリのエッセンスを盛り込んだ贅沢な作品になっている。

本格と時代小説のルールをパロディ化する批評精神を使い、時代ミステリでしか成立しないトリックを作った手腕は、横溝正史と笹沢左保の世界を融合させた『股旅探偵上州呪い村』でも活かされており、併せて読んで欲しい。（末國）

かくも水深き不在

竹本健治

新潮文庫

鬼が棲む廃墟となった館を探検中に、仲間が一人ずつ消えていくという少年の体験を描いた「鬼ごっこ」、テレビCMの映像に強烈な恐怖を抱いた男が、その原因を探るために映像の現場に赴く「恐い映像」、花屋の店員に恋する男が、彼女のストーカーに気づき、対処しようとする顛末を描いた「花の軛（くびき）」、現金を運ぶ途中で指示を寄越さなくなった誘拐犯の謎に焦点を当てた「零点（れいてん）透視の誘拐」。以上の四編の後に、各物語の視点人物が一堂に会し、精神科医・天野不巳彦（あまのふみひこ）のカウンセリングを受ける「舞台劇を成立させるのは人でなく照明である」を配した連作長編である。ミステリ的なサプライズも用意されているホラー・テイストの「鬼ごっこ」は、最も幻想味が強い一編だが、「花の軛」にも合理的には解釈できない場面が用意されており、幻視者としての作者の資質がよく顕われている。一方、意外な人間関係が明かされる「花の軛」や、意外な動機が明らかとなる「零点透視の誘拐」は、ミステリ寄りの作品をいえようか。これらを最後に一気にまとめ上げる力技には脱帽させられる。この作者ならではの幻想本格のエッセンスが詰め込まれた秀作だ。（横井）

カラマーゾフの妹

高野史緒

講談社文庫

第五八回江戸川乱歩賞を受賞した本書は、ドストエフスキーの名作に挑戦状を突き付けた文芸ミステリである。

放蕩者のドミートリー、成績優秀なイワン、見習い修道士になったアレクセイ、使用人で非嫡出子のスメルジャコフの四人の息子がいるフョードル・カラマーゾフが殺された。犯人は、遺産と女性をめぐり父と争っていたドミートリーとされた。裁判では、イワンが犯人はスメルジャコフで自分が操ったと喚く混乱もあったが、ドミートリーは有罪となる。

それから一三年、未解決事件特別捜査官になったイワンが、フョードル殺しを再調査するため故郷に帰ってきた。ホームズから学んだ探偵術で調査を進めるイワンだが、フョードル殺しに使われたものと似た凶器で新たな殺人が起こる。

著者は、フョードル殺しを書いた「前任者」のミスを指摘しつつ、それをミスではなく続編に繋がる伏線として読み替えて原典を再構築し、後半には続編の主題も織り込んでいくので知的興奮が楽しめる。著者はよりSF色が濃い『カラマーゾフの兄妹　オリジナルヴァージョン』も刊行しており、乱歩賞受賞バージョンと比べてみるのも一興だ。（末國）

レアケース

大門剛明

PHP文芸文庫

あくどい金持ちから奪った金を恵まれない人々に配る、三十年以上前に活躍していた義賊「昭和のねずみ小僧」が現代に復活した？　生活保護担当のケースワーカー石坂壮馬は制度の矛盾と仕事の辛さに悩んでいた。そんな中、壮馬は被担当者の他殺体を発見してしまう。一方で昭和のねずみ小僧に共感していた盗犯担当の刑事富永は、その他殺体が復活したねずみ小僧によるものではないかと疑念を深め……。

著者はその大部分の作品に社会派の意匠を凝らしつつも、新本格的な企みと構図の反転を潜ませたトリッキーな作風で知られている。通常の社会派調の話に、特異な存在を投入することが多いのもデビュー作以来の特徴である。『雪冤』のメロスや、最強の鍵師ギドウなどが代表的な例であろう。そのミスマッチが遺憾なく発揮された本書は、社会派らしいケースワーカーと怪盗ものという異色の組み合わせで読者を惹きつける。ミステリとしての主眼は二代目ねずみ小僧の正体についてだが、意外な手掛かりの巧さや様々な動機の納得度の高さにも唸らされる。同時期には『鍵師ギドウ』や『確信犯』などの佳作を連発しており、これらにも注目だ。（嵩平）

名探偵VS.学校の七不思議
名探偵夢水清志郎の事件簿2

はやみねかおる

講談社青い鳥文庫

宮里伊緒の通う武蔵虹北小学校の七不思議には七つ目の不思議がなく、そして「七不思議がすべてそろったとき、人は学校に囚われる」という言い伝えが残っていた。ある理由から伊緒と仲間たちは、自称名探偵の「教授」こと夢水清志郎を連れて七不思議の謎を解こうと夜の学校に潜入するが……。

『名探偵夢水清志郎事件ノート』シリーズは、児童向け作品ながら本格ミステリの粋を存分に詰め込んだ作風で、子どもがミステリに触れるきっかけを生み、多くの若手ミステリ作家もファンを公言しているなど後続への影響は大きい。本作は二〇一一年からスタートした新シリーズ『名探偵夢水清志郎の事件簿』第二作である（シリーズ第一作『名探偵VS.怪人幻影師』のネタバレを含んでいるので注意）。

子ども向けと侮るなかれ。七不思議の形で登場する謎のつるべ打ち、そして七不思議騒動に隠された意外な計画など、子どもも大人も飽きさせない。本作のメイントリックは先行作が存在するが、ジュブナイル向けにアレンジされているところがポイントだ。その作品を知っている人ほど「このネタを子ども向けに使うのか!?」と驚くこと間違いなし。（荒岸）

謎(リドル)の謎(ミステリ)その他の謎(リドル)

山口雅也

早川書房

連続殺人鬼が出す謎々（「謎の連続殺人鬼リドル」）、財布に入っていた見覚えのないカードの正体（「見知らぬカード」）など、謎は提示するもののその解決を提示せず、結末を読者の想像に委ねる「リドルストーリー」五作を収録した短編集。

本格ミステリのガイドブックで本書を取り上げることに違和感を覚える読者もいるだろう。謎の真相が明かされないリドルストーリーを「本格」としてよいものなのだろうか。

しかし、「謎の連続殺人鬼リドル」は、訳者（という体）の「読者諸氏には、とりあえず、ジョイスがどう答えたのかを推理していただきたいものである。」という、まるで「読者への挑戦」のような文言で締めくくられている。つまりこの作品は「解決編のない本格ミステリ」のような構造をしているのである。一方で、この言葉を真(ま)に受けていいのかという疑念も残る。

思えば、「この作品は本格か否か」という議論はいつの時代にも存在した。結局、本格かどうかの決定権は読者自身に委ねられる。「本書は本格か、リドルストーリーか」という問いこそ、本書最大の謎(リドル)なのかもしれない。（荒岸）

2

野崎まど

メディアワークス文庫

実力派劇団パンドラへの入団が叶った数多一人(あまたかずひと)は、入団者の多くが実力不足で去っていく中、俳優を辞めたくない思いだけで劇団を続けていた。そんな中、時期外れのオーディションに参加した女性がこの劇団を狂わせる。そしてそこから数多の数奇な映画作りの物語が始まっていく。

『[映]アムリタ』で読者を驚倒させた鬼才が辿り着いた到達点。今回『2』を単独で取り上げたが、本書へは初期五作を全て読んでから踏み入れるのを強く推奨しておく。自身が著した全ての作品に対する2(続編)である以上、五冊の1(シリーズ第一作)を経由する必要があり、〝天才〟が創った映画同様、順番に触れることで神作と成る。作中の天才と著者とが二重写しとなり、究極を「答え」を創造・追究せんとする、際だった発想と演出を生む情熱と執念には驚愕せざるを得ない。ＳＦミステリの要素や、切れ味鋭いユーモアに加え、芸術論や科学知識などをプロットに組み入れる手腕も卓越しており、『2』を通じてアンフェアという言葉さえねじ伏せる究極の創作物の誕生に立ち会うことだろう。本書以後は軸足をＳＦに移しての活躍が目立つが、試みの冒険に終わりはない。（嵩平）

スチームオペラ

芦辺拓

創元推理文庫

蒸気の力で繁栄する大都市。大気圏外より倫敦港に帰還したエーテル推進の空中船《極光号(オーロラ)》に潜り込んだ船長の娘エマは、宇宙空間で収容されたカプセルに封じられていた謎の少年と遭遇する。職業選択のための見習い制度の研修先として、エマは名探偵バルサック・ムーリエに弟子入りするが、そこにはなぜか件の少年ユージンも預けられていた。ムーリエの許でエマは科学を駆使した不可能犯罪の謎に挑む傍ら、ユージンの秘密にも迫ろうとするが、ムーリエ自身にもある疑惑が浮かび上がる——。

蒸気機関の発達によって、我々が知る歴史とは異なる発展を遂げた世界を描くスチームパンクと本格ミステリを融合した本作は、作者の本格ミステリに対するこだわりと、ジャンルを超えた物語(エンターテインメント)志向とに裏打ちされている。スチームパンクが持つレトロフューチャーな雰囲気自体、名探偵が活躍する土壌に適しているが、世界観を活かした奇矯なトリックの愉しさにとどまらず、さらにその歪みを押し広げる、特殊設定であればこその引っ繰り返しが連続して、作品世界を崩壊させることなく小説ならではのメタ領域にまで至る。(笹川)

向こう側の遊園

初野晴

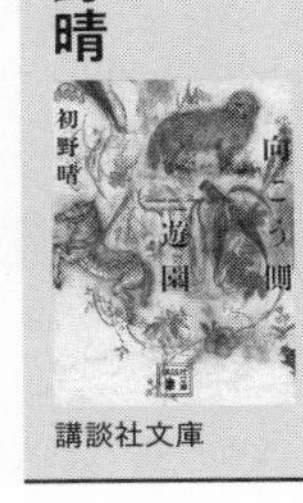

講談社文庫

この街には秘密の動物霊園がある。場所は、郊外にある閉鎖された遊園地の中だ。園内には月の出た深夜にだけ現れる墓守の青年がいて、自分が一番大事にしているものを差し出せば、ペットの埋葬をしてもらえるという。

本書は『カマラとアマラの丘』を改題した、都市伝説が実在する世界を描くファンタジック・ミステリだ。第一章「カマラとアマラの丘」はゴールデンレトリバー、第二章「ブクウスとツォノクワの丘」はビッグフット、第三章「シレネッタの丘」はインコ、第四章「ヴァルキリーの丘」はクマネズミを埋葬し、最終章「星々の審判」で数々の出来事が集約されてゆく。墓守である主人公は森野と名乗り、耳は聞こえないが人間や動物と話をすることができる。彼の前で嘘をつくとひどい目に遭わされるらしい。

幻想的な光景の中で、人智を超えた動物たちの心情や行動が明らかになる。死を通じて明かされる真実は、感動ではなく無慈悲だ。各章の謎が解けていくにしたがって、人間の愚かさとエゴイズムを突きつけられる。特に第三章で出てくる恋の結末は、「人魚姫」のように淡く切なく美しい。(羽住)

64(ロクヨン)

横山秀夫

文春文庫

第五回松本清張賞を受賞した『陰の季節』から始まる、D県警シリーズの第四作。

わずか七日間で幕を閉じた昭和六十四年。D県警管内で七歳の少女・雨宮(あまみや)翔子の誘拐殺人事件が発生した。「ロクヨン」と呼称された事件は未解決に終わる。平成十四年、「ロクヨン」に関わった刑事・三上義信は県警広報官に任ぜられ、警察庁長官の雨宮家視察の段取りに奔走するなど刑事らしからぬ日々を送っていた。そうしたなか「ロクヨン」を模倣した女子高生の誘拐事件が発生した。

本書は『このミステリーがすごい!』等で第一位を獲得するなどした警察小説の傑作だが、本書で紹介したのは、作中の「間違い電話」のエピソードによる。本格物の犯人は「そこまでやるか」と唖然とするくらい、大変な労力を費やす。それと同じ精神を「間違い電話」の人物に感じたのだ。電話の目的と、それを継続した執念には慄然とさせられるが、そのキャラは本格ファンが好むものだと信じる。なお、横山には『第三の時効』など、本格好きを唸らせる作品もある。警察小説の大家と敬遠せず、手を伸ばして欲しい。(廣澤)

江神二郎の洞察

有栖川有栖

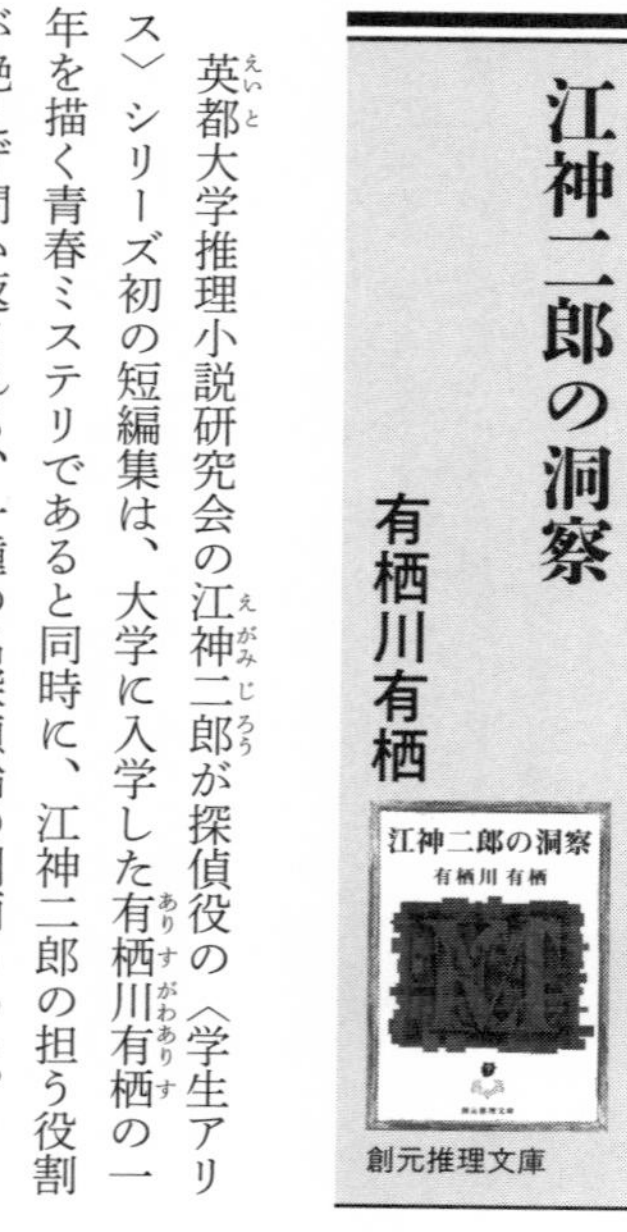

創元推理文庫

英都(えいと)大学推理小説研究会の江神二郎(えがみじろう)が探偵役の〈学生アリス〉シリーズ初の短編集は、大学に入学した有栖川有栖(ありすがわありす)の一年を描く青春ミステリであると同時に、江神二郎の担う役割が絶えず問い返される、一種の名探偵論の側面もある。

春先に起きた講義ノート紛失事件や夏の旅行中に遭遇した轢断事件を通じ、アリスの中で江神は「この手際は限定なしの〈名探偵〉だ」と見なされるようになった。ところがその後、彼らは第一長編『月光ゲーム』の事件に巻き込まれ、心に傷を負ったアリスは、名探偵を「悲しみを養分にする屍肉喰らい」とまで評すに至る。しかし、そんな彼の心を解きほぐすのもまた、ミステリの推理に感動する理由を「人間の最も切ない想いを推理が慰めるからや」と述べる江神の存在なのだ。新年度、新たに推理研に加わったマリアが「名探偵がいても、やっぱり悲しい出来事は止められないんだ」と述懐するのに対し、アリスもいったん同意しつつ、「けれど」と続ける。いくつもの事件を経て、アリスの名探偵観はいかに変化したのか。季節とともに移ろう名探偵の推理の意味を、アリスとともに確かめてほしい。(秋好)

のぞきめ

三津田信三

角川ホラー文庫

作家・三津田信三はホラーやオカルト方面に造詣の深いライター南雲桂喜から、市井の民俗学者・四十澤（あいざわ）想一が著作の中でただ一度だけ触れた「のぞきめ」という謎の怪について聞かされる。その後、三津田が縁あって四十澤から遺贈された未公開ノートには、のぞきめに関する彼自身の体験談が記されているという。かつてそのノートを四十澤の許から無断で持ち出した南雲が警告するのを振り切って中身を読むうち、三津田はかつて親交のあった男から聞いた奇怪な体験談と重なることに気づく——。

特殊な習俗が伝わる山奥の村と、そこに現れる怪異（ホラー）を徹底的に作り込み、事件（ミステリ）を描いていく手法は刀城言耶シリーズと共通するが、初期の作家三部作を受け継ぐ、作者自身を取り込んだメタ趣向と融合。語りの中に鏤められた記述・伏線を拾って、怪異に出来る限り合理的な解釈を加えていくというホラー・ミステリならではの推理を、作者自身が〈探偵〉となって解いていく倒錯した構成は、時を隔てた怪異に共通点を見出す展開と共に、幽霊屋敷シリーズへと発展する。なお、二〇一六年には三木康一郎監督により映画化された。（笹川）

フライ・バイ・ワイヤ

石持浅海

創元推理文庫

宮野隆也のクラスの転入生、一ノ瀬梨香は産学共同の実験で遠隔操作のロボット「ＩＭＭＩＤ−２８」を介した学校生活を送るためやってきた。工科大学の附属高校であり、技術者を目ざしている生徒ばかりだから、梨香はすぐに同級生と馴染むことができ、サポートをしていた隆也もやることがなくなったころ。梨香と待ち合わせていた隆也たちは彼女のロボットの背中が血まみれなことに気がつく。ロボットのそばで級友が撲殺されていたのだ。犯人もその動機もわからないまま、続けて第二の事件が発生。第一発見者はロボットを操る梨香であった。

工学技術が発展した近未来の高校を舞台に、不可解な連続殺人事件が発生する。第一の殺人は遠隔操作における諸事情ですぐそばにいた梨香は気づくことができなかったことなどや、おなじみロボット三原則など緻密な工学の問題と、繊細な少年少女の心模様との二重写しとなり、本格としての軸がどこなのか簡単には摑ませない内容となっている。しかし、読み終えれば、この物語が工学と学校とが織りなす独自性の高い謎解きであったことがわかるはずだ。（蔓葉）

潜伏者

折原一

文春文庫

ノンフィクション作家の笹尾は、自身が予選委員を務めた推理小説新人賞の落選作「堀田守男の手②」という手書き原稿が気になっていた。八年前に北関東で起きた「連続少女失踪事件」の容疑者や二番目の失踪者が、実名で書かれていたのだ。どこまでが本当のことなのか本人に直接確かめたいと、笹尾は同業者の百合子とともに作者について探り始めた。

著者の代表シリーズ『○○者』（個々の作品は独立している）の大半は、現実に起きた事件をモデルにしている。本書で扱われているのは、一九七九年から一九九六年にかけて発生した未解決事件「北関東連続幼女誘拐殺人事件」だ。探偵コンビは東電ＯＬ事件の『追悼者』（二〇一〇年）にも登場する。

事件を追う二人に加え、被害者やその家族を含む関係者たち、容疑者、獄中結婚した妻、手記の作者など、あらゆる背景が交差する。本来なら多視点効果で全貌が明らかになるはずだが、二転三転し、さらに複雑化させて読者を迷宮に落とし込む。作中作を入れ込むくだりも著者の得意技だ。「Ｉｆ」「畏怖」「異父」「１Ｆ」と四部形式で表された「イフ」は、現実からフィクションへの「移付」とも受け取れる。（羽住）

誘拐リフレイン
舞田ひとみの推理ノート

歌野晶午

角川文庫

ジャーナリストの野々島愛から「日本のヨハネスブルグ」とまで呼ばれた、治安の悪い印象の浜倉市。十七歳の引きこもり少年、馬場由宇（ばばゆう）は炎天下のパチンコ屋の駐車場から、車内に置き去りにされた赤ん坊を「誘拐」してしまう。頭髪をオレンジ色に染められたこの赤ん坊は、両親から日常的に虐待されているのではないか…と、由宇は疑いを抱いていたのだ。幼い生命を救うための「善意の救出」だったが、しかし目を離したすきにその子は「再誘拐」され、行方不明に。小学生時代からの幼馴染の舞田ひとみに知恵を借り、赤ん坊の行方を推理し、捜査をこころみるが……。

『名探偵、初心者ですが』から始まる「舞田ひとみの推理ノート」シリーズ三作目（原題『コモリと子守り』を文庫化で改題）。小学五年生だったひとみも十七歳となり、すっかりお姉さんだ。「誘拐」事件の背景にはおぞましい悪意がある。しかしそれは唐突に生まれたものでなく、愚かさ、幼さ、弱さが時間をかけて成長したものだ。トリッキーな展開、謎解きとともに、弱さや愚かさに抵抗する少女の「まっすぐな」成長物語として、できたら一作目から楽しみたい。（大森）

犯罪ホロスコープII
三人の女神の問題
法月綸太郎

光文社文庫

「犯罪ホロスコープ」の第二巻である本書は、タロットカードがつなぐ殺人事件、殺人実行犯の黒幕当て、奇妙なストーカー殺人、山羊座のダイイングメッセージ、存在しない息子の身代金誘拐、転生した息子探しに秘められた犯罪と、陰に陽に十二星座にまつわる事件の数々を名探偵・法月綸太郎が解き明かす本格短編集である。それぞれが天秤座、蠍座、射手座、山羊座、水瓶座、魚座に対応しており、本書でもって十二星座をひととおりまとめたかたちになった。

短編であるがゆえに、読者の予測をひっくり返すプロットの切れ味や思索の荒波を見事乗りこなす綸太郎の姿も楽しめる。またコンパクトなのに人間関係の愛憎や情念は色濃く、らしい。黒幕を巡る鮮やか推理をみせる蠍座の事件のようなトリッキーな内容を皮肉めいた結末へと導いているのも著者本格のお手本のごとき作品から、魚座の事件のようにへんてこな世界に滑り込む作品まで、本格の領域を見渡せることも指摘しておきたい。本格というと論理の端正さばかりに批評の比重が傾きがちだが、本格のふるさとはそれだけではないと本書が示しているかのようだ。(蔓葉)

COLUMN
相棒(バディ)もの

ミステリでは早い時期から、名探偵を助け、時にはその活躍を記述する相棒の存在が重視されてきた(アーサー・コナン・ドイルの作品におけるシャーロック・ホームズの相棒ジョン・H・ワトソンが最も有名であり、そこから「ワトソン役」という言葉も生まれた)。日本のミステリでは、高木彬光作品の神津恭介と松下研三、島田荘司作品の御手洗潔と石岡和己、有栖川有栖作品の火村英生と有栖川有栖などの例が有名だが、近年は「バディもの」という表現がポピュラーになっている。

二〇一〇年代には、青崎有吾「ノッキンオン・ロックドドア」シリーズの御殿場倒理と片無氷雨、米澤穂信「図書委員」シリーズの松倉詩門と堀川次郎、麻耶雄嵩『友達以上探偵未満』の伊賀ももと上野あおのように、名探偵と相棒の役割が固定されておらず、場合によってコンビの一方が名探偵の役割を務める例が目立った(東野圭吾「マスカレード」シリーズの新田浩介と山岸尚美もこれにやや近い)。一方、大山誠一郎『ワトソン力』は、ワトソン役の設定としては前代未聞の特殊設定を盛り込んだユニークな連作だ。(千街)

COLUMN

体験型謎解きゲームの流行

テン年代のトピックとして、体験型謎解きゲームの流行は無視できない。二〇一三年には「ミステリマガジン」のゲーム特集で〈人狼〉〈リアル脱出ゲーム〉や〈人狼〉が扱われ、テレビでもそれらを題材にした特番が放送されていたことからも、その時期から急速な盛り上がりを見せたことが窺える。

リアル脱出ゲームとは、ある密閉された空間から脱出するため参加者がリアルタイムで様々な謎を解いていくというのが基本型のゲームだ。ミステリ作家にもプレイヤーは多いようで、阿津川辰海「第13号船室からの脱出」（『透明人間は密室に潜む』収録）に登場する作中ゲームは紙上での再現度が非常に高い。また、道尾秀介はその体験の面白さを小説に導入する試みとして、読者に能動的な読みを促す『いけない』や『N』を執筆したという。そればかりか、道尾はリアル脱出ゲームを企画運営するSCRAPとタッグを組み『DETECTIVE X』というアナログゲームも発表している。

人狼とはテーブルゲーム『汝は人狼なりや？』およびその類似・派生作の総称。人狼陣営と村人陣営とに分かれ、人狼は人間のフリをしながら村人を襲っていき、村人は自分たちの中に紛れた人狼を特定して処刑することを目指すのが基本的なルールだ。ミステリ作家たちによるリプレイ本『人狼作家』（千澤のり子編著）もある。その人狼＋TRPGと説明されることが多いのが、中国で爆発的に流行り、日本でも一九年頃から話題を呼び始めた〈マーダーミステリー〉である。参加者はミステリ仕立てのシナリオの登場人物となり、真相を推理しながらそれぞれに与えられた目標の達成を目指す。片岡翔『その殺人、本格ミステリに仕立てます。』や漫画『暗号学園のいろは』の作中に登場したことも記憶に新しい。斜線堂有紀の『キルタイム・キラーズ』や我孫子武丸の『さらわれた法廷』など、愛好家として小説家がシナリオ製作に参入する例も増えてきた。

体験型謎解きゲームの流行は、この十年でますます高じた人々の謎解きへの欲望（考察系コンテンツの隆盛もその証左）を反映している。謎解きが〈体験の共有〉を通じたコミュニケーションツールとなっているのも流行の一因だろう。そう考えると、従来の本格ミステリにおける館やクローズドサークルという場も、殺人事件の舞台であると同時に、謎解きの欲望に応え、統制した内輪のコミュニケーション空間として捉え直すことができるかもしれない。（秋好）

2013

森川智喜『スノーホワイト』　2013.02.01

天祢涼『セシューズ・ハイ』　2013.01.23
松本寛大『妖精の墓標』　2013.03.06
法月綸太郎『ノックス・マシン』　2013.03.26
麻見和史『虚空の糸』　2013.04.03
岬鷺宮『失恋探偵ももせ』　2013.04.10
友井羊『ボランティアバスで行こう！』　2013.04.24
石持浅海『わたしたちが少女と呼ばれていた頃』　2013.05.20
長岡弘樹『教場』　2013.06.24
青崎有吾『水族館の殺人』　2013.08.16
菅原和也『ＣＵＴ』　2013.08.31
小林泰三『アリス殺し』　2013.09.20
辻真先『戯作・誕生殺人事件』　2013.09.20
梓崎優『リバーサイド・チルドレン』　2013.09.20
古野まほろ『ぐるりよざ殺人事件』　2013.10.30
麻耶雄嵩『貴族探偵対女探偵』　2013.10.30
石崎幸二『鏡の城の美女』　2013.11.06
深木章子『殺意の構図』　2013.12.20

スノーホワイト

森川智喜

講談社文庫

二〇〇八年、遠井夜空名義で書いた『マジカルランプ 名探偵三途川理と魔法のための魔法による魔法の呪文』が第四回講談社BOX新人賞〝流水大賞〟のあしたの賞を受賞。同年、文芸誌『パンドラ』に掲載された短編「ゴーストスクール 名探偵三途川理と長い長いお別れ」でアンケート人気投票一位を獲得した森川智喜は、二〇一〇年『キャットフード 名探偵三途川理と注文の多い館の殺人』(文庫化時に『キャットフード』と改題)でデビューを果たした。本書は同レーベルから『スノーホワイト 名探偵三途川理と少女の鏡は千の目を持つ』というタイトルで刊行され、第二作にして第十四回本格ミステリ大賞受賞の快挙を成し遂げた。探偵役の三途川理(さんずのがわことわり)はシリーズキャラクターだが、刊行順に関係なく読める。

襟音(えりおと)ママエは、十四歳の中学生ながら探偵事務所を創業し、所長兼唯一の社員として働いている。数インチの小人のグランビー・イングラムが助手を務めているが、周囲には秘密だ。推理が苦手なママエは、事件を解決するために、魔法を唱えると真実のみを伝える特殊な鏡を使用している。

第一部「襟音ママエの事件簿」は、「ハンケチと白雪姫」「糸と白雪姫」「毒と白雪姫」といった三つのCASEが登場し、次第に「こちら」と「あちら」の二つの世界があることが明かされていく。第二部「リンゴをどうぞ」の第一幕「私が殺したい少女」では二つの世界を行き来する人物が登場し、大バトルとなる第二幕「完全犯罪」が幕を開ける。

本来なら探偵事務所の仕事は、依頼に基づき調査をおこない、結果を提示したら終了だ。けれど、本書の依頼人たちは、真実が分かっただけでは納得せず、過程の説明を求める。メルヘンチックな舞台で、オーソドックスといえる謎が登場するため、キャラクター重視の作品に見える。だが、これらのガジェットは、逆説的で高度な論理性を読みやすくするツールの一つにすぎないことがよく分かる。

十年代にブームとなった特殊設定ミステリの「始まり」に該当する作品である。本書が本格ミステリ大賞の候補作に選ばれなかったら、その後の特殊設定ミステリは日の目を見なかったかもしれないといっても過言ではない。(羽住)

議員探偵・漆原翔太郎
セシューズ・ハイ
天祢涼

講談社文庫

優秀な議員だった父の地盤を継ぎ、本人も衆議院議員となった漆原翔太郎。だが「世襲議員に感謝しろ」という発言など、問題行動の数々に支持率は急落、秘書の雲井進は頭を抱えていた。支持率回復のため、地元公園の取り壊し計画を進める元重鎮議員を訪ねたところ、翔太郎は計画の真相を喝破する。しかし、帰り道に翔太郎は、さきほどの推理は適当に言っただけにすぎないと。その後も勲章を巡るトラブルや選挙中のスパイ疑惑などで、類まれな能力を発揮する翔太郎に疑心暗鬼の進。はたして翔太郎は天才なのかおバカなのか。

文庫化に際し『セシューズ・ハイ　議員探偵漆原翔太郎』から改題。これまでの作者のクールな作風から一転、コミカルな五つの短編で描いた本格ミステリ。翔太郎が本気で推理をしているのかわからないため、進が後追い推理をするというスタイルの独自性が光る。二〇一〇年代に展開した推理のディベート化とともに、推理そのものが持つ娯楽性として注目されるべき発見だろう。続編の『都知事探偵・漆原翔太郎』では、さらなるドタバタ劇が読者を待ち受けている。（蔓葉）

妖精の墓標
松本寛大

講談社ノベルス

旧弊な伝統や因襲から生まれる悲劇を、理知や合理で「祓(はら)う」ミステリの骨格は、二十一世紀になっても説得力がある。組織であれ国であれ、危機的な状況を迎えても有効な手を打てず、破滅の瀬戸際で手をこまねく事態をわたしたちはよく目にしているからだ。

地方の山林地主であった新羽(にいばね)家の当主が変死した。末期ガンで余命わずかにもかかわらず、農薬を服毒したらしい。状況に不審を抱く孫、桂木優二は独自に調査をはじめる。直後に親族の画家、滝見伸彦が森の奥の小屋周辺の崖から転落死。幻視した「妖精」をキャンバスに描く幻想画家だ。最近はスランプか、神秘的体験が遠ざかっていた。桂木は知人の認知心理学研究者トーマ・セラに、「妖精」体験の謎の解明を依頼する。ボストンの大学で記憶や感覚について研究し、警察にも捜査協力した経験がトーマにはあった。こうして日本、アメリカとふたつの国でふたりの「探偵」が謎を解くため、調査と推理を始める。『玻璃の家』で第一回ばらのまち福山ミステリー文学新人賞を受賞した著者の、渾身の第二作だ。（大森）

ノックス・マシン

法月綸太郎

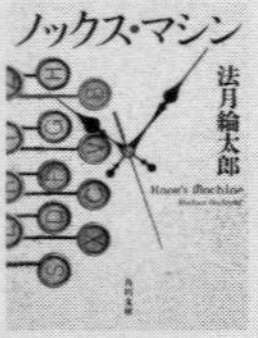

角川文庫

コンピュータによる自動的な物語創作が一般化した二〇五八年。数理文学解析で二十世紀の探偵小説を研究するチンルウは、畑違いの国家科学技術局の長官から開発中のタイムトラベル研究の協力を要請される。チンルウが書いた博士論文にある「ノックスの十戒」がタイムトラベル実用に重要な役目を担っているため、ノックス本人に会いに行けというのだ。

この表題作をはじめ、名探偵のワトソン役たちがある著名作家抹殺を企てる「引き立て役倶楽部の陰謀」、謎の空間に閉じ込められた工作員が脱出法を探る「バベルの牢獄」、『シャム双子の謎』から広がった電子テクストの炎上を止めようと奔走する「論理蒸発——ノックス・マシン2」、これらの作品をおさめたSFミステリ中短編集が本書である。

物語形式に即して判断すれば、どれも本格ミステリではない。だが、本格ミステリの約束事や時代背景がSF設定として物語にみっちり詰め込まれているため、読後感ははっきり本格のそれなのだ。たとえば「論理蒸発」の解決策のひとつは熱烈なクイーン読者なら推理できてしまう。探偵小説とSFが絶妙に融合した摩訶不思議な作品なのである。（蔓葉）

虚空の糸

警視庁殺人分析班

麻見和史

講談社文庫

東京都江東区南砂団地の階段の踊り場で、自殺を装った刺殺死体が発見された。通称「殺人分析班」の捜査十一係が捜査に加わることになり、如月塔子と鷹野秀昭のバディが事件の謎に立ち向かうことになる。しかし、事件は単なる殺人事件ではなく警視庁脅迫事件に発展する。「MH」と名乗る犯人から二億円の要求があり、受け取るまで一日に一人ずつ東京都民を殺してゆくという脅迫があったのだ。そして、身代金の受け渡し役を塔子が担当することになったが、捜査陣を嘲笑うように、第二の死体も発見される。

警察小説と本格ミステリとが見事に融合した作品で、鮎川賞出身の作者らしい手際を楽しめる。犯人の独白部分のミスリードについては、わかっていても騙されてしまうし、中盤のサスペンスについては圧倒的なリーダビリティで、つい一気に読んでしまう。また、事件の真相からは現代の社会問題にも通じる動機も用意されており、社会性の部分でも評価されてよい作品であろう。タイトルの「糸」が作中の随所に鏤められていることにも、作者の巧さを痛感させられる秀作である。原題は『虚空の糸　警視庁捜査一課十一係』。（浦谷）

失恋探偵ももせ

岬鷺宮

電撃文庫

北海道のある高校でミステリ研究会に所属する千代田百瀬と野々村九十九は、失恋した人の依頼でその恋の真実を調査する失恋探偵の活動を秘密裏に行っていった。といっても、実際は失恋探偵の意義を信じる百瀬の助手として、九十九は半ばしかたなく付き合っているのである。とまれ、ふたりは幼なじみが自分のことを振った本当の気持ちや、仲のよかった彼女の態度が急に変わったきっかけ、恋仲だったのに別れることになった婚約者の事情といった失恋にまつわる事実をつきとめていく。

　第十九回電撃小説大賞《電撃文庫MAGAZINE賞》受賞作となる短編集。第三巻まで続き、スピンオフ小説も刊行されている。高校生活につきものの恋愛事情をそのまま探偵ものと直結させたアイデアが光るだけでなく、相談内容や手がかりなど毎回工夫しており、続巻では暗号や消去法のライバル当ての回もある。謎解きとしては小ぶりであるが、探偵役の事実への真剣な向き合い方は、嘘をついて依頼人をケアしようという風潮と違っているのが好ましく、三巻の最終巻では驚くべき事実とともにその姿勢が問われることになる。（蔓葉）

ボランティアバスで行こう！

友井羊

宝島社文庫

三月に東北地方を襲った大地震と津波。テレビで被害を目にした会社員の遠藤幸樹（えんどうこうき）は、大学生・大石和磨（おおいしかずま）が主催するボランティアバスツアーへの参加を決め、山浦（やまうら）地域へと向かう。現地に到着し、瓦礫の撤去作業に励む遠藤だったが、根を詰めすぎた結果、途中で体調不良に陥ってしまう。彼はなぜこの地域のボランティアにここまで入れ込んでいるのか。ツアーには他にも様々なバックグラウンドを持った人たちが乗り込んでいたが、そのなかの一人が遠藤の思いに気づく（「第一章　会社員　遠藤の場合」）。

　ボランティアバスツアーの参加者を主人公とする連作短編集。六つある章のそれぞれでは、語り手を変えながら小さな謎解きが積み重ねられていく。その背景にあるのは常に災害時における様々な問題である。とりわけ、ボランティアをする側と受け入れる側の関係性など、災害を契機として浮上する人間同士のつながりについて繊細な手つきで描き込まれており、それが本書全体に通底するテーマにもなっている。東日本大震災を題材にしたミステリの最初期の例にして、必読の傑作である。（諸岡）

わたしたちが少女と呼ばれていた頃

石持浅海

祥伝社文庫

高校一年の上杉小春は同級生の碓氷優佳とすぐに打ち解けて、仲良くふたりで高校に登校していた時、変わりかけの信号で小春や他の生徒が一斉に走り出すことに驚く優佳。小春いわく、学校近くで赤信号に引っかかると受験で不合格になるという言い伝えがあるそうだ。たわいもない話と思いきや、優佳は言い伝えに隠された小さな企みを発見する。その後も優佳は、同級生の初恋の行方や二日酔いを公言する委員長の秘密など、その観察眼と推理力で意外な事実を見出していく。

『扉は閉ざされたまま』からはじまる碓氷優佳シリーズの四作目。本作はこれまでと違い、優佳と小春たちの三年間にわたる高校時代を七編の短編で描く青春本格ミステリとなる。四季折々の学校行事や受験勉強の辛さといった生活のなか、同級生の恋愛の行く末や志望校の変更の理由といった出来事に優佳の鋭い推理が展開される。謎自体ではなく、推理することで謎が光り輝く形式なのもシリーズ通りではあるが、それ以上に、コミカルな学園模様が実は恐ろしき名探偵像をなぞっていたことを知ることになるのもシリーズらしい。あらためて碓氷優佳という存在に驚嘆できる一冊である。(蔓葉)

教場

長岡弘樹

小学館文庫

休職した教官の代理で、風間公親係長が警察学校第九十八期短期過程の担任に着任した。五十がらみで白髪頭、焦点の定まらない目で、警察官としての資質に欠ける学生たちを篩にかけてゆく。職務質問の成績が最低だった宮坂は、ペナルティとして「その日に気づいた点を報せに来い」とスパイのような役割を命じられた。風間から退校届を突きつけられるのは誰なのか。過酷な訓練と授業、厳しい規則に縛られた半年にわたる寮生活で、学生同士の確執が浮き彫りになる。

警察小説はジャンルとして確立されたが、警察学校を舞台にした作品は類まれだ。著者の代表シリーズとなる第一作には、「職質」「牢問」「蟻穴」「調達」「異物」「背水」の六話が収録され、各話ごとに主人公の学生が異なっている。それぞれの視点から描かれた教場は、現実と非現実の境目が分からなくなるほど生々しい。毎日提出しなければならない日記から嘘が暴かれる「蟻穴」の不気味さが、特に秀逸だ。

「既視感ゼロ」とうたわれた本書は、週刊文春ミステリーランキングの第一位を獲得、第十四回本格ミステリ大賞の候補選ばれた後、メディアミックス化もされた。(羽住)

水族館の殺人

青崎有吾

創元推理文庫

横浜の水族館で水槽に落ちた飼育員がサメに喰い殺される事件が発生。現場へ先に到着した刑事の話では、飼育員は首を切られて落下しており、その地点から離れたところに凶器があったこと、また落下地点から立ち去る血の足跡もあり、仙堂警部は殺人事件として関係者に聞き込みを続けた。しかし、容疑者十一人全員には鉄壁のアリバイがあった。頭を抱えた仙堂警部は、六月に風ヶ丘高校の体育館の殺人を見事解決した高校生、裏染(うらぞめ)天馬にしぶしぶ協力を要請するのだった。彼はアリバイトリックを検証したり、指針を見つけては確認するが、容疑者が減っては増えるの繰り返しだった。

第二十二回鮎川哲也賞を受賞した『体育館の殺人』に続く第二作。前作同様、手がかりに基づく推理で犯人を絞り込めるが、今回は現場に残されたモップやバケツなど、ありふれた道具でどれを手がかりとするか悩ましい。前作よりも手がかりの伏線化がさり気なくもねちっこく、仮説のスクラップ&ビルドも複雑化し、犯人を絞り込むのは難しい。さらに推理とは別ルートで囲い込む犯人の動機にも。だか、辿り着けないわけではない。本格の真の愉悦を堪能されたし。（蔓葉）

CUT

菅原和也

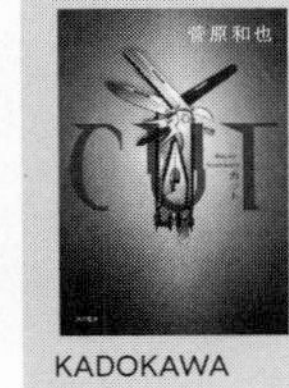

KADOKAWA

キャバクラのボーイ安永透は派遣キャバ嬢のエコ（廃園絵(はいぞの)子）を車で送る途中、女子高生の首なし死体と遭遇。探偵のバイトを掛け持ちするエコに誘われ、連続少女首切り殺人の調査を手伝うことになる。店の常連客で翻訳家の月島を訪ねた二人は、マンションの仕事部屋で彼の死体を発見。大量の蔵書で床が抜けたため、エコは現場が出入り不可能な《重力密室》だったと推理するが、透の機転で月島の息子が隣室の住人に誘拐されたという刑事の会話を盗み聞き……。

『さあ、地獄に堕ちよう』（二〇一二年）で第三十二回横溝正史ミステリ大賞を史上最年少受賞した奇才の第二作。単行本帯の「予測不能、後味最悪！」「二度読み必至」という惹句が目を引くが、そもそも作者は『ハサミ男』で本格ミステリに開眼したという。人間らしい感情を示さず「死体の首を切断する理由」にこだわるエコの性格といい、シリアルキラーの一人称とトラウマを抱える透の視点を交互に描く仏ミステリ風の構成といい、本書は殊能将之チルドレンが亡き王様に捧げた鎮魂の書なのだ。客引きの目で通行人を観察する印象的な場面はポー「群集の人」の現代版。（法月）

アリス殺し

小林泰三

創元推理文庫

栗栖川亜理が繰り返し見る不思議の国の夢は現実とリンクしていた。ハンプティ・ダンプティが塀から堕ちる夢を見た日、〝玉子〟という綽名の男が屋上から墜死する。玉子はハンプティ・ダンプティ、友人の井森は蜥蜴のビルとして不思議の国の夢を共有していた。井森がアーヴァタール現象と呼ぶこのリンクによって、不思議の国ではアリスが帽子屋と三日月兎にハンプティ・ダンプティ殺害犯と名指しされ、現実世界では亜理に刑事コンビがつきまとう。次々とアーヴァタールが現れる中、二つの世界を股にかけた連続殺人が――。

『不思議の国のアリス』はミステリと相性が良いが、その奇矯な論理やナンセンスな残酷さは小林泰三の作風とも響き合う。不思議の国と現実とを往還することで、作者特有の歪んだ論理・会話は普通になっていくが、アーヴァタールが体験・記憶を共有しても全くの同一人物というわけではないというメタ的なズレにミステリ的な仕掛け(トリック)が施されている。この後も《メルヘン殺し》として『くるみ割り人形』他ホフマン作品、『オズの魔法使い』、『ピーター・パン』と邪悪化していくが、作者の急逝により中絶したのが残念でならない。(笹川)

戯作・誕生殺人事件

辻真先

東京創元社

北関東の外れに居を構えた牧薩次とキリコ夫妻はキリコの初産に備えてヘルパー役に、どこか影を湛えた中学生の少女・美祢(みや)を住み込ませる。美祢の養家である鷹取神社では、かつて主役を巡って町の勢力争いに発展した末、少女の一方が消え、もう一方は障害を負う事態に至ったため中止されていた鷹取少女歌舞伎を、美祢を主役にして四十六年ぶりに復活させようとしていた。そんな折、牧家に江戸の歌舞伎を題材にした謎の古いミステリ原稿が届けられる――。

一九七二年、作者のオリジナル長篇ミステリ第一作である『仮題・中学殺人事件』以来、ゆっくりと年齢を重ねながら辻作品の中心的な探偵役を務めてきた薩次&キリコの、ついに大団円。辻作品の〝若さ〟を担ってきた二人が人の親になるという時の流れは感慨深いが、少女たちに背負わせる青春の苦さというにはあまりに陰惨な大人の事情や今日的なセクシャリティの問題、作中作に施す仕掛けとメタ趣向、人物描写に巧妙に紛らせた伏線など、シリーズの特徴は相変わらずだ。メタ的に〝意外な犯人〟こそないものの、別の形での読者の巻き込み方もまた、歴史あればこそのメタ趣向。(笹川)

リバーサイド・チルドレン

梓崎優

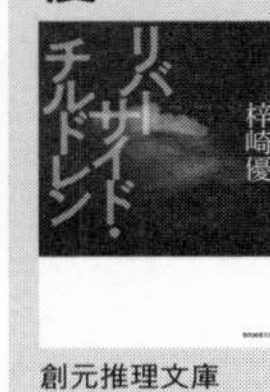

創元推理文庫

第十六回大藪春彦賞受賞。十三歳のミサキはストリート・チルドレンだ。太陽のような性格のヴェニイを中心に集まった少年たちは、川辺に建てた小屋に隠れ住んでいた。赤い傘を持った少女との出会い。しかしミサキの日常は無残にも砕け散った。彼らが「黒」と呼んでいる天敵の警官に、仲間を殺されてしまったのだ。さらに墓守グループと呼ばれる集団が介入したとき、少年たちの中で連続殺人事件が発生する。犯人の目的は何か。誰も生死を気にしない、虫ケラ以下の少年たちに、逆に殺されるだけの価値があるというのか……。

主人公の少年は実は日本人である。舞台は雨期のカンボジア。どうして日本生まれ日本育ちの少年が、異国でストリート・チルドレンなどをやっているのか。作中にいちおうの説明はあるが、言ってしまえば作劇上の要請である。その無理を飲み込んでほしい。それに見合った満足感を本作から必ず得られるだろうから。後半で起こる連続殺人の謎解きはあくまで論理的（あの人も再登場する）。そして終盤に訪れる二つの衝撃。たった二行で世界が縦横に反転する。張られた伏線の数はギネス級。本書の真価は再読時にわかる。（市川）

ぐるりよざ殺人事件
セーラー服と黙示録

古野まほろ

角川文庫

愛知県にあるヴァチカン直轄の聖アリスガワ女学校。探偵能力の養成を目的とした恒例の春期研修旅行で、第三〇班七人の行先は同県僻地の富山村に設定されていた。しかしどこまでがシナリオだったのか。バスの運転手は本当に毒死し、女学生七人も薬で眠らされる。目覚めた場所は、世間からその存在を忘れられた鬱墓村。百人強の住人はみな敬虔なカトリック教徒で、全員が十戒を守っているというが、「汝、殺すなかれ」の戒律に反し殺人事件が発生し、「汝、偽証するなかれ」の戒律があるのに犯人は容易に見つからない……。

文庫化に際して『背徳のぐるりよざ』から改題。とにかく独自の設定が多い作品である。まずは前作『セーラー服と黙示録』（二〇一二年）に始まるシリーズ上の学園の特異な設定があり、そして今回の舞台となる隠れ里的な村の設定が上乗せされる。横溝正史『八つ墓村』のパロディ要素もあり、大量の情報の氾濫に圧倒される。謎解きも非常に手が込んでおり、その歯応えは本書で紹介した三百冊の中でもトップレベル。著者がデビュー作等で見せていた「奇書」指向のひとつの成果として評価できよう。（市川）

貴族探偵対女探偵

麻耶雄嵩

集英社文庫

雪の山荘が舞台の「白きを見れば」では、古井戸のある地下室で事件が発生。「色に出でにけり」は恋多き女性の別荘で人が死ぬ。「むべ山風を」は大学の研究室が舞台。「幣もとりあへず」は山奥の温泉旅館で、「なほあまりある」は孤島の別荘で、それぞれ殺人事件が発生。毎度毎度、現場に居合わせる貴族探偵は、推理をすべて使用人任せにして……。

前作『貴族探偵』（二〇一〇年）に比べ、新レギュラーの高徳愛香（女探偵）が追加され、さらにパワーアップした本作。今回の五編は、愛香の推理がまず披露され、その後に貴族探偵（の使用人）が真相を明らかにするという、多重解決の趣向が盛り込まれている。ダミーの推理が充分論理的なのが凄いが、そこにとんでもない縛りが加味されていて読者を驚かせる。第四話では超絶技巧ふたたび、第五話ではパターンを外したかと思わせてそう来たかという着地も鮮やかで、粒揃いどころか大粒揃いの本書は二〇一四年版《本格ミステリ・ベスト10》で一位を獲得。二〇一七年には『貴族探偵』のタイトルで（前作と取り混ぜて）月9でドラマ化され、貴族探偵を相葉雅紀が、女探偵を武井咲が好演した。（市川）

鏡の城の美女

石崎幸二

講談社ノベルス

大手美容チェーン天野ビューティグループは、三千人の顧客の身体3Dデータ、氏名、住所などの情報を盗まれたと発表した。その後、脚、髪など、身体の一部に赤いスプレー塗料を吹きかけられる通り魔事件が発生。被害者は天野ビューティーの顧客たちだ。世間は犯人を「美の略奪者パーツキラー」と呼んだ。最初は単なる愉快犯に思われたが、ついに殺人事件が。警察が本腰を入れるタイミングで、天野ビューティーはパーツキラーに宣戦布告。南紀白浜の自社リゾート施設にある「鏡の城」＝不銹城で迎え撃つという。そこでは天野会長の娘で「最も美しい顔」の持ち主、天野鏡子が暮らしていた。例によって事件に巻き込まれた櫻蘭女子学院高校ミステリィ研究会のミリア、ユリ、仁美、そして顧問の石崎幸二は、七枚の扉の奥の奇怪な密室殺人事件に遭遇する。

ミリア&ユリ・シリーズの十作目。単純だが意表を衝かれる真相だ。密室トリックはワンアイディア。この密室殺人とパーツキラー事件をたくみに組み合わせ、作者は複雑な構図を器用にまとめる。ミステリィ研究会メンバーと石崎の掛け合いも好調。次作が待ち遠しい。（大森）

殺意の構図
探偵の依頼人

深木章子

光文社文庫

資産家の峰岸巖雄が自宅に放火されて死亡し、長女・朱実の夫で婿養子の諒一が逮捕された。諒一は事件当日、自分が家から一歩も外に出なかったと弁護士の衣田に主張するが、現場では彼の姿が目撃されており、弁護側の敗色は濃厚だった。ところが、思わぬ出来事を機に、諒一は今まで事情があって隠していた完全なアリバイがあることを告白する。

第三回ばらのまち福山ミステリー文学新人賞を受賞した著者のデビュー作『鬼畜の家』、および第二作『衣更月家の一族』に登場した私立探偵・榊原聡シリーズの第三作にして現時点での最終作。始まって三分の一くらいまでは、元弁護士である著者の経歴を活かした法廷ミステリ仕立てだが、全体としては、榊原家とその親戚の今村家という二つの家族の複雑極まる人間関係を背景に、相次ぐ怪死事件の真相をトリッキーな構成によってミスリードすることに成功した作品となっている。疑心暗鬼に囚われ、互いを疑い合う両家の人々の心理描写の中に、手掛かりが巧みに埋め込まれている点に要注目。「探偵の依頼人」というサブタイトルに秘められた、探偵・榊原の真の立ち位置が深い余韻を残す。（千街）

COLUMN

ライト文芸

ライトノベルでミステリを冠する作品が減少した中、表紙にイラスト絵を採用した東川篤哉『謎解きはディナーのあとで』や三上延『ビブリア古書堂の事件手帖』（メディアワークス文庫）などの大ヒットが契機となり、ライト文芸やキャラ文芸などと呼ばれる、キャラを主体とした文庫書下ろしの新たな鉱脈が見出され、以後膨大な量の新レーベルが誕生し、その中から多くのミステリ作品や青春小説などが登場してきた。キャラ重視はラノベ同様だが、お仕事ミステリなど日常に立脚した作品が多く、ラノベより女性読者を想定した連作ものが多い。中には講談社タイガや新潮文庫ｎｅｘ等、ミステリに強い叢書もある。また一般文庫でも宝島社文庫・創元推理文庫・ハヤカワ文庫など様々な文庫でライト文芸の特徴を具えた本が多数刊行され、ミステリの裾野が広がった。

他にも小説投稿サイトから派生した異世界転生などのなろう系小説やゲームの派生作品が多い四六判並製の「新文芸」と呼ばれるジャンルも定着してきて、こちらはラノベ的なミステリの受け皿になった。ミステリに強い叢書として星海社ＦＩＣＴＩＯＮＳなどがある。（嵩平）

災厄とミステリ

本書が取り扱っている範囲は二〇一一年から二〇二二年までだが、奇しくもこの十一年は「東日本大震災からコロナ禍まで」の時期となっている。

二〇一一年三月十一日の東日本大震災は、東北の太平洋岸を中心に大きな被害を齎(もたら)した。また、過去の災害との違いとして、原発のメルトダウンを伴ったため、原発政策に対する国民の意見が完全に賛否に分断されてしまったことが挙げられる。

そのようなセンシティヴなモチーフだけに、ミステリで直接扱われた例は多くはないが、恐らく最も早い作例は、秦建日子『刑事・雪平夏見　愛娘にさよならを』（二〇一一年九月刊）と思われる。その翌月には島田荘司『ゴーグル男の怪』が刊行された。中山七里は『アポロンの嘲笑』『護られなかった者たちへ』など、震災を扱った作品を複数発表している。相場英雄、柴田哲孝、真山仁、原尞らにも震災ミステリの作例はあるが、本格とは言い難い。原発作業員が登場するミステリとしては、東野圭吾『祈りの幕が下りる時』があった。だが、震災ミステリの最高傑作は友井羊『ボランティアバスで行こう！』だろう。

震災自体を直接テーマにしてはいないが、その余波が描かれるのが浅倉秋成『六人の嘘つきな大学生』。本来なら六人の登場人物全員が志望の企業に入れた筈なのに、震災の影響で六人中一人しか採用されないと決まったことから物語が動き出す。同様に、葉真中顕『ロスト・ケア』や三上延『ビブリア古書堂の事件手帖４　栞子さんと二つの顔』などでも背景に震災が点描される。今村昌弘『屍人荘の殺人』の語り手である葉村譲が中学時代に体験したのも恐らく東日本大震災の筈だ。

一方、二〇二〇年に全世界に拡大した新型コロナウイルスを何らかのかたちで扱ったミステリは、二〇二三年現在、それなりの数に上っている。ただし、本格ミステリはさほど多いわけではない。アンソロジーでは二〇二〇年に『ステイホームの密室殺人』全二巻があったが、有栖川有栖『捜査線上の夕映え』、潮谷験『エンドロール』、阿津川辰海『入れ子細工の夜』など、コロナ禍を背景にした本格ミステリの多くは二〇二二年になってから刊行されている。

あくまでトリッキーな本格のフォーマットでこうした災厄を扱うのは至難の業であり、それだけに作家としての腕前が試されるジャンルでもある。（千街）

COLUM

二〇一〇年代のラノベミステリ Web小説とライト文芸のあいだで

浅木原忍

二〇一〇年代のライトノベル界は、「小説家になろう」をはじめとするWeb小説の奔流と、いわゆるライト文芸の確立というふたつの大きな潮流によって、ゼロ年代から大きく様変わりした。

狭義のライトノベルにおいては、新人賞からデビューし文庫書き下ろしのシリーズでヒットを生み出す、という従来のビジネスモデルに対し、「小説家になろう」をはじめとするWeb小説投稿サイトに連載している作品からの、主に単行本（B6判）での書籍化という新たなデビューの道筋とビジネスモデルが生まれ、既存作家が投稿サイトを利用してヒット作を出すケースもあれば、新人賞が投稿サイトからの投稿を受け付けるのも当たり前となり、もはやライトノベルとWeb小説とは切っても切り離せない関係となっている。

また、ゼロ年代から徐々に進んでいたライトノベルと一般文芸の垣根を崩していこうとする流れのひとつの結節点として「ライト文芸」「キャラクター文芸」などと称される、キャラクター性を前に出した、文庫書き下ろしを中心とするイラスト表紙の専門レーベルが続々と登場し、一般文芸の中に当たり前に共存するようになった。小野不由美『十二国記』の山田章博のイラストが講談社文庫入りに際して削除された二〇年前からは、まさに隔世の感がある。

そんな状況の中、内部ジャンルとしてのミステリーの立ち位置は、狭義のライトノベルおよびWeb小説系と、ライト文芸系とで大きく異なることとなった。

まず、ライト文芸系から見ていこう。

もちろん最大のトピックは、二〇一一年の三上延『ビブリア古書堂の事件手帖』（メディアワークス文庫）のメガヒットである。前年の東川篤哉『謎解きはディナーのあとで』（小学館）とあわせて「ライトノベル的なキャラクター性の強い作品」の需要に大きく注目が集まり、二〇一四年から二〇一五年にかけて、富士見L文庫、新潮文庫nex、集英社オレンジ文庫、講談社タイガなどの専門レーベルが続々と創刊され、角川文庫や宝島社文庫などの一般レーベルでもライト文芸（的な作品）に力を入れるレーベルも増えた。そして、こうした流れのため、ライト文芸においては「ライトミステリー」「キャラミス」が主流ジャンルのひとつとして定着することとなった。

古書店を舞台にした『ビブリア』の影響は特に大きく、岡崎琢磨『珈琲店タレーランの事件簿』や友井羊『スープ屋しずくの謎解き朝ごはん』(ともに宝島社文庫)、近江泉美『オーダーは探偵に』(メディアワークス文庫)、阿部暁子『鎌倉香房メモリーズ』や辻村七子『宝石商リチャード氏の謎鑑定』(ともに集英社オレンジ文庫)、望月麻衣『京都寺町三条のホームズ』(双葉文庫)といった飲食店や何らかの専門店を舞台にしたお仕事・お店ものが多数登場。また太田紫織『櫻子さんの足下には死体が埋まっている』、松岡圭祐『万能鑑定士Qの事件簿』(ともに角川文庫)、知念実希人『天久鷹央の推理カルテ』(新潮文庫nex)、青柳碧人『浜村渚の計算ノート』(講談社文庫)などの専門的な知識をもった女性探偵もののシリーズも人気を博した。

こういったライトミステリーの先駆ともいえる神永学『心霊探偵八雲』(KADOKAWA)は二〇二〇年に本編が完結。同様のホラー系の作品では櫛木理宇『ホーンテッド・キャンパス』(角川ホラー文庫)、特殊能力探偵ものでは山口幸三郎『探偵・日暮旅人』シリーズ(メディアワークス文庫)などがある。

これらライト文芸系レーベルの中で、本格ミステリ寄りの立ち位置にあるのが講談社タイガで、阿津川辰海『紅蓮館の殺人』『蒼海館の殺人』や青崎有吾『アンデッドガール・マーダーファルス』のような本格界の話題作のほか、城平京『虚構推理』を再文庫化し続刊を刊行するなどしている。他にメフィスト賞受賞作でドラマ化された木元哉多『閻魔堂沙羅の推理奇譚』シリーズ、同じくドラマ化された井上真偽『探偵が早すぎる』、アニメ化された西尾維新『美少年』シリーズ、汀こるものの平安ミステリ『探偵は御簾のなか』シリーズ、古野まほろ『臨床真実士ユイカの論理』シリーズなど。

新潮文庫nexも、円居挽『シャーロック・ノート』や瀬川コウ『謎解き乙女』シリーズ、月原渉『使用人探偵シズカ』シリーズ、早坂吝『探偵AIのリアル・ディープラーニング』シリーズなどの書き下ろし新作に加え、島田荘司の御手洗潔シリーズ作品の再刊、七河迦南『わたしの隣の王国』(『夢と魔法の国のリドル』に改題)や詠坂雄二『人ノ町』の文庫化など、本格ミステリに力を入れているレーベルと言える。

本家本元のメディアワークス文庫からは、野崎まどや斜線堂有紀、八重野統摩といった作家が輩出されているのも見逃してはならないだろう。

その他、ライト文芸レーベルでの注目作には、静月遠火『真夏の日の夢』、小川晴央『僕が七不思議になったわけ』(ともにメディアワークス文庫)、階知彦『シャーベット・ゲーム』(SKYHIGH文庫)、オキシタケヒコ『おそれミミズク あるいは彼岸の渡し綱』(講談社タイガ)、楠谷佑『無気力探偵』、『家政夫くんは名探偵!』シリーズ(ともにファン文庫)などを挙げておきたい。

一方、狭義のライトノベルおよびWeb小説方面では、二〇〇九年に富士見ミステリー文庫が終了して以降、ミステリーを中心とした新たなレーベルが立ち上がることはなく、現在もなお「ライトノベルとミステリーは相性が悪い」という言説は常に囁かれ続けている。そのようにミステリーは決して主流ジャンルとはなれていないが、そんな逆境の中でもミステリーは試みられ続けており、またミステリー的な要素を用いている作品も決して少なくはない。

　文庫作品から見ていこう。二〇一〇年以前からの人気シリーズでは、河野裕『サクラダリセット』（角川スニーカー文庫）、甲田学人『断章のグリム』（電撃文庫）などが完結した。特にこの二作は、現在の特殊設定ミステリの文脈で改めて注目すべき作品だろう。

　続いて二〇一一年以降の新作。学園・青春ミステリ系では、玩具堂『子ひつじは迷わない』（角川スニーカー文庫）、岬鷺宮『失恋探偵ももせ』、十階堂一系『赤村崎葵子の分析はデタラメ』（ともに電撃文庫）、鳳乃一真『龍ヶ嬢七々々の埋蔵金』およびそのスピンオフ『壱級天災の極めて不本意な名推理』（ファミ通文庫）、酒井田寛太郎『ジャナ研の憂鬱な事件簿』（ガガガ文庫）などが評価を集めた。米倉あきら『インテリぶる推理少女とハメたいせんせい』（ＨＪ文庫）なんて怪作も。谷川流の涼宮ハルヒシリーズ九年ぶりの新刊となった『涼宮ハルヒの直観』（角川スニーカー文庫）は、書き下ろしの「鶴屋さんの挑戦」の濃厚な本格ミステリ談義が本格ファンの間でも話題となった。

　異世界ファンタジー系では、橙乃ままれ『まおゆう魔王勇者』（エンターブレイン）の大ヒット以降急増した「魔王と勇者」ものの中から、山形石雄『六花の勇者』（スーパーダッシュ文庫）や田代裕彦『魔王殺しと偽りの勇者』（ファミ通文庫）などＲＰＧファンタジー×本格ミステリの意欲作が登場。他に紙城境介『ウィッチハント・カーテンコール 超歴史的殺人事件』（ダッシュエックス文庫）、学園ファンタジーでは赤月黎『魔女狩り探偵春夏秋冬セツナ』（スーパーダッシュ文庫）などがミステリファンの評価を集めた。

うれま庄司『マジカル†デスゲーム』（ファンタジア文庫）、氷桃甘雪『六人の赤ずきんは今夜食べられる』（ガガガ文庫）など、人狼ゲームの流行を反映した作品も見逃せない。これらと関連して、犯人探しの要素のあるラブコメがあり、田口一『この中に一人、妹がいる！』（ＭＦ文庫Ｊ）、田代裕彦『修羅場な俺と乙女禁猟区』（ファミ通文庫）など。

　美少女たちによる騙し合いのスパイアクションに大胆な仕掛けを施した、竹町『スパイ教室』（ファンタジア文庫）は、そうしたライトノベルとミステリー要素の融合のひとつの大きな成功例と言えるのではないだろうか。

　探偵をタイトルに冠したものでは、中維『探偵失格』（電撃文庫）などがあったが、二語十『探偵はもう、死んでいる。』（ＭＦ文庫Ｊ）が近年のヒット作。

　Ｗｅｂ小説からの文庫書籍化作品では、日向夏『薬屋のひとりごと』（ヒーロー文庫）が二〇二三年にアニメ化など人気を博している（前述したライト文芸系では、『櫻子さん～』や『京都寺町三条のホームズ』が「エブリスタ」発）。

　またボカロ小説の流れからは、てにをはが『また殺されてしまったのですね、探偵様』（ＭＦ文庫Ｊ）などのミステリー系の作品で活躍している。

　その他、文庫作品の注目作では、橘ユマ『うさぎ強盗には死んでもらう』（角川スニーカー文庫）、周藤蓮『賭博師は祈らない』、逆井卓馬『豚のレバーは加熱しろ』、菊石まれほ『ユア・フォルマ』（いずれも電撃文庫）など。『リンドウにさよならを』『彼女のＬ』（ともにファミ通文庫）などの三田千恵にも注目。

　Ｗｅｂ小説発の単行本作品ではミステリー系はさらに少なく、依空まつり『サイレント・ウィッチ』（カドカワＢＯＯＫＳ）が目立つ程度だが、八槻翔『天空城殺人事件』（ＭＦブックス）、片里鴎『異世界の名探偵』（レジェンドノベルス）など、異世界転生やＲＰＧファンタジーと本格ミステリのマッシュアップを試みた特殊設定ミステリの意欲作もある。

　アニメ『魔法少女まどか☆マギカ』やゲーム『STEINS:GATE』などの影響を受けたループものの流行も二〇一〇年代の大きなトピック。ループものは、起きてしまった問題を繰り返しの試行錯誤で解決していくという構造と伏線回収が要求されることからミステリ的な構成を取ることが多く、ループものの代表作である長月達平『Re:ゼロから始める異世界生活』（ＭＦ文庫Ｊ）をはじめとしてミステリ的にも楽しめる作品は多い。近江泉美『死に戻り勇者は魔王を倒せない』（電撃の新文芸）や焦田シューマイ『結婚初夜のデスループ』（Ｍノベルス）などをピックアップしておこう。

　その他の単行本作品では、講談社ＢＯＸと実質的にその後を継いでいる星海社ＦＩＣＴＩＯＮＳがミステリで気を吐いている。講談社ＢＯＸは西尾維新『忘却探偵』シリーズ、浅倉秋成のデビュー作『ノワール・レヴナント』、森川智喜の本格ミステリ大賞受賞作『スノーホワイト』など。星海社ＦＩＣＴＩＯＮＳは、一肇『フェノメノ』シリーズ、北山猛邦『ダンガンロンパ霧切』シリーズ、中村あき『ロジック・ロック・フェスティバル』、筒城灯士郎『世界樹の棺』、手代木正太郎『不死人の検屍人』、紙城境介『僕が答える君の謎解き』、アンソロジー『ステイホームの密室殺人』や『ＦＧＯミステリー小説アンソロジー カルデアの事件簿』などがある。

　二〇二三年冬アニメでは『スパイ教室』がアニメ化され、『虚構推理』の第二期も放映された。本稿執筆時点でも『アンデッドガール・マーダーファルス』や『豚のレバーは加熱しろ』、『薬屋のひとりごと』、『スパイ教室』第二期の放映が控えている。またこうした流れの影響か、二〇二三年から駒居未鳥『アマルガム・ハウンド』（電撃文庫）、メグリくくる『暗殺者は黄昏に笑う』（オーバーラップ文庫）、水鏡月聖『僕らは『読み』を間違える』（角川スニーカー文庫）、オーノ・コナ『勇者認定官と奴隷少女の奇妙な事件簿』（講談社ラノベ文庫）など、ミステリー系の作品でデビューする新人も相次いで登場している。ラノベミステリの未来は意外と明るいのかもしれない。

2014

麻耶雄嵩『さよなら神様』　2014.08.10

田代裕彦『魔王殺しと偽りの勇者』　2014.01.07
円居挽『河原町ルヴォワール』　2014.03.03
連城三紀彦『小さな異邦人』　2014.03.10
米澤穂信『満願』　2014.03.20
仁科裕貴『罪色の環』　2014.03.25
山本弘『僕の光輝く世界』　2014.04.08
月原渉『オスプレイ殺人事件』　2014.04.20
鯨統一郎『冷たい太陽』　2014.06.20
平石貴樹『松谷警部と三鷹の石』　2014.07.25
乾緑郎『機巧のイヴ』　2014.08.00
下村敦史『闇に香る嘘』　2014.08.05
長江俊和『出版禁止』　2014.08.20
芦辺拓『異次元の館の殺人』　2014.08.20
岡田秀文『黒龍荘の惨劇』　2014.08.20
早坂吝『○○○○○○○○殺人事件　2014.09.03
深水黎一郎『大癋見警部の事件簿』　2014.09.20
東川篤哉『純喫茶「一服堂」の四季』　2014.10.08
西尾維新『掟上今日子の備忘録』　2014.10.15
霞流一『フライプレイ！』　2014.10.27
連城三紀彦『女王』　2014.10.28
柄刀一『密室の神話』　2014.10.30
北山猛邦『オルゴーリェンヌ』　2014.11.21
周木律『雪山の檻』　2014.12.20

さよなら神様

麻耶雄嵩

文春文庫

「犯人は上林(うえばやし)護(まもる)だよ」

第一話がこんな台詞で始まる、破格の連作短編集である。本書には六つの短編が収められているが、小学五年生の主人公に向かって、同級生の鈴木（自称神様）が犯人の名前を告げる場面から始まるのが基本パターン。全知全能の神が日本の片田舎で小学生をやっているのも変な話だが、読者のほとんどは、「神様」が保証する以上はそれが真相だと信じた上で、各短編を犯人当て以外の興味を持って読むことになる。

第一話「少年探偵団と神様」は、真相の一部にあえて偶然性を取り入れることで、モヤモヤが残る仕上がりになっている。第二話「アリバイくずし」で探偵団たちは難攻不落のアリバイを崩すことに成功するのだが、第一話以上のモヤモヤが残ることに。第三話「ダムからの遠い道」も同様で、読者に真相を暗示しつつ、鈴木が絶対的存在であるという確証を与えないよう、著者は心血を注いでいるかのようだ。

連作短編で始まったシリーズの続編として書かれた長編が評価された例は比較的多いが、その逆順を辿るシリーズは、読者の側に特にそれを求める声が少ないぶん、苦戦する印象がある。本書の前作である短めの長編『神様ゲーム』（二〇〇五年）は、小学生の探偵団が出てくる内容からは想像もつかないロジックの難解さと、そこから導かれる真相の容赦なさが話題となった。それと比較すると本書の最初の三編は、やや物足りなさを感じるだろう。しかし本書には「連作」としての狙いが明確にあり、最初の三編は捻りの少ない話が必要で（それでもけっこう捻くれているのだが）、それらを踏まえて「バレンタイン昔語り」の仕掛けが発動し、「比土との対決」がさらにその後に、そして「さよなら、神様」が最後に来るという構成は、結果的に前作を凌ぐ評価をもたらした。短編の単品評価からすれば第四話にピークが来てしまうが、全体の流れはちゃんとクレッシェンドになっている。その構築性が正しく評価された結果、本書は《本格ミステリ・ベスト10》二〇一五年版の第一位と、第十五回本格ミステリ大賞受賞の二冠に輝いた。前作と同様、難度の設定が上級者向けになっているが、本格好きなら必読の名作だ。（市川）

魔王殺しと偽りの勇者

田代裕彦

ファミ通文庫

三百年前、勇者アルフは大魔王タラニスを打倒すると、魔王が君臨していた島に国を造り、その王となった。その後、百年に一度、魔王は蘇るも、勇者の末裔によってそのたびに倒されていた。そして現在、再び蘇った魔王が三度倒されたのだが、今回は誰が魔王を倒したのかわからない。占いによって選ばれた四人の勇者候補に尋ねると誰もが自分が倒したという返答する始末。困った現国王は、王宮戦士エレインにある者とともに真の勇者を探す任務を与える。その者とは、勇者の末裔でありながら魔族となったユーサーであった。

『平井骸惚此中ニ有リ』で第三回ヤングミステリー大賞の大賞を受賞した著者によるファンタジーミステリ。全二巻のボリュームだが、ページの大半は騎士や聖女など勇者候補の調査に費やされる。魔王討伐にまつわる経緯や、勇者の国の事情、魔族との関係などが紐解かれるとともに、それらはあらたな手がかりとなり、少しずつ勇者候補が絞られる。しかし、その謎解きにかまけていると作者の企みに絡め取られてしまう。同時期のファンタジー同様、人間だけの立場に囚われることの問題を鋭く描いているといえよう。（蔓葉）

河原町ルヴォワール

円居挽

講談社文庫

台風の日、京都の鴨川下流にある龍門堰で、若い女性の遺体が発見された。彼女が鴨川デルタに突き落とされたところを賀茂大橋から目撃したという友人の証言があるにもかかわらず、警察は濁流に呑まれた事故と判断を下す。死に追いやった人物も目撃者の知人なのに、真相は有耶無耶のままだった。友人たちは究明に向けて、古来より京都にて行われる私的裁判「双龍会」を催そうと動き出す。

著者のデビュー作でもある第一作『丸太町ルヴォワール』から続く代表シリーズが、第四作の本書で完結となった。後作は前作のネタバレを踏まえているので、衝撃を求めたい人ほど順番通りに読むことを推奨する。これまでの作品をすべて押し込んだような急展開で、冒頭からすでに驚かされ、展開が予測しにくい。どんなに証拠を固めても、被告は相当手強いが、舌鋒好きにはたまらないバトルが繰り広げられる。今作は特に、逆転に次ぐ逆転が満載で、やがて明かされる敵対人物の意外性もかなり高い。法廷もの好きなら一気読み必須の作品だ。奈良が舞台の番外編『さよならよ、こんにちは』はキャラクターファン必読の短編集である。（羽住）

小さな異邦人

連城三紀彦

文春文庫

連城三紀彦。二〇一三年に没して十年になるが、その名は今なお日本のミステリ史に孤高の輝きを放っている。本書はその晩年、〇〇年から〇九年にかけて「オール讀物」に掲載された八編を集めた短編集。

没後の落ち穂拾い集……などと侮った読者は、冒頭の小品「指飾り」を露払いに現れる「無人駅」のトリッキーなプロットと語りに翻弄され、交換殺人ものの新境地を拓く「蘭の枯れるまで」で驚倒するだろう。幻想味溢れる語りから不意打ちの真相が現れる「冬薔薇」、かと思えば一転して日常的なシチュエーションがどんどん異様な方向へ転がる「風の誤算」ときて、《花葬》シリーズを思わせる凝り凝りの傑作「白雨」に至っても白旗を揚げるにはまだ早い。恋愛小説寄りの佳品「さい涯てまで」を挟んで、殿に控えるは誘拐ミステリ史上に燦然と輝く表題作「小さな異邦人」。生涯最後の短編がこのアイデア、まさに余人に到達しえぬミステリの境地。

晩年まで全く衰えることを知らなかった驚天動地の奇想とそれを成立させる超絶技巧の豪腕。ミステリ作家・連城三紀彦の天才たるゆえんが、この一冊に詰まっている。（浅木原）

満願

米澤穂信

新潮文庫

夫婦喧嘩の仲裁のため駆けつけた交番巡査が、刃物で切りつけてきた夫を射殺、自らも切られた傷が原因で死亡した。この事件の裏には……（「夜警」）。山奥の宿で見つかった遺書の落とし物。宿泊客の誰が死のうとしているのか（「死人宿」）。離婚を決めた夫婦には二人の娘がいた。彼女たちはどちらの側につくのか（「柘榴」）……等々、全六作を収録したノン・シリーズ短編集。

三つの年間ミステリベストテン企画で一位を獲得、更に第二十七回山本周五郎賞を受賞した話題作である。収録作は紛れもなく現代の読者に向けて書かれているが、それでいて幾星霜を経た古典ミステリのような悠然たる風格をも漂わせている。松本清張や連城三紀彦といった先達の作風を意識しつつ、それを著者なりにどう咀嚼するかという点に工夫が見られる、ミステリ短編集のマスターピースである。

ミステリとして特に秀逸なのは「夜警」と、一見単純な殺人事件に違和感を覚えた弁護人が真相を推測する表題作。いずれも、結末の反転を導き出す心理的伏線の巧妙さに惚れ惚れする。（千街）

罪色の環（リジャッジメント）

仁科裕貴

メディアワークス文庫

ピエロ連続殺人の罪をかぶせられた大学生・音羽奏一（おとわそういち）。彼は無罪となり解放されたのちも、その際に負った汚名は雪（そそ）がれぬままであった。奏一はある日、記憶が朧気なまま識神島という孤島に連れてこられ、そこで彼は過去無罪になった殺人事件の疑似裁判に裁判員としての参加を求められる。不穏な状況ながらも一日四〇〇万円という報酬と、運営がテレビ司会者である安心感から、他の裁判員候補の五人とともにこの疑似裁判への参加を決める。だが六人を待ち受けていたのは、予想もしていなかった展開であった。

本作の裁判は一日に一回、かつ複数の別の事件が取り扱われるため、連作的な面白味もある。また読者にも参加者と同じ厳選された情報が開示されているため、ムジュンを指摘する『逆転裁判』のような読者参加型作品という側面も強い。荒唐無稽に思える設定ながら、司法というテーマや法医学の裏付け、そして細部の伏線がそのリアリティを支えている。ルヴォワール・シリーズや『法廷遊戯』などのような、疑似裁判という特殊空間ゆえの弁舌の愉しみに加え、極限状況の人間ドラマと展開のダイナミズムが味わえる良作だ。（嵩平）

僕の光輝く世界

山本弘

講談社文庫

高校一年の高根沢光輝は、黄金仮面の扮装をしているとしか見えない怪人物に橋の上から突き落とされ、脳に損傷を負ってしまう。黄金仮面はやがて光輝の入院先にも現れるのだが、刑事は怪人の存在に半信半疑だ。その後、光輝が落下の時点で失明していたことが明らかになる。実は、失われた視覚情報を脳が補完し、現実としか思えない景色を見せていたのである——。本作はＳＦ作家として知られる山本弘が描く一風変わったミステリーだが、想像力についての物語でもある。視覚に大きなハンディキャップを抱えた光輝だが、あるときは姿を消した少女の謎を、あるときは殺人事件を、想像力によって解き明かす。冒頭に作品を象徴的に語る一文がある。小学校の図画の時間に夕焼けの絵を描いた光輝は、なぜ赤く塗らないのかと教師に言われる。実際は、夕焼けは様々な色を見せる。赤だと決めつけるのは、先入観ゆえだ。「なぜ人は夕焼けを見ないんだろう」「ちゃんと見なきゃ損じゃないか」と光輝は思う。そう、これは山本弘が伝えてくれたメッセージだ。目の前の出来事に惑わされることなく、未来を信じて光輝く世界を見なければ損なのである。（松本）

オスプレイ殺人事件

月原渉

新潮文庫

太平洋上に浮かぶ米海兵隊強襲揚陸艦USSボノム・リシャールから飛び立ったMV22オスプレイはテスト飛行中だった。その機内で前列に座っていた、日本の自衛隊の士官・白鳥源一郎三佐が何者かに胸を刺されて殺される。しかも、飛行中のオスプレイはまさに「密室」状況だった。事件の捜査にNCIS（米海軍犯罪捜査局）からはディック・ヌーナン特別捜査官が急派された。しかし、海兵隊のガートナー中佐は事件を「自殺」で処理するようにヌーナンに圧力をかけてくる。納得できない特別捜査官は部下のジーナ・プルシェンコとともに「密室」殺人事件の捜査を開始する……。

鮎川賞作家・月原渉の『月光蝶』（一三）に続く「NCIS特別捜査官」のシリーズの第二作目である。捜査官が関係者の証言をひたすら集めてゆく構成と精緻な論理で犯人を限定してゆく手筋は、まさに本格ミステリのそれだ。しかもハードなアクションの場面もあって、読みごたえは充分である。舞台が〈軍〉であることもトリックに巧みに生かされていて、まさにミリタリー本格の代表作と言えるだろう。原題は『黒翼鳥　NCIS特別捜査官』。（浦谷）

冷たい太陽

鯨統一郎

光文社文庫

八月八日午前八時、輸入食品販売会社社長の娘、高村美羽が誘拐された。身代金は五千万円。要求は、指定先の宝石店で同額のブルーダイヤモンド「冷たい太陽」を現金購入し、犯人側が用意したレース鳩に宝石をくくりつけて飛ばすという内容だ。警察に通報したら美羽を殺すと脅されたが、事態を知った高校二年生で美羽の義姉の高村かすみは、ネットで見つけた探偵事務所に事件の解決を依頼する。

誘拐ほど割に合わない犯罪はない。対象者の拉致、監禁場所の確保、身代金の受け渡しなど、窃盗よりも手間がかかる。被害者や周囲の人物に顔を見られるリスクも高く、警察が動き始めたらほぼ逃げられないだろう。作中でも同様に語られ、犯人像を「頭が悪く、考え方がざつ」と分析するが、犯行の難しさをもろともせず、周到な誘拐劇が繰り広げられる。

真相の意外性もさることながら、もっとも感嘆すべき点は作者の情報整理力に尽きる。本書はたった数時間の物語なのだ。その中で、事件にかかわるあらゆる人物たちの人間ドラマも同時進行で描く。無関係な描写は一切なく、立ち止まって推理する隙すらない、超ハイスピードをご堪能あれ。（羽住）

松谷警部と三鷹の石

平石貴樹

創元推理文庫

三鷹市の住宅街で記者が刺し殺された。さらには、彼の交際相手の首吊り死体が八王子の自宅で発見される。遺体のそばには遺書と血まみれの包丁。単純な無理心中に見えた事件だったが、調べるほどに細かな疑問点が積み重なり、やがて過去の未解決殺人事件との関係が明らかになっていく。捜査にあたるのは松谷健介警部と少年のような顔立ちをした白石以愛巡査。彼女は論理を武器に犯人を特定する――

「笑ってジグソー、殺してパズル」「だれもがポオを愛していた」など、論理遊戯としての本格探偵小説を手がけ好評を博すも、本業の米文学が多忙のため寡作で知られた著者だが、大学退官後は精力的に新作を刊行。二〇一三年の『松谷警部と目黒の雨』では、ストレートなロジックの切れ味と事件の構図の妙味が見事で健在ぶりを示した。本作はシリーズ第二作で、結末近く、ある人物と白石巡査の対決を描く場面が極めて印象的。第三作『松谷警部と三ノ輪の鏡』は第十六回本格ミステリ大賞候補となるなど、高い評価を得た。シリーズは第四作『松谷警部と向島の血』で堂々完結。どれも高水準なパズル小説だ。ぜひ順番に読んでほしい。（松本）

機巧のイヴ

乾緑郎

新潮文庫

幕府が置かれた天府には一三層の大遊郭があり、天帝家は女系で継承され、人間と見分けがつかない機巧人形が存在する現実の歴史とは似て非なる世界を舞台にした本書は、時代小説、SF、推理小説の要素がすべて詰まった連作集である。

物語は、幕府精錬方手伝の釘宮久蔵と美しき機巧人形の伊武を狂言回しにして進む。馴染みの遊女を身請けして好きな男と添わせ自分は遊女の機巧人形と暮らそうとした男が、久蔵に製作を依頼する表題作は、どこで騙されたか分からない仕掛けが用意されている。伊武が久蔵に、やくざに腕を切られた力士に人工の腕を作って欲しいと頼む異形の恋愛譚「箱の中のヘラクレス」、精錬方の調査を命じられた隠密が壮絶な騙しのゲームに巻き込まれる「神代のテウス」と一作ごとに趣向を変えた収録作は、最終話「終天のプシュケー」で意外な形で繋がるが、そのリンクのさせ方にも捻りがあった。

SFとミステリを融合させ、思考する機械ができたら何が人間と機械を区別するのか、技術の発達は人類を幸せにするのかなどを問うテーマは、第二弾『新世界覚醒篇』、第三弾『帝都浪漫篇』と進むごとに深められている。（末國）

闇に香る嘘

下村敦史

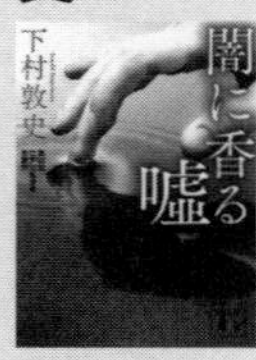

講談社文庫

　全盲の村上和久は孫への腎移植を望んでいたが、自身の腎臓の状態が悪いため移植は適わず、不仲の娘との関係改善も実現しなかった。そんな中、母と同居している兄の竜彦から電話があり、兄の腎臓を当てにした和久は郷土に帰る。そこで和久は竜彦に孫への腎臓提供を懇願するも、検査すら断られてしまう。その頑なな態度に不自然なものを感じた和久は、中国残留孤児として帰国した彼は本物の兄なのかと疑念を抱く。更に実家にあったヒ素は母を殺害するために用いられるのではないかと疑い、自ら兄の周囲を探るが……。

　本書は年末ランキングで上位に入るなど、近年の乱歩賞受賞作の中でも特に評価が高い作品で、一つの事実が明らかになることで、スルスルと数々の疑問が解消されていく点など、本格ファンにもオススメの受賞作である。全盲であるゆえに、通常よりも困難な探偵行為を強いられる和久の奮闘も見所だ。『獄門島』のような戦争の悲劇から数奇な立場に置かれた人々と、現代にまで残る問題を描いた社会派ミステリであるがゆえに、明かされた真実は苦く、だがその先には一筋の光が差している。（嵩平）

出版禁止

長江俊和

新潮文庫

　長江俊和は、編集プロダクションに勤める知人から掲載禁止になったルポルタージュの試読を依頼された。タイトルは「カミュの刺客」、作者は若橋呉成（わかはしくれなり）。心中後に生き残った女性から真実を聞き出すという内容だ。事件は七年前、山梨県にある貸別荘で起きた。男性は有名なドキュメンタリー作家で、女性はその秘書かつ愛人だった。死因は、多量の睡眠薬を服用後の循環不全による呼吸停止と判定された。刑事事件にはならなかったが、若橋は殺人ではないかと疑っている。

　映画化もされた、フェイクドキュメンタリーを題材にしたテレビ番組「放送禁止」の企画・構成・演出を担当した作者による、『禁止』シリーズの第一弾だ。表現の自由が定められていても、盗作、人権侵害、差別などの問題により、出版物の発売禁止は実際に起きているという現実も、本書は描く。

　ほぼ作中作で構成されている本格ミステリ作品ならば、何かあると身構えるのがマニア心だ。しかしながら、その警戒心をはるかに上回る技巧が待ち受けている。なぜ出版禁止になったのか。シンプルなホワイダニットであるからこそ、真相のおぞましさが強烈なインパクトを与えてくる。（羽住）

異次元の館の殺人

芦辺拓

光文社文庫

検察内部の不正を告発しようとしていた正義派検事・名城(めいじょう)が殺人犯として逮捕された。先輩である彼を尊敬し、無実を信じる菊園綾子は〝宿敵〟である弁護士・森江春策の示唆を受けて、決め手となる証拠品を世界最大級の放射光研究施設《霹靂X(へきれきテン)》での粒子加速器による鑑定に持ち込む。さらに菊園は森江に誘われ、事件現場となった学園の関係者が集まる館に潜入するが、そこで密室殺人が発生する。名城の事件との関連を疑い、突破口を開こうとする菊園は一同の前で謎解きを披露するが、そのとき世界が大きくゆらいだ――。

特殊なガジェットに満ちた異世界が舞台の『スチームオペラ』(二〇一二年)に対し、同じSFミステリでも本作はある一点を除いて現実世界と懸隔がない。加速器の暴走によって異変が生じ、推理を間違うたびに元の時点に戻ってやり直しになるのである。ただしタイムリープではなく並行世界(パラレルワールド)へ押し出され、間違った要素は淘汰されて世界は変容していく。多重解決が論理によって否定されるのではなく、世界によって有無を言わさず消去され、新たな世界が立ち上がるのだ。しかも、それを逆手に取ったトリックまで仕掛けられている。(笹川)

黒龍荘の惨劇

岡田秀文

光文社文庫

名探偵・月輪龍太郎シリーズの第二弾は、山縣有朋の金庫番との噂もある漆原安之丞邸を舞台にした館ものである。脅迫状を受け取った漆原が、首を切られた死体で発見された。漆原の秘書に調査を頼まれた月輪は、漆原の屋敷・黒龍荘へ向かう。死んだ後も漆原に怯える関係者がいる黒龍荘の周辺では、漆原の故郷に伝わるわらべ唄に見立てられたかのように、首や手足が切断された被害者が次々と見つかる。終盤まで殺人が続き、月輪は一六もの疑問点に頭を悩ませる。事件が複雑に入り組んでいるだけに、一つの鍵で謎が一気に解かれるラストのカタルシスには圧倒されるだろう。

本書のメイントリックは、岡本綺堂『半七捕物帳』にも類例があるので、時代ミステリの王道といえる。ただ二一世紀の日本で発覚した実際の事件も彷彿させるので、目的のためなら法律も、モラルも平然と無視する怪物めいた犯人にはリアリティがあり、背筋が凍る恐怖を感じるのではないか。

月輪龍太郎シリーズは、上海行の豪華客船の中で連続殺人事件が起こる『海妖丸事件』、多重解決ものの短編集『月輪先生の犯罪捜査学教室』が刊行されている。(末國)

○○○○○○○○殺人事件

早坂吝

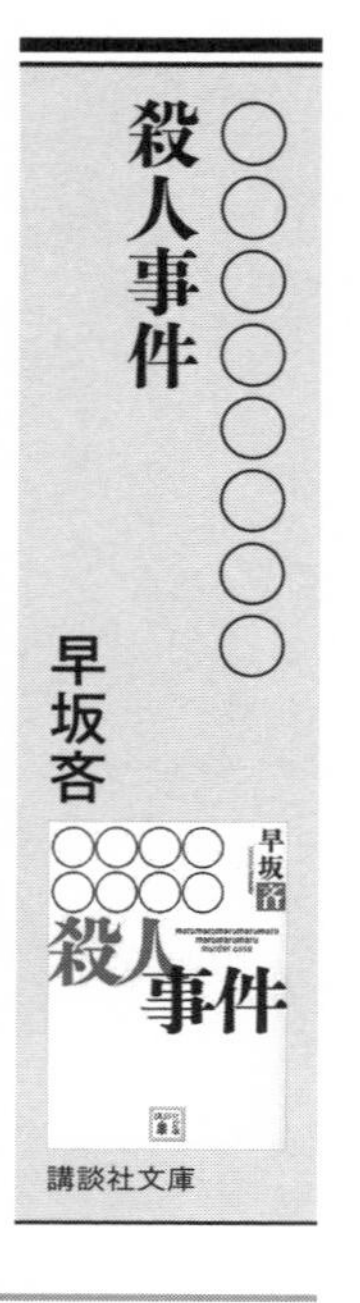

講談社文庫

第五十回メフィスト賞を受賞した早坂吝のデビュー作。「読者への挑戦状」を冒頭から突き付ける挑発的なスタイル、タイトル当てという人を食った趣向、真っ先に殺されそうな派手な援交女子高生・上木(かみき)らいちが探偵役を務める外連味溢れる設定等で話題となった。

公務員の沖健太郎は、同好の士が集うオフ会に参加するため、小笠原諸島の外れの孤島・再従兄弟島(またいとこじま)に赴く。島には、オフ会参加者十名しかいないという状況でメンバー二人が失踪、続いて殺人事件が発生する。

孤島を舞台にした本格物となれば綾辻行人『十角館の殺人』がまず指を屈せられようが、大胆な仕掛けも含め、本作はその正統な後継作と言えよう。仕掛けがメインに語られがちだが、本作がロジカルな犯人当てである点も忘れてはならない(もちろん、仕掛けが見抜けないと論理的に犯人を指摘できないのだが)。

なお、本作は文庫化にあたり、殺人事件とタイトル当てが一つずつ追加された。一方、らいちが表紙を飾るノベルス版の装幀は格別なので、両方揃えておきたいところだ。(廣澤)

大癋見(おおべしみ)警部の事件簿

深水黎一郎

光文社文庫

警視庁捜査一課強行犯捜査第十係を率いる大癋見警部は容貌魁偉の毒舌家。ところ構わず寝入る嗜眠症にかかっており、率いるとは名ばかりで、事件を解決する気などさらさらないのに、なぜか警部になったという不思議な存在。その大癋見が係長を務める捜査第十係の面々が乗り出す十一の事件を収めた連作短編集。と紹介すれば、ジョイス・ポーターのドーヴァー警部からインスパイアされたシリーズかと思われるかもしれないが、第一五回本格ミステリ大賞の評論・研究部門候補作だけあって、そうは問屋が卸さない。十一の事件それぞれが、ノックスの十戒やヴァン・ダインの二十則といったミステリのルール、密室やアリバイ、ダイイング・メッセージ、レッド・ヘリング、見立てといったトリックや趣向、歴史およびトラベル・ミステリ、リドル・ストーリー、多重解決といった創作スタイル、果ては21世紀本格や後期クイーン的問題のようなトピックまでをモチーフに据えて、登場人物が作中キャラクターであることを自覚しているかのような言説を吐かせながら、それらをおちょくるパロディとして仕上げられたメタ・ミステリなのであった。(横井)

純喫茶「一服堂」の四季

東川篤哉

講談社文庫

雑誌記者・村崎蓮司（むらさきれんじ）は、自らが遭遇した事件を記事にしようとしていた。鍵のかかった部屋の中で、十字架に縛り付けられたような状態の死体が発見されるという事件である。しかし、記事にするには解決編を書かなくてはならない。アイディアが思い浮かばない村崎は、事件現場近くにある純喫茶「一服堂」に立ち寄る。「一服堂」はヨリ子さんと呼ばれる女性が一人で切り盛りしているが、彼女は極度の人見知りでおよそ接客業には向きそうもない。しかし、村崎の口から事件の詳細が語られると、その性格は一変し、切れ味鋭い推理で謎を解明してしまうのだった（「春の十字架」）。

喫茶店で謎解きを、というと、なんとなく読後感爽やかな謎解きがイメージされるが、本作に収録された四つの短編で描かれるのは、どれも猟奇的な殺人事件である。両者は一見すると食い合わせが悪いようにも思えるが、そのギャップがむしろ癖になる。東川作品の特徴であるユーモアも、突拍子もないトリックと組み合わされることでさらに磨きがかかっている。連作短編としての仕掛けもハイレベルな、技巧的な一作である。（諸岡）

掟上（おきてがみ）今日子の備忘録

西尾維新

講談社文庫

どんな事件でも一日で解決する。探偵・掟上今日子のモットーなのだが、それは彼女の記憶が一日でリセットされてしまうからだ。しかし、優れた探偵の能力もあり、機密事項も翌日には忘れるので、掟上には多くの依頼が舞い込むという。

今回の依頼主である隠館厄介（かくしだてやくすけ）は、昔からさまざまなトラブルに巻き込まれがちで、掟上今日子によく依頼を持ちかけるひとりだ。彼の勤め先でおきた研究データの捜索から、盗まれた百万円と引き換えに一億円を要求する盗難事件、有名作家の隠された原稿探し、さらにはその原稿に隠された秘密を解き明かすという難問が彼女を待ち受ける。

これまでの作品にあったエキセントリックなキャラ造形、世界観からは一線を画し、オーソドックスな探偵物語として設計されている。とはいえ、それでもミステリの形式性をひねりたおし、かつ唯一の非現実な設定である掟上の忘却を適切に加えることで、コミカルかつ独創性の高いミステリに仕上がっている。この「忘却探偵」シリーズは十四作まで刊行しているほか、二〇一五年には新垣結衣主演でテレビドラマ化も果たしている。（蔓葉）

フライプレイ！
監棺館殺人事件
霞流一

原書房

人気が衰えた本格ミステリ作家・神岡桐仁は自身の屋敷・冠の館に自主的にカンヅメになり、神岡同様一発逆転を狙う編集者・竹之内里子が様子を伺いに来るという生活を三ヶ月にわたり続けていた。そんな中、神岡は館に突如現われた愛人を突発的に手を掛け、その場面を里子は目撃してしまう。里子はこんなくだらない事件ではなく、どうせなら本格ミステリに相応しい殺人に仕立てなくてはと神岡に要請し……。

本書は後期アントニイ・バークリー的な人を食った展開が魅力の作品で、この状況どう展開してくの？という興味でまず読者を牽引する。また『探偵スルース』『熱海殺人事件』を引用したように本作は舞台的な作品ゆえ、少人数の会話劇にて展開以上に人を食った霞流ブラックユーモアトークを存分に堪能できる。ミステリの装飾に彩られた館の事件ながら、序盤は本当に本格な展開になっていくの？という舞台的なドタバタが前面に出るが、心配ご無用。小道具も展開も本格奉仕用だ。近年トリックや推理のためだけの空間構築を追求し続けている霞作品、本作ではどのような理想郷を築き上げたのか、それは読者だけのお楽しみということで。（嵩平）

女王
連城三紀彦

講談社文庫

九六年から九八年にかけて「小説現代」に連載された長編。肉親の介護と闘病で改稿作業が進まず未刊行のままになっていた長編のひとつで、没後に仕事場から発見された改稿作業途中の原稿を元に単行本化された。

語り手の「戦後生まれの自分に東京大空襲の記憶がある」という記憶の謎を発端に、歪んだ親子関係、逆流する時間、そして男女の愛憎と、連城作品で繰り返し変奏されてきたモチーフが再演されていくが、それらを貫く軸はなんと邪馬台国の謎。と言っても史料学説を並べて検討するのではなく、作中作的なテキストの書かれた意図をめぐるメタフィクショナルなホワイダニットへと向かうのが連城流。『敗北への凱旋』『落日の門』といった〝疑似歴史小説〟路線の総決算であり、物語は事実と虚構の狭間で何度も反転していく。

執筆時期はまだ連城が現役バリバリだった九〇年代後半だが、刊行が没後となったことで、本作は図らずも連城ミステリの集大成めいた趣の作品となった。そしてほぼ同時に刊行された最後の長編『処刑までの十章』のラストで、連城作品の描く終わりなき円環は完成することになる。（浅木原）

密室の神話（ミサロジー）

柄刀一

文藝春秋

「天の十字架に架けられた死体がある」という通報を受け、裏幌（りほろ）美術アカデミーの別棟に踏み込んだ刑事・戸賀甚平（とがじんぺい）は、南十字星の伝説になぞらえられたとも思える死体を発見する。現場は厳重に施錠されており密室状態となっていた。屋外の雪の上には足跡がついていたが、それも一歩分だけであり、犯人の移動経路であると考えるのは難しかった。警察の捜査が滞るなか、ネット上では報道を元にした不特定多数による推理合戦が展開されていた。そしてついには、キャンパス説明会を利用して、現場の調査にやってくる者まで現れる。

冬の北海道を舞台に、四重密室の謎を描く一作。これでもかと不可解な密室状況を描き、鮮やかに解決してみせる手腕もさることながら、本作ではインターネットが大きく扱われていることが特徴である。ツイッターのレイアウトを模したページが差し挟まれ、そこで事件に関する議論が展開される。一見、外野が勝手に盛り上がっているだけのように思えるが、それが予想もしない形で密室と絡んでいく。柄刀は『密室キングダム』（二〇〇七年）で昭和を舞台とする密室を描いたが、こちらは平成の密室を描く代表作である。（諸岡）

オルゴーリェンヌ

北山猛邦

創元推理文庫

温暖化によって陸地がしだいに水没していく世界。さらに「焚書法」によって書物は禁じられ、音楽にも権力の統制が忍び寄りつつあった。そんな世界で旅をつづける少年、クリスは検閲官に追われる少女、ユユを助ける。検閲官とは「犯罪」にかかわるミステリをはじめ、書物や情報を統制する行政執行官だ。旧知の少年検閲官エノと再会したクリスは、ユユに迫った危険を解決するために、オルゴール制作で財を成したというカリヨン邸を訪れる。ユユはその館の使用人だったのだ。しかし、三人が到着した直後から、館のオルゴール職人がつぎつぎ不可解な状況で殺害される連続殺人の幕が切って落とされた。

館に行ったまま消えた女性たちの噂。出没する幽霊の影。そして無数の歌を記憶し、少女自鳴琴（オルゴーリェンヌ）となったユユ。さまざまな謎や不可能状況を異様なロジックと物理トリックで組み立てた労作。少年検閲官シリーズ二作目で、クリスの旅はまだ途中だ。その「旅」は著者のミステリ論の展開、深化でもある。クリスがどこにたどり着き、何を見つけるのか、期待しつつ続編を待ちたい。（大森）

雪山の檻
ノアの方舟調査隊の殺人

周木律

新潮文庫

『旧約聖書』に登場したノアの方舟を探す学者グループで、不審死が連続する。伝説の建造物の調査隊としてアララト登山に参加したのは、キリスト教徒ばかりではなかった。そのような設定で二〇一四年に周木律が発表した『アールダーの方舟』を改題し、文庫化したのが本書である。

ユダヤ教、キリスト教のカトリックとプロテスタント、イスラム教をそれぞれ信じる者たちがいあわせた複雑な人間模様が描かれる。カメラマンとして同行し主に視点人物となる森園(もりぞの)アリスは、過去に排他的な教団の事件により父を失ったらしい。また、探偵役を務める数学者で無神論者の一石豊(いっしきゆたか)は、すべての記憶を失わず、幅広い教養を持つ。作中では彼を中心に様々な宗教論議が展開されつつ、悪天候により下界との連絡手段が絶たれたなかで事件が進む。異なる宗教観がひしめき、いわば世界の縮図である小集団で閉塞感、緊張感が高まっていく。事件の謎と世界の謎が交差するように構想され、歴史の奥深さへの畏怖を感じさせる作品だ。一石とアリスのコンビに関しては『死者の雨　モヘンジョダロの墓標』（二〇一八年）も発表されている。（円堂）

COLUMN

特殊設定ミステリ

SFミステリは、アシモフから西澤保彦まで長い歴史を持っているが、近年になってSF的な設定以外の、現実には有り得ない要素を用いた本格作品を総称する用語の必要性が高まっていた。異世界本格、SFミステリ、ファンタジーミステリ、特殊設定など様々な用語が作品に応じて使用されたが、米澤穂信『折れた竜骨』のあとがきで、それらを包含する意味合いで特殊設定という言葉を用いたことから用語の一本化が進み、加えて今村昌弘『屍人荘の殺人』のヒットで爆発的にその知名度や作例が広まり、様々な雑誌で特集が組まれるほどとなる。

従来から存在しているガジェットを活用したSFミステリ等とは異なり、その特殊設定は本格のトリックやプロットを拡張する目的で創られるため、結果として恣意的な設定となることが多いのも特徴だが、世界や現象の謎というサスペンスに加え、設定自体の魅力で読者の心を掴む作品もある。特殊設定ものが急速に浸透した背景には、超常的な要素を自然に作品に取り込んできたアニメやゲームなどの影響が大きく、特に近年デビューした作家は特殊設定を積極的に用いる者も多い。（嵩平）

二〇一〇年代の本格シーンを縦横無尽に語る
「国内本格」座談会

浅木原忍×市川尚吾×千街晶之×嵩平 何×蔓葉信博

二〇一〇年代の新たなトレンド

嵩平◆　この十年のトレンドといえば、まずは『ディケイド』の最後にもレビューされた『折れた竜骨』に象徴される特殊設定ミステリだと思います。

千街◆　特殊設定という言葉は『折れた竜骨』のあとがきで触れられたのがわりと古い用例ですね。

蔓葉◆　個人的には異世界本格って言葉の方が好きだったんですけどね。

嵩平◆　『折れた竜骨』の翌年、二〇一一年に本格ミステリ大賞を受賞した『虚構推理　鋼人七瀬』もまた特殊設定ではあったのですが、当時は『インシテミル』や『丸太町ルヴォワール』などのディベート本格の一つとして扱われていました。

千街◆　その流れに続くのが『ミステリー・アリーナ』や『その可能性はすでに考えた』でした。『虚構推理』が本格ミステリ大賞を取って「こういうのもありなんだ」と認められたことは大きかった。

市川◆　今ではポスト・トゥルース的に語られる米澤穂信さんの『インシテミル』も、当時は二〇〇〇年代に流行ったデスゲーム小説と本格の孤島ものを混ぜたらどうなるみたいな話で、それがディベート本格の流れにつながった。城平さんの『虚構推理』と合わせて、流れを引き継ぎながらジョブチェンジさせた、重要な節目の作品だったように思います。

千街◆　二〇〇〇年代に米澤さんの「古典部」シリーズによって、日常の謎が学園ものと結びつき新しい展開を迎えたことから、米澤さんは日常の謎の中興の祖みたいな存在にもなりました。そういう意味でも米澤さんの影響力は大きかった。あと日常の謎とお仕事ミステリとの結びつきもあり、二〇一〇年代に三上延さんの「ビブリア古書堂」シリーズがヒットしたことで、お仕事ミステリに新たにビブリオミステリ的な路線も生まれてきたかなという感じもしています。

市川◆　なかなかベストテンとかで評価されづらいお仕事ミステリにもかかわらず健闘していて、「ビブリア」は大きな仕事をしたかなと思います。

浅木原◆　「ビブリア」のメディアワークス文庫は、ハードカバーとして刊行された「電撃の単行本」の有川浩（現・有川ひろ）『図書館戦争』が大ヒットしたことで生まれたレーベルです。角川書店がゼロ年代半ばから進めていた、一般文芸とラノベの垣根を崩す流れの結節点のひとつが「ビブリア」で、ここから現在のライト文芸が定着するわけですよね。

蔓葉◆　東川篤哉さんの『謎解きはディナーのあとで』もその流れですよね。

嵩平◆　さらにその後、講談社タイガだとか新潮文庫nexのようなミステリ色が強いレーベルも生まれました。

市川◆　それが二〇一〇年代の主な流れではあるんだけど、そのなかで、やっぱりキャラを立てるっていうのが重要視されてるような気がしますね。

千街◆　キャラを立てるっていうことでいうと、本当にこんな探偵役で本格ミステリが成立するのかみたいなキャラクターを出した麻耶雄嵩さんの影響が大きかったんじゃないかと思うんですね。同じ京大推理研出身の円居挽さんとか『スノーホワイト』の森川智喜さんなどが奇抜な探偵役を出したことが、井上真偽さんや相沢沙呼さんが生んだキャラの人気にも繋がっているのかなと思います。

市川◆　象徴的だったのが二〇〇九年の綾辻行人さんの『Another』で、見崎鳴というキャッチーな眼帯少女を出していた。片目を隠してたり失っていたりする巫女探偵の系譜は、麻耶さんの『隻眼の少女』や城平さんの『虚構推理』へとなぜか続く。『虚構推理』の片目片脚は柳田國男の生贄的なアレだと思いますが、さらにその欠損と不死のコンビの延長線上に、青崎さんの『アンデッドガール・マーダーファルス』があるのかなと。そこまで来ると欠損しまくりですが。

千街◆　巫女的な探偵役の系譜があるとすれば、澤村伊智さんの比嘉姉妹シリーズにもつながる感じがします。

山田風太郎のさまざまな影響

市川◆　巫女というと、相沢沙呼さんの『medium』の霊媒探偵・城塚翡翠は、山田風太郎『明治断頭台』の巫女・エスメラルダにつながる。エメラルドが翡翠になったわけですね。で、山田風太郎の明治ものの影響が近年凄くて、『刀と傘』では『警視庁草紙』を、『涙香迷宮』も『明治バベルの塔』を意識していたはずで、本格ミステリ大賞を獲りまくりです。あ、『黒牢城』もそこに入るのか。

千街◆　近年復刊された山田風太郎のミステリから若手の作家が影響を受ける流れもあると思いますので、そういう意味では山田風太郎の一時期の復刊が、今現在の国産ミステリ史に与えた影響というのは、実は意外と大きかった。

嵩平◆　新本格の一期二期に影響を与えたのが泡坂妻夫・連城三紀彦といった幻影城作家たちだったのとは違いますね。

蔓葉◆　風太郎に関しては異能バトルものの元祖みたいなところも含め、特殊設定ミステリとも繋がってるともいえます。

千街◆　『虚構推理』も異能力者ものと推理ものを組み合わせた作品でしたし、綾辻行人と京極夏彦という現役の作家に異能で戦わせる『文豪ストレイドッグス外伝　綾辻行人VS.京極夏彦』は、特殊設定ものの本格ミステリとしてよくできていました。ほかにも『教室が、ひとりになるまで』や『君待秋ラは透きとおる』といった異能者×推理の組み合わせの流れは、二〇一〇年代の後半に一時期ちょっと盛んになりました。

浅木原◆　異能バトルものは、直接的には『ジョジョの奇妙な冒険』の影響が非常に強いと思います。『ジョジョ』的な頭脳戦を本格ミステリのロジックと接続する、あるいは本格ミステリのロジック的なものとして魅せる発想がここ十年で主流になった印象がありますね。

嵩平◆ 小説だけでなく、漫画とかゲームなどが今まで以上に作家さんに影響を与えている印象です。

千街◆ 円居挽さんの「ルヴォワール」シリーズや阿津川辰海『名探偵は嘘をつかない』、紺野天龍『シンデレラ城の殺人』など、明らかに『逆転裁判』フォロワーの作家さんが次々出てきたなと。

特殊設定ミステリあれこれ

市川◆ 特殊設定は多くの作家さんが書いていて、今や一作も書いてない作家さんの方が少ないイメージがあります。

浅木原◆ とはいえ、どこからどこまでを特殊設定に含めるかはなかなか難しい。

市川◆ 大山誠一郎は『密室蒐集家』とか『ワトソン力』とか、多少特殊な設定が混ざってるけど、特殊設定に含めない人もいると思います。特殊設定がトリックに直接関係してるわけでもないので。

千街◆ 阿津川辰海の『紅蓮館の殺人』の探偵役・葛城輝義の人の嘘を見抜く能力のようなものは迷うところはあります。

嵩平◆ 百鬼夜行シリーズの榎木津もそうで、特殊設定・SFと呼ばれない作品でも、超常的な能力はよく用いられます。

市川◆ 仮にそういうものも含めて分類していくと、特殊な設定を全く使ってない作家さんってどれぐらいいるんだろう。

千街◆ 門前典之さんとか。

嵩平◆ ガジェット本格を書いている方は意外と特殊設定は使わないようですね。特殊設定以上に特殊な偶然を利用することが多いからでしょうか。

千街◆ 島田荘司さんもそうですね。

市川◆ 島田さんは特殊設定を取り入れないほうがいいと思います。他の作家さんが特殊設定ものとして書きそうな、たとえば『ネジ式ザゼツキー』みたいな話を、現実設定に着地させる、あの剛腕ぶりが見せ所というか。

嵩平◆ 特殊設定というジャンルがこの十年で完全に定着したので、それまでの本格の流れとは別に考えた方がいいのかもしれませんね。その意味でも『屍人荘の殺人』は注目に値します。

千街◆ 『屍人荘の殺人』に関しては何が特殊設定かというのを伏せた売り方が功を奏してベストセラーになりましたし、後続の特殊設定ものも出しやすくなったと言えるかなと思います。

市川◆ ゼロ年代で言えば『葉桜』が、そういうものが売れるんだっていう流れを作ったのが大きかったと思います。歌野さんは最初、本格として邪道だと思ってたみたいだけど、本格マニアに受け入れられたし、一般読者にも好評を博した。『屍人荘』も同様に、特殊設定が一般に受けることを証明し、同時にコアな本格読者からも評価されました。

蔓葉◆ 一般文芸でも『葉桜』的サプライズが増えて、そういう意味では本格読みとしてはどこか複雑な心境でした。

浅木原◆ 斜線堂有紀さんが言っていましたが、特殊設定とミステリを組み合わせると、ライト層に対しても「それでミステリができるの？」というツカミになるということでしょうね。

千街◆ 今の作家さんは大変だなと思う

のは、今村さんや方丈さんが、毎回特殊設定を変えてくるでしょう。それが定番になると、新たに書く側は大変だろうなという感じはありますね。

市川◆ 過去に西澤保彦さんがやり始めたときも、設定は一回限りで勿体ないとか言ってたんだけど、あの頃はまだ未開拓だからね、やりたい放題だった。

嵩平◆ 同じ鉱脈を掘っている状況でしょうかね。特殊設定が普及すると、その設定だけで読者を驚かすということがいずれ難しくなってくるかもしれない。

市川◆ あと北山猛邦がデビューしたとき、トリックと関係ない設定が反発を招いたけど、今だったらそんな文句は出ない。北山さんは再評価されるべき。

蔓葉◆ それでいうと脱格系ミステリや富士見ミステリー文庫などが、キャラ向けのミステリや特殊設定ものを試行錯誤した結果が、今の隆盛につながってると僕は理解してます。

ベテラン勢と中堅作家たちの活躍

市川◆ 皆川博子さんも辻真先さんもこの十年で三部作を書いておられます。皆川さんは本格ミステリ大賞を獲っておられますし、辻さんは『たかが殺人じゃないか』で「このミス」ほか各ランキングで一位という凄まじい活躍ぶり。

嵩平◆ ベテランといえば、おふたりよりは若いとはいえ、竹本健治さんも『涙香迷宮』で、「このミス」一位と、本格ミステリ大賞を受賞されていますね。

千街◆ なんというか、この方たちはもう本当、超人的というほかない。

嵩平◆ 笠井潔さんも近年でもなお、かなり力のこもった作品を書き上げている。

千街◆ あと新本格以前のベテランといで言うと平石貴樹さんが教授をお辞めになってからバリバリと作品を発表されるようになった。それと二〇〇〇年代、二〇一〇年代に代表作をどっと出した芦辺拓さんもすごい活躍ですね。

嵩平◆ 本当に驚異的です。ついに本ミス&日推賞受賞と評価が追いつきました。

市川◆ 東川篤哉さんはこの十一年間で短編集を二〇冊ほど出してる。すごいのはそれだけの数でありながら作品の質を維持してることで、本格ミステリ作家クラブの会長を務めていただいた事も含め、この十年の本格を支えたひとりです。

千街◆ 石持浅海さんも相当な多作ですよね。安楽椅子探偵ものもあり特殊設定ものもありで、いろいろ手がけている。ただ、多作な作家さんの場合、代表作が決めづらいところがありますね。たとえば似鳥鶏さんや青柳碧人さんも、今回の『エターナル』にも何作か入ってますけが、どれか一つとすると難しい。

市川◆ 青柳さんは『むかしむかし』がヒットして、ようやく代表作が定まったんじゃないかな。似鳥さんは『叙述トリック短編集』が支持されそう。個人的には『推理大戦』が好きですが。古野まほろもこの十年を支えたひとりですが、代表作を決めづらい感じがある。

蔓葉◆ 代表作は『ぐるりよざ殺人事件』でよいような気もしますが、このところ書き続けている異色の警察小説ものがそう感じさせるのかもですかね。

多士済々の新鋭作家たち

嵩平◆ この十年は若い新鋭の活躍が目

覚ましく、青崎有吾さんをはじめ毎年のように有力な新人が生まれ、本格ミステリ界が一気に若返ってきた印象ですね。

千街◆ 九〇年代、平成生まれの作家さんが次々デビューしてる。平成生まれの本格ミステリ作家では、結城真一郎さんが初めて日本推理作家協会賞を受賞し、本格以外でも同じ年に坂上泉さんが受賞したのが象徴的でした。

嵩平◆ デビューは二〇一一年ですが、六〇歳の新人として作家活動をはじめた深木章子さんも、本ミス大賞候補に何度もノミネートされています。

市川◆ 今回の『エターナル』に掲載された作家一人の作品数は、前回の『ディケイド』より少なく最大で五作で、裾野が広がってる表れだと思いますが、その五作が選ばれた作家のひとりが白井智之で、それでもどれを選ぶか悩みました。

嵩平◆ しかも、対象期間外で『名探偵のいけにえ』という代表作級の傑作を生み出してしまった。

市川◆ さらにすごいのは『東京結合人間』みたいな、誰も考えたことのないような設定を持ってくるところ。ゾンビとか昔話とかは、フィクションで馴染みがあるけど、そういうのとまったく違う。

千街◆ 短編だと、裸の少女が天から降ってくるのがあったじゃないですか。なんだろうこの発想は、と思いますね。

市川◆ 特殊設定ミステリってひとまとめにしてるけど、オリジナル度でさらに分類できるのではと思ってます。

嵩平◆ そういう意味だとやはり斜線堂さんが自覚的で、特殊設定で読者を惹きつけることにまさに成功している。

蔓葉◆ 『楽園とは探偵の不在なり』なんてそうですよね。突拍子もないシチュエーションとか殺害方法とかミステリと全然違う角度のものに移植してくるのには、ホラー映画の影響もあるはずです。

市川◆ 映画「キューブ」とかもあるように、ホラー映画と本格のクローズド・サークルものって、かなり相性がいいですよね。

嵩平◆ 近未来の技術を使ったミステリもありますよね。最近だと方丈貴恵『名探偵に甘美なる死を』がVRの設定をとても効果的に使っていました。

千街◆ VRミステリというと岡崎琢磨さんや松本英哉さんにもありましたね。

嵩平◆ AIを使ったミステリも色々出ています。なかでも早坂吝さんの探偵AIシリーズは、AIの抱える問題と本格ミステリを結びつけた秀逸な作品でした。

ノンシリーズ短編集の動向

市川◆ 雑誌がなかなか売れず、単発の短編が話題にならないなか、阿津川辰海さんがノンシリーズの短編を集めた『透明人間は密室に潜む』で、「本ミス」一位を取ったりしてるのは、普通にとったよりもすごいことだなと思ってます。

千街◆ 阿津川さんのあと、芦沢央さんや矢樹純さんなどが刊行した短編集がセールスをおさめるようになって、それでまた出しやすくなってる時期が来てるのかなと思います。象徴的なのが結城真一郎さんの『#真相をお話しします』がものすごい重版がかかっていました。

嵩平◆ それらに共通しているのは、全てクオリティが高い短編集であることです。たとえば法月さんの『ノックス・マシン』は特殊な短編集ながら質も高く、

「このミス」一位を取りました。「このミス」は意外な作品が一位を取ることがあって、平山夢明『独白するユニバーサル横メルカトル』が一位の年もありました。

浅木原◆ そうしたノンシリーズ短編集も作り方や売り方で勝負になるという流れを作ったのは、米澤穂信さんの『満願』ではないかと。

市川◆ 米澤さんが『満願』で、連城三紀彦的なことをやってますが、泡坂さんの影響もあったのかな。

浅木原◆ 『満願』は編集の方から『戻り川心中』を目指しましょうと言われ、米澤さんは『煙の殺意』を目指します、と返答されたそうです。やっぱり泡坂妻夫と連城三紀彦が短編ミステリの理想像として定着していると思いますね。

嵩平◆ やっぱり結構泡坂っぽさはどこにでも見えてきますよね。

千街◆ 『満願』って不思議な短編集で、幻影城ラインの影響と同時に、横山秀夫の影響を感じるんですよね。

浅木原◆ それをいうと横山秀夫自身が連城や泡坂っぽい警察ミステリの書き手でもありますからね。まとめてチェスタトン系と言った方が正確なのかも。

嵩平◆ 泡坂妻夫さんの影響というと櫻田智也『サーチライトと誘蛾灯』に顕著でしたが、二作目の『蝉かえる』は前作と違い、泡坂から逸した部分が逆に印象深く、本格ミステリ大賞を受賞するような高評価に繋がったように思います。

警察小説と倒叙ミステリ

千街◆ 横山秀夫の話題が出たところで、二〇〇〇年代から続く警察小説と本格ミステリの融合路線があって、たとえば「教場」シリーズの長岡弘樹さんは横山秀夫フォロワーといえるかと。その長岡さんの『教場0』は倒叙ミステリの連作短編集で、各編のタイトルも「刑事コロンボ」を意識している。融合路線とは別に「コロンボ」や「古畑」といった倒叙ミステリドラマの影響を受けた倒叙ものの流れがあり、二〇〇〇年代は大倉崇裕さんの福家警部補シリーズ、二〇一〇年代だと倉知淳さんの乙姫警部シリーズや香納諒一さんの花房京子シリーズなど、いろいろありましたね。

市川◆ 相沢さんも『medium』の続編『invert』は倒叙にしてました。

浅木原◆ アイデアとしては『invert』が先にあって、その前日譚として『medium』を書いたらしいですけども。

千街◆ 城塚翡翠シリーズって、探偵の推理を推理するという狙いがあるわけで、そういう意味では『medium』より『invert』の方が狙いが見やすくなってるかなという感じはします。

市川◆ 特に警察小説で本格に寄せると、倒叙ものの形をとることが結構多いイメージがあります。

嵩平◆ 「コロンボ」フォロワーの作品が多いからかと。興味深いのは、本格は元作品に様々なアレンジを加えて自作に仕立てるのに、倒叙では「コロンボ」の枠内で収めるような保守的な傾向がある。

千街◆ 中国の作家は東野圭吾の影響が強くて、紫金陳の「官僚謀殺」シリーズの『知能犯之罠』を読むと明らかにそうなのですが、第二作の『知能犯の時空トリック』は違うアレンジがされており、独自路線の倒叙ものが進んでいるようです。日本の倒叙と比べると、お国柄が出るのかなという感じはしますね。

時代ミステリの十年

嵩平◆ 米澤さんの『黒牢城』はこの年の時代ミステリの代表的な作品であったわけですが、この十年間ふりかえっても時代ミステリや歴史ミステリが多く発表され、また本格ミステリとしても非常に高く評価されました。皆川博子さんのような海外が舞台の時代ミステリもありますが、伊吹亜門『刀と傘』のような国内を舞台にしたものが特に目立ちました。

蔓葉◆ 時代ものが若干苦手だったんですけど、幡大介さんの『猫間地獄のわらべ歌』が大変面白くて、以降も手に取り続けるようになりました。

嵩平◆ 『猫間地獄』とか鳥飼否宇さんの『紅城奇譚』などは、時代小説だけど風太郎を倍加させたようなハチャメチャさがありました。

蔓葉◆ 副題を「密室忍法帖」とした安萬純一『滅びの掟』もすごかったですね。

市川◆ 江戸時代や戦国時代は昔から多かったけど、平安時代ものが、最近増えてる気がします。

千街◆ 汀こるものさん「探偵は御簾の中」シリーズや、羽生飛鳥さんの「平家物語推理抄」シリーズですね。

嵩平◆ ドラマやアニメで平安時代や鎌倉時代のブーム的なものが来ていて、本格ミステリ界でも例外なく流行ったという感じでしょうか。戦国、幕末だけではない時代ミステリが増えたのもこの十年の特徴かもしれませんね。

市川◆ 平安ものを扱ってるのに、安倍晴明はあまり出てこない?

千街◆ 安倍晴明の登場する作品だと、森谷明子『晴明変生』という連作短編集がそうですね。そういえば森谷さんはデビュー作から平安ミステリでしたね。

嵩平◆ 陰陽師といえば夢枕獏さんが日本ミステリー文学大賞を受賞されたのも象徴的ですね。

千街◆ あと過去の時代を舞台にしてはいるんだけれども、この十年で現代的な題材を取り入れた時代ミステリも散見された感があります。

嵩平◆ 『黒牢城』もそうですよね、現代的な価値観と当時の価値観がぶつかり合うことが大きなテーマとなっている。

蔓葉◆ 個人的に『黒牢城』は社会派を読んだときのような読後感でしたね。

社会派と戦争ミステリ

市川◆ 社会派といえば、天祢涼さんは本格と社会派のうまい結び付けをしている作家のひとりかなと思うんですけど。

蔓葉◆ 特に『希望が死んだ夜に』は、社会派であることがミスディレクションに繋がってる感があります。

千街◆ 辻堂ゆめさんも『トリカゴ』あたりから社会派的傾向が見えてきました。あと、二〇一〇年代に入って実は三津田信三さんがその傾向へ踏み出している。凝りに凝った人工的な世界での多重解決という作風から、『幽女の如き怨むもの』あたりで変化し、物理波矢多シリーズは完全に戦中戦後の日本の社会的な暗部を掘り下げています。

浅木原◆ 逆に戦争小説の方から本格ミステリに遡行してきたのが古処誠二さん。古処さんの戦争小説は戦地における様々な視点や価値観の対比構造を軸にしていましたが、徐々にその片方を謎として設定することで、それと対比される側の視点や価値観を炙り出す、というような構造の本格ミステリに接近していきました。特殊設定ミステリがロジックのために設定を作るのに対し、『いくさの底』は本格ミステリ的なロジックが戦争のいびつな時代背景をあぶり出すという対比構造になっていって、典型的な特殊設定ミステリである『屍人荘の殺人』と、『いくさの底』が同じ年の本格ミステリ大賞を争ったというのは、面白い構図だったなと個人的に思っています。

千街◆　深緑野分さんの『戦場のコックたち』は第二次世界大戦のノルマンディー上陸作戦に参加した米兵の視点で、戦争という非日常的な空間における日常の謎ということをやっている。ほぼ同時期の山本巧次さんの『軍艦探偵』でも日本海軍の士官が軍艦を舞台にして、やっぱり日常の謎に取り組む。『戦場のコックたち』も『軍艦探偵』も前半は食糧がなくなったといったような日常の謎ですけど、後半だんだん戦争がひどくなっていくと人が死ぬような事件に変わっていく。戦争ものと日常の謎っていうもう絶対結びつかないようなものが、これらの作品として出てきた。この傾向は今のところこの二作だけですが、ロシアのウクライナへ侵攻とかもあって、だんだん戦争というものが自分たちの日常に近くなってきた感覚が生まれてくると、新しい試みが出てくるかとも思います。

市川◆　戦前を舞台にした北村薫さんのベッキーさんシリーズとか、いま再読したらより刺さるかも。で、その戦場と日常の謎より難しそうなのが、特殊設定と日常の謎の組み合わせ。どっちも今の主流だけど、両方入ってる作品ってありましたっけ？　咄嗟には思いつかない。

蔓葉◆　いろんな試みがこの十年もあったので、ぽっと特殊設定で日常の謎ものが生まれたら楽しいですね。

これからの本格ミステリについて

蔓葉◆　最後に、今後のミステリについて、ぜひ一言お願いします。

市川◆　駆シリーズや館シリーズも最終巻の予定が見えたので、完結を見届けたい。有栖川さんの学生アリスも含め。

千街◆　今後も続くだろうコロナ禍や格差などの問題をふまえた社会派本格の新たな路線の登場を予想しています。

嵩平◆　日本ミステリの影響を受けた他国のミステリが増えているので、各国の独自性や相互作用による新しい本格の形が生まれてくると、今後十年また面白い方向にいくのではと思っています。

浅木原◆　今年『スパイ教室』がアニメ化され、ミステリっぽいラノベでデビューした新人も多く、富士見ミステリー文庫の興亡をリアルタイムで読んでいた世代としては、ラノベミステリの流れがさらに続いてほしいと考えてます。

蔓葉◆　今連載中の「ギュゲスのふたり」という異能バトルの特殊設定サスペンス漫画が大変面白くて、今日は小説メインで話してましたが、漫画やアニメなどでそのジャンルならではのミステリが読めたらいいなと思ってる次第でございます。

（二〇二三年二月二三日：オンライン）

2015

鳥飼否宇『死と砂時計』　2015.01.09
深水黎一郎『ミステリー・アリーナ』　2015.06.30

伽古屋圭市『からくり探偵・百栗柿三郎』　2015.02.15
鳥飼否宇『絶望的』　2015.02.25
村崎友『夕暮れ密室』　2015.02.28
瀬川コウ『謎好き乙女と奪われた青春』　2015.03.01
織守きょうや『黒野葉月は鳥籠で眠らない』　2015.03.18
久住四季『星読島に星は流れた』　2015.03.20
北村薫『太宰治の辞書』　2015.03.30
円居挽『シャーロック・ノート』　2015.04.01
大森葉音『プランタンの優雅な退屈』　2015.04.06
河合莞爾『救済のゲーム』　2015.06.20
深木章子『交換殺人はいかが？』　2015.06.20
米澤穂信『王とサーカス』　2015.07.31
深木章子『ミネルヴァの報復』　2015.08.18
彩坂美月『柘榴パズル』　2015.08.25
深緑野分『戦場のコックたち』　2015.08.28
喜多南『絵本作家・百灯瀬七姫のおとぎ事件ノート』　2015.09.18
秋吉理香子『聖母』　2015.09.20
大山誠一郎『赤い博物館』　2015.09.25
倉知淳『片桐大三郎とＸＹＺの悲劇』　2015.09.25
白井智之『東京結合人間』　2015.09.30
有栖川有栖『鍵の掛かった男』　2015.10.10
吉田恭教『凶眼の魔女』　2015.10.27
青崎有吾『アンデッドガール・マーダーファルス１』　2015.12.16

死と砂時計

鳥飼否宇

創元推理文庫

鳥飼否宇といえば、奇抜な謎をユーモアあふれる逆説で解き明かす作風でおなじみだが、第十六回本格ミステリ大賞を受賞した本書は、どこまでもシリアスに特異な状況における不可思議な事件を描く。異色作の多い著作でも、もっとも異色作と位置づけられるノンシリーズ連作短編集である。

舞台となるのは、世界中の死刑囚が収容されている終末監獄。死の宣告が下るまでは自由に生を謳歌すると配慮され、一般囚人は拘束されずに過ごしているが、監獄内では犯罪が頻発していた。そのなかで探偵役を務めるのは、最年長死刑囚で自称日系アメリカ人のトリスタン・シュルツと、両親を惨殺したらしい新入りのアラン・イシダだ。

第一話「魔王シャヴォ・ドルヤマンの密室」では、独房内の密室状況下で二人の確定囚の惨殺死体が発見される。第二話「英雄チェン・ウェイツの失踪」では、マイクロチップを埋め込まれ、監視員も付いている死刑囚が脱獄する。第三話「監察官ジェマイヤ・カーレッドの韜晦（とうかい）」では、腹部を刺されて死亡している監察官が発見される。第四話「墓守ラクパ・ギャルポの誉れ」では、墓守業務を引き受けている死刑囚に、屍肉を食らっているという噂が生じる。第五話「女囚マリア・スコフィールドの懐胎」では、男子禁制の居住区で収監二年めの女囚の妊娠が発覚する。第六話「確定囚アラン・イシダの真実」では、アランに死刑宣告が下されるが、彼の罪は一部手を貸したことだけで、ほかの犯行は冤罪であるらしい。

陰惨な事件が起きているのに、本書の世界設定は、監獄のほうが楽園なのではないかと感じさせられる。この状況だからこそ生じる、おぞましすぎる異常な心理も、記録のように感情表現を抑えて記されているせいか、驚きかつ納得ができ、時には美学にも神話にも捉えられる。特に第五話の処女懐胎は、他の鳥飼作品にもテーマとして登場するが、本書の場合は慟哭の締めくくりまで砂時計の一握りの砂にすぎない。

何より衝撃的なのは、本書が二〇一五年に刊行されたことだ。最終話で明らかになる真実が、小説を飛び越えた現実の出来事に関連してくるとは、一体誰が想像しただろう。（羽住）

ミステリー・アリーナ

深水黎一郎

講談社文庫

インターカレッジのミステリー研究会のＯＢＯＧたちは、年に一度、メンバーの一人が持つ別荘に集まり、犯人当てゲームを楽しんでいた。今年もその日がやってきて、台風が近づいている中、続々とメンバーが集まっていた。少し遅れてやってきた三郎は、別荘の持ち主・鞠子に用事があって、四階の個室に赴いたところ、彼女の死体を発見する。在学中から三郎とライバル関係にあった丸茂は、自ら探偵役を引き受け、現場保存に努めるのだが……。

選ばれた解答者が提示された小説を読み進め、いち早く真犯人を突き止めることができれば、莫大な賞金が得られるという、年末の国民的娯楽番組《推理闘技場》。今回の問題編は、冒頭でまとめた通り、いわゆる嵐の山荘テーマの作品であった。十四人の解答者が早い段階から書き手の罠を読み取り、真犯人を指摘していくものの、一人の解答者が自らが信ずる解答を述べて待機ブースに移るたびに、続いて読まれる内容は、当の解答を否定するかのような記述だった。同じ解答は許されない中、次から次へと真犯人を指摘する解答者たちのパートと、作中作のパートとが、交互に配されて、ストーリーはテンポ良く、サスペンスフルに進行していく。果たして真犯人は誰なのか。そして真相を突き止めるのは誰になるのか……。

アントニイ・バークリー『毒入りチョコレート事件』に代表される多重解決ものの流れに位置づけられる傑作で、十四人の解答者に十四通りの解答を用意し、最後に十五番目の真相を突きつけるという、作者の超絶技巧ぶりが話題となった。作者は「文庫化のためのあとがき」において、量子の《重ね合わせ現象》を踏まえ、「真実が常に《重ね合わされた》状態で存在し、剔抉されるということ自体が、真実の姿を刻一刻と変貌させてしまう」推理小説を構想したと述べる。現代本格が文章に仕掛けられた罠に敏感なジャンルへと変貌したことを如実に示すと同時に、ウェイン・ブースの《信頼できない語り手》や、芥川龍之介の「藪の中」を引き合いに出しつつ、三島由紀夫が理想とした無駄がひとつもない描写を志向する実験小説的な側面も見逃せない逸品だ。（横井）

からくり探偵・百栗柿三郎

伽古屋圭市

実業之日本社文庫

発明家で探偵の百栗柿三郎が、機械式の巨大招き猫、女中の千代と難事件に挑む本書は、大正時代を舞台にしている。

真壁博士が、密室状態の地下研究室で液体の中の人造人間に殺されたかのような状況で見つかる『人造人間の殺意』は、密室の解明ではなく、事件に人造人間がかかわっている理由から真相に迫る意外性が面白い。大富豪のバラバラ死体に続き、長屋で暮らす女性のバラバラ死体も見つかる『あるべき死体』、修行すれば超能力が身に付くという怪しい団体が出てくる『揺れる陽炎』は、時代設定を活かした謎解きを通して、現代と重なる社会問題に迫ったところも鮮やかだ。

柿三郎は、千代と軽妙なやりとりをしながら推理をするので、陰惨な事件が多いのに暗くはない。ただ、物語を明るくする設定にトリックが仕掛けられているので、単なるユーモア・ミステリと考えていると足をすくわれることになる。

連作集の最終話には全体を貫く仕掛けがあると予想する方も多いだろうが、それでも「幕間」までを使った本書のどんでん返しには驚かされるはずだ。本書で積み残された謎の幾つかは、続編『櫻の中の記憶』で解明されている。（末國）

絶望的　寄生クラブ

鳥飼否宇

原書房

綾鹿（あやしか）科学大学大学院准教授の増田米尊（ますだべいそん）は、若い女性の日常生活を数学的に解析する研究者だ。興奮すればするほど頭の回転が速くなる特異体質の持ち主で、覗きや盗聴でサンプルを収集している。最近、なぜか増田は、身近な女性たちから性的な対象としてモテるようになった。同時に、誰かの視線を感じたり、論文や資料が何者かによって小説にすり替えられたりする事態が起きる。

二〇〇九年に第二回世界バカミス☆アワードを受賞した『官能的』を含む、綾鹿市シリーズ。同市が舞台のシリアスな『隠蔽人類』とは対をなす、バカエロ作品である。作中作は、ノックスの十戒に基づき処女懐胎を扱う「処女作」、読者への挑戦状を挟んだバカ・クライム・ノヴェル「問題作」、官能小説に擬態したバカミス「失敗作」の三編。いずれもかなりのトリッキーな作品で独立した短編としても読める。

齢五十二、童貞主義者の増田の、コンプライアンスもフェミニズムもガン無視した破天荒ぶりさがあってこそ、奇想が冴えわたる。ラストのぶち壊しを読者はどう受け取るか。十年代最強の愛すべき探偵役であることは間違いない。（羽住）

夕暮れ密室

村崎友

角川文庫

九月十二日。文化祭当日の朝。栢山高校どんぐり館の女子シャワー室内で、三年五組の女子生徒の死体が見つかった。第一発見者は同級生の男女四人。ドアも窓も閉め切られ、排水口は布で塞がれ、シャワーが出しっ放しにされた室内には水が溜まっていた。現場の状況は異様だったが、遺書らしきものが見つかったという。その死に衝撃を受けた同級生たちは、学校や警察に先んじて真相に迫ろうとするが……。

デビュー前に書かれていた作品を改稿した、著者の原点ともいうべき作品。密室の謎（ハウダニット）が物語の中心に据えられているが、性格の良い被害者がなぜ死ななければならなかったのか（ホワイダニット）、誰がその死の責任を負うのか（フーダニット）の謎もバランスよく扱われている。視点人物が各章ごとに入れ替わり、フーダニットの成立を難しくさせる構成をあえて採用した上で、情報の出し入れを調整する著者の計算は実に行き届いている。謎を解く過程で各人の悩みや痛みが浮き彫りにされるのも、青春ミステリとしてポイントが高いし、真相解明時に明かされる細部のリアリティは格別で、読者を納得させる力がある。（市川）

謎好き乙女と奪われた青春

瀬川コウ

新潮文庫 nex

矢斗春一（やとはるいち）は、身近でミステリのようなことが頻繁に起こるという「体質」を持っていた。高校二年生の四月、春一が新入生代表の早伊原樹里（さいばらじゅり）に花束を渡したときも、それは起こった。全校生徒が見ている中で、花束が一瞬のうちにすり替えられたのだ。その後、早伊原は春一の教室に押しかけ、一方的に交際を宣言する。真意を問いただす春一に、早伊原は「私と、青春しましょう」と語り、制限時間内に花束のすり替えトリックを見破るよう要求するのだった。

本作で扱われるのはいわゆる日常の謎で、花束のすり替えのほか、学年全員に送られた告発メールや離れた席からのカンニングなど、それ自体は珍しくはない。ただし、登場人物の一人が、通常、日常には謎がないはずだと認識しているところがポイントである。春一の周囲でミステリ的な謎が発生すればするほど、彼の「体質」が強調され、それ自体が魅力的な謎になっていく。本書は、「日常の謎」という本格ミステリのサブジャンルそのものを批評的に捉えたメタ「日常の謎」とでもいうべき試みである。なお、本作はハイペースで続編が発表され、二〇一六年の第四作で完結した。（諸岡）

黒野葉月は鳥籠で眠らない

織守きょうや

双葉文庫

四つの中編からなるリーガル・ミステリ連作集。講談社文庫に入った際に『少女は鳥籠で眠らない』と改題されたが、双葉文庫での新装版刊行時に元のタイトルに戻された。

本書の主眼は、「ただ、覚えておけばいいよ。絶対に欲しいものが決まってる人間が、どれだけ強くて、怖いものかを」という言葉に集約されるかもしれない。表題作で木村龍一（きむらりゅういち）が弁護人を務めるのは、十五歳の教え子に淫行したという家庭教師の男だが、ここで強烈なのはむしろ被害者であるはずの少女のほうだ。一切妥協しない彼女のまっすぐすぎる欲望が、物語を意外な結末へと導いていく。「石田克志は暁に怯えない」に登場する不仲の実父の家に不法侵入した男や、「三橋春人は花束を捨てない」の妻に浮気されて離婚を考える気弱な夫、同居人と秘密めいた関係を持つ「小田切惣太は永遠を誓わない」のデザイナーについても、同じことが言えるだろう。彼らの意志によって、世にありふれていそうに思える案件が、鮮やかなミステリへと変貌するのだ。

ちなみに木村は、長編『３０１号室の聖者』にも登場し、病院の医療過誤訴訟をめぐる事件を担当する。（秋好）

星読島に星は流れた

久住四季

創元推理文庫

数年に一度隕石が落ちてくるという孤島・セントグレース島。そこに暮らす天文学者ローウェル博士が毎年開く天体観測の集いに、七人の男女が集まった。滞在二日目の夜、本当に島内で隕石が発見される。だが翌日、隕石が消え、参加者のひとりが死体となって海に浮かんだ……。

ライトノベルの世界で『トリックスターズ』シリーズなどの特殊設定ミステリを発表してきた久住四季が、五年の沈黙を破って〈ミステリ・フロンティア〉から上梓した復帰作。クローズド・サークルの孤島ミステリに〝隕石の落ちてくる島〟というファンタジックかつロマンチックな設定を持ち込み、登場人物の造形もライトノベル的だが、彼らの大半が島に集まる理由は極めて即物的かつ現実的——という落差が面白い。ケレン味を抑制し、ロマンと現実性が絶えず互いを相対化し続ける舞台設定は、そのまま本格ミステリとしての二段構えの謎解きにも密接に関わり、謎を解いた後に残るものが心地よい読後感をもたらす。抜群のリーダビリティとキャラクターの魅力が描きだすミステリのロマン。軽やかで眩い、星降る夜の端正な〝ライト〟ミステリーだ。（浅木原）

太宰治の辞書

北村薫

創元推理文庫

　ピエール・ロチの『日本印象記』をもとに芥川龍之介が「舞踏会」を書いた際に、ロチの代表作「お菊さん」を「お菊夫人」としたことの謎から、「舞踏会」の〈花火〉と「或阿呆の一生」の〈火花〉との比較へと展開される第一話「花火」。太宰治の「女生徒」とその典拠である『有明淑の日記』とを比較しながら、有明淑の観た『黴』を同定してゆく第二話「女生徒」。太宰が「女生徒」で登場させた〈ロココ料理〉という言葉をめぐって、太宰が用いた辞書はどの辞書だったのかを探してゆく第三話「太宰治の辞書」。文庫版では、円紫さんの幼き日のエピソードと思われる「白い朝」、まるで〈あとがき〉のような「一年後の『太宰治の辞書』」、書き下ろしの「二つの『現代日本小説大系』」も併載する。

　国文学の研究論文でやるようなことを小説の形でアプローチする北村薫の文学ミステリは、小説というもののあり方をも問う画期的なシリーズといえる。流麗で瑞々しい文章の、《私》のエッセイを読むように近代文学のさまざまな謎に寄り道してゆく。北村薫の〈名探偵〉観のようなものもうかがえて、豊かな一冊である。（浦谷）

シャーロック・ノート

学園裁判と密室の謎

円居挽

新潮文庫 nex

　全寮制のエリート校である鷹司高校は、日本に二つしかない探偵養成学校の一つだ。生徒たちが賢そうに見えないと失望していた新入生の剣峰成は、図書室で同級生の太刀杜からんと出会った。正体を明かさない特究生を当てるイベントが新入生歓迎行事で行われるため、生徒年鑑を探しているという。ペアを組むことになった二人の学園生活は、大きく変わっていった。第一章は推理ゲームの学園裁判、第二章は成自身に起きた過去の事件、第三章は旅客機爆破予告の、三つの短編で構成されている。

　後にゲーム「Fate/Grand Order」でシナリオを執筆するきっかけになったのではないかと推測できるくらい、非現実的な舞台に特化したゲーム性とキャラクターの強いシリーズ作だ。人狼ゲームをモチーフにした論理合戦が読みどころであり、各人物の行動心理につないでいく手法が、暗号や密室などパズルタイプの謎解きと見事に融合している。青春のほろ苦さもさることながら、成のアイデンティティに共感する若者は少なくないはずだ。「キングレオ」シリーズと世界観が共通しているファンサービスが心憎い。（羽住）

プランタンの優雅な退屈

大森葉音

原書房

島国の退屈王国は天然ガスの権益を牛耳って、国民は労働から解放された退屈を貪る日々を送る。そんな国民に絶大的な人気を誇るのが王女プランタンである。ある日、六歳の天才物理学者にてデンメルク国王子のデンちゃんが、彼が発見した新エネルギー開発の予備調査のため退屈王国を訪れたことで、資源大国退屈王国は大ピンチに！　歓迎晩餐会にて、彼はある条件を呑めばその権益を退屈王国に譲渡すると発言したのだが……。そんな最中に会場の退屈城で発生した密室殺人。プランタンとデンちゃんの推理合戦？の行方は？

ユーモアに富んだ架空の王国ものとして、本格の遊戯性が前面に出たとにかく楽しいミステリ。とはいえ殺人を娯楽として享受してきたミステリ文化の末裔は、ダークな要素も盛り込んでいる。本書は短編の基本問題と長編の応用問題の二部構成となっており、算数同様基本問題を踏まえて応用を解かせる趣向も楽しい。推理力にも秀でているが、その他権力など諸々を兼ね備えたプランタンが色んな手で解決を図るのも魅力の一つだ。カクヨムで続編の『プランタンの優雅な午睡』が読めるが、未完なので完結が待ち遠しい。（嵩平）

救済のゲーム

河合莞爾

新潮社

アメリカのカリフォルニア州ヨセミテ国立公園内にあるホーリーパインヒル・ゴルフコースには「神の木」と呼ばれる伝説的な木がある。その木をめぐって白人によるインディアン虐殺の記憶が語り継がれていた。

八月十日「全米プロゴルフ選手権」の最終日、最終十八番ホールで、五十四歳の老雄ニック・ロビンソンが奇跡的な逆転勝利をおさめ、ゴルフ界の伝説となった。その九か月後の五月二十五日、同じコースで、「全米オープン選手権」が開催されようとしている。その練習ラウンドの日の夜、最終十八番ホールのグリーン上で、インディアンの呪いのように串刺しにされた死体が発見された。新人ゴルファーのジャック・アキラ・グリーンフィールドと彼のキャディーをつとめることになったティム・ブルース、カリフォルニア州捜査局のクリストファー・ヒューズ警部の三人が事件の謎に立ち向かう。

軽妙な会話の応酬で、ゴルファーの心理を巧みに表現し、翻訳物のスポーツ小説を読むように楽しめるのに加えて、すべての結果が「全米オープン選手権」の最終ホールに収斂されていくところも圧巻である。（浦谷）

交換殺人はいかが？

深木章子

光文社文庫

退職後、独りで暮らしている元刑事の君原老人のもとに遊びに来る孫の樹来（じゅらい）は、大の推理小説好き。密室やダイイングメッセージなど、推理小説に出てくるような要素のある事件が実際にあったかどうかに関心を示す孫に、祖父は現役時代に担当した事件について語る。だが、話を聞き終わった樹来は、それらの事件の表向きの決着に疑問を示し、意外な着眼点から真相を見抜いてみせるのだった。

小学六年生（最終話では中学一年生）という、安楽椅子探偵史上屈指の年少探偵が活躍するのが本書である（『交換殺人はいかが？　じいじと樹来とミステリー』を文庫化の際に改題）。真相を見抜いた樹来が「僕は、そんなことじゃないと思うんだけどなあ」という決め台詞を口にするのが各編のお約束。収録作六編は粒揃いだが、特に表題作は屈指の出来。長編で評価されてきた著者が、従来と異なる軽妙な筆致のトリッキーな短編連作に挑んだ楽しい一冊だ。

なお、長編『消えた断章』には大学生になった樹来が登場するが、小学生時代の才気煥発ぶりとはやや異なる印象のキャラクターとなっている。（千街）

王とサーカス

米澤穂信

創元推理文庫

新聞記者の仕事を辞めてフリーライターになった太刀洗（たちあらい）万智（まち）は、二〇〇一年六月、滞在中のネパールの首都カトマンズで驚くべきニュースを耳にする。皇太子が国王をはじめとする多くの王族たちを晩餐会の席で射殺し、自らは自殺を図ったというのだ。翌々日、彼女は「INFORMER（密告者）」という言葉が背中に刻み込まれた死体を発見する。

著者の初期の代表作『さよなら妖精』では高校生だった太刀洗万智が、フリーライターとして再登場する長編である。作中で描かれるネパール王族殺害事件は実際に起きた出来事。タイトルは、万智が取材しようとした軍人ラジェスワル准尉の「お前はサーカスの座長だ。お前の書くものはサーカスの演し物だ。我々の王の死は、とっておきのメインイベントというわけだ」という台詞に由来する。それは万智に向けられた批判であるのみならず、常に新奇なニュースに飢え、それを次から次へと消費する私たちへの皮肉でもあるだろう（事件の真相そのものも、ジャーナリストとしての万智の足場を揺るがすものだ）。その意味では、中井英夫『虚無への供物』の系譜を継ぐ作品とも言える。（千街）

ミネルヴァの報復

深木章子

角川文庫

銀座で弁護士事務所を経営する横手皐月は、大学時代の先輩・辻堂俊哉から相談を受ける。辻堂には妻の康子がいるが、愛人の西舘佑美子のマンションに入り浸っている。康子は離婚に応じようとせず、弁護士を通して西舘に損害賠償請求を送ってきたというのだ。辻堂の相談に応じた横手は西舘の弁護を引き受けるが、裁判の直前に西舘は失踪。更に、事態は殺人事件へと発展する。

前年刊行の『敗者の告白』に続く、弁護士・睦木怜シリーズの第二作。前作では終盤にしか登場しなかった彼女だが、本書では横手皐月とは同期にして友人という関係であり、その相談に耳を傾け謎を解く役回りで活躍する。睦木はデパートである調査をする場面以外は横手の話を聞くだけで真相に到達しており、限りなく安楽椅子探偵に近い。一見単純な三角関係の背後に、おそろしく入り組んだ犯罪の構図と意外な真犯人が潜んでいるあたりは著者の真骨頂。第一の殺人現場は弁護士会館、第二の殺人現場は裁判所であり、元弁護士の著者ならではの現場豆知識やリアルな弁護士事情が披露されている点も面白い。（千街）

柘榴パズル

彩坂美月

文春文庫

山田家は庭と縁側のあるような、昔ながらの一軒家。短大生の美緒を始めとする五人と一匹は、ひと夏を通じて、いくつかの謎に遭遇する。だが庭の柘榴の実が色づくにしたがって、一家の破滅の時は避けられないものとなってゆく……。

第四章までは連作短編集として読むことができる。関係者の動線が謎を生む『黄色い部屋の謎』の中盤の事件を思わせるものが多く、本格としての興趣に富んでいる。また解決時に「家族」という共通テーマが浮かび上がる仕掛けも良い。

だが本書の最大の特徴はその構成にある。山田家の五人の底抜けの明るさと対比をなすように、各章の前後には一家惨殺事件を報じた記事等が挿入されている。その時点で挑発度は最高、着地の意外性も含めて実に面白い試みと評せよう。

彩坂は近年、花の名を冠した本を四冊出している。本書の他には時間ループものの『金木犀と彼女の時間』、山村暮らしのローティーンを描いた力作『向日葵を手折る』、五感をテーマにした連作+αの『サクラオト』があり、タイプは全く異なるがいずれも趣向を凝らした作品に仕上がっていて、作家としてまさに今が満開と言えるのではないか。（市川）

戦場のコックたち

深緑野分

創元推理文庫

アメリカの田舎町に生まれた十七歳のティムは、志願兵として第二次世界大戦に参加する。人生の楽しみは食にありと考える彼は、他の兵士たちから侮られているコック担当の特技兵に敢えて配属を希望した。そんな彼は、冷静かつ頭脳明晰なエドをはじめとする戦友たちとともに、一九四四年六月のノルマンディー降下作戦に参加する。

今の日本人読者にとっておよそ戦場ほどの非日常空間もまずないだろうが、本書の前半においてティムが遭遇するのは、不要となった落下傘を何故か集めて廻る兵士、不味くて誰もが苦手とする粉末卵の大量盗難……といったささやかな謎である。いわば、本書の狙いは非日常における「日常の謎」であり、エドが明晰な推理によってそれらを解明する。

しかし、物語が進むにつれて戦闘は激化し、ついさっきまで冗談を飛ばしていた戦友が次々と呆気なく命を落としてゆく。謎自体も、中盤からは人命が関係する深刻なものがメインとなる。人が人と殺し合う戦場と、人の命をつなぐ食とを対比させながら、なおかつ高水準なミステリに仕上げてみせた、前代未聞の戦争小説である。（千街）

絵本作家・百灯瀬七姫のおとぎ事件ノート

喜多南

宝島社文庫

委員長の僕（園川智三）は殺人未遂などの噂がある不登校のクラスメイト百灯瀬七姫（ももとせななひめ）の自宅を訪れる。そこで僕を出迎えたのは棺に横たわるメルヘン思考少女の毒舌であった。僕は彼女を学校に通わせるべくそこで出された謎かけに挑むことに。それから僕は町を騒がせる連続放火事件を契機に、童話への見立てがなされる様々な事件に巻き込まれていく。

本書はメルヘン・童話をモチーフにした連作集で、キャラ文芸という器さえもレッドヘリングとして活かしきった技巧派ミステリでもある。そのキャラ造詣・設定はどこか童話を思わせ定型的であり、またラノベ的で過剰でもあるが、それゆえにリーダビリティーは高い。お人好しで誰かを救おうとする智三が作品の良心とはなっているが、ライト文芸的な作品が守ってくれる安定安心の一線を易々と乗り越え、一編ごとに登場人物や読者に傷を刻んでいく。それが類型的なキャラ造型だけに余計そのギャップが応える。童話やメルヘンが実は恐ろしい出来事を包含しているように、各話で解き明かされるのは周囲で発生する童話に見立てられた事件に留まらず、ずぶずぶと人間関係の闇に踏み込んでいく。（嵩平）

聖母

秋吉理香子

双葉文庫

東京都藍出市の藍出川の河川敷で、四歳の男児の全裸死体が発見された。しかも、遺体は性的暴行されており、さらに男性器が切り取られ、皮膚には漂白剤がかけられていた。この猟奇事件のニュースを見た保奈美は、三歳の薫の寝顔を見ながら、「娘を、守ってみせる」と心に誓う。「母親は、娘を守るためなら全能になれるのだ。」特に保奈美は、不妊治療で大変な思いをし、何度も挫折を味わい、やっと娘を授かったのだ。事件の捜査には二人の刑事、初老の坂口と若くて美人な谷崎ゆかりも関わることになった。坂口は長年の経験から、「大変な事件になる」と直感する。

意外にも物語の前半の六分の一のところで犯人は明らかにされる。にもかかわらず、この小説には騙されてしまう。騙された時の爽快感は、新本格初期の作品を読んだ時の快感に似ているかもしれない。物語は犯人の視点と刑事の視点の両方から語られてゆく。しかし、純粋な倒叙ミステリとも、本作はベクトルを異にする。ひたすら意外な結末に向けて邁進してゆく物語が読了後に残すものは、〈母〉という美しくも恐ろしい、人間にとって強大な存在の姿だった。(浦谷)

赤い博物館

大山誠一郎

文春文庫

警視庁捜査一課の刑事だった寺田聡は、仕事で失態を犯し、左遷されて三鷹市にある警視庁付属犯罪資料館・通称〈赤い博物館〉に転属になった。犯罪資料館は過去に起きたさまざまな事件の証拠品や捜査資料を、事件発生から一定期間経過したのちに、所轄署から受け取って保管し、調査・研究や捜査員の教育に用い、今後の捜査に役立てる役目を果たしている。ロンドン警視庁犯罪博物館・通称〈黒い博物館〉を真似て一九五六年に設立されたが、本家とは違って、ただの大型保管庫と化していた。赤煉瓦造りで三階建ての建物なので〈赤い博物館〉なのである。

館長は、〈雪女〉のような緋色冴子である。彼女はいわゆるキャリア組だが、なぜか犯罪資料館館長という閑職に甘んじていた。その緋色冴子が、犯罪資料館に収められた迷宮入りの事件の捜査資料を読んでは、次々と解決してゆく。

言語化された捜査資料からスタートし、再捜査を加えてゆくという物語の構造は、極めてロジカルな世界観を構築することを可能にしている。作者はロジックを中心に据えた本格ミステリを書くために、この設定を採用したのだ。(浦谷)

片桐大三郎とXYZの悲劇

倉知淳

文春文庫

『片桐大三郎とXYZの悲劇』は書名から察せられる通り、エラリー・クイーンの悲劇四部作を踏まえている。冬には満員電車で男がニコチンを注入され、春には車椅子の画家がウクレレで撲殺される。夏にはベビーシッターが殺されて赤ん坊が誘拐され、秋には名映画監督の遺した未発表シナリオが盗まれるのだ。各章が、クイーンの『Xの悲劇』、『Yの悲劇』、『Zの悲劇』、『レーン最後の事件』と似た要素を含む。

クイーンが聴覚を失ったシェイクスピア劇の元俳優、ドルリー・レーンを探偵役にしたのにならい、倉知淳は聴覚を失い役者から引退した時代劇スター、片桐大三郎を探偵役にした。読唇術を習得し会話に不自由しなかったレーンに対し、片桐は付き人の野々瀬乃枝にノートPCで相手の話を文字起こしさせ、赤外通信で自分の端末に送信させることで会話する。ただ、いかにも英国紳士で思慮深いレーンとは違い、片桐は顔を知られた大スターという立場をいいことに、事件現場や関係者宅へ無自覚に図々しく踏みこむのがおかしい。著者の軽妙な筆致によって原典を知らなくても気軽に面白がれる。笑いのなかに巧みに企みをしこんだ作品だ。（円堂）

東京結合人間

白井智之

角川文庫

永遠の愛を誓う男女が「結合」して大人になるという、人類の生態が異なる世界が舞台。結合前の人間はこの世界と同じだが、結合後は外貌が変わり、腕と脚が四本で目も四つ、体型も巨大化し、身長六メートルを超える場合もある。稀にオネストマンといって嘘のつけない結合人間が生まれる。

物語は二部構成で、第一部は荻窪の少女売春組織「寺田ハウス」が舞台。監禁していた少女が死に、顧客が逮捕されたのを機に三人は商売替えを検討。オネストマン七人を孤島に集め、共同生活を映画に撮ろうとする。第二部は八丈島近くの孤島に舞台を移し、連続殺人劇が描かれる。オネストマンに化けた犯人は誰なのか。死者が加速度的に増えてゆく中、生き残った者たちが推理の果てに辿り着いた真相とは……。

最初は何が謎かすらわからない、ただの異世界ノワールだったものが、伏線だらけの本格ミステリに変貌する第一部に驚いていると、第二部の展開はそれどころではない。通常の多重推理では飽き足らず、四すくみの趣向や、相次ぐどんでん返しの果てに、この世界でないと成立しない特上のネタが現れる。奇才の第二作にして代表作のひとつ。（市川）

鍵の掛かった男

有栖川有栖

幻冬舎文庫

大阪・中之島にある小さなホテルで、長期滞在していた梨田稔の縊死体が見つかった。警察は自殺として片づけるも、ホテルを定宿としていた大御所作家・景浦浪子は納得がいかず、ミステリー作家の有栖川有栖と犯罪社会学者の火村英生に真相の解明を依頼する。果たして梨田の死は自殺か他殺か。〈作家アリス〉シリーズ最長となった本作は、徹頭徹尾、死者と向き合った小説といえるだろう。阪神・淡路大震災をはじめ、作中で繰り返し言及される実在の事件等によって亡くなった無数の死者たちが、ここでは一人の死者（梨田）と重ね合わされている。物語の終盤で有栖川が述懐するとおり「探偵すること」は一人の／無数の死者の声を聞くことであり、それが「死者を弔い、悼み、忘れないこと」につながるとともに、暴力的に匿名化されてしまう死への抵抗ともなっているのだ。シリーズの他作品と比べ、年代や地名が具体的に書き込まれているのも同じ理由に違いない。

次第に明らかになる梨田の人生は、偶然に左右された数奇なものだった。それゆえ「居合抜き」とも評される火村の一点の曇りもない論理が一層鮮やかに感じられる。（秋好）

凶眼の魔女

吉田恭教

実業之日本社文庫

探偵・槙野は画商からの依頼で、島根県の神社に納められた不気味な幽霊画の作者を捜し当てるが、その後彼が自宅から遠く離れた逗子で自殺したことを知って不審を抱き、真相を調べ始める。一方、都内で発生した女性の連続猟奇殺人を追う刑事・有紀は、捜査の過程で槙野とかち合うことになった。二人の軌跡が次第に絡み合っていく中、槙野は霊能者から「幽霊画には関わるな」と警告を受けるが――。

社会派や警察小説、伝奇などに本格ミステリの要素を入れ込む吉田作品の中核をなすのが、本作（原題『可視える』）に始まる槙野＆東条（有紀）の恐怖ミステリ連作だ。私立探偵と警察、二系統の捜査が時に交錯しながら並行して進むため、それぞれが集めたピースを推理によって一つの絵に組み立てるのは読者に優先権が与えられるが、そこにサイコ本格としての仕掛けが隠されている。ホラーミステリとしては、次第に幽霊の実在に情が傾いていく〈私〉とあくまで理で詰めていく〈公〉という二つの捜査によって、心霊現象抜きに事件は解決されるとしても、欠くことの出来ない要素として心霊現象も厳然と存在するというバランスがリアルだ。（笹川）

アンデッドガール・マーダーファルス1
青崎有吾

講談社タイガ

一八九八年、フランス。吸血鬼・ゴダール卿は、城の一室で何者かに殺された同じく吸血鬼の妻を発見する。捜査のためゴダール卿に招かれた「鳥籠使い」の探偵たちは過去にいくつもの難事件を解決しているという。その探偵・輪堂鴉夜（りんどうあや）は鳥籠におさめられた生首の少女だった。助手であるお調子者の真打津軽（しんうちつがる）、メイドの馳井静句とともに鴉夜は「怪物の王」である吸血鬼を誰がいかにして殺害したのか、調べ始める。

怪物事件専門の探偵シリーズの第一巻で、二〇二三年現在では四巻まで刊行。二〇二三年にはテレビアニメ化も果たした。一巻では吸血鬼事件のほかに人造人間を研究する博士が何者かに首を切り落とされる事件がおさめられている。以降も著名な怪物、ホームズやルパンなど物語上の伝説的人物と、鳥籠使いによる推理とバトルが展開する。本格としては吸血鬼を殺害する奇抜な方法もさることながら、人造人間と死体だけの密室をめぐる推理検討のシーンが実にスリリング。古典を現代的キャラとして復活させたバトルものは昨今の流行りだが、本格ミステリもブレンドした異能バトルミステリとして本作は独自の地位を築いている。（蔓葉）

COLUMN

特殊状況もの

超常的（スーパーナチュラル）な要素を取り入れる特殊設定ミステリに対応する形で、特殊な状況・条件下におけるミステリながら、現実に有り得る状況のみで構築されたミステリのことをいう。だが実際には超常要素を用いた設定も一種の特殊な状況と呼べるため、特殊状況ものは特殊設定ミステリを包含する意味合いで用いられることも多い。

当初はクローズドサークルものも一種の特殊状況下におけるミステリであったのが、のちに一般化したことでその側面が失われたように、特殊状況ものは同種の設定が少ない奇妙なシチュエーションが肝となる。エラリー・クイーンが得意とし、『第八の日』の奇妙な共同体といった舞台設定は後に大きな影響を与えた。ピーター・ディキンスンらも好んで奇妙な状況を作ったほか、泡坂妻夫らを経由して、現代では麻耶雄嵩・石持浅海・下村敦史らによってその試みは深化かつ拡張され、遊戯的・人工的なものから社会性が高いものまで多彩な作例が生まれている。超常的な要素を用いずに特殊設定的な効果を期待できるVRミステリや、価値観が異なる時代・戦時下ミステリ等も一種の特殊状況ものといえる。（嵩平）

COLUMN

先端技術を扱ったミステリ

先端技術と書いてしまうと、例えば東野圭吾「ガリレオ」シリーズのように高度な科学知識を扱ったミステリばかりをイメージしてしまいがちだが、私たちが日常的に使っているパソコンやスマートフォン、あるいは家電の類にしても、最先端のテクノロジーが組み込まれてどんどん進化している。かつて山村美紗が最新の家電を何種類も購入して自宅に揃え、それらを使ったトリックを案出していたように、先端技術に基づくトリックや設定を扱ったミステリはいつの時代にも後を絶たない。

近年のミステリではAI（人工知能）を取り入れたものが目立つが、早坂吝「探偵AI」シリーズは、ミステリ小説とミステリ漫画を学習したAIが、それぞれ名探偵とその宿敵になったという設定。ミステリとしての内容にも「フレーム問題」「シンボルグラウンディング問題」「不気味の谷」などのAI関連の課題が絡んでくる。また、河合莞爾『ジャンヌ　Jeanne,the Bystander』では、ロボット三原則を埋め込まれた筈の家事AIロボットによる殺人が描かれる。

ヴァーチャル・リアリティ（VR）を取り入れた作品もやはり多い。古くは岡嶋二人が一九八九年の時点で『クラインの壺』を発表していたが、二〇一〇～二〇年代には松本英哉『僕のアバターが斬殺ったのか』、伽古屋圭市『断片のアリス』、岡崎琢磨『Butterfly World　最後の六日間』、方丈貴恵『名探偵に甘美なる死を』などの作例が続出した。

結城真一郎『救国ゲーム』では、F・W・クロフツや鮎川哲也の作品における樽やトランクの代わりに、ドローンがアリバイ崩しの俎上に載せられている。ドローンを駆使する探偵が登場する作品には、早坂吝『ドローン探偵と世界の終わりの館』がある。

井上真偽『ベーシックインカム』（文庫版で『ベーシックインカムの祈り』と改題）は、AIやVRなどを扱った近未来小説の短編を一冊にまとめている。また最近では、ディープフェイクによって監視カメラ映像を上書きするトリックが刑事ドラマなどに散見される。

携帯電話の誕生したことでクローズドサークル設定が使えなくなったと言われた時期もあったけれども、ミステリ作家たちはそれを乗り越えて今もユニークなクローズドサークルを案出している。技術の革新は、むしろ新たなトリックの誕生に資する場合が多いと見るべきだろう。

（千街）

2016

竹本健治『涙香迷宮』　2016.03.09
井上真偽『聖女の毒杯』　2016.07.06

城平京『雨の日も神様と相撲を』　2016.01.18
朝霧カフカ『綾辻行人VS.京極夏彦』　2016.01.30
早坂吝『誰も僕を裁けない』　2016.03.02
谺健二『ケムール・ミステリー』　2016.03.30
愛川晶『はんざい漫才』　2016.04.10
古野まほろ『臨床真実士ユイカの論理　文渡家の一族』　2016.04.18
島田荘司『屋上』　2016.04.25
青崎有吾『ノッキンオン・ロックドドア』　2016.04.30
辻真先『残照』　2016.05.20
青山文平『半席』　2016.05.20
霧舎巧『推理は一日二時間まで』　2016.07.20
若竹七海『静かな炎天』　2016.08.10
三津田信三『黒面の狐』　2016.09.10
七河迦南『夢と魔法の国のリドル』　2016.09.20
階知彦『シャーベット・ゲーム』　2016.09.25
白井智之『おやすみ人面瘡』　2016.09.30
藤崎翔『おしい刑事』　2016.10.05
市川憂人『ジェリーフィッシュは凍らない』　2016.10.09
冲方丁『十二人の死にたい子どもたち』　2016.10.15
友井羊『スイーツレシピで謎解きを』　2016.10.25
歌野晶午『Dの殺人事件』　2016.10.31
西澤保彦『悪魔を憐れむ』　2016.11.25
浅ノ宮遼『臨床探偵と消えた脳病変』　2016.11.30
米澤穂信『いまさら翼といわれても』　2016.11.30
近藤史恵『マカロンはマカロン』　2016.12.16

涙香迷宮

竹本健治

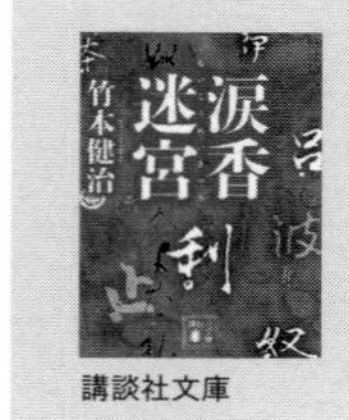

講談社文庫

囲碁好きが愛用する旅館の一室で、一人の客が背中を刺され、碁盤に俯した状態で発見された。ちょうど知り合いの刑事を訪ねていた牧場智久は、請われるまま現場を訪れ、部屋に残された碁石の多さに釈然としないものを感じる。一方、芝居仕立てで提示される謎を参加者が解決する宿泊型イベントで黒岩涙香研究家と知り合った武藤類子は、涙香の残した暗号を智久が解読した結果、今は廃墟となった涙香の隠れ家と称する別荘が発見されたことを知る。その縁で類子は智久と共に、涙香研究家やゲーム研究家、歌人、ミステリ・マニアといったメンバーで構成された別荘の調査隊に加わることになった。その調査の最中に、旅館殺人事件の被害者の身元が割れ、涙香研究家と被害者が接触しており、開催予定の涙香展にメモリアルとなるものを進呈したいと話していたことが明らかになる。その二日後、調査隊メンバーの一人が毒殺された。二つの殺人事件と暗号解読という重畳する謎に同時に挑む智久に勝機が訪れるのはいつか……。

第十七回本格ミステリ大賞を受賞した本作品は、黒岩涙香が情熱を傾けた様々な遊芸から、連珠のルールを確立し、『萬朝報』紙上で新作いろは歌を募集したことを取り上げて、それぞれをモチーフとする暗号の解読を興味の中心としている。デジタル化が進み、暗号がコンピューターによって作成され、解読される今日、コナン・ドイルや江戸川乱歩の頃に書かれたような暗号ミステリは廃れたと考えられていた。そんな時代に本作品は、古式ゆかしい暗号を登場させたわけだが、そのために、涙香が創作したという設定で、それぞれ日本語の詩としての完成度が高い、四十八作もの新作いろは歌を作り上げ、作中で提示している懲りようには圧倒させられる。ここまで解読の快楽に淫した暗号小説には、そうそう出会えるものではない。

ミステリの紹介者だけにとどまらない、涙香の人間的魅力を伝えると共に、クローズド・サークルもののシチュエーションを取り入れて、犯人当ての興味を満足させるあたりも怠りない。『匣の中の失楽』以来の、ペダントリーあふれるディスカッションの魅力が楽しめる一編である。（横井）

聖女の毒杯

その可能性はすでに考えた

井上真偽

講談社文庫

望まぬ婚姻を強制された女性が、両家の男衆を毒で皆殺しにしたという「カズミ様」伝説が残る地域で、今また花嫁の望まぬ婚姻が進められていた。地域のしきたりに則って粛々と進められる婚礼の儀、その中の「大盃の回し飲み」で事件は起こった。回し飲みの直後、花婿、花婿父親、花嫁父親の三人の男性（と盃を舐めた犬）がヒ素中毒で死亡する。他の親族も盃で酒を飲んだのに一部の人しか死ななかったこの「飛び石殺人」、探偵の検証によってトリックが使われた可能性も次々と否定される。男のみが死んだのは「カズミ様」による奇蹟の仕業なのか……。

奇蹟の証明を目指す稀有な名探偵、上苙丞（うえおろじょう）が活躍した『その可能性はすでに考えた』の続編。前作の時点でその形式の独創性が高く評価されたが、本作はその独創性を引き継ぐだけでなく、さらに発展させたことで『本格ミステリベスト10』二〇一六年版で第一位の座を獲得した。

事件の謎に対して次々と披露される推理、上苙は奇蹟の証明のために、それらの推理を論理的にすべて否定し、人為である「可能性」を排除しようとする。この謎そのものの解決ではなく「推理VS上苙の反証」という多重推理バトル形式こそ、前作が確立した独創性であった。

その独創性ゆえに続編は難しい、できても前作の二番煎じになるのではとも思われたが、そんな心配は杞憂だった。本作で推理を行う者たちは、上苙の「奇蹟の証明」のように、それぞれが異なる謎の解明よりも優先される目的を持ち、様々な思惑のもと、推理を繰り広げている。保身を図ろうとする者、誰かを庇いたい者、そして奇蹟を証明したい者……。彼らは互いの思惑を探り合い、時に協力さえもしながら、自分の目的に適う推理を繰り出し、相手の推理に反駁する。前作での推理対決は一対一の決闘形式だと言えるが、本作は多人数が同時に推理を競い合わせる、いわばバトルロイヤル形式に発展している。

推理の多目的化はゲームの複雑化と真実の後景化を推し進めることとなった。本作は現代本格の新たな可能性を指し示したと言っても過言ではないだろう。（荒岸）

雨の日も神様と相撲を

城平京

講談社タイガ

両親を事故で失った逢沢文季は、警察官を務める母方の叔父と暮らすことになる。引っ越し先は、カエルを神様として信奉し、神様を喜ばせるために相撲が盛んな田舎の村だった。しかも、村を治めるかんなぎの一族である遠泉家の娘・真夏の仲介で、文季の相撲に対する頭脳的なアプローチに惚れ込んだカエルに、相撲を教えるはめになる。そんな折もおり、隣村との境界に近い森の中で、トランク詰めの女性の死体が発見された……。

扉裏に「少年少女青春伝奇」とある通り、基本的なプロットはファンタジーといっても良く、日常性と異形のものたちが同居する世界観は〈虚構推理〉シリーズでもお馴染みのものだ。カエルの神様に相撲を教えるエピソードと、森で発見された死体の謎とをリンクさせる、プロットの巧妙さとともに、殺人事件に対する論理的な推理を披露する一方で、相撲の必勝法や村のシステム全体を揺るがしかねない計画を進める文季の知略的なふるまいが、本格ミステリのような雰囲気を醸し出している。文季のふるまいそのものが、ホワイダニットの物語としても楽しめる一編だ。（横井）

文豪ストレイドッグス外伝 綾辻行人VS.京極夏彦

朝霧カフカ

角川文庫

『文豪ストレイドッグス』は朝霧カフカ原作、春河３５作画のバトルアクション漫画。太宰治や森鷗外らの文豪がキャラクター化され「武装探偵社」や「ポートマフィア」などの組織に分かれ、作品名にちなんだ異能（例えば、太宰であれば「人間失格」という、触れた相手の異能を無効化する能力を持つ）を駆使して戦う、という作品。キャラが立った文豪らは人気を博し、ＴＶアニメ化され劇場版アニメも制作された。

本作はその外伝だが、コミックスの帯に綾辻、京極の推薦文を載せる際に二人をキャラ化したら「この二人を主役にしたお話は出ないの？」と話題になったのが誕生の経緯だ。

綾辻行人は「殺人探偵」と呼ばれている。事件の真相を見抜くと、相手が事故死する異能【Another】を持つためだ。そのため異能特務課のエージェント辻村深月の監視を受けている。その綾辻の宿敵は、狙った相手に妖魔を落として操る異能【憑き物落とし】を用いる京極夏彦。自分の手は汚さず罪を重ねる京極を、綾辻がどのようにして倒すのか？　特殊設定ミステリとして楽しめる作品だ。

なお、本作には泳与による漫画化作品もある。（廣澤）

誰も僕を裁けない

早坂吝

講談社文庫

『○○○○○○○○殺人事件』、短編集『虹の歯ブラシ　上木らいち発散』に続く、上木らいちシリーズ第三作の長編。作者曰く「エロミスと社会派を融合させ」る難事に挑み、成功させた意欲作。第十七回本格ミステリ大賞の候補作にも選ばれた。

事件の舞台となるのは、上から見るとプロペラのような形をした、いかにも「○りそうな」洋館。洋館にメイドとして雇われた上木らいちと、洋館に住む令嬢と一夜を過ごし、逮捕されてしまった高校生の戸田公平の視点が交互に登場する構成（若干例外あり）という本格物のガジェットに満ちた作品が、真相が判明した時点で、法律の不備を衝いた社会派ミステリに転化する、その変貌ぶりを味わってほしい。法律の不備に対する問題意識は、『○○○○○○○○殺人事件』や『双蛇密室』にも表れており、早坂作品のテーマとも言えそうである。

なお、本作は文庫化にあたりノベルス版の法律上の事実誤認を訂正している。訂正だけでなく新たな伏線も加筆されているので両方を読むのが正しい読み方と言えよう。（廣澤）

ケムール・ミステリー

谺健二

原書房

死んだ前当主は、「ウルトラ」シリーズの怪獣・宇宙人をデザインした成田亨（なりたとおる）の信奉者で、特にケムール人に執着した。彼が遺した赤い異形の屋敷の部屋には、円錐形に尖った頭部で左右の眼球の高さがズレたケムール人を象ったモノが、多く並べられていた。それだけではない。前当主の息子がひきこもりの末に自殺して以来、その家はひきこもりの若者をひきとっていた。代々の青年たちは、家族との素顔での面会を拒否し、ケムール人のかぶり物をして生活した。だが、いずれも密室で自殺したのだ。なにが起きているのか。

そんな無茶な設定で書かれたのが、谺健二『ケムール・ミステリー』である。正体を見せない人物がミステリ小説に登場するのだから、怪しすぎる。だが、対人恐怖症の傾向があるひきこもり青年は、素顔を隠すことで、逆に本心を話せるのかもしれない。また、素顔を晒した人間が、嘘をついていないとは限らない。かぶり物の人物が登場することで、ほかの人物まで透明なかぶり物を着けているのではないかと疑心暗鬼が膨らみ、異様な空気が醸成されている。強引な力技が楽しい怪作だ。（円堂）

はんざい漫才

愛川晶

文春文庫

お笑いコンビ「フロントほっく」が、寄席で漫才コント「タイムマシン」を初披露する。そのコントでは、羽織にテンガロンハットをかぶるというちぐはぐな服装になるのだが、後日、警察がその内容を確認しに来る。というのも、近所で窃盗事件があり、その犯人が漫才で披露されたものと全く同じ扮装をしていたというのだ。しかし、窃盗事件はコントが披露される前日に発生しており、コントのタイトル通り、タイムマシンでもなければ、犯人はそれを見ることはできないはずだった（「はんざい漫才」）。

寄席・神楽坂倶楽部を舞台とするシリーズ第三弾。「はんざい漫才」と「お化け違い」の二つの中編を収める。シリーズものとはいっても、本作からでも十分に楽しめる。謎解きもさることながら、席亭代理である武上希美子の周りで次から次に発生するトラブルに、出演者や関係者が様々なアイディアで対応していく姿も見所だ。もちろん、作中で披露される漫才や演芸自体も面白い。さらに本作では、ゲストキャラクターに関連して、作者自身もある大仕掛けをしていたことが判明する。あとがきまで楽しめる贅沢な一冊だ。（諸岡）

臨床真実士ユイカの論理
文渡家の一族

古野まほろ

講談社タイガ

井の頭大学院生の本多唯花は、二十歳にして心理学界にその名を知られる研究者。彼女は実は目の前が人の話す言葉の「ウソ／ホント」「真／偽」を見抜ける特殊能力を持っている。文渡財閥は彼女の能力に目をつけ、事件の捜査を依頼してきた。文渡家は周囲を山に囲まれた文渡村を人工的に作って蟄居している。出入りはヘリでのみ可能。そんな究極のクローズドサークルの中で、宗家の次男が殺されたのだ。唯花がただ一人信頼する法学部生、鈴木晴彦を助手にして村に乗り込んだ後も、文渡家の一族を被害者とする事件は続く。

著者には「正直族」の登場人物が出てくる作品がいくつかあるが、ユイカの「ウソ／ホント」を見抜く能力はそのバリエーションとして理解できよう。本書のキモは「真／偽」を見抜く能力のほう。本格ミステリは論理性を重視するが、ここまで論理学に特化したミステリは滅多にない（ので選出した）。関係者の台詞が自然言語ではあり得ないものになっているのもご愛敬。横溝パロディを楽しんでいると、とんでもない真相に驚かされる。続編『臨床真実士ユイカの論理　ABX殺人事件』（二〇一七年）も要チェックだ。（市川）

屋上

島田荘司

講談社文庫

ある日、銀行の屋上から女性行員が飛び降りて死亡する。屋上にほかの人間はおらず、事件性は低いと見えるが、彼女は翌月に結婚を控えており、自殺するなど考えられないと上司らは首をひねる。しかしこの不可解な出来事ははじまりに過ぎなかった。同様の墜死事件が再び起こるのだ。ここは、のぼった者が飛び降りる呪いの屋上だったのだろうか。旧題は『屋上の道化たち』。タイトル通りに登場人物達の悲喜劇はどこか道化芝居めいて、ユーモラスな雰囲気の一作。挿話がひとつの物語に結実していく構成やケレンに満ちたあざやかな解決を純粋に楽しむこともできるが、別の読み方も指摘しておきたい。まず、本作が名探偵御手洗潔の活躍するシリーズ第五十作で、一種のグラフィカルな発想をベースにした物語の系譜に属すること。島田荘司以前、同種の発想は必ずしもスタンダードではなかった。この点からミステリ史を読み解くのも興味深いはずだ。もうひとつの読み方は時代を切り取る物語として。本作の舞台は昭和が終わり平成を迎えた直後の都市。銀行に隣接する高度成長期の巨大看板が朽ちた姿は、ウィットに富んだ、島田流の時代への目配せだ。（松本）

ノッキンオン・ロックドドア

青崎有吾

徳間文庫

「ノッキンオン・ロックドドア」は、不可能犯罪を得意とする御殿場倒理（ごてんばとうり）と、不可解な事件を得意とした片無氷雨（かたなしひさめ）のダブル探偵による事務所だ。そんな彼らだからこその事件が舞い込む。髪をなぜか切られた女性の殺人や金庫の暗号に不可解な射殺事件、雪密室の殺人に十円玉に秘められた犯罪、不可能なはずの毒殺事件。そしていくつかの事件には、倒理たちの知る謎の人物が犯罪計画の台本を書いているようなのだ。

一冊の中に七つの本格短編をおさめているだけでもすごいのだが、それぞれのプロットやトリックも侮りがたい品質を保っている。なかでも不可能狙撃という問いを立てた「チープ・トリック」やケメルマン『九マイルは遠すぎる』に挑戦した「十円玉が少なすぎる」などが注目に値するだろう。こうしたコンパクトで高濃度の本格を収納できたのも、ダブル探偵などのキャラの輪郭を太線で目立たせるとともに、リズム感のある会話劇で物語を導いているからだ。次の『ノッキンオン・ロックドドア2』で物語はひとまずの終了となっているが、二〇二三年にはテレビドラマ化されたこともあり、読者としては新たな幕開けを期待したい。（蔓葉）

残照
アリスの国の墓誌

辻真先

東京創元社

新宿ゴールデン街のスナック「蟻巣」が三十五年の歴史に終止符を打つ日。常連中の常連である夕刊紙の元デスク克郎と、出版社の専務・新谷が顔を揃えた。ママの由布子を交えた三人は、やはり大常連だったが亡くなったベテラン漫画家・那珂一平の思い出に浸る。長年の親交があった新谷は、復員してきた若き日の那珂が遭遇した祖母の密室殺人と、那珂の義姉が旧華族のTVプロデューサーを毒殺し、自身も身体を切り裂かれて果てたという、自分も現場に立ち会った事件について語り始めた——。

八一年『アリスの国の殺人』以来、辻作品の探偵/ワトソン役たちが一堂に会じ、持ち込まれた謎の推理に興じるハブの役割を果たしてきた「蟻巣」の終幕は、ポテト&スーパーの〝若さ〟に対する一方の柱として、〝成熟〟を担ってきた那珂一平自身の若き日の事件。三人の会話と、三人称による事件当時の〝再現〟、そしてある別テクストの挿入によって辿り着く真相=動機は凄まじくも哀しい。しばしば登場人物の生（キャラクター）を引っ繰り返す作者はここでも、長い付き合いの温厚な名探偵から生々しい人間味を抉り出してみせる。（笹川）

半席

青山文平

新潮文庫

御家人から旗本に出世することを目指す徒目付の片岡直人（かたおかなおと）が、不可解な事件の動機を探る時代ミステリ連作。ホワイダニット・ミステリの傑作として注目を集めた本作だが、一般的にミステリファンが「ホワイダニット」と言われて思い浮かべるようなミステリとは、やや肌合いが異なる。

ホワイダニット・ミステリとは「何故」を問うミステリだが、本来いかようにも設定できる「何故」を読者に納得させるために、求められたのはその合理性だった。どのような不可解な、不合理な行動にも、その人物なりの論理と合理性が存在し、その論理を解き明かすのが従来のホワイダニット・ミステリである。しかし『半席』で解き明かされる「何故」に、そのような合理性はない。そこにあるのは——下手人に一瞬の魔が差すきっかけとなった、「ラクダの背を負った一本の藁」の正体である。それによって照射される下手人の人生こそが、読者にその不合理な行動を納得させるのだ。

犯行に合理性を必要としないホワイダニット・ミステリ。このジャンルの新地平を開拓したことにこそ、本作の最大の意義がある。続編『泳ぐ者』も必読。（浅木原）

推理は一日二時間まで

霧舎巧

光文社

個室レンタルスペースを「秘密基地」という名前で募集をかけたところ、黄色の全身タイツ男や勇者気取りなど、変な格好や変な趣味の人ばかりが集まってきた。オーナーの毬生(まりお)美貴は変人の巣窟と化した秘密基地に頭を抱える日々を送る。そんな中、美貴のパソコンが入居者の誰かにハッキングされた疑いが浮上して、犯人探しを始めるが……。

緻密なプロットに意外な伏線、加えて大胆なトリック。それでいてキャラの作りはライトで親しみやすい。本書でもその著者の特長は遺憾なく発揮されている。中でも真骨頂と呼べるのが表題作である第一話目だろう。様々な出来事や設定に潜ませた伏線がピタリと嵌まり、伏線の魔術師ぶりが伺える。著者はプロパーの本格作家ながら自覚的にキャラ文芸を開拓した先駆者であり、このような奇異な設定でもキャラを見事に活かして本格に適合するプロットを創出してみせる。二話目以降も秘密基地の変な入居者が絡んだ奇妙なトラブルが続くのだが、著者が得意とする名前トリックと絡ませながら、様々な名作群のトリックの合わせ技という大変大胆な真相を用意してみせる贅沢な作品だ。(嵩平)

静かな炎天

若竹七海

文春文庫

「私の調査に手加減はない」というモットーに従い、数々の危機を経験しながらもタフに依頼を果たしてきた葉村晶(はむらあきら)。この短い枠では彼女の入り組んだ経歴は書き切れないが、本書では吉祥寺のミステリ専門書店でバイトしつつ、その二階に探偵事務所を構えている。初登場時には二十代半ばだった彼女も、この短編集では四十代に突入した。

翻訳ミステリ的なドライかつウィットに富んだ筆致を特徴とするこのシリーズだが、もうひとつの特徴は、何が起きているかが謎の、所謂(いわゆる)「ホワットダニット」をメインとする作品が多いこと。本書はまさにその典型で、例えば表題作では、葉村のもとにご近所から依頼が次々と舞い込み、しかもそれらはたちまち解決したり、依頼取り消しになったりしてしまう。この異例の状態から、葉村は恐ろしい真実を天啓のように悟る。他の収録作も、時にはシリアスに、時にはコミカルに進行する事態に気を取られていると、最後にはまるで日常の裂け目に足を取られたような薄ら寒い真相に肝を冷やすことになるのだ。まさかそれがそうだったとは、と膝を叩くこと必至の伏線の張り方にも注目したい。(千街)

黒面の狐

三津田信三

文春文庫

崇高な理想を掲げた満州・建国大学で、厳しい現実にもまた直面した物理波矢多は復員後、敗戦によって打ちのめされた日本人と、自分自身の行く末を求めて国内を彷徨した末、筑豊・穴寝谷の炭鉱へと流れ着く。日本社会が見失ったものを労働現場から見つめ直すべく炭鉱夫となった波矢多だが、世話になっていた合里光範が大規模な落盤によって生き埋めになってしまう。救出もままならずヤマが重苦しい空気に包まれる中、密室状態の炭鉱住宅で不審な連続死が。現場では、ヤマに伝わる黒い狐面の怪人が目撃されていた――。

刀城言耶シリーズが前近代の遺物によって支配された共同体を描くとすれば、本作は近代化が齎した歪みに焦点を当てる。フーダニット、ハウダニット、ホワイダニットのことごとくが戦争という時代、そして炭鉱という場所であればこそ成り立つものだ。そこでは人間の行う陰惨と自然の暗黒、そして人智を超越した怪異という三つの恐怖が混ざり合って事件を構成する。シリーズはさらに灯台（『白魔の塔』二〇一九年）、闇市（『赫衣の闇』二〇二一年）と、近代日本社会を支えた経済・流通の現場に発生した事件と怪異を巡っていく。（笹川）

夢と魔法の国のリドル

七河迦南

新潮文庫 nex

国内外の様々なファンタジーをモチーフにした日本最大級のテーマパーク『ハッピー・ファンタジア』を訪れた杏那と優。恋人未満のふたりのデートは、事件に巻き込まれたことで一変する。優は密室殺人事件に遭遇し、杏那はなんとファンタジーのキャラクターが実際に生きて動き回る世界に足を踏み入れるのだ。現実の殺人事件の捜査と、魔法の国の冒険が章ごとに分かれて交互に語られる。そして、魔王の手から少年を守りつつ王国を駆け回る杏那の大冒険が終わるとき、現実の密室殺人事件の謎が解けるのだ。

内省的な旧題『わたしの隣の王国』も良かったのだが、文庫化にあたってタイトルは変更された。魔法の国の冒険を描くファンタジーとフェアプレイ精神に満ちたミステリを両立させようとした野心的な一作だ。本作ではふたつの密室が描かれる。現実世界における密室と、魔法で閉ざされた密室と。両者の関連性を解き明かす謎解きパートも見物だが、本作のミステリ的な読みどころとしてはすさまじくシンプルで、それでいてあっと言わせる犯人あてのロジックを挙げたい。この舞台でしか成り立たない解決が鮮やかだ。（松本）

シャーベット・ゲーム
オレンジ色の研究

階知彦

スカイハイ文庫

朝霧学園高校の一年生・和藤園子は、立ち寄ったコンビニで穂泉沙緒子という少女と出会った。穂泉は和藤の名前や、彼女がクラス委員であるということを観察と推理でたちまち言い当てたばかりか、そのコンビニで起きた強盗事件を解決してみせた。だが、事件は思わぬ方向に発展する。

小説投稿サイト「E★エブリスタ」の投稿作の書籍化を中心とする三交社のライト文芸レーベル「スカイハイ文庫」の創刊作品。主人公コンビはホームズとワトソン、連城玲人刑事はレストレード警部……といった具合に、レギュラー人物名はコナン・ドイルのホームズ譚をもじっているが、ホームズ・パロディにつきものの「名探偵が初対面のワトソン役の情報を言い当てる」お約束も、穂泉の推理のロジカルさが際立っていて出色。作品全体もほぼ推理で占められていて無駄がないし、和藤も穂泉ほどではないにせよ観察力に優れたキャラとして描かれているので、一方的に穂泉が推理を披露するわけではなく、互いの仮説を検討する間柄の名コンビとなっている。第二弾として『シャーベット・ゲーム　四つの題名』が刊行されており、そちらもお薦め。（千街）

おやすみ人面瘡

白井智之

角川文庫

人瘤病は身体のあちこちに十センチ大の「脳瘤」ができる感染症。人面状の瘤で実際に脳が入っており勝手に喋る（ので通常は金具をつけて黙らせる）。良性の患者の知性はそのままだが、悪性患者の知性は赤ちゃん並みに低下。本書はそんな人瘤病患者が二十万人以上いる日本を舞台にしている。

二十代半ばのカブは、人瘤病の女を扱う仙台市内の風俗店の従業員。海晴市から人瘤病の女を買い取ってほしいという依頼があり、後輩と二人トラックに乗って現地に向かう。一方、海晴市在住の中学生サリーは、失踪した元同級生が某所に匿われていることを知る。二人の動線が交錯したその日、海晴市では殺人事件が、仙台市では大災害が巻き起こる。

人瘤病は人面瘡をベースにしているぶん、「結合人間」とは違って他者との競合があり得る（実際に中山七里が『人面瘡探偵』を本書より後に書いている）。だからこそアイデアの案出が大事になる。本書では人面瘡という設定を徹底的に使い倒しているのが見事。特殊設定ミステリの手本と言ってもいいだろう。第十七回本格ミステリ大賞の最終候補に残った、これもまた著者の代表作のひとつである。（市川）

おしい刑事

藤崎翔

ポプラ文庫

海渡橋警察署の刑事課強行犯係の押井は仕事・私生活ともに色々と残念な男であった。管轄内で発生した大地主の豪邸での火事で三男が焼死した。当初は三男による失火と思われた火事に疑問を抱いた押井は独自に推理を進めていくが……。

推理力に恵まれ有能だが、うっかり者で詰めが甘く、極端に運が悪いことで、どうも名探偵として決まらない、そんな押井の活躍？　を描いた六編。ユーモアの要を解決編に置いたため、真相の反転と笑える場面が両立出来ているのが素晴らしい。本格ものとしても、アントニイ・バークリーの試みを拡げた要素が肝で、真相を知った後で読み返せば、作中の描写の意味が反転し、伏線でニヤつけるに違いない。著者はブラックユーモア溢れる作品から、ハートウォーミングなものや、ドタバタコメディ、それに本書や『こんにちは刑事ちゃん』のような正統派のユーモア本格まで、ユーモアミステリのあらゆる可能性を探っている。本作でも泣き虫だが意外と前向きな押井に好感を覚える読者も多いことだろう。頑張れ押井！　と応援したくなる一冊だ。なお本書は続編『恋するおしい刑事』とともにドラマ化もされている。（嵩平）

ジェリーフィッシュは凍らない

市川憂人

創元推理文庫

航空界の歴史を変えたと評される小型飛行船〈ジェリーフィッシュ〉が実用化された架空の八十年代。その技術開発スタッフによる新型機の飛行試験の最中、船内で殺人事件が発生する。さらに、飛行船はコントロールを失い、切り立った岩壁に囲まれた雪原に不時着。何者かが航行システムを書き換えたらしい。閉ざされた空間で続く殺人。背後に見え隠れする、搭乗員たちの過去の罪。本作では事件の章と捜査の章が交互に描かれる。捜査にあたるのは傍若無人な美女マリアと、その部下でちょっと口の悪い東洋系の青年、漣。本作は新時代の『そして誰もいなくなった』として話題を呼んだ第二六回鮎川哲也賞受賞作で、マリア&漣のコンビが活躍するシリーズ第一作でもある。

ジェリーフィッシュとは海月の英語名。断章に、とある人物が「自分は海月だ」と述懐する一節がある。孤独に海に溶けて消えていく存在だと。本書を手に取る方は、ぜひこの一文を読了後に思い出して欲しい。メイントリックの見事さやキャラクターのかけあいの楽しさもさることながら、この繊細な一節が本作を特別なものにしているからだ。（松本）

十二人の死にたい子どもたち

冲方丁

文春文庫

廃業した病院に十二人の少年少女たちが集まった。彼らの目的は集団安楽死。主催である十四才のサトシがネットで自殺志願者を募り、事前に試験をおこなってメンバーを選出した。地下の多目的ルームに十二台のベッドを円形に並べ、密閉状態にして薬を飲む手筈だったが、現場にはすでに、一人の少年が眠っていた。予定外の十三人で決行するか否か。彼らは制限時間を決め、話し合いによって採決することにした。

レジナルド・ローズ原作『十二人の怒れる男』では、十二人の陪審員たちが一人の少年の運命を審議した。本書では、その場にいる全員の命の存続が、決議によって左右される。「生」が登場人物の意に反する、逆デスゲームの体をなす。

時間の経過とともに、不治の病患者、ギャル、吃音症、ファザーコンプレックス、ミュージシャンの熱狂的ファンなど、番号と名前でしか種別されていなかった少年たちの、素性や動機が明らかになる。七番のアンリが最後に言及した社会問題は、現代を生きるすべての子供たちの意見を代弁しているかのようだ。顔と名前を伏せて有名人物を紛れ込ませた、実写版予告テロップの仕掛けも見事である。（羽住）

スイーツレシピで謎解きを
推理が言えない少女と保健室の眠り姫

友井羊

集英社文庫

高校生の沢村菓奈（さわむらかな）は、言葉がうまく出せない吃音に悩んでいた。あるとき、菓奈は家庭科準備室で起きたチョコレート紛失事件の犯人として疑われてしまう。そのチョコは、スイーツに並々ならぬ情熱を捧げる天野真雪（あまのまさゆき）が、保健室登校をしている篠田悠姫子（しのだゆきこ）のために作ったものだった。菓奈への疑いは真雪自身によって晴らされるが、肝心のチョコは見つからない。しかし、翌日になって、よく捜したはずの家庭科準備室から発見されたのだった。真雪は困惑しながら自分の捜し忘れかもしれないと語るが、菓奈は違和感を覚える。そして、自分でもチョコを作ったことをきっかけにある推理を思いつくのだった（「チョコレートが出てこない」）。

お菓子作りをモチーフにした連作短編集。スイーツに関する知識と絡めて推理が展開していくのが面白いが、登場人物それぞれが悩みを抱えており、それにどう対処していくのかという青春ものとしても楽しめる。特に、最終話で明かされる秘密は、それを成立させるために使われた技巧と相まって印象的だ。本書が気に入ったら、姉妹編『放課後レシピで謎解きを』（二〇二二年）もぜひ。（諸岡）

Dの殺人事件、まことに恐ろしきは

歌野晶午

角川文庫

『死体を買う男』（一九九一）で「乱歩」を語り手にした歌野が、大乱歩の有名作を二十一世紀のハイテク機器を利用してアップデイトしてみせた短編集。「椅子？　人間！」は乱歩オリジナルの「誤認」を、もうひとつ屈折させて別の「誤認」に導く。「スマホと旅する男」はそもそもの幻想物語が現代なら可能なのだ……と見せかけて、やはり異様な怪異に落とし込む。

　本格の文脈で評価するならやはり表題作だ。オリジナルは「視線の密室からの犯人消失」「着物の柄についての証言の矛盾」を扱うが、やや強引な原作のアイディアが合理的に解決されている。さらに「異常心理」のオチも残虐度を増し、奇怪な仕上がりとなっているのだ。また「人でなしの恋からはじまる物語」は「人でなしの恋」と「二銭銅貨」の合わせ技。原作の異常な愛情、暗号読解がどう変奏され、新しい生命を吹き込まれたか。「はじまった」のはいったい何か。実際に手に取って読んで、確認してほしい。松本清張が批判した「化け物屋敷」のアップデイトは、社会派推理がたったひとつの解答ではなかったのだ。（大森）

悪魔を憐れむ

西澤保彦

幻冬舎文庫

　一九九三年八月、匠千暁（たくみちあき）は、ボアン先輩こと辺見祐輔（へんみゆうすけ）から奇妙な指令を受ける。ポルターガイスト現象が起こるというある部屋に、一晩泊まってきてほしいというのだ。羽迫由起子（はさこゆきこ）とともに問題の家に向かった千暁は、家の者からその部屋では、かつて置き時計がソファに向かって飛び、そこで寝ていた少女が命を落としていることを聞く。果たして、これは本当に心霊現象なのか。部屋にこもった二人は、暇つぶしに高瀬千帆（たかせちほ）の手紙に書かれた謎について議論しながら、そのときを待つのだった（「無限呪縛」）。

『解体諸因』（一九九五）に始まる〈匠千暁〉シリーズ第十作。四つの短編を収録している。主要登場人物の多くは大学を卒業しており、既存の読者にとっては彼らの変化を知ることができるのも楽しい。とはいえ、本格ミステリとしての結構は短編ごとに完結しており、シリーズ未体験でも問題なく楽しめる。特に、大学教授の墜死事件を扱った表題作は、終盤でたたみかける推理の迫力が忘れがたい。ディスカッションの過程で、複雑に絡む関係者達の心理が浮き彫りになっていく過程はまさに西澤の真骨頂だ。（諸岡）

臨床探偵と消えた脳病変

浅ノ宮遼

創元推理文庫

医療者は、思い込みを捨て、すべての可能性を検討し、真実を判明するという。本格ミステリにおける探偵役と同様の作業を日常的に行う職種だ。そんな「医療ミステリ」の一種である本書の主人公・西丸豊は、診断の天才と謳われ、「臨床探偵」という通り名を持つ。著者は現役医師で、初刊は『片翼の折鶴』と題した連作短編集である。

「血の行方」では、かつて自分で血を抜いていた元自己瀉血者の、重度の貧血の原因を明らかにしていく。「幻覚パズル」は、何者かに頭部を強打され、逆行性健忘にかかった少年の幻覚を探る。第一一回ミステリーズ！新人賞受賞作の「消えた脳病変」は西丸の学生時代のエピソード。脳外科の講義中、昏睡状態に陥った患者の病変が消えた謎に対し、西丸は講師と学生たちとの問答も手がかりにして真相を導き出す。「開眼」では、治療しても改善されない四肢麻痺患者の呼吸困難の原因につかむ安楽椅子探偵もの。最終話「片翼の折鶴」は、倒叙形式を用いて余命わずかな妻とその夫の心理を描く。

消去法ではなく、真実一本釣りの推理が披露される。症例を論理で解き明かす結構の美しさを堪能できる作品だ。（羽住）

いまさら翼といわれても

米澤穂信

角川文庫

神山高校の生徒会長選挙で、票を数えたところ全校生徒数より多かったという珍事が出来した（「箱の中の欠落」）。中学時代の教師の思い出から浮上した真実とは（「連峰は晴れているか」）。神山高校「古典部」の面々がそれぞれ向き合う、ささやかな、しかし奥深い謎の数々。

デビュー作『氷菓』から始まり、もはや著者のライフワークと言える学園ミステリ「古典部」シリーズの六冊目。廃部寸前だった「古典部」に入部した折木奉太郎・千反田える・福部里志・伊原摩耶花も既に二年生、そろそろ進路を考える時期ということもあり、巻末に置かれた表題作をはじめ、本書では彼らの過去と未来に関わるエピソードが多い。

ミステリとしての完成度で白眉なのは、摩耶花の視点で奉太郎の過去が描かれる「鏡には映らない」だろう。中学時代の同級生たちが奉太郎を嫌うようになった出来事の裏には何があったのか……という謎の答えは、彼の人間性を鮮やかに浮かび上がらせる。また、ハリイ・ケメルマン「九マイルは遠すぎる」風の「連峰は晴れているか」など、他の収録作もミステリとしてヴァラエティに富んでいる。（千街）

マカロンはマカロン

近藤史恵

創元推理文庫

この十一年間の本格シーンを振り返った場合、「お仕事ミステリ」の隆盛には目を瞠るものがあり、特に「町の小さな××屋さん」の技能者を探偵役に据えた形での成功例が多いが（三上延や岡崎琢磨など）、その源流を考えたとき、三舟シェフを探偵役にした〈ビストロ・パ・マル〉シリーズ（第一作『タルト・タタンの夢』は二〇〇七年刊）の重要性は再注目に値しよう。シリーズ第三弾となる本書では「マカロンはマカロン」という謎のメッセージを残して失踪したパティシエの謎に迫る表題作を含め八編がメニューに並んでいる。

お仕事ミステリでは専門知識がないと謎が解けない作例も多く、本格の要件を満たしていないと断ずる向きもあろう。だが本書の例で言えば、謎と解決のセットを必ずフランス料理と絡めるというきつい縛りの中、シリーズ通算で二十編超の短編を案出するという競技性が、本格の遊戯性に通じているという考え方もできる。また「タルタルステーキの罠」と「ヴィンテージワインの友情」の二編では、読者にすべての情報を提示してから構図を反転させており、本格ミステリの書き手としての著者の冴えた技が堪能できる。（市川）

COLUMN

お仕事ミステリ

書店員や喫茶店員、シェフなど、事件捜査を専門としない職業の登場人物が探偵役をつとめ、専門知識を生かしながら謎解きを行うタイプの作品を「お仕事ミステリ」という。もともと、「日常の謎」から派生したジャンルであり、刑事や探偵が主人公ではないため、日常の小規模な謎を扱うことが多い。店舗や会社の事務所などが拠点になることが多く、小さなコミュニティ内での出来事や人間関係を描く傾向がある。また、それぞれの職業特有の知識を学べる情報小説としての側面も併せ持つ。

二〇一〇年以前の作例としては書店を舞台にした大崎梢『配達あかずきん』（二〇〇六）、フレンチレストランを舞台にした近藤史恵『タルト・タタンの夢』（二〇〇七）、和菓子店を舞台にした坂木司『和菓子のアン』（二〇一〇）などがある。

二〇一一年発表の三上延『ビブリア古書堂の事件手帖』（メディアワークス文庫）の大ヒットを受けて作例が増加し、岡崎琢磨『珈琲店タレーランの事件簿』（二〇一二）、友井羊『スープ屋しずくの謎解き朝ごはん』シリーズ（二〇一四）などの人気シリーズが登場した。（諸岡）

COLUM

同人出版と電子書籍による復刊革命

嵩平何

ミステリの復刊には、論創ミステリ叢書などの好事家向けの復刊と、文庫本を中心としたマス読者向けの復刊があるが、その両側面でこの十一年間八面六臂の活躍をみせたのが日下三蔵だ。前者の筆頭企画は幻の作品を甦らせたミステリ珍本全集（戎光祥出版）だろう。山田風太郎少年小説コレクションと仁木悦子少年小説コレクション（論創社）も貴重なテキストを多く含む垂涎の集成で、その企画は論創ミステリ叢書の鮎川哲也探偵小説選等に受け継がれた。皆川博子の復刊も一挙に進め、単行本未収録作品集を含む皆川博子コレクションや皆川博子長編推理コレクションなどのほか、長篇や短篇コレクションのほか、随筆類も纏められた。文庫でも、小泉喜美子ら女性作家の傑作短篇集（中公文庫）、異色短篇傑作シリーズ（竹書房文庫）、ミステリ短篇傑作選（ちくま文庫）、探偵くらぶ（光文社文庫）などの企画を次々に立ち上げ、既存の短篇集＋αの短篇＋資料という方式を中心としたことで、高品質な傑作集の量産を実現。旧全集の増補版、『大坪砂男全集』・『アンドロギュノスの裔　渡辺温全集』（創元推理文庫）のような集成は特に魅力的だ。単行本未収録作を含む横溝正史ミステリ短篇コレクション、由利・三津木探偵小説集成、横溝正史少年小説コレクション（柏書房）の三つを完結させたのも忘れがたい。日下編以外でも、横溝正史『雪割草』（戎光祥出版→角川文庫）や小栗虫太郎『亜細亜の旗』（春陽堂書店）のような新発見長篇の刊行も大きな話題となったほか、横溝正史探偵小説コレクション（出版芸術社）や『完本人形佐七捕物帳』全十巻（春陽堂書店）も出た。角川文庫の復刊も併せ、容易に横溝正史世界の全貌が窺えるようになったのは喜ばしい。また捕物帳の復権は著しく、新たに立ちあがった捕物出版により、横溝正史・大倉燁子・岡田鯱彦・高木彬光・永瀬三吾らの貴重な捕物帳が、また同会社の大陸書館からは甲賀三郎・林房雄・林熊生・永瀬三吾などの貴重な作品も纏められている。他にも末國善己編の連作時代小説のミステリ傑作選（創元推理文庫）も好企画だ。

　好事家向け復刊の中核を担う論創ミステリ叢書は横井司が中心となって編んできた叢書だったが、一〇一巻からは論創社の黒田明を中心に、個々の作家の専門家らが編集を手掛けるスタイルに変わっている。「宝石」などの戦後探偵作家を網羅するかのような編み方で、百二十八冊にも達した質量ともに史上最高の復刊叢書である。初集成・初単行本化作家も数多く、鮎川哲也「白樺荘事件」を世に出すなど、同叢書の果たした役割はあまりにも大きい。本格ファンには、宮原龍雄・葛山二郎・守友恒・蒼井雄・坪田宏・岡村雄輔・水上幻一郎・岡田鯱彦・藤村正太・千葉淳平・千代有三・藤雪夫・岩田賛あたりを特に薦めておこう。論創海外ミステリでも、鮎川哲也や高木彬光など、訳者に焦点を当てた翻訳集成が断続的に刊行されている。

作品社からは訳者の創意に満ちた創訳が魅力の山中峯太郎訳『名探偵ホームズ全集』と『都筑道夫創訳ミステリ集』や、山口雄也による圧巻の注釈本・小栗虫太郎『黒死館殺人事件「新青年」版』、『岡本綺堂探偵小説全集』などが、国書刊行会からは旧全集に倍する『定本久生十蘭全集』や、『定本夢野久作全集』などが出た。末永昭二らによるアンソロジー、挿絵叢書（皓星社）も好企画だ。

だが論創社と並んで好事家向きの貴重な企画を数多生んだのは同人出版であった。その中心は古本屋から新たに出版業にも参入した書肆盛林堂の盛林堂ミステリアス文庫だ。大阪圭吉の幻の作品群のほか、鷲尾三郎・三橋一夫・甲賀三郎・森下雨村・岩田賛・西條八十・魔子鬼一・栗田信・今日泊亜蘭・大河内常平・香住春吾・宮野村子の新発見作品などの単行本未収録作中心探偵小説をハイペースで刊行していく快挙を成し遂げた。戸田和光による島久平らの単行本未収録作品のほか、我刊我書房・湘南探偵倶楽部・ヒラヤマ探偵文庫・藍峯舎・狩久全集（皆進社）などの復刊も貴重な収穫だ。

文庫でも色々な収穫があった。中公文庫は様々な作家のミステリ集が編んで清新な印象を与え、河出文庫は戦前の珍しい探偵小説を多く復刊し、創元推理文庫は藤原編集室による探偵クラブのリメイク的企画も進め、光文社文庫は山前譲による戦前作家のミステリー・レガシーや、戦後推理小説の個人短編集ミステリールネサンスで気を吐いた。他にも講談社文庫などを中心に、綾辻行人・北村薫・法月綸太郎・麻耶雄嵩などの新本格初期の傑作群の新装版が刊行された。次の世代に向けて時代が一巡したのだと感慨深いものがある。極めつけは徳間文庫から誕生した、復刊に特化したトクマの特選！だろう。ハイペースで笹沢左保らの復刊を進め、ついには本格ファン待望の梶龍雄復刊にまで現在至ったのは欣快である。また連城三紀彦・泡坂妻夫・中町信らの復刊も近年になって大きく進んでいる。Kindle等の電子書籍が普及したこともあり、講談社のロマンブックスなど絶版本の多くが容易に購入できるようになったのも近年の大きな変化だろう。

復刊のお蔭で小泉喜美子・笹沢左保・連城三紀彦らの再評価も進み、幻の名作もほぼ消え去り、次の世代に向けた作品の循環も実現された。この動きが絶えぬ限り、良作の息は長く続くことだろう。読者が過去の良作群に出合う橋渡しに尽力した人々に最敬礼！

2017

今村昌弘『屍人荘の殺人』　2017.10.13

有栖川有栖『狩人の悪夢』　2017.01.28
柚月裕子『合理的にあり得ない』　2017.02.14
松尾由美『ニャン氏の事件簿』　2017.02.24
家原英生『（仮）ヴィラ・アーク設計主旨』　2017.03.11
似鳥鶏『彼女の色に届くまで』　2017.03.29
早坂吝『双蛇密室』　2017.04.05
辻村深月『かがみの孤城』　2017.05.15
酒井田寛太郎『ジャナ研の憂鬱な事件簿』　2017.05.23
山本巧次『開化鉄道探偵』　2017.05.31
阿津川辰海『名探偵は嘘をつかない』　2017.06.20
東川篤哉『探偵さえいなければ』　2017.06.20
青木知己『Ｙ駅発深夜バス』　2017.06.30
鳥飼否宇『紅城奇譚』　2017.07.12
井上真偽『探偵が早すぎる』　2017.07.19
詠坂雄二『Ｔ島事件』　2017.07.20
古処誠二『いくさの底』　2017.08.08
相沢沙呼『マツリカ・マトリョシカ』　2017.08.25
二階堂黎人『巨大幽霊マンモス事件』　2017.09.06
天祢涼『希望が死んだ夜に』　2017.09.15
加藤元浩『量子人間（クォンタムマン）からの手紙』　2017.10.17
貴志祐介『ミステリークロック』　2017.10.20
倉知淳『皇帝と拳銃と』　2017.11.30
内山純『新宿なぞとき不動産』　2017.11.30
古野まほろ『天帝のみはるかす桜火』　2017.12.06
鳴神響一『猿島六人殺し』　2017.12.10
中村あき『ラスト・ロスト・ジュブナイル』　2017.12.15

屍人荘の殺人

今村昌弘

創元推理文庫

第二十七回鮎川哲也賞を受賞した今村昌弘のこのデビュー作は、大きな話題になった。ミステリランキングで三冠を達成したほか、第十八回本格ミステリ大賞を受賞し、映画化もされた。一般読者にも広く受け入れられたのだ。

『屍人荘の殺人』は、外界との連絡手段を絶たれたクローズドサークルを舞台にしている。本格ミステリでは定番の設定だが、この状況が成立した理由が魅力的だった。映画研究部の大学生とOBを中心とする若者たちが、夏合宿でペンションに訪れる。だが、近隣のロック・フェスで集団感染テロが発生し、死にとり巻かれた環境となり逃げられなくなる。遠まわしに書くとこんなぐあいだろうか。作中では特異な現象が発生しているのだが、未読の人にこの小説を語る際、それがなにかを明かさないのがお約束になっている。ベストセラーになっていく過程では、核心を隠したまま口コミが広がること自体が面白がられ、注目度が高まった感があった。

その特異な現象をあつかったフィクションはこれまで、映画、マンガ、ゲーム、小説など様々なメディアで多数のヴァリエーションが生み出され、ポピュラーな題材になっている。本格ミステリの分野でも、山口雅也をはじめ、西澤保彦など過去に作品例があった。それに対し、本作の場合、クローズドサークルができあがる理由づけに用いた点に新味があった。ペンション内部で殺人が連続する一方、外からも死が入りこもうとしている。危機が内外で進行する状況が緊迫感を強める。特殊設定ミステリは以前から書かれていたが、本作のヒットを契機に作品数は増えたし、影響力は大きかった。

『屍人荘の殺人』の事件の背景には、「班目機関」の研究があった。謎の組織の存在は、シリーズの以後の作品でもちらつくことになる。また、本作では、大学のミステリ愛好会所属の葉村譲が語り手となり、会長の明智恭介、探偵少女・剣崎比留子の話し相手となる。ミステリ好きの譲はワトソン役を務めるものの、最初は〝ごっこ〟でしかなかった。だが、比留子と譲は、ともに危機を経験するうちに探偵とワトソンとしての絆を深めていく。青春小説的な二人の距離感の変化も、このシリーズを親しみやすいものにしている。（円堂）

狩人の悪夢

有栖川有栖

角川文庫

ミステリ作家の有栖川有栖は、雑誌の対談企画で知り合った人気ホラー作家・白布施に誘われ、京都亀岡にある彼の邸宅「夢守荘」を訪れた。その翌日、近隣にある「獏ハウス」と呼ばれる家で、喉を矢で貫かれ、右手首を切断された女性の死体が発見される。現場には犯人のものと思しき血の手形が残されており、すぐに有力な容疑者も浮上、駆け付けた臨床犯罪学者・火村英生の出番はないかに思われたが……。

先輩作家に招待された先で殺人事件に巻き込まれ、自然現象によって容疑者が限定されるという筋立ては、〈作家アリス〉シリーズ第一作『46番目の密室』を彷彿させる。細かなエピソードや描写からも、その原点回帰と言うべき照応が意図的なものであるのは明らかだが、もちろんただのセルフリメイクというわけではない。本作はこれまでのシリーズの積み重ねの上にあり、とりわけ前作『鍵の掛かった男』の方法論が継承発展されている。とある「鍵の掛かった」人物の過去を紐解くことで、火村は犯人へと辿りつくのだが、捻じれた論理で犯人を追い詰めていく緊迫の場面は、円熟味を増したこの作者の筆でしか描き得ないものだろう。（秋好）

合理的にあり得ない
上水流涼子の解明

柚月裕子

講談社文庫

弁護士資格を剥奪された過去を持つ上水流涼子は、今は探偵エージェンシーを経営している。殺しと傷害以外は何でも引き受けるのをモットーとする彼女のもとには、合理的にあり得ないような不可思議な現象を解決してほしいという依頼が次々と舞い込む。

柚月裕子というと、元検事の弁護人・佐方貞人のシリーズや、広島の裏社会が舞台の「孤狼の血」三部作のイメージが強いけれども、トリッキーなコン・ゲームに挑んだのが本書だ。例えば第一話「確率的にあり得ない」は、百発百中の未来予知で会社社長を心酔させている謎の男が相手。トリックにはトリック、ペテンにはペテンで応酬する涼子の策士ぶりが痛快だ。ある暴力団総長がいきなり将棋が強くなった謎に迫る第三話「戦術的にあり得ない」は、涼子の助手・貴山がその有能ぶりを発揮する一編であり、「孤狼の血」三部作や将棋ミステリ『盤上の向日葵』を代表作とする著者の持ち味が最も顕著な作品でもある。なお、二〇二三年には続編『合理的にあり得ない2　上水流涼子の究明』が刊行され、天海祐希主演の連続ドラマも放映されている。（千街）

ニャン氏の事件簿

松尾由美

創元推理文庫

大学生の佐多はバイト先や外出先で次々と謎に遭遇するようになった。瀟洒な洋館で三年前に起きた謎の死。兄弟喧嘩のあと家を出ていった男の行動。六十年前アメリカの山荘で起きた人間消失。CM撮影中の屋敷の蔵で起きた盗難騒ぎ。大学生のポケットから絵葉書が消えた謎。旅行から帰宅した女性が自宅で不審死を遂げた事件。それぞれの謎が語られた場にはなぜか必ず、実業家のニャン氏が、秘書の丸山とともに居合わせていた。ニャン氏の推理やいかに。

新本格における「特殊設定ミステリ」の流れを振り返ったとき、山口雅也と西澤保彦の間に松尾由美がいたことは忘れてはならない。本書も猫が探偵役を務めるが、しかし特殊設定とまでは言えないか。ただ純粋に本格短編として出来のよい作品が並んでいるのでオススメしたい。チェスタトンが犬（dog）と神（god）を関連付けたなら、こちらはネコと神を関連付けてやる、といったマニアックなくすぐりも多く、古典を読んでいればそのぶん余計に楽しめる。語り手が交代しても品質の変わらない続編『ニャン氏の童心』（二〇一八年）と『ニャン氏の憂鬱』（二〇二〇年）もまとめて読むべし。（市川）

(仮)ヴィラ・アーク設計主旨 VILLA ARC(tentative)

家原英生（いえはら）

書肆侃侃房

川津は自分の建築事務所スタッフや、岡野建築事務所の面々とともに滝田邸を見学していた。滝田邸は二本の四角い筒が並んで載せられたかのような特殊なかたちを持っていた。館の持ち主である滝田は、特許で一財産を築いたことで、素人にもかかわらずひとりでこの館を設計したという。川津のスタッフの友人が滝田の娘だったことで、研修旅行の宿泊地として皆を迎えてくれていた。一晩お世話になった河津たちだが、そのあいだに岡野のスタッフの黒猫が行方不明に。さらにはそのスタッフ本人も完全に姿を消してしまう。

本書は、第六十二回江戸川乱歩賞の最終候補作を加筆修正して刊行。一級建築士である著者によって生み出された館ミステリであるものの、事件の大半は黒猫と人間消失の謎に費やされる。専門的ながらわかりやすい建築物描写は、館内での人体消失の謎の輪郭でもあり、また手がかりでもあるため、独特の感触を読者に与えるはずだ。しかし、終盤において新機軸の読者への挑戦を問いかける作品だったことが判明する。本格から社会派に姿を変えるという惹句に偽りはない。日本ならではの謎解きの真相をぜひ確認されたい。（蔓葉）

彼女の色に届くまで

似鳥鶏

角川文庫

主人公の緑川は幼いころから絵が上手く、将来は画家になると決めていた。高校に入ってできた友達は、筋肉バカの風戸と、不思議系美少女の千坂桜。校内に飾られていた絵が破損した事件（「雨の日、光の帝国で」）と、美術館で起きた展示室荒らし事件（「極彩色を越えて」）の謎を、千坂は見事に解決する。事件を通して絵の才能を見出した緑川は、彼女を油彩の道に誘う。千坂はさらに、完全密室で絵が放火された事件（「持たざる密室」）と、画廊から絵画が盗まれた事件（「嘘の真実と真実の嘘」）の謎を解いたが……。

第四話までは連作短編形式で、各話とも謎と解決がよく練られており、特に第二話は第七十回日本推理作家協会賞短編部門の候補にも選ばれた。本格ミステリとして出来のよい四つの事件を横糸に、画家を目指す二人の成長を縦糸にして、著者は画業に魅入られた者たちの宿業を描き出す。天賦の才能を持つ者と持たざる者の危うい関係は、最終話でどのような着地を見せるのか。一見軽めの作風ながら、重厚なテーマを扱った本書は、第十八回本格ミステリ大賞の最終候補にも残った、現時点での著者の代表作のひとつである。（市川）

双蛇密室

早坂吝

講談社文庫

上木らいちシリーズ第四作の本書は「意外な犯人」テーマの傑作である。

警視庁捜査一課の警部補・藍川広重は、援交少女・上木らいちの上客の一人であり、また捜査上の（非公式な）パートナーでもあった。藍川は、一歳の頃、蛇に嚙まれたことが原因で蛇嫌いになったのだが、蛇の侵入経路は判明していなかった。さらに、三十八年前の一九七九年には、被害者が蛇毒で死んだ密室殺人事件があり、これには藍川の父母が関わっていた……という蛇づくし、密室づくしの作品。

意外な犯人は数々の先達が挑んできたテーマだが、この犯人（前例はあるが）を成立させた発想には驚嘆させられる。それには、らいち物の特徴であるエロが密接に関わっており、この作品世界だからこそ成立した「意外な犯人」と言える。

なお、らいちシリーズの最新作は、二〇一八年刊行の第五作『メーラーデーモンの戦慄』となる。過去の作品の登場人物が出てくるなど、総決算的な長編であったが、完結編などと明記されていないので、またどこかで上木らいちに会えるものと期待したい。（廣澤）

かがみの孤城

辻村深月

集英社文庫

いじめで不登校になった中学一年のこころは、部屋の鏡によって異世界の城へ導かれた。城には、こころと似た境遇の中学生の男女六人がいた。そこに仮面を着けた少女が現れ、城に隠されたどんな願いも叶う鍵を一年以内に探せという。ただし城に滞在できるのは毎日九時から一七時まで、鍵が見つかっても願いが叶うのは一人だけという条件あった。

異世界の城を現実からの避難所にした七人が、すれ違ったり対立したりしながらも次第に心を通わせていく前半は青春小説色が濃い。だが中盤以降は、ファンタジーの設定を活かして、わずかな手掛かりから鍵を探したり、周到な伏線がどんでん返しを連続させたりするので、秀逸な特殊設定ミステリになっている。謎が解かれると、生きづらさを感じている若者へのエールが浮かび上がるだけに、読後感も悪くない。

本書は著者が得意とする青春ミステリだが、こころを守ろうとする母親、子供たちの話を真剣に聞くフリースクールの喜多嶋らを登場させ、子供を救うために大人は何をすべきかを問う大人の視点もある。それだけに、こころの同世代だけでなく、その親の世代も共感できるように思えた。（末國）

ジャナ研の憂鬱な事件簿

酒井田寛太郎

ガガガ文庫

海新（かいしん）高校ジャーナリズム研究会、通称「ジャナ研」の新編集長となった工藤啓介。彼は、放課後にクラス全員分のノートをひとりで運ぶ先輩の白石真冬とぶつかってしまい、ノートを廊下に撒き散らしてしまう。その危なっかしさに啓介は、ノートの半分をいっしょに教室まで運んでいったのだが、真冬があらためてノートを数えると一冊足りないという。その後、紆余曲折ありつつも、ノートは啓介の推理で無事見つかり、感激した真冬はとまどう啓介をよそにジャナ研に入部する。そうして、ふたりは同級生の盗聴騒動や突然の退学事件について独自に調べまわることになるのだった。

本作は第十一回小学館ライトノベル大賞の優秀賞受賞作で、全五巻完結のシリーズ作品の第一作である。日常生活の小さなトラブルを、直感型の真冬と思考型の啓介のコンビで解き明かし、その裏側にある友情や誤解、または悪意を照らし出す。主人公の啓介がその推理力と裏腹に真実を突き止めることを避ける姿勢は、名探偵のジレンマをコンパクトながら凝縮したようで、シリーズとしてどのような決着をつけるかについても注目いただきたい。（蔓葉）

開化鉄道探偵

山本巧次

創元推理文庫

京都―大津間をつなぐ逢坂山トンネル開通工事が行われていた明治十二年の夏、工部省鉄道局の技手見習の小野寺乙松は、鉄道局長・井上勝の命令で、元八丁堀同心の草壁賢吾と一緒に工事現場近くの大谷駅に向かった。現場では、測量で用いられる基準杭がずらされていたり、図面に書き込む数字の幾つかが書き換えられたり、不自然な落石や資材置き場の材木の崩落なども起きたりしていた。工事の妨害のような出来事が頻発しており、その調査の為である。まず大阪に着いた一行の耳に入ったのは、大谷駅から京都駅へ向かう下り終列車から、工事を請け負った民間会社藤田商店の社員の江口が転落し、鴨川で死体が発見されたという報だった。

ホームズとワトソンを髣髴とさせる草壁賢吾と小野寺乙松のコンビが一連の事件の謎を解く。鉄道黎明期の明治初期を舞台にしながら、情景を読者に想像させる作者の取材力と筆力に思わず脱帽する。井上勝や藤田伝三郎など実在の人物を登場させたり、八月二〇日の実際の落盤事故なども物語の中に取り込んだりして、小説と現実とを接合させる手腕も見事である。原題は『開化鐵道探偵』。（浦谷）

名探偵は嘘をつかない

阿津川辰海

光文社文庫

新人発掘プロジェクト「カッパ・ツー」で選ばれた阿津川辰海のデビュー作。過去のミステリ名作からとられた章題が並ぶ目次にうかがえる通り、ミステリ愛にあふれた内容だ。本作では、少年時代に密室殺人事件の被疑者となったが無罪となった後、名探偵として活躍した阿久津透が、物語の焦点となる。彼は捜査に関する多くの不正が疑われ、本邦初の探偵弾劾裁判にかけられる。

国家資格を得た特殊探偵士が、知能犯罪を捜査する世界が舞台だ。探偵機関の創始者の子である透が、探偵資格をめぐり被告になる。物語は、幽霊、転生が実在する前提で進む。これらの設定は、新本格以降のミステリにみられたケレン味を受け継いでいる。また、透の助手だったが弾劾する側に回った火村つかさは、刑事だった兄を透が見殺しにしたと考えており、以前は自身も探偵志望だった。彼女の愛憎入り混じった気持ちを軸に、名探偵の存在意義も問われる。とても多くのモチーフを盛りこんでいるが、各キャラは親しみやすく造形されている。ミステリ要素の豊富さと語り口の軽みという著者の持ち味が、すでにあらわれているのだ。（円堂）

探偵さえいなければ

東川篤哉

光文社文庫

烏賊川(いかがわ)市民フェスティバルの会場には、イカやカニ、ワシ、カメ、ハリセンボンなどをモチーフにしたゆるキャラたちが集まっていた。イベントの一環として、ゆるキャラコンテストが実施されるのだ。しかし、本番直前、休憩に行っていたハリセンボン（の中の人）が死体となって発見される。犯人を突き止めなければ、コンテストの実施が危うくなる。たまたま現場に居合わせた私立探偵の鵜飼杜夫(うかいもりお)らは、ゆるキャラまみれの事件の犯人を推理することになるのだった（「ゆるキャラはなぜ殺される」）。

烏賊川市シリーズの第八作にあたる短編集。倒叙ものや密室ものなど、バラエティに富んだ五作品を収録している。どの作品でも共通するのは、ギャグの連発のなかにさりげなく重要な手がかりを潜ませていく手際の良さだ。ポイントは癖が強いキャラクターが多いこと。本格ミステリでおなじみのトリックを使っても、予想外のリアクションをするために一筋縄ではいかない。長年にわたってユーモアと本格ミステリの融合を追求してきた著者の名人芸を存分に楽しめる一冊である。（諸岡）

Y駅発深夜バス

青木知己

創元推理文庫

公募アンソロジー『本格推理』（二〇〇一年以降『新・本格推理』）からプロになったミステリ作家は少なくない。二〇〇七年に小学館ミステリー21『偽りの学舎』でデビューした青木知己もその一人である。本書は再デビューとなる短編集だ。『新・本格推理03』に掲載された「Y駅発深夜バス」は、休日返上業務で終電を逃した会社員が遭遇した、深夜バスにまつわる奇妙な出来事を描く。一夜の謎が隣人死亡事件と重なる展開と鮮やかな解決が高評価を受け、日本推理作家協会と本格ミステリ作家クラブの年刊アンソロジーにも収録された。

表題作のほか、中学生の姉と小学生の弟が自宅で放火被害に遭う青春もの「猫矢来」、大学の同窓生たちが集まった別荘で指輪盗難事件が起きる〈読者への挑戦状〉付き「ミッシング・リング」、ある村に蔓延する関節が破壊されていく伝染病を描いた伝承ホラー「九人病」（『新・本格推理05』掲載）、愛人殺害を企む推理作家がアリバイ作りに奮闘するW倒叙プラス鉄道ミステリ「特急富士」の合計五編が収録されている。いずれも視点の切り替えが見事で、角度を変えたらまったく異なる様相に変貌する構図は、圧巻の一言に尽きる。（羽住）

紅城奇譚

鳥飼否宇

講談社

時は戦国の世。九州では通称・紅城の城主である鷹生龍政が勢力を増していた。ところが天正八年、龍政の正室が殺害される。遺体は首がなく、探している最中に、月見櫓から第一側室が転落死した。正室を殺害した後の自殺と見られたが、第一側室は身ごもっていたので動機がない。腹心の一人である弓削月之丞は、龍政に命じられ、現場検証を始め出す。

紅色に魅せられた一国一城の主の悲劇を、舞楽から出た概念「序破急」で奏でる時代ミステリである。拍子が変わる「破」は、先述の「妻妾の策略」、毒盃で弟が殺害される「暴君の毒死」、嫡男が急死する「一族の非業」、主君自身が命を落とす「天守の密室」の四編で成り立つ。前の話の真相を受けて次の話が展開されるので、順番どおりに読んでいただきたい。

愛憎の深さが奇々怪々な事件を生み出し、究極のホワイダニットと化していく。特に「破の弐」の毒殺は、主題となる色を逆手に取ったトリックの驚きだけでなく、犯人の執念に身震いする。唯一の癒やしは、語り手を務める第三側室・花の、眉目秀麗な面立ちの月之丞に恋い焦がれる姿だ。殺戮の残虐性すら美しい悲恋に変える構図も読み応えがある。（羽住）

探偵が早すぎる

井上真偽

講談社タイガ

父の死によって莫大な財産を一手に相続することとなった女子高生の一華。しかしそのせいで、彼女は財産を横取りしようとするほかの一族から、命を狙われることとなってしまった。次々と殺害計画を準備する一族たちだが、いざ計画を実行に移そうとすると防がれてしまう。それは一華と使用人の橋田が雇った名探偵の仕業だった……。

二〇一八年にドラマ化し、二〇二二年にはシーズン2も放送された連作短編集。犯人（未遂）が仕掛けようとするトリックを、些細な証拠から見抜き計画を阻止する、「早すぎる」探偵の登場は、「殺人事件が起きてからしか活躍できない」というイメージが強い名探偵像を覆す鮮烈なものだった。

一見するとまったく新しい形式の作品のようにも見えるが、犯行の計画とその実行過程を描き、それを探偵が追い詰めていくスタイルは、実は倒叙ミステリ由来である。つまり本作は「探偵はいつから犯人を疑っていたか」という倒叙ミステリ特有の謎を、犯行前に解くという、倒叙ミステリの新形態なのだ。単に目新しいだけでない。「継承と革新（アップデート）」を意識し、成功させている一作だ。（荒岸）

T島事件
絶海の孤島でなぜ六人は死亡したのか？

詠坂雄二

光文社文庫

二〇〇五年十一月。主人公が勤める探偵事務所（なんでも屋？）に持ち込まれたのは、無人島で起きた謎の全滅事件の真相究明の依頼だった。映像制作会社の六人は、カメラ二台を無人島に持ち込んで、フェイクドキュメンタリーのシリーズ第五弾を撮影する予定だった。ところがスタッフが次々と謎の死を遂げてゆき、二十四時間後に島に着いた船を迎えたのは、六つの死体と二十本の撮影済みビデオテープだった。

残されたテープから読み取れることは多い。最後の一人は自殺で、その前に五人目を殺していること。なぜなら残った二人のうち自分は犯人ではないから。だが警察は（そして自殺した男も最終的に）四人目まではすべて事故だったと結論づけている。その真偽を見極めてもらいたい……。

出版のタイミングからして、綾辻行人『十角館の殺人』を意識しているのは間違いないだろう。『十角館』で大分県の角島（つのじま）（モデルは高島（たかしま））に渡ったのは七人。一方の本書は副題（文庫化に際して〝？〟が追加された）にあるとおり一人少ないが、もちろんそこにも意味はある。新本格三十周年を言祝ぐ、著者の渾身の一冊を読み逃してはならない。（市川）

いくさの底

古処誠二

角川文庫

そうです。賀川少尉を殺したのはわたしです。——第二次大戦中、日本軍が全土を戡定したビルマ。日本軍の警備隊が駐屯した村で、警備隊を率いる賀川少尉が殺害される。犯人は敵兵か、村人か、隊員か。通訳の依井は、隊長代理や副官とともにその死の真相を探ることになるが……。

自衛隊ミステリでデビューした古処誠二は、第四作の『ルール』から第二次大戦を舞台にした戦争小説へ舵を切ったが、その作品は常にミステリの技巧を駆使してきた。そんな古処作品で描かれるのは、我々の暮らす現代日本とは異なる、戦地という場の論理だ。戦後の俯瞰的な視点を排して、そのときその場所に生きた人間の視点をシミュレートする古処誠二の筆致は、逆説的に彼らが支配された「戦地の論理」を炙り出す。歪な論理に支配された場において、圧殺される個人の叫び。本作が舞台設定の全てを余さず本格ミステリとしての謎解きに使い切ったとき、本作が戦争小説にして、同時に本格ミステリであらねばならなかったことが示される。

毎日出版文化賞と日本推理作家協会賞をダブル受賞した、古処戦争ミステリの現時点における最高到達点。（浅木原）

マツリカ・マトリョシカ

相沢沙呼

角川文庫

高校の第一美術準備室で、制服を着せられたトルソーが、蝶の標本に彩られ転がされていた。〝殺トルソー事件〟である。その部屋では過去に、女子生徒が何者かに襲われたことがあった。新旧の事件は、どちらも密室状況で起きていた。

廃墟に住む謎の美少女・マツリカと冴えない高校生・柴山祐希のコンビが活躍するシリーズの第三弾。それまでの二冊が短編集だったのに対し、『マツリカ・マトリョシカ』は長編だ。また、相沢沙呼はデビュー作『午前零時のサンドリヨン』（二〇〇九年）以来の酉乃初シリーズも含め、この時点までは、ミステリ作家として「日常の謎」ばかり書いてきた。だが、本作は、殺人は出てこないものの密室が題材となり、〝殺トルソー事件〟の現場が装飾されるなど、非日常に寄った設定になっている。六通りの多重推理が展開されるし、殺人事件を題材にした本格長編を読むのと等しい知的興趣がある。同時に、学園ものの「日常の謎」という範囲にあえてとどまったからこそ、若者の揺れる心情をここまで描けたのだろう。ミステリ小説としても青春小説としても優れた本作は著者の転機となり、以後のブレイクを準備したのだった。（円堂）

巨大幽霊マンモス事件

二階堂黎人

講談社文庫

ドイツ諜報機関のシュペア少尉は、密命を帯びて、ロシア革命後に貴族たちが白軍兵士たちと共に逃げ込んだ〈死の谷〉と呼ばれるシベリア辺境の地へ、赤軍の襲撃を避けながら物資を輸送する〈商隊〉に加わり、同地を目指す。〈商隊〉を付け狙う〈追跡者〉の襲撃によって彼らの仲間は次々と殺されていき、その現場は常に密室の様相を呈していた。また〈死の谷〉には幽霊のように変幻自在な巨大マンモスが存在し、逃亡貴族や白軍兵士を守っていると言われていた……。この奇妙な事件の顚末が、「ロシア館の謎」でも謎の出題者を務めたシュペア老人によって、歴史の裏面を伝えるふたつの記録を再構築した手記として提示される。殺人芸術会の面々が謎ときに挑むのだが、真相を突き止めたのは、またしても二階堂蘭子（にかいどうらんこ）だった。

革命直後の混迷を極めたロシアに舞台をとり、オカルトと奇想をベースとする伝奇的物語と、奇抜なトリックによる密室殺人を組み合わせた異色作。巨大幽霊マンモスに対して二通りの謎解きが用意されているあたり、二階堂黎人の面目躍如たる一編といえよう。（横井）

希望が死んだ夜に

天祢涼

文春文庫

真壁巧刑事は、生活安全課の仲田蛍とともにひとりの少女を取り調べていた。冬野ネガという中学二年生のその少女は、同級生を殺したとして犯行現場で緊急逮捕されたのだ。犯行自体は自白しているものの、彼女はなぜか動機を黙秘し続ける。そこで聞き込み調査に回ったふたりは、ネガと殺された少女・春日井のぞみの秘められた関係と、社会に翻弄される弱者たちの存在を少しずつ知ることになる。

仲田・真壁シリーズの第一作で、ダークなミステリからユーモア社会派に主軸を移した著者が、今回は渾身の力を込めて投じた直球の社会派ミステリが本書である。ただ、ネガの生活やのぞみとの交流がわかるにつれ、謎解きより貧困問題の追求自体が読み進めるための強い牽引力となる。また社会問題を熟知した仲田とそうではない真壁との落差が埋まっていく過程が、読者に染み透るかのごとく社会の軋轢への理解を促す。さまざまな人間の無理解や偏見、見栄が少年少女たちを苦しめていたのだ。そうして判明した事実のことごとくが終盤、本格としての謎解きの手がかりへとガラリ変貌する。企みと決意に満ちた青春ミステリでもあるのだ。（蔓葉）

量子人間（クォンタムマン）からの手紙 捕まえたもん勝ち！

加藤元浩

講談社文庫

『Q.E.D.証明終了』『C.M.B.森羅博物館の事件目録』など、漫画で本格ミステリを描いてきた加藤元浩が小説に挑んだのが〈捕まえたもん勝ち！〉シリーズである。

ご当地アイドルの七夕菊乃は、運営とのトラブル等から警察官の道を志す。菊乃は、警察学校で教官を蹴りで倒したことで「キック」という綽名を頂戴する。警視庁捜査一課の配属となった菊乃は、報告書の内容に異様なこだわりを持つ、FBI帰りの警部・深海安公（しんかいやすきみ）（アンコウ）と出会う。ここでキックとアンコウのコンビが誕生したわけである。

本作は、『捕まえたもん勝ち！』に続く第二弾『捕まえたもん勝ち！2　量子人間からの手紙』が文庫化にあたり改題されたもの。大胆にも殺害を予告し、密閉された倉庫や監視カメラをすり抜けて殺人を遂行する「量子人間」とキック・アンコウのコンビは対決する。監視カメラ絡みの映像的なトリックは漫画家・加藤元浩の面目躍如だ。

なお、本シリーズの最新作は二〇一九年刊行の第三長編『奇科学島の記憶　捕まえたもん勝ち！』で、少し間隔が空いている。また、この名コンビとの再会を期待する。（廣澤）

ミステリークロック

貴志祐介

角川文庫

六つの鍵でロックされた暴力団事務所で死んだ組員。夜の美術館に侵入した榎本を待ち受けていた密室殺人の罠。時計コレクターとして知られる作家の怪死。容疑者が深海にいたため成立した海上密室。難解極まりない謎が、榎本径と青砥純子の前に立ちはだかる。

防犯探偵・榎本シリーズ（『鍵のかかった部屋』の項を参照）の第四作。四編の収録作はいずれも力作だが、中でも表題作と「コロッサスの鉤爪」は密室ミステリ史に残る水準である。前者は時計を用いたトリックが精密すぎて一度読んだだけでは絶対解けない域にまで達しているし、後者の大胆そのもののトリックも一読忘れ難い。シリーズの過去の短編集二冊よりもトリックの難度は遥かに上であり、もはや人智の限界という印象すら受けるが、榎本と純子のコミカルな掛け合いが適度に緩い雰囲気を醸し出しており、エンタテインメントとして意外と取っつきやすい仕上がりである。

なお、単行本では四編が一冊にまとめられていたが、二〇二〇年の角川文庫版では『ミステリークロック』『コロッサスの鉤爪』の二分冊となっている。（千街）

皇帝と拳銃と

倉知淳

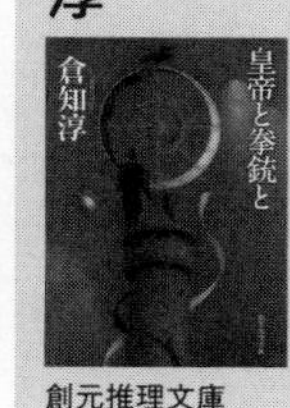

創元推理文庫

『皇帝と拳銃と』は、倉知淳初の倒叙ミステリの作品集。喪服のような黒のスーツを着た男は、葬儀社の社員のようだが、警部だった。見た人は〝死神〟を連想するが「乙姫」という似あわない苗字を持っている。彼が、本書の探偵役だ。

「運命の銀輪」では合作作家、表題作では大学内で〝皇帝〟と呼ばれる教授、「恋人たちの汀」では劇団主催者が、殺人を犯す。いずれも嘘をつき、理屈を考えることに長けた人々だ。そんな彼らと、俳優のごとく美形なのに自覚がなく名前も平凡な鈴木刑事を連れた乙姫警部が、対峙する。知性的な犯人vs爽やかな若手の熱血漢&陰気な上司というキャラクター配置が面白い。犯人にとって、「そういうたまたまは信じられない性格なんです」と行動の具体的な痕跡を指摘する〝死神〟がいかに怖いか、よく伝わってくる。

ラストの「吊られた男と語らぬ女」では、鈴木と似て美人なのに自覚がなく、自分に自信がなく引っ込み思案な女性写真家が罪を犯す。自尊心が強いそれまでの犯人とは違うタイプの彼女が、予想外の難敵と思えてくるあたり、一冊のなかでも変化をつけてシリーズをより面白くしている。（円堂）

新宿なぞとき不動産

内山純

創元推理文庫

不動産会社で営業として働く澤村聡志は、誠実な仕事ぶりで知識もありながら、正直一辺倒な性格ゆえ営業成績は振るわない。そんな彼のところに初の後輩――神崎くららが入ってきた。自分を先輩と慕う可愛い後輩だと思ったのもつかの間、周囲の人やお客を陥落していく虚実綯い交ぜ驚異の交渉力・営業術を持つ彼女は超やり手の賃貸営業であった。書類作りなどの事務作業類を澤村に押しつけ次々と契約を成約していく彼女に付き合わされて、以後仕事三昧の日々を送ることに。更には二人に様々なトラブルが降りかかってきて……。

『ツノハズ・ホーム賃貸二課におまかせを』を改題文庫化した本書は、異色の最終話を例外として、不動産業を長年勤め上げた著者ならではの引き出しで、不動産営業という舞台に相応しい謎と解決を用意して、複数の案件で交差する人間関係を描き、伏線の妙味と構図の反転を用意したお仕事本格ミステリの理想型だ。「あとがき」によれば、本書に登場するコンビはデビュー前の投稿作品からの再登場のようで、賞の選評でも褒められた魅力的な凸凹コンビの関係性が物語の牽引力を生み、読者を夢中にさせることだろう。（嵩平）

天帝のみはるかす桜火

古野まほろ

講談社ノベルス

峰葉実香と初めて会話を交わした日、古野まほろは楽器盗難事件を解決する。峰葉実香に初めて話し掛けられた日、修野まりが訪れた姫山署では籠城事件が発生した。柏木輝穂と初めて挨拶を交わした日、穴井戸栄子は友人から預かった猫と戯れる。東京駅で某女子中学生と邂逅した日、二条実房警視正は不審な中年男の独り言を耳にする。天帝シリーズのレギュラー陣は、お互いに出会った瞬間から事件に巻き込まれていたのだった……。

古野作品は短編も切れ味が鋭い。たとえば本書の第一話では、事件の概要を聞いただけの探偵が、容疑者リストなしで消去法推理を披露する。また第四話はケメルマン「九マイルは遠すぎる」へのオマージュ作品として一級品。読者側のリソース消費を抑えられるぶん、短編のほうが高く評価される可能性さえある。ちなみに巻末に収録されたボーナストラックには「作家とTwitterっていうのも難しいわね……」という台詞があり、本書刊行直後に起きた何やかやを先取りしていたかのようだった。とまれ本書で予告された『天帝のあかねさす柘榴』の刊行を、ファンは待ち続けている。（市川）

猿島六人殺し
多田文治郎推理帖

鳴神響一

幻冬舎文庫

本書は、書家、儒者などとして活躍した沢田東江が、多田文治郎を名乗っていた若き日に遭遇した事件を描いている。江ノ島、鎌倉を見物し米ヶ浜へ向かった文治郎は、浦賀奉行与力の学友に、孤島の猿島で起きた事件の検分に立ち合って欲しいと頼まれる。猿島で手記を読んだ文治郎が、何者かに孤島へ招かれた六人が、絶壁と塀に囲まれた寮という二重のクローズド・サークルの中で殺されたと知る展開は、クリスティ『そして誰もいなくなった』へのオマージュだろう。

手記には、被害者が焼き殺される、刃物で首筋を裂かれる、矢で射られ目をくり抜かれる、首を切断されるなどした陰惨な連続殺人の顛末が書かれていた。それに目を通した文治郎の推理は、容疑者が減っていく中でのフーダニットも、多彩なトリックのハウダニットも、クローズド・サークで殺人を実行したホワイダニットも完成度が高く、歴史に詳しいと随所に実在の人物をちりばめた著者の遊び心も楽しめる。

〈多田文治郎推理帖〉は、衆人環視下で殺人が発生する『能舞台の赤光』、高名な陶芸家が主催する茶会で厠に立った客が殺される『江戸萬古の瑞雲』が刊行されている。(末國)

ラスト・ロスト・ジュブナイル
交錯のパラレルワールド

中村あき

星海社 FICTIONS

鷹松高校一年生の中村あきは、仲間とともに、映研の依頼で自主製作映画に出演することになった。八人が目指すロケ地は山の中腹にある廃校の校舎。先着した六人は、土砂崩れによって校舎に閉じ込められてしまい、そのうち二人が殺されるという事件が発生。一方、はぐれた二人は、少しおかしな村に到着するが、そこでも村人が謎の死を遂げる……。

著者はデビュー直後に何やかやあって四年間ほど間が空いたが、この年、シリーズ第二弾、第三弾が立て続けに出版された。同時発売ではなく『トリック・トリップ・バケーション』を一ヵ月先に出したのは、新本格三十周年に相応しい孤島ものの方を早く出したかったという理由もありつつ、本書の方を後発とすることで、レギュラー組も犯人たり得る状況を作り出したかったのではないか。何しろ事件発生後に残された四人のうち二人は、レギュラー組なのだから。四人のねちっこい推理合戦は本書の読みどころのひとつ。また別動隊が訪れた村にも大ネタが用意されていて、かなり無理筋に近いのだが、その大胆さをここでは買ってあえて本書を推す。

とはいってもシリーズはやはり刊行順に読むべし。(市川)

COLUMN

ネット社会を扱ったミステリ

一九九〇年代前半の時点では、世界中の多くの人間はインターネットの知識が乏しかった。しかしそこから、電子メールやウェブサイトを使いこなす人々が多数派を占めるまではあっという間だった。ネットは今では社会に不可欠のインフラとなっており、国境を越えて多くの個人や組織がネットを介してつながっている状態だ。ミステリの世界も当然の如くこうしたネットの発展を反映しており、二〇〇〇年代初頭には宮部みゆき『R.P.G.』などの作例があった。

ミステリは犯罪や人間の悪意を扱うことが多いジャンルだけに、どうしてもネットの暗部に着目した作例が目立つ。その代表が歌野晶午の『密室殺人ゲーム王手飛車取り』に始まる「密室殺人ゲーム」シリーズだ。匿名の人間たちが、自身によって実行済みの殺人ゲームをネット上の推理ゲームとして出題し合う……という設定だからこそ可能な、不謹慎極まりないトリックが続出する。

ネットの暗部といえば思い浮かぶのが「炎上」である。湊かなえ『白ゆき姫殺人事件』、降田天『匿名交叉』（文庫版で『彼女はもどらない』と改題）、浅倉秋成『俺ではない炎上』などでは、一般人がSNSなどで個人情報を晒され、炎上の餌食となる。真下みこと『#柚莉愛とかくれんぼ』では、地下アイドルによる起死回生のドッキリ企画が大炎上を招いてしまう。

こうした炎上への対処を専門とするのが、汀こるもの『火の中の竜　ネットコンサルタント『さらまんどら』の炎上事件簿』のネットよろず相談所「さらまんどら」の所長、オメガ。過激な方法で炎上に対峙する活躍が読みどころだ。

城平京『虚構推理　鋼人七瀬』（文庫版で『虚構推理』と改題）では、ある事件の決着をネット民たちに納得させるための偽りの推理が繰り広げられる。真実よりも説得力のある嘘こそが影響力が強いというこの作品の発想は、世相との強い共鳴を示している。

他に、裏サイトが関わってくるミステリとして、菅原和也『さあ、地獄へ堕ちよう』などがある。

ネットを犯罪に専門的知識によって立ち向かうサイバーミステリでは、『檻の中の少女』でデビューした一田和樹が第一人者である。ハッカーが主人公または重要な役割で登場する小説も多いが、スティーグ・ラーソンの「ミレニアム」シリーズのリスベット・サランデルが、世界的に人気のキャラクターになったことからの影響も大きそうだ。（千街）

2018

伊吹亜門『刀と傘』　2018.11.30

白井智之『少女を殺す百の方法』　2018.01.20
松本英哉『幻想リアルな少女が舞う』　2018.01.20
八槻翔『天空城殺人事件』　2018.02.25
深水黎一郎『虚像のアラベスク』　2018.03.02
麻耶雄嵩『友達以上探偵未満』　2018.03.30
佐藤青南『ヴィジュアル・クリフ』　2018.04.21
鳥飼否宇『隠蔽人類』　2018.04.30
木元哉多『閻魔堂沙羅の推理奇譚　負け犬の密室』　2018.05.21
早坂吝『探偵ＡＩのリアル・ディープラーニング』　2018.06.01
香納諒一『完全犯罪の死角』　2018.06.22
櫛木理宇『鵜頭川村事件』　2018.06.25
青柳碧人『猫河原家の人びと　一家全員、名探偵』　2018.07.01
青柳碧人『浜村渚の計算ノート 8と1/2さつめ』　2018.07.13
柄刀一『ミダスの河』　2018.07.20
呉勝浩『マトリョーシカ・ブラッド』　2018.07.21
道尾秀介『スケルトン・キー』　2018.07.27
小島正樹『誘拐の免罪符』　2018.08.15
名倉編『異セカイ系』　2018.08.20
霞流一『パズラクション』　2018.08.27
芦辺拓『帝都探偵大戦』　2018.08.31
倉知淳『ドッペルゲンガーの銃』　2018.09.15
似鳥鶏『叙述トリック短編集』　2018.09.18
大倉崇裕『死神さん』　2018.09.20
大山誠一郎『アリバイ崩し承ります』　2018.09.20
西澤保彦『幽霊たち』　2018.09.20
三津田信三『犯罪乱歩幻想』　2018.09.28
岡崎琢磨『夏を取り戻す』　2018.09.28
月原渉『首無館の殺人』　2018.10.01
東野圭吾『沈黙のパレード』　2018.10.10
戸田義長『恋牡丹』　2018.10.26
鵜林伸也『ネクスト・ギグ』　2018.10.31
米澤穂信『本と鍵の季節』　2018.12.20

刀と傘

伊吹亜門

創元推理文庫

慶応三年十二月、明治維新前夜の京都で尾張藩公用人・鹿野師光は傲岸不遜な佐賀藩士と出会う。無名だが頭脳明晰なその男こそ、後に初代司法卿となる江藤新平だった！　実在と架空の切れ者コンビが徳川・薩長の両陣営から疎まれる開国派志士の怪死を鮮やかに解く「佐賀から来た男」。太政官として司法改革を断行する江藤と戊辰戦争後、行方知れずになっていた師光が京都で再会、大巡察が密室で切腹した事件を詮議する「弾正台切腹事件」。剣鬼と呼ばれた元奇兵隊の死刑囚が執行当日に毒死した謎に挑む「監獄舎の殺人」。市政局次官の妾が徳川残党の人斬りを利用して完全犯罪を目論む「桜」。司法卿を辞し下野した江藤が因縁の監獄舎で再び師光と対決する「そして、佐賀の乱へ」の五編からなる、時代本格推理の連作（旧副題「明治京洛推理帖」）である。

　京都を舞台に幕末から維新、明治六年の政変を経て佐賀の乱に至るまで、刎頸の交わりを結んだ二人の男が互いに立場を替え、知略と信念をぶつけ合いながら、生きるか死ぬかの推理合戦を繰り広げる。第十二回ミステリーズ！新人賞を受賞したホワイダニットの秀作「監獄舎の殺人」を連作の真ん中に配置し、法と正義をめぐる江藤と師光の宿命的な対立を浮かび上がらせるシンメトリックな構成が絶妙で、四話目を倒叙ミステリにするところなど凡手の技ではない。古典的な倒叙形式では視点人物が「犯人」から「探偵」の側へ遷移するが、この連作では江藤と師光の間でババ抜きのジョーカーさながらに視点の押しつけ合いが演じられている。「探偵」と「犯人」は背中合わせの存在なのだ。

　山田風太郎の「明治もの」をリスペクトしながら、作者は派手なけれんや楽屋落ちに頼らず、この時代ならではの「状況の謎」を設定、犯行に至る動機とロジックの解明に工夫を凝らして、短編パズラーとしての精度を高めている。江藤と師光が敵同士となる最終話は、史実と虚構がクロスする臨界点で「最後の事件」にふさわしいはなれわざを実現。デビュー作で第十九回本格ミステリ大賞を受賞したのも納得の逸品である。二〇二一年には師光が坂本龍馬と知恵比べする前日譚『雨と短銃』が刊行された。（法月）

少女を殺す100の方法

白井智之

光文社文庫

タイトルが「少女」で始まる五編を収録。冒頭の「少女教室」がまず凄い。女子中のひとクラス二十一人中二十人が銃殺され顔面を損壊される事件が発生。担任の教師が消去法推理で犯人を、すなわち生き残った一人を特定するのだが、完璧に見えた推理には裏があったのだ……。

続く「少女ミキサー」はぶっ飛んだ設定が光る脱出もの。「『少女』殺人事件」は作中作で、「少女ビデオ　公開版」は虐待生活の底の底で、大勢の少女が死亡する。このへんはジャンル横断的だが、いずれも本格に特有の論理性や意外性は盛り込まれている。最後の「少女が町に降ってくる」は分量的にも内容的にも本書の目玉作品。タイトルどおりの謎設定から、超絶技巧が炸裂する。脳髄を痙攣させる逸品。

今回は「20×5＝100」で本当に少女100人を殺した構成の良さを買って本書を選出したが、白井には『ミステリー・オーバードーズ』（二〇二一年）という食をテーマにした短編集もある。名品「げろがげり、げりがげろ」「ちびまんとジャンボ」等に加えて、やはり脳髄痙攣作「ディティクティブ・オーバードーズ」が最後に用意されている。（市川）

幻想リアルな少女が舞う

松本英哉

光文社

住吉帆乃香は自殺じゃない――そう訴えるメールが帆乃香の親友・佐々木ゆずの元に届く。その件で相談を受けた元新聞部の由良涼は、ARゲームランコルバを通じて帆乃香と接点があったというメールの発信者・橘琴音に代理で会って事情を伺う。彼女によればランコルバはスマホの画面などを通じて仮想世界にアクセスし、新しいリンク場所を探してクエストをクリアしていくゲームなのだが、そのリンク場所――銀河の館で帆乃香の遺体は発見されたのだという。捜査ができない橘の代わりに、橘から依頼を受けたナユとともに、由良は死の真相を探っていく。だが二人が銀河の館を訪れたところ、そこに帆乃香の姿をしたアバターが現れて……。

本書はデビュー作の『僕のアバターが斬殺ったのか』同様にARゲームをモチーフにしたことで、現実でも実現可能な技術で特殊設定ミステリに近い読後感を再現した上で自然に活劇要素を取り込み、現実世界とのズレを活かした仕掛けと展開の面白さの両得に成功した。ARの普及に呼応するかのように、陸続と登場したAR＆VRミステリを象徴する作品の一つである。（嵩平）

天空城殺人事件

八槻翔

MF ブックス

魔王討伐に同行する三人の仲間を選ぶため、勇者によって天空の城に集められた、それぞれ異なる職業の七人。しかし戦士は城に姿を現さず、勇者の部屋が荒らされ、翌日には法術師が殺される――。

二〇一六年にKDPにて電子書籍として発表された作品の書籍化。KDP版の『～もしRPGの世界で殺人事件が起こったら。～』という副題が示す通り、たとえば職業によって特定の武器や防具が装備できない、といったRPGのゲームシステムがそのまま作品世界内のルールとなっており、それを細かく突き詰めた犯人特定のロジックが展開されていく。言ってしまえば『ドラゴンクエスト』の世界で本格ミステリをやる、というコンセプトの作品で、特殊設定ミステリのもつある種の二次創作性の象徴ともいえる意欲作だ。最後に明かされるある人物の、勇者と魔王をめぐるRPGのお約束を逆手に取ったような〝動機〟も面白い。

なおKDPではシリーズの続刊として『魔王城殺人事件』『地底城殺人事件』の二作も発表されていたが、残念ながら現在は配信を停止している。（浅木原）

虚像のアラベスク

深水黎一郎

角川文庫

創立記念公演を予定している名門バレエ団に、公演を中止にしなければ舞台上でとんでもないことが起こるという脅迫状が届く。単なる悪戯かと思われたが、来日予定の海外要人が鑑賞を希望していることから専従捜査班が組まれることになり、芸術関係の事件を立て続けに解決した実績を持つ海埜（うんの）警部補が所属する警視庁捜査一課強行犯第十係が選ばれた。芸術探偵の異名を持つ甥の新泉寺瞬一郎（しんせんじしゅんいちろう）とともにゲネプロを見学し、慣れないバレエ用語に戸惑う海埜の捜査と事件の顛末が描かれる「ドンキホーテ・アラベスク」。プロダクションの専用スタジオからプルミエール・ダンスースの装身具が何者かに盗まれるという事件が起き、警察への通報は見合わせたものの、数日後、当の社長が和箪笥に圧し潰された格好で死んでいるのが発見される。殺人と判断され、乗り出してきた海埜警部補らの捜査が、「踊り子」の視点から語られる「グラン・パ・ド・ドゥ」。以上の二中編に短いエピローグを加えたホワイダニット・テーマの連作長編。構成から文体から、すべてがある効果のために仕組まれており、ここまでやるかという驚きと脱力必至の一冊だ。（横井）

友達以上探偵未満

麻耶雄嵩

角川文庫

三重県立伊賀野高校一年生の伊賀もも、そして上野あお。刑事をしているももの兄の協力を得て、美少女探偵コンビが解決した事件から、以下の三編が語られている。

「伊賀の里殺人事件」では忍者の格好をした関係者が多数登場。「夢うつつ殺人事件」では犯人たちの相談を半睡状態で耳にしたという証人が現れる。各事件で推理のとば口となる思い付きは、ももが「解ったり」と叫んで披露し、そこで読者への挑戦が入るのが基本フォーマット。なのでももが探偵役を務めるのかと思いきや、その先が繋がらない。偶然の要素が謎解きを難しくしているのだ。結局最後のおいしいところ（犯人の指摘）はあおが補完するシステムである。そんな二人の原点を描いたのが「夏の合宿殺人事件」で、名探偵になるのが夢だったももの前に、転校生のあおが現れたのが中二のとき。彼女は最初、もものことを見下していたが、ももの「解ったり」の叫びを聞いて、態度を改めたのだった。

二人の関係には百合要素もほの見えたりする。読み口はライトだが、しかし犯人当ての論理はハードな、麻耶雄嵩への入門編としてうってつけの短編集である。（市川）

ヴィジュアル・クリフ

行動心理捜査官・楯岡絵麻

佐藤青南

宝島社文庫

行動心理学の知識と、他人のマイクロジェスチャーを見抜く抜群の観察力で、被疑者の嘘を完璧に見抜く「エンマ様」こと楯岡絵麻（たておかえま）の活躍を描く警察小説シリーズ。佐藤青南の看板シリーズであり、本作はその第六巻でシリーズ初の長篇。

高齢者に高額の似非健康食品を売りつける店の店長が殺され、別件で指名手配中の容疑者が現場付近で目撃された。しかし絵麻は、それが真犯人の植え付けた偽の記憶ではないかと推理する。店の顧客名簿を調べると、そこには絵麻の行動心理学の恩師、占部亮寛（うらべあきひろ）の名前があった――。

老いらくの恋に入れあげ、「行動心理学は人を不幸にする」と言って似非健康食品業者を賛美し、薬で自身のマイクロジェスチャーを封じて絵麻に挑む占部。本作は変わってしまった恩師と対峙する絵麻自身の物語でもあるが、同時に本格ミステリとしても見逃せない企みを秘めている。二転三転する事件の様相、その果てに浮かび上がる犯人の真の「動機」は、シリーズを通して行動心理学の蘊蓄を積み上げてきたからこそ成立するものだ。楯岡絵麻でなければ解き明かせないホワイダニットに驚いてほしい。（浅木原）

隠蔽人類

鳥飼否宇

光文社文庫

形質人類学者の日谷隆一が率いる人類学の日本人研究者チームは、アマゾン川支流のさらに奥深くで暮らすキズキ族の調査をしていた。これまで出会ったどんな民族とも異なる彼らの血液を入手した結果、ホモ・サピエンスではなく隠蔽種の可能性があると分かる。数日後、村の女性と無理やり関係を持った調査団の一人の遺体が、首を切断された状態で見つかった。犯行は村人による復讐とみなされたが、真犯人は調査団の中にいると判明し、仲間割れが生じる。

タイトルのどれもが「隠蔽人類の」で始まる、「発見と殺人」「衝撃と失踪」「絶滅と混乱」「発掘と真実」「絶望と希望」の五つの短編が収録されている。物語が進むにつれて雪だるま式に探偵役が次々と死亡し、最終話のラスト一ページで強烈なインパクトを与える、破壊力抜群の異色作だ。かつてここまで読者を裏切る展開があっただろうかと、感嘆の声をあげずにいられない。パラパラとページをめくるのは危険である。

多発する凄惨な殺人事件と相反し、描写は妙に体温を感じさせない。だからこそ、学者たちの逆説推理がよく映える。バカミス「綾鹿市」シリーズであるのが一番の驚きだ。（羽住）

閻魔堂沙羅の推理奇譚 負け犬たちの密室

木元哉多

講談社タイガ

ミステリ小説を読んでもいちいち自分では推理しないという読者は意外と多いと聞くが、人間誰しも、自分で推理しなければ地獄堕ちと言われれば必死に謎を解こうとするだろう。「閻魔堂沙羅の推理奇譚」シリーズでは、各編の主人公たちはあの世に行き、閻魔大王の娘・沙羅の前に引き出される。彼女は亡者たちに十分間の推理ゲームを課す——正解すれば現世への復活、間違えれば地獄堕ちという条件で。

亡者が推理する謎は「自分を誰が殺したか」であることが多いが、死因当てであったり、自然死した亡者が現世で気にかかったことを推理するなど、変則的なエピソードも散見される。例えば、シリーズの二冊目である本書の場合、第二話ではゆすり屋が自分を殺した犯人とその手段を推理するし、第三話では会社社長が犯人当てのみならず自分の殺害に用いられた密室トリックをも推理することになる。

亡者の生前の記憶と知識だけで正解を出せるのが推理ゲームの前提なので、彼らの生前の描写を読めば正しい答えが出せるようになっている。読者もあの世に行く前の予習として、十分間の謎解きに挑んでみては如何（いかが）だろうか。（千街）

探偵AIのリアル・ディープラーニング

早坂吝

新潮文庫 nex

早坂吝＝エロというイメージがあるがそれは誤解だ。上木らいちシリーズ以外ではエロは抑えており、RPG、ドローンなどテーマを絞って作品を物している。本作では人工知能を取り上げ、人工知能探偵と悪の組織との対決を描いている。

人工知能の研究者・合尾創が密室で謎の死を遂げた。高校生の息子・輔は、父が遺した人工知能探偵AI・相以とともに、父の生命と犯人AI・以相を奪ったテロリスト集団オクタコアと対決する。

本書は連作短編の形式をとっているが、各章題の「フレーム問題」「シンボルグラウンディング問題」「不気味の谷」「中国語の部屋」という言葉は人工知能開発上の課題である。例えば「フレーム問題」とは人工知能は考えすぎるため枠の設定が必要というもの。作中ではそれらのテーマが簡明に解説されるので、本格ミステリを楽しみながら人工知能の基礎知識を吸収することができる大変お得な作品なのである。

なお、本作の続編には『犯人IAのインテリジェンス・アンプリファー　探偵AI2』、『四元館の殺人　探偵AIのリアル・ディープラーニング』がある。（廣澤）

完全犯罪の死角　刑事　花房京子

香納諒一

光文社文庫

国内有数の高級家具専門店《沢渡家具》の社長・沢渡留理は、腹違いの兄・沢渡要次と、要次の秘書であり愛人でもある福田麻衣子とを八王子にある要次の実家で殺害した。二人の別れ話がもつれて要次が麻衣子を殺したように偽装をして、留理自身にはアリバイを用意し、完全犯罪を計画したのだ。殺さなければ、留理自身が社長の座から追われ、全てを失ってしまうからである。

本書は、倒叙ミステリである。沢渡留理の完全犯罪を、刑事・花房京子が追い詰め、謎を解いてゆく。長身で無邪気な花房京子が、ひたむきにかつ執拗に事件の謎を明らかにする物語である。花房京子の内面は描かない一方で、それぞれの人物の内面やディテールを丁寧に描いてゆく手法には作者の筆の熟練を実感させられ、思わず舌を巻く。追い詰められてゆく主人公の心理描写も巧みではあるが、女たちの対決の場面も読み応え充分で、圧巻である。ハードボイルドの作家・香納諒一が、少年時代からの憧れの『刑事コロンボ』を髣髴とさせる、香納流「倒叙ミステリ」に挑戦した一作だ。二〇二二年には第二作『逆転のアリバイ』も刊行された。（浦谷）

鵜頭川村事件

櫛木理宇

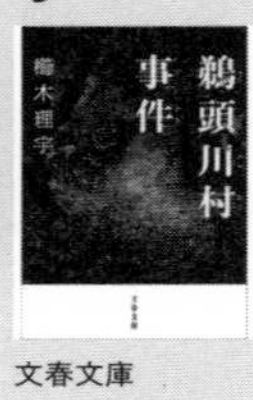

文春文庫

昭和五十四年六月、岩森明は四歳の娘を連れて、三年ぶりに亡き妻の故郷である鵜頭川(うずかわ)村を訪れた。命日の墓参りを済ませた翌朝、集中豪雨でバスが運休し、通信機器も遮断され、土砂崩れまで起きてしまう。村が孤立状態と化したちょうどそのとき、村民の一人である青年の刺殺体が発見された。

犯人は村の狼藉者ではないかと思われたが、有力者の息子であるため、大人たちは耳を傾けない。「自分の身は自分たちで守ろう」と若者たちは自警団を設立したが、復旧の見通しは立たず、人々は狂気と暴力に蝕まれてゆく。

本書は「別冊文藝春秋」連載時の「AX」を改題し、WOWWOWでドラマ化もされたパニック・サスペンス作品である。人口九〇〇人ほど、誰もが顔見知りで、鍵をかけなくても外出できる平和な村の実態が生々しい。雇用者は権力を振りかざし、労働者たちは従わざるを得ず、女子供は暴力に支配されている。そんな村社会が災害によって崩壊し、自給力のある者が行く末を握り、のけ者の住居が安寧の地と化す。出口なしの状況下におけるサバイバル戦は、息をつく余裕すらない。決死で娘を守り続ける父親の姿が胸を打つ異色作だ。(羽住)

猫河原家の人びと
一家全員、名探偵

青柳碧人

新潮文庫 nex

主人公の猫河原友紀は大学生。両親に兄二人、姉一人の六人家族だが、友紀を除く全員が推理好き。毎晩家族会議(捜査会議)に付き合わされた友紀は、トンカツ屋で起きた殺人事件と、母の同僚が目撃した殺人事件を必死に解いた。友人たちとBBQに行くとまたしても事件に遭遇。念願の一人暮らしを始めるが、そのアパートでも事件が発生する……。

二〇一八年の青柳碧人は凄かった。短編集は本書のほかに玩具都市弁護士(トイ・シティ・ロイヤーズ)シリーズと、ほしがり探偵ユリオシリーズのそれぞれ第二作を、長編は『二人の推理は夢見がち』と、この後に紹介する『浜村渚の計算ノート』シリーズの新作長編を上梓し、すべてが高水準だった。本書だけを読んでも、犯人特定のロジックや真相の意外性、伏線の多さなど、本格作家としての技術がかなり身についているのがわかる。

猫河原家のシリーズでは、先に真相を見抜いた家族が、推理に必要な情報をこっそり提供してくれるので、友紀の手元に常に必要なデータが揃っているのが不自然にならない。そんな形でご都合主義的が巧妙に排除されている点に、本書の固有性(付加価値)を見出すことができよう。(市川)

浜村渚の計算ノート 8と1/2さつめ
つるかめ家の一族

青柳碧人

講談社文庫

数学テロ組織に関する新情報を得て、刑事の武藤は群馬県死ノ字村の旧家、亀倉家へと向かう。数学が得意な中学生の浜村渚も秘密兵器として連れて行きたい。大山刑事が迎えに行くが、車が崖から転落、気が付くと二人は栃木県の鶴ノ森家に軟禁されていた。同家は群馬県の亀倉家とは遠縁で対立関係にあった。一方、死ノ字村では数え歌に見立てた連続殺人事件が発生。「方程式を禁じられた村」の秘密とは……。

対立する旧家、数え歌と見立て殺人、いやそもそも副題からして、横溝正史のパロディ要素を感じるが、それだけではない。「鶴」の章と「亀」の章に分かれて二元中継で物語が進行してゆく構成や、二軒の家の見取図を見た段階で、大枠のネタの想像はつくだろう。それでも変に捻らずに、あんなネタやこんなネタが「乗せられるものは全部乗せてしまえ」状態になっているのが豪気で良い。また本書の犯人はそうそう当てられないだろう。解決編に時系列を整理した表が載せられているくらい手が込んでいる。もちろん細かい数学ネタも健在。浜村渚シリーズを追っていた読者以外は見落としたであろう、隠れた本格の良作がここにある。（市川）

ミダスの河
名探偵・浅見光彦 vs.天才・天地龍之介

柄刀一

祥伝社文庫

内田康夫が生み出した名探偵・浅見光彦（あさみみつひと）と柄刀一が生み出した名探偵・天地龍之介（あまちりゅうのすけ）が夢のコラボレーションを見せる贅沢な一冊。光彦は取材のために訪れていた山梨で骨髄移植のドナーの誘拐事件に遭遇する。同じころ、龍之介らは砂金採りのイベント会場で、事故を起こしたとおぼしき車から死体が落下するのを目撃する。車を確認すると、車内はどういうわけか金色になっていた。二つの事件は、甲斐の「ミダス王」の異名を持つ小津野家を結節点として結びつき、ついには四百年にも渡る秘密に迫っていく。

浅見光彦と天地龍之介の相性は抜群。本作ではそれぞれのキャラクターに合った謎と推理を用意し、どちらのファンにも納得できるバランスで物語を展開している。文庫版で七百ページを超える大作だが、光彦パートと龍之介パートで語り方が違っており、また、次々と新たな展開を見せていくので目が離せない。特に、光彦と龍之介が二人同時に殺人事件の容疑者になるという展開は衝撃的だ。今作で出会った二人の名探偵は、第二作『流星のソード』（二〇一九年）でも見事な共闘を見せている。さらなる続編が待たれる。（諸岡）

マトリョーシカ・ブラッド

呉勝浩

徳間文庫

神奈川県警に、陣馬山に遺体を埋めたとの匿名の通報があった。現場に向かった彦坂は、白骨とマトリョーシカを発見する。被害者の香取は、死者を出した薬害事件の中心人物で、激しいバッシングを受け失踪した過去があった。当時、彦坂は、愛人を名乗る林美帆から香取の保護を相談されたが、説明が曖昧なため放置した。続いて東京都八王子に死体があるとの通報が入る。被害者の弓削は香取と同じ薬害事件の関係者で、額にMが刻まれ現場にはマトリョーシカがあった。

冒頭から魅惑的な謎が描かれる本書だが、不祥事を隠したい彦坂ら神奈川県警と真相を暴こうとする警視庁の駆け引きが、真相を見え難くするので警察小説としても秀逸である。

彦坂が最後まで不祥事を隠すのか、良心に従って真実を明らかにするのかも物語の鍵になる。彦坂以外の刑事も組織と個人の狭間で難しい決断を迫られるだけに、宮仕えをしているとその葛藤が生々しく感じられるのではないだろうか。

善と悪、正義と不義、組織と個人などの対立を乗り越えて事件が解決に向かうだけに、大仕掛けなトリックと恐るべき動機が解明される終盤のカタルシスは大きい。（末國）

スケルトン・キー

道尾秀介

角川文庫

恐怖を感じない坂木錠也は週刊誌記者の右腕として数々のスクープをお膳立てする日々を送る。だが彼の裡(うち)には自分が胎内にいる最中に散弾銃で母を撃ち殺し、自分からもう一つの人生を奪った男への復讐の念が渦巻いていた。ある日自分の親友の父がその復讐相手だと判明し……。

サイコパスの一人称で書かれた本書は近年の道尾作品の中でも仕掛けに特化した作品で、ある場面の鮮やかな反転など、ミスディレクションの名手による超絶技巧が存分に堪能出来る。殺人を繰り返すサイコパスを描いたノワール調のサスペンスながら人間を誠実に描いたことで、たとえ仕掛けがなくとも登場人物に抱く印象を変える力を持った作品だ。人間と人間心理を熟知している著者は偏見の存在に敏感なのだろう。だから数々の作品で読者の無自覚な差別意識にナイフを突きつける。また洗練された種明かしを生んだメタレベルに仕掛けられたある事実にも震撼させられるに違いない。『透明カメレオン』などのように生涯心から離れられない名場面が登場するのも道尾作品の特長で、本作でも到底想像出来ない壮絶なシーンが終盤で炸裂し、度肝を抜かれる。（嵩平）

誘拐の免罪符
浜中刑事の奔走
小島正樹

南雲堂

昭和六十一年五月、群馬県安中市で誘拐事件が発生。ただちに捜査体制が敷かれ、捜査第一課第二係・浜中康平は、同僚で先輩の夏木大介、地元署の刑事二人と共に、誘拐された少女の両親宅に向かう。手紙で届いた誘拐犯の指示に従い、後閑城址公園の駐車場を掘り返すと、少女の半ば白骨化した死体が発見された。そしてやはり指示された場所で、誘拐された少女が軟禁されている状態で発見される。やがて、発見された死体は誘拐された少女の従姉妹であること、一年前に軽井沢の別荘で謎の失踪を遂げていたことが判明する……。

駐在勤務を夢見ているのに、連続して「運悪く」手柄を立ててしまい、「ミスター刑事」の異名を持つ浜中シリーズの長編。奇想あふるるトリックの案出に長けた作者だが、本作品では一転してリアルな小技のトリックを積み重ねて効果を上げている。誘拐事件のサスペンスから人間消失の謎解きへとスライドしていくプロットの流れは自然であり、企みに満ちた叙述を駆使して、謎解き場面における伏線の回収と、どんでん返しの釣瓶打ちに導くあたりは脱帽もの。警察小説でありながら本格ミステリ度の高い一編だ。（横井）

異セカイ系
名倉編

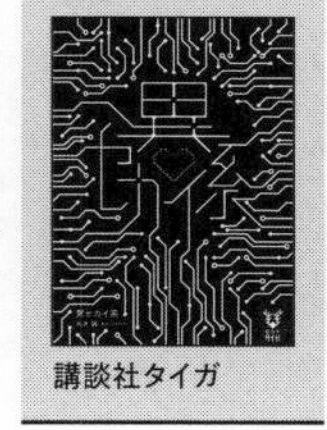

講談社タイガ

小説投稿サイトでトップ10にランクインしたおれは「死にたい」と思った瞬間、自分が書いている『臥竜転生』の作中に飛ばされてしまう。小説と現実世界を自由に往復するチート能力を得たおれ＝カミサマは、作中キャラの死を回避すべく物語を書き直すが、その見返りにランキング上位作家陣から「小説世界」の死活を左右するルールを言い渡される。おれ＝名倉編は、現実でも異世界でも全員が幸せになる「たったひとつの冴えたやりかた」を発見しなければならない。

関西弁（ネットスラング風）の語りが印象深い第五十八回メフィスト賞受賞作。作者は「ゲンロン大森望ＳＦ創作講座」出身で、物語をマルチバース化するウェブ小説のプラットフォームを軸に、特殊設定ミステリの手法を借りて作者とキャラクターの関係性に鋭いメスを入れる。テーマや構成は流水大説や舞城王太郎の影響が顕著だが、メタな一人ｎ役志向や「作者への挑戦状」の出現、《作者》の現在と物語内時間のデッドヒート感など、戦後の同人仲間がモデルの前衛本格『猫の舌に釘をうて』（都筑道夫）を彷彿とさせる。連城三紀彦（後期）の魔改造みたいな味もある。（法月）

パズラクション

霞流一

原書房

殺し屋和戸隼(わとしゅん)と謀り屋の白奥宝結(しらおくほうむす)の二人は「悪を一掃する」ため、まずは和戸が標的を殺害し、宝結が捜査を操り、別の解決に導く「操査」をこれまで数々実行してきた。表の顔は遊軍刑事として事件の現場に立ち入れる宝結は、自分たちに都合の良い「シン相」に造り替えることができるのだ。今度の仕事も最強のコンビにとってはいつもどおりの仕事のはずだったが、標的は何者かによって既に殺害されていた。加えて次の標的を巡っては更なる困難が二人に降りかかる。

本著では事件を操る側から描かれながら「シン相」を読者に伏せることで推理の要素を強め、都合の良い真相の捏造などの現代本格の高度な技術を盛り込み、それらの要素を不可能犯罪という自分の土俵に引きずり込むという豪腕ぶりが光る。途方もない物理トリックを本領とする著者と、天才的な頭脳を持ちながら頭を抱える異常な状況に巻き込まれた宝結との幸福な出合いが実現した本作。皮肉にも宝結が本当に立ち向かわなくてはならないのは、バカミス作家筆頭・世界で最も豪快で奇跡的な異常状況下で発生した〝不可能〟犯罪を作り上げてきた霞流一という怪物なのであった。（嵩平）

帝都探偵大戦

芦辺拓

創元推理文庫

三河町の半七、銭形平次、若さま侍、顎十郎、むっつり右門らがそれぞれ追っていた糸が収斂し、江戸に大捕物が繰り広げられる名探偵の黎明。探偵(ミステリ)受難の時節、法水麟太郎、帆村荘六はじめ雌伏の時を送る名探偵たちが国家を揺るがす〝輝くトラペゾヘドロン〟の謎に挑む開戦前夜の帝都。そして、加賀美敬介率いる警視庁捜査一課の名物刑事たちや新聞各紙の記者から、神津恭介ら学者探偵、小林少年を始めとする少年少女探偵まで、全国の錚々たる名探偵たちが入り組んだ陰謀を追って、戦後間もない首都東京に集結する――。

『真説ルパン対ホームズ』（二〇〇〇年）から『金田一耕助、パノラマ島へ行く』（〇六年）まで名探偵のパスティシュに手を染めてきた作者の〈探偵〉に対する想いの集大成が本作だ。五十人を超える名探偵（&相棒(ワトスン)&悪漢(ヴィラン)）が一堂に会するのみならず、それぞれがらしい見せ場＝推理を披露する。その連なりはいわば本格ミステリにおける〈推理〉の精華であり、何が本格の物語を織り上げるのかを明確に示している。悪と時代の不条理に抗する探偵たちの活躍を通して、彼らの知性と論理が自由と民主主義を体現することを謳った本格賛歌だ。（笹川）

ドッペルゲンガーの銃

倉知淳

文春文庫

短編ミステリの賞に佳作入選し、受賞後第一作を書かなければいけない高校生の灯里は、小説のネタが欲しいため兄について回る。兄の大介は警視庁捜査一課の刑事だからだ。『ドッペルゲンガーの銃』は、そんな設定の作品集である。「文豪の蔵～密閉空間に忽然と出現した死体について～」、「ドッペルゲンガーの銃～二つの地点で同時に事件を起こす分身した殺人者について～」、「翼の生えた殺意～痕跡を一切残さずに空中飛翔した犯人について～」の中編三作で、いずれも副題で示された状況が語られる。それらの不可能犯罪は、本格ミステリらしく論理的に推理されていく。とはいえ、勉強はできるがまるで気が利かずポンコツな兄は手柄を上げられるのか、まだ作家の卵にすぎない妹は編集者から原稿にOKをもらえるのか、といった兄妹の事情と事件捜査が結びついているあたりが、倉知淳の作品らしい笑いを呼ぶ。しかも現場の謎を解明するのは兄妹というより、超常的な存在だったりする。超常現象かと思えた事件の方は合理的に解決されるのに、むしろそれ以外の部分に平気で非合理があるという、とぼけた味わいが楽しい。（円堂）

叙述トリック短編集

似鳥鶏

講談社タイガ

巻頭一行目に「読者への挑戦状」と書かれている。変な短編集だ。叙述トリックは一般的に不意打ちが望ましいが、よほど上手く騙さないと「そんなんわかるか」と文句を言われる。だったら逆に、作者が前もって「収録されている短編にはすべて叙述トリックが使われております」と宣言してしまえば、よりフェアな対決になるのではないか。

　といった感じに冒頭からハードルを上げている。さらにヒントも椀飯振舞。それでも似鳥鶏は騙す。騙す。騙す。あの手はそういえばあれ以来みんな避けていたな。このパターンは叙述トリックになるのだろうか。外国人が出てきたら何かあるぞ。作中作形式には要注意。外国人が出てきたら何かあるぞパート2。そしてあんたは結局誰なんだ……。

　冒頭の宣言どおり、各編には同じ人物が出てくるのだが、トリックの性質上、謎解き担当というよりも、場合によってはトリックの仕掛け人に近かったりする。一般に叙述トリックのフェアな伏線はメタ構造でないと説明できない場合が多いが、全編を通した作者の狙いがどこにあったのか、本書の場合は「あとがき」で復習できるのが親切である。（市川）

死神さん

大倉崇裕

幻冬舎文庫

二〇二二年、劇場版『名探偵コナン ハロウィンの花嫁』で刑事たちの熱い友情を描いた著者は、ユニークな警察組織を生み出すことを得意とする。容疑者のペットを保護して世話をする『警視庁いきもの係』、樹海で見つかった遺体専門の部署が活躍する『樹海警察』に加え、新たな代表シリーズとなった本書は、無罪判決が出た事件を再捜査するのが職務の警部補・儀藤堅忍が主人公を務める。二〇二一年のドラマ化がきっかけで、『死神刑事』からタイトルが改変された。

収録作は、「死神の目」「死神の手」「死神の顔」「死神の背中」の四編。再捜査の相棒は、大塚東警察署の大邊誠、八王子中央警察署の三好若奈、奥多摩第三駐在所の榎田悟、元刑事の米村誠司と各話ごとに異なる。キャラクターたちの個性が強く、「死神」という異名を持っていても、主役が一番不透明な存在になっているのが特徴的だ。

年間に起きる訴訟事件の総数は平均七万件。そのうち無罪判決は約百件あるという。犯人を野放しにしていたら「大人しく刑務所に入っている者たちに失礼だ」という倫理観が笑いを誘う、正義感を軽妙な語り口で描く会心作である。（羽住）

アリバイ崩し承ります

大山誠一郎

実業之日本社文庫

県下随一のターミナル駅の那野駅から二駅目にある鯉川駅の東口にある〈鯉川商店街〉に立ち寄った「僕」は腕時計の電池交換のために〈美谷時計店〉に足を踏み入れた。県警本部捜査一課第二強行犯捜査第四係に所属する「僕」は、時計店の「アリバイ崩し承ります」「アリバイ探し承ります」の貼り紙に驚く。代金は成功報酬で五千円。「僕」は一カ月間、頭を悩ませていたアリバイの問題を、地方公務員法に引っかかるのは知りながら相談してしまう。すると若い女店主・美谷時乃は「時を戻すことができました」「アリバイは崩れました」と言って、事件の謎を解いてしまった……。

本書にはアリバイ・トリックを扱う本格ミステリが七作、少しずつアプローチの仕方を変えながら展開されている。なかにはアリバイを探す「時計屋探偵と失われたアリバイ」や美谷時乃の幼少期を描いた「時計屋探偵とお祖父さんのアリバイ」のような作品もある。鮎川哲也、西村京太郎などの先行作へのリスペクトや『相棒』を想起させる遊び心が随所に鏤められていて、楽しい。二〇二二年三月には『時計屋探偵の冒険　アリバイ崩し承ります2』も刊行された。（浦谷）

幽霊たち

西澤保彦

幻冬舎

ミステリ作家の横江継実(よこえつぐみ)は幽霊と交信できる能力を持っていた。その継実は、突然やってきた刑事から、加形野歩佳(かなたのぶよし)との関係を問われる。野歩佳は遠い親戚ではあるものの、全く面識はなかった。しかし、刑事によれば、その野歩佳自身が、自身が犯した殺人の動機について、継実に聞いてほしいと指名してきたというのだ。当初は心当たりがなかった継実だったが、被害者の名前を聞いて記憶を刺激される。被害者は、かつての同級生「ジミタ」だった。これをきっかけに、幽霊たちも過去の出来事について話し始める。

著者が得意とする特殊設定ものの長編本格ミステリ。幽霊と交信できるなんて今時珍しくないだろう——と油断するなかれ。野歩佳の不可解な指名から始まった物語は、資産家一族を巡る四十年前の事件とつながり、現在までの因縁を少しずつ明らかにしていく。その過程では、継実に幽霊が見えるようになった理由も明確化され、物語の構図も大きく変化する。結末から振り返れば、冒頭のエピソードからは予想もできない深みに引き込まれていることに気づいて啞然とするだろう。著者の新たな代表作だ。(諸岡)

犯罪乱歩幻想

三津田信三

角川ホラー文庫

両親の遺したアパートで遊民暮らしを送る男を苛む部屋の異変(「屋根裏の同居者」)。地下の秘密倶楽部で饗される猟奇譚(「赤過ぎる部屋」)。ミステリ作家志望が住む坂の住宅地で起こった殺人と推理(「G坂の殺人事件」)。特異な症例のみを求める精神分析研究所を訪れた精神病者の告白(「夢遊病者の手」)。鏡を嫌う祖父がただ一度だけ語った若き日の体験(「魔鏡と旅する男」)——。

江戸川乱歩の生誕百二十周年&没後五十年に因んで、乱歩作品をモティーフとした連作を収めたのが本書である。設定やプロットの換骨奪胎はもちろん、作品そのものへの言及も盛り込み、パスティシュやパロディではなく現代の、作者ならではの作品として原典と批評的に対峙する。

さらには『リング』の貞子トリビュート企画に、真似と誹られることを恐れて未発表だった話を蔵出しという体の「骸骨坊主の話」、『ウルトラQ』を民俗ホラーとして料理した「影が来た」も含め、自分から原典にすり寄っていくのではなく、自作のキャラクターを登場させるなど、あくまで原典を自身の許へ引き寄せる強い作家性を改めて感じさせる。(笹川)

夏を取り戻す

岡崎琢磨

創元推理文庫

一九九六年八月。団地に住む小学生が書き置きを残して失踪し、数日後に何事もなかったかのように帰宅するという出来事が連続して発生、ついには「かいとうダビデスターライト」名義の犯行声明文まで発見される。この事件を取材する駆け出し編集者の猿渡は、ベテラン記者の佐々木とともにくだんの団地へと向かい、早々に失踪事件のトリックを見破る。しかし、今度は別の小学生が真っ暗な視聴覚室からいなくなるという事件が起きる。いったい、一連の事件の背後にはどのような目的があるのか。単純に見えた事件は思いもよらない姿を現すことになる。

　第十九回本格ミステリ大賞候補作。冒頭から比較的小規模な謎が提示されては解明されるという展開が続くが、秀逸なのは、トリックが明らかになるごとに次々とフェーズが変わっていくことである。終盤では、猿渡が記者の仕事の「怖さ」に言及する場面があるが、間口からは想像もつかない射程を持った事件であるからこそ、この言葉は実感を持って読むことができる。派手な謎ではなく、構成と展開の妙で最後まで読者を引きつける逸品だ。（諸岡）

首無館の殺人

月原渉

新潮文庫 nex

一八ＸＸ年の春。横濱の祠乃沢の地にある貿易商・宇江神家の邸宅で目覚めた「わたし」にはそれまでの記憶がない。宇江神華煉という名を教えられた「わたし」には縁戚の香呂河家の紹介で来た栗花落静が使用人としてついていた。宇江神家の館は屋根に配置された石像鬼の頭部が取り去られているために、別名「首無館」とも言われている。その「首無館」に住む、華煉の亡祖父の若い妻・宇江神玲午華、「主家夫人」と呼ばれる女性が自室で首を切り取られて殺害される。そして、その後も首の無い死体が次々と現れるのだった。

　使用人探偵・シズカが「館」で起きる連続殺人事件の謎を解くシリーズの第二作。北棟、東棟、南棟、西棟と四つの建物を回廊で結び、霧の立ち込めた中庭のある、独特な形の「館」を舞台にした物語は、新本格初期の雰囲気を横溢させる。一方、めくるめく逆説の連続、首切りの論理の考察、名探偵が対策することによって動きを見せるプロットなどは、二〇一〇年代への深化をふまえた内容であるといえよう。横溝ミステリの世界観なども彷彿とさせる、懐かしい香りの漂う本格ミステリである。（浦谷）

沈黙のパレード

東野圭吾

文春文庫

静岡県にある小さな町のゴミ屋敷で火災が発生した。焼け跡からは、東京都菊野市在住で三年前に行方不明になった若い女性の白骨が見つかる。現場は二十三年前に足立区で発生した少女行方不明事件の容疑者の実家で、被告人は証拠不十分で無罪判決が下っていた。合同捜査本部が開設され、警視庁捜査一課の草薙(くさなぎ)警部は部下の内海薫(うつみかおる)を伴って被害者の自宅である食堂「なみきや」を訪れた。その後、ほどなくして容疑者の原因不明の遺体が見つかる。

天才物理学者・湯川学が活躍するガリレオシリーズの第九弾で、長編では四作目にあたる。善人たちが、「沈黙」を貫き無罪放免となった悪人を成敗する復讐劇だ。犯行時、町では仮装パレードが行われていて、関係者には全員アリバイがあった。その最中に、犯人はどうやって殺害できたのか。湯川が『ユダの窓』を例にあげて実験と検証を行った結果、物理トリック好きにはたまらない真相が導き出され、さらに事件は逆転劇に姿を変えてゆく。過去の事件の顚末に触れている箇所があるので、シリーズは順番どおりに読むことをお勧めする。二〇二二年には映画版が公開された。(羽住)

恋牡丹

戸田義長

創元推理文庫

江戸北町奉行所勤務の戸田惣左衛門が探偵役の、というよりも狂言回しを務める捕物帳『恋牡丹』は、第二七回鮎川哲也賞の最終候補作になった戸田義長のデビュー作である。

夫の残した借金を返しながら息子の平吉を育てていたお貞が殺される「花狂い」は、ホワイダニットが秀逸である。

遊女の牡丹が探偵役の「願い笹」は、吉原の遊廓丸屋の女将が、夫を殺し、惣左衛門に罪を着せようとする倒叙ミステリだ。惣左衛門が衝立の中にいる夫を監視している最中に起きた殺人は、密室と、刀が持ち込めない遊郭で起きた刺殺という二重の不可能状況になっており、ハウダニットが光る。

生駒屋の隠居が殺され、疑惑の目が向けられた孫娘には鉄壁のアリバイがあった表題作は、惣左衛門が隠居し、家督を継いだ清之介が、アリバイ崩しに挑むことになる。

近年は、最終話にどんでん返しを用意する連作短編集が少なくない。そうした大仕掛けは本書にはないが、通して読むと幕末から明治へ至る時代の流れ、人心の変化を活写していることに気付く。この壮大な叙事詩は続編の『雪旅籠』にも受け継がれているので、続けて読んで欲しい。(末國)

ネクスト・ギグ

鵜林伸也

創元推理文庫

ボーカルの病死で解散したバンドのギタリスト、クスミトオルが結成した「赤い青」のメンバーが相次いで死んだ。ライブ中に倒れたボーカルの胸には、千枚通しが刺さっていた。もう一人の死については、自殺偽装は見破られたものの、現場は密室状況だった。どちらも、準備していたようにもなりゆきまかせにも思える、ちぐはぐな犯行だ。また、ボーカルの死の直前、テクニックに定評のあるカリスマ的ギタリストが、彼らしくないミスをしたことは事件と関係があるのか。

　第二十回鮎川哲也賞（二〇〇九年）に応募したＳＦミステリ「スレイプニルは漆黒に駆ける」が編集部の目にとまり、日常の謎もの「ボールがない」がアンソロジー『放課後探偵団』（二〇一〇年）に収録された鵜林伸也。『ネクスト・ギグ』は、彼の長編デビュー作である。本作ではロックとはなにかが何度も議論され、ロックとミステリは似ているとも語られる。探偵役はバンドとセッションすることで関係者の有り様を確かめ、動機やトリックもロックに関係している事件の真相を突きとめるのだ。ロックへのこだわりと本格ミステリへのこだわりが、きれいに重なった作品である。（円堂）

本と鍵の季節

米澤穂信

集英社文庫

松倉詩門と堀川次郎は、高校二年生で図書委員。彼らのもとには、開かずの金庫の中身、テスト問題の窃盗の嫌疑をかけられた生徒のアリバイ証明、自殺した三年生が最後に読んだ本……といった難題に関する相談が持ち込まれる。

　語り手である堀川の目を通して、松倉は皮肉屋で頭脳明晰な少年として描かれる。こうした場合、普通ならば松倉が名探偵、堀川がワトソン役という関係となることが多い。だが連作の中盤から、そのような役割分担は揺らぎはじめ、松倉に見えなかった真実を堀川が見抜くエピソードも出てくる。

　その点で本書の探偵コンビの造型は、ほぼ同時期に発表された青崎有吾の「ノッキンオン・ロックドドア」シリーズや、麻耶雄嵩の『友達以上探偵未満』などに近い。だが、第五話「昔話を聞かせておくれよ」と、そこから続く最終話「友よ知るなかれ」で、両者の関係に漂う苦みは頂点に達し、読者の心を容赦なく抉りつけてくる。

　二人の姿勢を通して理想と現実の割り切れない関係を描き出した、著者の青春ミステリ路線の到達点である。続編として長編『栞と嘘の季節』が二〇二二年に刊行された。（千街）

COLUMN

二〇一〇年代のミステリコミック　安定と新たな潮流

廣澤吉泰

ミステリコミックの特徴としては、オリジナル作品に加え、コミカライズが量的にウエイトを占めている点にある。当ジャンルが注目される契機となったのは、さとうふみや『金田一少年の事件簿』（原作：天樹征丸／講談社）の大ヒットによるが、同作が登場した背景には新本格ミステリブームという小説分野のトレンドがあった。また、ミステリ作家が漫画の原作を手がけたり、漫画化作品の監修を務めることもあるなど、小説分野と親和性を持ちながら発展してきたジャンルである。そこでこの十年間の動きを大きくオリジナル、コミカライズ、ミステリ作家との関係の三つの切り口から見ていきたい。

まずは、オリジナルだがこの十年間ジャンルを牽引してきたのは、青山剛昌『名探偵コナン』であることは、衆目の一致するところだろう。単行本は百巻を超え（既刊百三巻）、劇場版アニメが毎年制作、TVアニメシリーズも放送中、かんばまゆこ『名探偵コナン　犯人の犯沢さん』（ともに小学館）などのスピンオフ作品も数々刊行されるなど人気は衰えない。一方、『金田一少年の事件簿』も健在で連載開始二十周年を記念した『金田一少年の事件簿20周年記念シリーズ』、それに続いて『金田一少年の事件簿R（リターンズ）』が上梓された。また、社会人の金田一一（はじめ）が主人公の『金田一37歳の事件簿』もスタートし、船津紳平『金田一少年の事件簿　犯人たちの事件簿』（いずれも講談社）などのスピンオフ作品も誕生している。

この両シリーズに加え、十年間活躍してきた描き手としては、加藤元浩がいる。加藤はMITを飛び級で卒業した天才少年・燈馬想が主人公の『Q.E.D.証明終了』を一九九七年から連載を開始。二〇一四年の掲載誌移籍に伴い『Q.E.D. iff　証明終了』と改題し、現在も連載は継続。本作と並行して連載していた「知の守護者」の証の指輪を持つ少年・榊森羅が探偵役の『C.M.D. 森羅博物館の事件目録』は二〇二〇年に全四十五巻で完結したが、切れ目なく壮大なコンゲーム物『風のグリフターズ』（いずれも講談社）を発表（全六巻）、高水準の本格ミステリ漫画を生み出し続けている。加えて、本書で紹介した〈捕まえたもん勝ち！〉シリーズを執筆するなど旺盛な創作力を見せている。

石黒正数の存在も忘れてはいけない。『外天楼』（講談社）では見事な構成力を披露し、『それでも町は廻っている』（少年画報社）は女子高生が主人公のゆるい日常物と思わせながら、様々な仕掛けを講じてマニアを唸らせた（本作はＴＶアニメシリーズが制作され、第十七回文化庁メディア芸術祭の漫画部門の優秀賞等を受賞した）。そうした経歴ゆえの期待感からか、近未来の日本が舞台の『天国大魔境』（講談社）は一巻の時点で『このマンガがすごい！ ２０１９』（宝島社／以下「このマンガ」と略す。）のオトコ編で一位に輝いた。「天国」を目指してサバイバル行を続ける者たちと環境の整った「学園」で暮らす者。二つの視点で交互に描かれる物語は本格心をくすぐるのである。

田村由美『ミステリと言う勿れ』（小学館）の登場は鮮烈であった。天然パーマののんびりした性格の大学生・久能　整は、雑学的な蘊蓄を含んだ会話をしながら真相を追及する、という個性的な名探偵だ。「このマンガ」オンナ編にも複数年でランクイン、ＴＶドラマシリーズが制作され、劇場版も公開予定だ。

久能整以外にも様々な名探偵が誕生している。東村アキコ『美食探偵　明智五郎』（集英社）は、乱歩作品の漫画化っぽい題名だが東村のオリジナル作品。今の東京に明智小五郎がいれば、こんな感じかと思わせる。ユニークな安楽椅子探偵も登場した。石田敦子『ひきこもり探偵　おにいちゃんとマコ』（幻冬舎）は、ひきこもりの中学生が探偵役。ひきこもりという設定や、ネットを駆使して推理を組み立てる点は実に現代的だ。光永康則『棺探偵Ｄ＆Ｗ』（少年画報社）は、館を出られない吸血鬼が探偵役。相棒の人狼が、嗅覚が良すぎて、事件のたびに第一発見者になってしまうというくすぐりもある。学園物では、正統派の謎解き物の義元ゆういち『夢喰い探偵　宇都宮アイリの帰還』（講談社）や女子高生探偵がネットや口コミを駆使して真相に迫る木々津克久『名探偵マーニー』（秋田書店）などの収穫があった。

福本伸行の〈カイジ〉シリーズ（講談社）や小畑健『ＤＥＡＴＨ ＮＯＴＥ』（原作：大場つぐみ／集英社）から連なる頭脳戦の系譜としては大金が動くゲームでの参加者同士の騙し合いを描いた甲斐谷忍『ＬＩＡＲ ＧＡＭＥ』（集英社）、生徒同士のギャンブルで物事が決定される高校が舞台の尚村透『賭ケグルイ』（原作：河村ほむら／スクウェア・エニックス）、施設からの脱獄をめぐる駆け引きが読ませる出水ぽすか『約束のネバーランド』（原作：白井かいう／集英社）などがあった。いずれも映像化されており、『約ネバ』は『このマンガ ２０１８』オトコ編の一位を獲得した。

小説分野に呼応するように特殊能力、特殊設定を描いた作品も登場してきた。

神崎裕也『不能犯』（原作：宮月新／集英社）に登場するのは、人の心理を操って死をもたらす男・宇相吹正。不能犯である宇相吹と捜査陣との対決が読みどころだ。都戸利津『嘘解きレトリック』（白泉社）は、昭和初期を舞台に嘘を見抜く能力を持つ少女が私立探偵の助手を務める作品。外木寸『探偵プロビデンス 迷宮事件解明録』（講談社）は地球上の情報が見られる「天体観測装置」を持つ宇宙人とロンドン警視庁（スコットランドヤード）の老警部が迷宮事件に挑むもの。いずれも、能力／装置は証拠能力がないため、ひと手間かかるところに面白みがある。

三部けい『僕だけがいない街』（KADOKAWA）は、再上映（リバイバル）という時間をさかのぼる現象に巻き込まれた青年が、十八年前に発生した小学生連続誘拐事件を防ごうと奮闘するタイムリープ物。人気を博し『このマンガ』等でランクイン、TVアニメシリーズ、実写映画が制作された。篠原健太『彼方のアストラ』（集英社）は、近未来を舞台に九名の少年少女の宇宙空間漂流記を描いたSFミステリ。トラブルを起こした犯人を絞り込む面白さに加え、どんでん返しも印象的。『このマンガ2019』のオトコ編で三位に入選し「マンガ大賞2019」を受賞、TVアニメシリーズも放送された。北欧ゆう『勇者名探偵』（スクウェア・エニックス）は、魔王と人類の戦争が終結した世界が舞台で、竜や吸血鬼が被害者となる事件が発生する。特殊な世界ならではの謎とその解明は本格好きの興趣をそそる。

ジャンルが確立される中で、ユーモア・パロディ的な作品も登場してきた。

安田剛助『じけんじゃけん！』（白泉社）は、才色兼備で人望も厚い女子高生が「ミステリのためなら努力を惜しまない」性格のため、ミステリが絡むとポンコツになってしまうギャップが笑いを誘うギャグ漫画。河添太一『謎解きドリル』（スクウェア・エニックス）は、「女子高生探偵」の肩書に固執して留年を繰り返す少女が登場するが、単なる出オチでなくミステリ部分は読み応えあり。逢坂みえこ『獣医者正宗捕物帳』（小学館）は、ホームズ譚等の海外ミステリを換骨奪胎して捕物帳に仕立て上げた秀作で、これも一種のパロディといえようか。

最後は、異色作だが白河35（しらかわさんご）『文豪ストレイドッグス』（KADOKAWA）を挙げておこう。本作は芥川龍之介、太宰治といった文豪と同じ名前を持つ能力者が相戦うバトルアクション（江戸川乱歩、夢野久作らのミステリ作家も登場する）。劇場版アニメ、TVアニメシリーズも制作され、文学館での企画展でコラボされるのも人気の現れだろう。

近藤ようこ『五色の舟』（原作：津原泰水／KADOKAWA）が『このマンガ2015』のオトコ編六位に入選した際の小田真琴の紹介文に「文芸作品のコミカライズが評価されることなど滅多にない」とあったが、評価されにくいコミカライズが歴史的に一定の割合を占めるのが本ジャンルの特徴である。

コミカライズでは江戸川乱歩の人気が根強い。二〇一五年に歿後五十周年を迎えたこともあり、様々な作品が出版された。その中では山口譲司（まさかず）『江戸川乱歩異人館』（集英社）を紹介したい。乱歩の長短編に山口が独自のアレンジを加え、全十三巻となる人気作となった。

島田荘司は、この時期自作の映像化に情熱を傾けていたが、漫画化にも熱心であった。『ミタライ　探偵御手洗潔の事件記録』（講談社）では作画を担当した原点火と共にサイン会を行った。他には赤名修『御手洗潔@星籠の海』（講談社）、嶋星光壱『漱石と倫敦ミイラ殺人事件』(秋田書店)がある。

綾辻行人の『Another』『十角館の殺人』(ともに講談社)は映像化不可能と言われてきたが、清原紘の手により原作の美点を活かした形で漫画化された。いずれも、漫画ならではの約束事を用いて、綾辻の仕掛けを巧みに映像化している(後者では原作者の綾辻が監修に加わっている)。

漫画化の対象は海外作品にも及んでいる。森田崇『アバンチェリエ　新訳アルセーヌ・ルパン』(ぴあ等)はルパン譚を発表順に、原作に忠実に漫画化を目指す野心作。本作は改題し、版元を変えながら継続しており、現在は『813』が連載中。ルパン物では、さいとうちほ『VSルパン』(小学館)、岩崎陽子『ルパン・エチュード』(秋田書店)もあり、前者は現在も継続中である。

ホームズ物では海外人気ドラマを漫画化したJay.『SHERLOCK』(KADOKAWA)、ホームズの宿敵モリアーティ教授を新たな切り口で描いた三好輝『憂国のモリアーティ』(構成:竹内良輔／集英社)、ホームズマニアの大学教授と女子大生のコンビがホームズ物語の謎の検討を通じて、身の回りの問題が解決する池田邦彦『シャーロッキアン!』(双葉社)などがあった。

ミステリ作家とミステリ漫画の関係を語るうえで城平京は外せない存在だ。水野英多『スパイラル〜推理の絆〜』(スクウェア・エニックス)の頃は『名探偵に薔薇を』(東京創元社)の城平京が原作を務めている印象だったが、その後は彩崎廉『絶園のテンペスト』(構成:左有秀(ひだりゆうしゅう)／スクウェア・エニックス)など漫画原作に重心が寄ったが、二〇一一年『虚構推理』(講談社)以降は〈虚構推理〉シリーズの漫画原作として小説を執筆するスタイルに変わってきた。城平京は『スパイラル』から二十年強本ジャンルの第一線で活躍し続けているのだ。

我孫子武丸は、監禁されている少女が探偵役となる『監禁探偵』(漫画:西崎泰正／実業之日本社)を上梓。本作は実写映画化もされた。道尾秀介が原作の『瞬間探偵　平目木駿』(漫画:神海英雄／集英社)はTV番組との連動作品。手掛りを映像的に見せる手法が巧みであった。円居挽が原作の『オーク探偵オーロック』(漫画:藤井ツカサ／KADOKAWA)は「無謬の探偵」という探偵の性格付けが新鮮であった。青柳碧人は、代表作の『浜村渚の計算ノート』がモトエ恵介により同題で漫画化されているが、『利根川りりかの実験室』(漫画:長谷垣なるみ)、『放課後ミンコフスキー』(漫画:帯屋ミドリ／いずれも講談社)の原作を務めた。前者はファンタジー、後者はタイムリープ物である。

最後に、福井健太『本格ミステリ漫画ゼミ』(東京創元社)にふれておく。同書は二〇一八年刊行の本格ミステリ漫画の通史を概観した研究書で『越境する本格ミステリ』(扶桑社)以降でそうした書籍を待望していた読者の餓えを癒した。

今後も、ミステリコミックは、小説分野と密接な関係を持ちながら発展・変化していくと思料される。今後の十年がどうなるか引き続き観測していきたい。

2019

相沢沙呼『medium』　2019.09.10

青崎有吾『早朝始発の殺風景』　2019.01.10
葉真中顕『W県警の悲劇』　2019.01.19
若竹七海『殺人鬼がもう一人』　2019.01.30
手代木正太郎『不死人の検屍人』　2019.02.15
蒼井上鷹『殺しのコツ、教えます』　2019.02.17
今村昌弘『魔眼の匣の殺人』　2019.02.22
浅倉秋成『教室が、ひとりになるまで』　2019.03.01
澤村伊智『予言の島』　2019.03.15
青柳碧人『むかしむかしあるところに、死体がありました。』　2019.04.21
降田天『偽りの春』　2019.04.26
安萬純一『滅びの掟』　2019.06.03
大倉崇裕『アロワナを愛した容疑者』　2019.06.11
道尾秀介『いけない』　2019.07.10
太田忠司『道化師の退場』　2019.07.11
井上悠宇『誰も死なないミステリーを君に２』　2019.08.25
稲葉一広『戯作屋伴内捕物ばなし』　2019.09.15
有栖川有栖『カナダ金貨の謎』　2019.09.18
白井智之『そして誰も死ななかった』　2019.09.30
片里鴎『異世界の名探偵１』　2019.10.04
井上真偽『ベーシックインカム』　2019.10.10
方丈貴恵『時空旅行者の砂時計』　2019.10.11
古野まほろ『時を壊した彼女』　2019.10.15
平石貴樹『潮首岬に郭公の鳴く』　2019.10.30
西澤保彦『沈黙の目撃者』　2019.10.31
筒城灯士郎『世界樹の棺』　2019.11.15
井上雅彦『珈琲城のキネマと事件』　2019.11.20
浦賀和宏『デルタの悲劇』　2019.12.25

medium 霊媒探偵 城塚翡翠

相沢沙呼

講談社文庫

推理作家の香月史郎は、警察の捜査に助言し協力している。彼は、死後に残留する人の意識を感じとれるという霊媒・城塚翡翠（じょうづかひすい）と出会う。彼女は、その力で事件の真相の手がかりや、時には犯人そのものを知るらしい。だが、当然、霊視は証拠にならないため、翡翠がみつけた真相から香月が逆算して推理を構築することで、ようやく警察を納得させることができるのだ。二人は互いの力をあわせ、次々に事件を解決するが、翡翠には連続殺人鬼の魔の手が迫っていた。

相沢沙呼『medium 霊媒探偵 城塚翡翠』は、そのような設定で進み、第三話までは美少女キャラと理知的な作家のコンビのシリーズものとして読める。ところが、中盤までインタールードの語り手として登場した殺人鬼が、最終話で敵役として現れると、構図は組み換わる。

SF作家のアーサー・C・クラークは、「発達した科学は魔法と区別できない」と語った。それを応用して本作を語るならば、翡翠が魔法でみつけた真相を、香月が科学的常識に適合するように理屈を仕立てるのだ。ここでは、論理が逆立ちしている。「medium」は「霊媒」だけでなく、「中間」、「媒介」の意味も持つ。「霊媒」の翡翠はダイレクトに真相をつかむが、真相にたどり着くまでの「中間」の推理を香月は考えることで、彼女と警察を「媒介」する。コンビの役割分担は、とりあえず、そのように説明できる。

謎解きを主眼とする推理小説は、合理的であるべきだとされる。だが、霊や超能力など非合理な超常現象を登場させつつ、それらがいかなるルールで起きているかを作中で示す手法もあるのだ。ゲームの規則を定めることで、合理的なミステリを成立させるわけだ。そのような特殊設定で書かれた作品が、二〇一〇年代後半以降、多く発表されブームの様相を呈した。本作のカバーイラストを綾辻行人『Another』や今村昌弘『屍人荘の殺人』なども手がけた遠田志帆に依頼したことも含め、著者は特殊設定ミステリ流行の状況を踏まえたうえで、さらなる驚きを提供しようと周到に準備した。版元がこの作品に与えたキャッチコピー「すべてが、伏線。」は伊達ではない。（円堂）

早朝始発の殺風景

青崎有吾

集英社文庫

始発列車で偶然出会った同級生同士の探り合い、仲良し三人組なのにデザインを巡ってはじまった不可解な衝突、同性同士でなぜか観覧車に乗り込んだ目的など、ワンシチュエーションの対話劇というコンパクト設計ながら、へんてこ状況が読者の興味をそそるミステリ短編集。本書は雑誌掲載されたこれら五つの短編と書き下ろしのエピローグからなる。二〇二二年に漫画化、WOWOWオリジナルドラマ化もされた。

裏染天馬シリーズと同じ学生の日々を切り取った作品で、形式上は「日常の謎」ではあるが、その初期設定によりかからず、焦点が当たるにつれ違和感がしっかり膨らむよう計算されていることに注目いただきたい。それぞれの推理は裏染のような長考タイプではなく、即興なのでシャープさが実に際立つ。さらに青春のほろ苦さが絶妙にブレンドされたワンダーかつキュートな結末が読者を待っている。物語のキュートさなどが本格ミステリの仕組みに奉仕しているところが本格としての美点だが、返す刀で本格を青春小説としても昇華させているから末恐ろしい。推理と結末から見え隠れする人間模様の細やかなきらめきをぜひ確認されたい。（蔓葉）

W県警の悲劇

葉真中顕

徳間文庫

W県警史上初めて、警視に登りつめた女性監察官・松永菜穂子。「道をつくるのだ。自分のあとに続く、幾人もの女性警察官たちのために」という使命感のもと、彼女は男尊女卑的な風潮の残る組織を改革すべく、警視正に昇進し、幹部クラスしか出席できない非公式の最高意思決定機関『円卓会議』のメンバーになることを志している。そんな松永の奮闘は、陰に陽に、W県警の女性警察官に影響を及ぼしていた。

自身も痴漢被害の経験がある女性警官が、痴漢容疑で逮捕されながら黙秘を続ける男を取り調べる「私の戦い」をはじめ、W県警でそれぞれ葛藤を抱えながら働く女性警察官たちを語り手とした全六話の連作短編集だ。いずれのエピソードも現代的な意匠をまとい、日本社会における女性たちの生きづらさを描いている。しかし、おそらくこれは女性をエンパワメントするタイプの小説ではない。むしろ、ここに刻印されているのはそうした「物語」に対する微妙な違和であり、その感覚が各編の結末における技巧的なツイストに結びついていると言えるだろう。本格ミステリとポリティカル・コネクトネスとの危ういバランスこそが本作の肝だ。（秋好）

殺人鬼がもう一人

若竹七海

光文社文庫

東京都の外れにある辛夷(こぶし)ヶ丘(おか)市は、かつては賑わったベッドタウンだが今は人口流出が止まらない町。犯罪も滅多に起きないため、辛夷ヶ丘署生活安全課に左遷されてきた砂井三琴(すないみこと)巡査は暇を持て余していた。だが、最近は放火殺人や空き巣、ひったくりが相次ぐようになり、砂井も急に多忙になって……（「ゴブリンシャークの目」）。

辛夷ヶ丘を舞台にした事件を描く六つの短編から成る連作だが、この町、とにかく真っ当な人間がいない。資産家が被害に遭った事件を優先的に捜査したり、市長の政敵を殺人の被疑者に仕立て上げようと図ったりする警察も大概だが、住人も負けず劣らず腹黒いエゴイスト。そんな彼らのあいだで起こる犯罪やトラブルは、町の外部には通用しない独特の倫理や論理に基づくものが多い。みんな悪人だと知って読んでも、彼らが正体を現す瞬間は驚愕と恐怖が襲ってくる。

閉鎖的なコミュニティを舞台にしているぶん暗鬱な雰囲気になりがちなスモールタウン・ミステリに、ドライでブラックなユーモアをまぶすことで、読者をぞっとさせつつ同時に笑わせる稀有な作品に仕上げている。（千街）

不死人(アンデッド)の検屍人
ロザリア・バーネットの検屍録 骸骨城連続殺人事件

手代木正太郎

星海社 FICTIONS

元軍人のクライブは、不死人(アンデッド)の駆除を生業にしている。ターゲットは、死んだのにこの世を動きまわって生者を襲う、屍人(コープス)や吸血鬼(ヴァンパイア)、屍食鬼(グール)だ。仲介組合(アンデッドハンター組合)による新規依頼の現場は、僻地に建つ通称「骸骨城」。地下には二百年前からヴァンパイアが巣くい、庭園にはゴーストが棲み、一族は吸血鬼の血を引いているらしい。道中で急遽コープス退治をした際、クライブはアンテッド専門の検屍人だと名乗る白髪の少女・ロザリアと出会う。彼女も請負人で、ともに到着すると、城では儀式のために城主の花嫁候補と関係者たちが集まっていた。

死者の蘇る世界、古城、血なまぐさい伝説、くせ者だらけの住民たち、続発する変死体といった、愛好家にはたまらないガジェット満載の異国ホラー・ファンタジー作品だ。グロテスクな死体も世界観に見事融合し、美しささえ感じさせられる。一見ミスマッチな主人公のべらんめえ口調が、不気味さを和らげる。設定に準ずる医学知識で連続殺人の謎を解体し、伝説も含めて一本の線でつないでゆく過程が見事だ。究極の愛の証といえる、被害者の一途な思いが心に残る。（羽住）

殺しのコツ、教えます

蒼井上鷹

双葉文庫

売れないミステリ作家が居酒屋でアルバイトを相手にミステリ談義をする連作短編集。「あなたもアリバイを崩せる」ではアリバイ・トリック、「解けない密室などない【理論編】」「【実践編】」では密室トリック、「うまい騙しに嘘はいらない」では叙述トリック、「完全犯罪への道【前編】」では不必要な殺人で真の動機を隠蔽する「カモフラージュ連続殺人」、「【後編】」では連続殺人であることを気づかせない「非連続殺人」がテーマとなる。架空の事件や現実の事件について酒場の会話で検討されるという安楽椅子探偵ものの趣向が楽しめるだけではない。「解けない密室などない【理論編】」ではディクスン・カーの有名な「密室講義」に隠された意図が読み解かれ、「完全犯罪への道【後編】」ではアガサ・クリスティーの『そして誰もいなくなった』における犯行計画のデメリットが検討されていく。過去の名作に対する批評的アプローチが加わることで、ミステリ評論としても楽しめる作品に仕上がっているのである。特にカーの「密室講義」に対する新しい観点は、本格ミステリ大賞評論・研究部門の候補になってもおかしくない出来ばえといえよう。（横井）

魔眼の匣の殺人

今村昌弘

創元推理文庫

真雁という山奥の里に作られた「斑目機関」の超能力研究施設が、今でも残っていた。「魔眼の匣」と呼ばれる建物には、研究対象だった予言者の老女がおり、訪れた九人に「十一月最後の二日間に、真雁で男女が二人ずつ、四人死ぬ」と告げた。橋が燃やされ孤立したこの地で、人が次々に死ぬ。

剣崎比留子と葉村譲がまた活躍するシリーズの第二弾。『屍人荘の殺人』の特殊設定が物理的現象をベースにしていたのに対し、『魔眼の匣の殺人』では予知というつかみどころのないものを設定の要にしている。だが、それが人の心理をがんじがらめにしてしまう状況がよく描かれており、前作と同等以上の緊張感を生んでいる。忌まわしい予言を知った人は、災いを回避しようと行動するかもしれない。だが、回避行動をとったにもかかわらず、予言通りに災いが降りかかるなら、それは呪いをかけられたのと変わらない。だから「魔眼」と恐れられる。本格ミステリでは探偵が事件の因果関係を推理するのに対し、予言による「果」を信じた人は、そこから「因」を逆算しようと考えずにいられない。このねじれが、ミステリとしての論理、犯人の動機に活かされている。（円堂）

教室が、ひとりになるまで

浅倉秋成

角川文庫

北楓高校では、一ヶ月の間に二年生の生徒が三人、校内で自殺している。同級生の垣内友弘は、幼なじみでクラスメイトの白瀬美月から、彼らは自殺ではなく殺されたと打ち明けられた。犯人は合同レクリエーションの仮装パーティーで死神に扮した女子生徒らしい。ほどなくして「校内には異なった特殊能力を持つ四人の受取人が常に存在する」という手紙が友弘に送られてくる。能力者の一人の死により、彼が任命されて引き継がれた能力は「嘘を見破る」ことだった。早速、友弘は死神探しを始めるが、また一人、生徒が殺害される。

「全員が仲のいい最高のクラス」で起きた連続自殺の真相を探る青春ミステリでありながら、謎は能力者当て、能力の発動条件当て、動機当て、と次々にシフトしていく。同時にスクールカーストを富国強兵ゲームにたとえ、人間社会の不平等さを鋭く批判する。集団生活における「みんな」に入れなかった、あるいは入りたくなかった者ほど、必読の作品だ。「新時代の挑戦状」とうたわれた本書は、本格ミステリ大賞と日本推理作家協会賞にWノミネートされ、「伏線の狙撃手」という異名を持つ著者の飛躍作となった。（羽住）

予言の島

澤村伊智

角川ホラー文庫

天宮淳は友人らとともに瀬戸内海の霧久井島への旅行を計画していた。ここはかつて一世を風靡した霊能力者、宇津木幽子が「今年の八月二十五日から二十六日にかけて、霧久井島で六人死ぬ」という最後の予言を遺した、いわくつきの島だった。島に着いた淳らは「ヒキタの怨霊が山から降りてくる」という謎めいた話を聞かされる。さらには予言のとおりに島で一人目の死体が発見され……。

超常現象の中で「予言」が特殊なのは、それを人為的に成立させることができる点だ。たとえ予言が的中したとしても、それは偶然かもしれないし、予言がなされたことによって人々がそれを成就させようとしたために行動したからかもしれない。

「予言」という存在は人為／超常現象という二項対立をあいまいにする。そしてそれは現実／非現実、そしてホラー／ミステリという境界をも揺さぶる。この境界の揺らぎこそ澤村作品の魅力の本質だろう。本作も読了後、ミステリの解決編における爽快感とホラーの不安感が同居した読後感に囚われるはずだ。（荒岸）

むかしむかしあるところに、死体がありました。

青柳碧人

双葉文庫

巻頭の「一寸法師と不在証明」では、一寸法師が隣村で起きた殺人事件の容疑者となるが、その時刻には鬼の体内に飲み込まれていたという不在証明を申し立てる。話はさらに二転三転、一寸法師の「あの話」の世界観でなければ成立しないトリックが見事である。同様に「花咲か死者伝言」「つるの倒叙がえし」「密室龍宮城」「絶海の鬼ヶ島」と、全五話を「昔話×本格ミステリの主な類型」で統一した本書は、本屋大賞にもノミネートされるなど大ヒットを記録した。

著者の短編は舞台や登場人物、推理に必要な小物など、謎の提示の段階で多くの説明が必要とされ、少しごたついた印象を与えがちだったが、本書では誰もが知っている昔話をモチーフにすることでその欠点が改善され、トリックの良さが直接的に伝わるようになった。著者も手ごたえを感じたのだろう。以降は『赤ずきん、旅の途中で死体と出会う。』(二〇二〇年)、『むかしむかしあるところに、やっぱり死体がありました。』(二〇二一年)と品質の安定した姉妹編・続編を、他のシリーズよりも優先して手掛けている。青柳碧人は本書で一段高いステージに上ったと言えよう。(市川)

偽りの春
神倉駅前交番　狩野雷太の推理

降田天

角川文庫

誘拐した少女を祖父の家の蔵に監禁した宮園尊は、その蔵の鍵を紛失してしまった。やむなく、鍵が届いていないか確認するため交番へと向かったが……(「鎖された赤」)。老女ばかりの詐欺グループの仕切り役・水野光代は、仲間に大金を持ち逃げされた上、何者かに脅迫される(表題作)。さまざまな事情を抱えた犯罪者たちの前に、神倉駅前交番のへらへらした巡査・狩野雷太が立ちはだかる。

五つの短編から成る本書は、基本的には倒叙ミステリ仕立ての連作だが(表題作は第七十一回日本推理作家協会賞を受賞)、正統派の倒叙というよりは一ひねりしたパターン破りが見られる作品が多く、読者の予想をどう裏切るかに重点が置かれている。探偵役の狩野雷太のキャラクター設定にしてもそうで、コロンボ・古畑任三郎・福家警部補といった正統派倒叙ヒーローが背景不明の謎めいた存在であるのに対し、本書では次第に彼の過去が明かされる構成となっており、あくまでもパターン破りを貫く姿勢が見られる。

狩野は長編『朝と夕の犯罪』にも登場しているが、これまた一筋縄ではいかない破格の倒叙ミステリだ。(千街)

滅びの掟
密室忍法帖

安萬純一

南雲堂

徳川家光の時代、諸国の情報の元締めである服部半蔵から、幕府の手先として働く伊賀の里にお達しが下った。同じく忍びの里である甲賀に在する五人の名を挙げ、全員斬れという指令だ。五人の精鋭たちが遂行のために里を立った晩、見張りの他殺体が川の中で見つかった。三日後、別の見張りが畑の中で殺害され、さらに三人目と殺戮は続くが、侵入者の痕跡はない。一方、濃霧で一行とはぐれた甲賀の塔七郎と十佐は、木の幹に貼り付けられた仲間の顔の皮を発見する。

第二十回本格ミステリ大賞候補作に選ばれた本書は、目的を達するためなら何人殺害しても構わないという指令のもと、多視点を用いて忍者たちの死闘を描いた会心作だ。手裏剣、マキビシ、吹き矢、ネズミ爆弾など、あらゆる小道具が登場し、忍法とトリックがふんだんに使われる。一つ一つのからくりが凝っていて、なかでも小屋の中の密室殺人は、和製版「中途の家」と言っても過言ではないほど秀逸だ。

「死者は道具」と割り切った考えとは対象的に、ある人物の生への執着心は度肝を抜く。塔七郎、十佐、くの一桔梗の信頼関係など、忍者ならではの深層心理も興味深い。（羽住）

アロワナを愛した容疑者
警視庁いきもの係

大倉崇裕

講談社文庫

警視庁総務部総務課の通称「生きもの係」では、勾留中の容疑者のペットを保護し、一時的に世話をしている。元捜査一課刑事の警部補・須藤友三（すどうともぞう）と、人間よりも動植物を優先させる巡査・薄圭子（うすきけいこ）が、動植物に関する事件に挑む人気シリーズだ。二〇一七年のテレビドラマ化以降、須藤と薄のかみ合わない奇天烈な会話もパワーアップしている。

第二話の中編「アロワナを愛した容疑者」は、他の代表シリーズ『福家警部補』とのコラボレーション作である。須藤はかつての仲間である福家（ふくいえ）から、動物密輸に関する仕事の手伝いを頼まれた。観るように指定された動画には、盗まれたと思わしきアロワナが映っている。京都に派遣中の福家の代わりに須藤と薄は容疑者宅に乗り込むが、宿敵の宗教法人「ギヤマンの鐘」が絡んでいることが判明した。

これまで両シリーズには石松和夫（いしまつかずお）刑事が登場し、須藤も先方に顔を出したことがあったので、世界観がつながっていることは自明であった。本作と同じ頃、福家が派遣先の京都で事件に巻き込まれる「鬼畜の檻」は「ミステリーズ！ Vol.91」に掲載されているので、合わせてお楽しみあれ。（羽住）

いけない

道尾秀介

文春文庫

近年の道尾秀介は小説としての深度を追求した作品を発表するのと同時に、読者人口を増やしたいとの想いから小説を拡張する試みも並行して行っている。念頭に置いているのは、体験型謎解きイベントなどの新しい体験を提供できるコンテンツだろう。その代表的な例が順番を変えることで七二〇の物語が生まれる『N』や、音と物語の融合「聞こえる」、捜査ゲーム『DETECTIVE X』そして本書『いけない』だ。最後の一頁の写真で真相を明かすというこの短編集で試みた手法は、蘇部健一らに似た前例があるものの、それらは一コマで真相を明快に理解または脱力させるという事を主眼としている。だが道尾はそこまで優しくはない。短編の最終頁に至ってようやく問題編が終わり、写真(読者への挑戦状)が挟まれる——この写真が意図することは何か？　と。一葉の写真を通じて一見小説内で落着した事実に明らかな矛盾点が出るなどの歪みが生じるのだ。文庫版では「本書のご使用方法」に書かれた章ごとの「？」が読中兼読後の謎となっているのも巧妙である。小説の持つ可能性を探り読者の層を拡げる試みは大いに歓迎したい。本書の試みを継ぐ『いけないⅡ』も刊行された。（嵩平）

道化師の退場

太田忠司

祥伝社

二〇一七年夏、小説家の女性が自宅で刺殺された。警察は容疑者として血の繋がりのない娘を連行したが、彼女は留置所で謎の言葉を遺して自殺する。翌年、母の無罪を信じる永山櫻登は、歴史的名優で素人探偵でもある桜崎真吾が暮らすホスピスを訪れた。櫻登は真相究明を依頼するが、桜崎は余命半年の身体で身動きが取れない。桜崎は櫻登の他人を篭絡する才能と鋭い洞察力を見込み、自分の代わりに被害者と加害者の関係性を探るよう指示を出した。

事件を追うにつれ、複雑な家族関係が露見し、過去の不審死も浮かび上がる。「心をもたない」と自認する櫻登のルーツも絡む、著者の原点回帰といえる青春ハードボイルドだ。「徳間文庫大賞2022」を受賞した代表作『麻倉玲一は信頼できない語り手』とは対象的な、純僕な心を揺るがす作品である。道化師を演じて名を馳せた桜崎は安楽椅子探偵、道化師に扮しジャグリングで日銭を稼ぐ櫻登はフィールド調査と、同じ道化師でも役割が対照的だ。桜崎の退場の仕方が真実をひっくり返すことを示唆していて、皮肉に映る。一風変わった目次構成の謎は、未だ解けないままとなっている。（羽住）

誰も死なないミステリーを君に2

井上悠宇

ハヤカワ文庫 JA

志緒は他人の不慮の死を予知できる。相手の顔に死線が入るのだ。線は次第に増えてゆき、死の直前には顔面が黒塗り（モザイク）になる。彼女のその能力を使って、僕は人の死を防ぐ。今回死線が出た飛鳥は、志緒の元同級生。十億円の遺産を相続する予定だというので、動機はわかった。僕と志緒は遺言状開封の儀に乗り込んで策を弄した。結果、飛鳥の死線は消えたが、今度は別の相続人に死線が出て……。

題名からわかるとおりシリーズ第二作である。二〇一八年二月刊の第一作は、孤島で全員死亡パターンを題材にしていて、その時点では詠坂雄二、中村あき等と同様『十角館』三十周年にあわせた作品（しかも単発作）だと思っていたが、この続編が出て認識を改めた（のでこちらを取り上げた）。今度は『犬神家』パターンか。特殊能力を導入する場合、事件を未然に防ぐことに使うまでは誰でも思い付くだろうが、人が大勢死ぬ古典的名作を直截的に変奏してみせるというコンセプトは実に挑発的。実は前作も本作も、過去の事件は防げないのだが（当然か）、ライブでは死なせないというのが作者の狙い。二〇二一年には第三弾も出ている。（市川）

戯作屋伴内捕物ばなし

稲葉一広

ハヤカワ文庫 JA

戯作者を生業とする広塚伴内（ひろづかばんない）は、酒好き・女好きで子狸のような愛嬌のある男。怪談・奇談の類に目がなく、変人ならではの発想で奉行所もお手上げの難事件の真相を見抜く才を持っている。鎌鼬（かまいたち）・猫又（ねこまた）・産女（うぶめ）などの怪異が絡んでいるようにしか見えない珍事も、彼の推理によってからくりを合理的に解き明かされてゆくのだ。

脚本家として知られる著者が初めて挑んだ小説である本書は、周りに誰もいないのに刃物で喉を切られた娘、空を飛ぶ女幽霊、密室の首吊り死体……等々、ジョン・ディクスン・カーばりの不可能犯罪で彩られた、本格ミステリの要素が濃密な連作捕物帳である。トリックもかなり派手で絵になるものが多く、横溝正史原作のドラマ『人形佐七捕物帳』（二〇一六年版）のメイン脚本家だっただけあって、横溝のある作品を意識したと思しきトリックも出てくる。飄々としていながら何らかの深刻な過去を背負っているらしい伴内と、精悍な正義漢だがお化けが苦手な岡っ引きの源七をはじめとする個性的な仲間たちが謎に挑むチームものとしての面白さもあり、読みどころには事欠かない。（千街）

カナダ金貨の謎

有栖川有栖

講談社文庫

臨床犯罪学者・火村英生とミステリ作家・有栖川有栖のコンビが活躍する、〈国名シリーズ〉第十弾。

トロッコ問題をミステリに落とし込んだ「トロッコの行方」の捩れた動機や、掌編「エア・キャット」のシンクロニシティなど、収録作はどれもそれぞれの形で論理の限界性に直面している。殺害現場から被害者の身につけていたメイプルリーフ金貨が持ち去られていたという謎が扱われる表題作は、作中でアリスたちも話題にしている「スイス時計の謎」を裏返したような事件ながら、その手触りはまったく違う。残されなかった証拠から、行なわれなかった犯行計画を暴く火村の推理も鮮烈だが、むしろ焦点は、なぜ犯人がそのような計画を立てたのかという心理にあるのだ。小さな謎から一直線に犯人へと迫る一見シンプルな犯人当て「船長の死んだ夜」ですら、ロジックを超え出てしまった最後の発見の方が印象的だ。国名シリーズではこれまでにも、『ペルシャ猫の謎』や『モロッコ水晶の謎』といった、論理の向こう側へ突き抜けてしまったような作品が書かれてきたが、本書もその系列に連なるアグレッシブな姿勢の短編集と言えるだろう。（秋好）

そして誰も死ななかった

白井智之

角川文庫

大亦牛男は学者だった父が死後に残した原稿を自分名義で発表し、推理作家としての肩書を得た。晴夏という女と関係を持つが、彼女は常識では考えられない謎の死を遂げる。九年後。ベテランの覆面作家が所有する南海の孤島に招かれ、島に渡った大亦たちを待ち受けていたのは、無人の館と五体の人形だった。招待客の推理作家は五人とも、九年前に死んだ晴夏と接点を持っていた。そして惨劇の幕が開く……。

タイトルやあらすじからはクリスティへのオマージュを強く感じるが、しかし孤島で全員が死亡する話を元にして、ここまで変形させられる才能は普通じゃない。部分的に三人称を採用して全員の内面描写を試みているが、犯人がいない風なのが不思議である。数の多いダミー推理ごとにそれぞれ伏線が張られているので、読み返せば序盤から伏線の山・山・山。その盛られ具合に驚かされる。また動機の謎もタイトル回収に結びついていて、マルチ推理のやりすぎで最後の推理が本物かどうかわからなくなる弊を免れている。全体にまとまりが良く、白井作品にしてはグロさは控えめで、比較的人にオススメしやすい点も魅力的な逸品。（市川）

異世界の名探偵1
首なし姫殺人事件

片里鴎

講談社レジェンドノベルス

元警察官で探偵の「俺」は、ミステリマニアとしての能力を活かせる機会を得られぬまま無念の最期を遂げた。俺が転生した先は剣と魔法の異世界。前世の記憶を保った状態で産まれた俺は、その知識と、持ち前の魔術の才能によって、普通なら特権階級しか入れない名門校の特待生となる。だが三年後、卒業の際に密室殺人事件に巻き込まれてしまう。果たしてミステリマニアとしての知識は役に立つのか？

本格ミステリ×ハイ・ファンタジー的世界という着想の特殊設定は今や珍しくはないものの、流行りの異世界転生ものと融合させたのが独自性だ。作中世界では魔術は決して万能ではなく、さまざまな限界や発動の条件が用意されており、特殊設定ミステリとしてのルール作りに神経が行き渡っている。また本書には、手掛かりがすべて揃った時点で「読者への挑戦状」が挿入されているが、ミステリ史上、これほど細かい断り書きが列挙された懇切丁寧な挑戦状は前代未聞ではないだろうか。講談社ノベルスから刊行されたとしても全く違和感がない、気合の入ったロジックとトリックが楽しめる一冊である。（千街）

ベーシックインカムの祈り

井上真偽

集英社文庫

失踪した妻の手がかりを求めて、妻が見ていたVRの世界に飛び込む夫（「もう一度、君と」）、ベーシックインカムの導入を訴えていた教授の部屋で起きた盗難事件（「ベーシックインカム」）など、AI、VR、遺伝子操作、ベーシックインカムといった、近未来のテクノロジーをテーマにした短編集。旧題は『ベーシックインカム』。本書はカバーに記載されている紹介文などで「SFミステリ短編集」と紹介されている。たしかにAIやVRといった科学技術はいかにもSF（サイエンス・フィクション）らしい道具立てだが、表題作がSFらしいかと考えると、少し首をかしげたくなる。

しかし、この短編集を貫くテーマがもっとも表れている作品こそ、表題作なのだ。そのテーマとは「未来」。この作品集は未来の物語ではない。未来についての物語だ。この差が何を意味するかは表題作を読めば自ずとわかるだろう。

こう考えると合点がいく。本書は未来についての「スペキュレイティブ・フィクション（思弁小説）」なのだ。ミステリだからこそ描ける未来と人間の関係性について読者も思索を深めてほしい。（荒岸）

時空旅行者の砂時計

方丈貴恵

東京創元社

タイムトラベルを可能にする砂時計によって、現代から一九六〇年にやってきた加茂冬馬。妻の命を救うにはこの年に妻の祖先を襲う龍泉家別荘での連続殺人事件を防ぐ必要があった。しかし、砂時計の誤作動か訪れる日付がずれ、二名がすでに惨殺されていた。状況からして別荘の住人が犯人なのだが、全員になんらかのアリバイがあった。タイムパラドックスが起きるため、今のタイミングでは過去に戻ることもできない。そこで予定されている次の被害者を見張っていた冬馬だが、にもかかわらず次の殺人が実行されてしまう。

本作は第二十九回鮎川哲也賞受賞作であり、「竜泉家の一族」シリーズの第一作。著者は京都大学推理小説研究会出身で、タイムトラベルという定番なSF設定を本格ミステリに導入し、四つの連続不可能殺人をまとめあげた。その複雑な殺害状況やSF設定をわかりやすく提示しつつ、一方で読者に真相を悟らせないスマートな筆力は注目に値する。シンプルなものほど使いこなすのは難しいはずだが、見事クリアしているのは特殊設定への洞察力の高さゆえではなかろうか。それは次作以降でも証明されたといえるだろう。（蔓葉）

時を壊した彼女
7月7日は7度ある

古野まほろ

講談社

未来の東京。現在の記憶を持ったまま過去の自分に戻る禁断の装置CMRを占拠した女子高生ハルカとユリは、しかし装置ごと遠い過去の世界、二〇二〇年七月七日の午前零時過ぎに飛ばされる。想定外の事態だった。久我西高校の校舎屋上に突き刺さったCMRを透明化し、一日がかりで修理をしたが、装置は爆発して大破。夜の屋上にいた高校生男女五人を巻き込んで一人を死なせてしまう。だが小型CMRが四台ある。十二時間前に戻り死者の出ない世界線を勝ち取ろう。

未来人二人と現代人四人。六人のうちどの四人が半日前に戻るか。やり直しが失敗したら二回目、三回目と繰り返しが発生するが、薬の残量から最大で七回しか戻れない。そしてリピートものの本格ミステリのお約束の展開として、本書でもやり直すたびに新たな死者が出てしまう。特に四回目のやり直し以降で発生する事件は、読者の予想を大きく上回るだろう。時間ループものの整合性は、書き手の知力が如実に反映される。ルールの制定や説明の段取り、真相の意外性も含め、この作者でなければ書き得なかったであろう究極の「四次元の知恵の輪」を、ぜひ堪能されたい。（市川）

潮首岬に郭公の鳴く

平石貴樹

光文社文庫

函館有数の資産家、岩倉家。地域でも評判の美しい三人の孫娘のうち、三女咲良が行方不明となった。潮首岬で発見された血まみれの遺留品と、凶器とおぼしき鷹のブロンズ像。これは岩倉家に伝わる芭蕉の句の見立てなのだろうか。捜査を進めるうち、町の老人が「堕落の家」と呼ぶ岩倉家の過去と現在が明らかになっていく。そして再び起こる見立て殺人。両親を爆弾テロで亡くし、いまは叔父の教会に身を寄せるフランス人青年ジャン・ピエールは、ばらばらに散らばった情報を論理の力でまとめあげ、真犯人を指摘する。最後に明らかになる見立ての理由と犯行動機はあまりにも重苦しい。

函館は平石貴樹の故郷であり、本作には土地固有の会話文の魅力が横溢している。家庭の悲劇を一種の寓話であると考えるなら、土地にこだわった描写は、コミュニティーの抱える困難を主題とすることと連続性を持つだろう。家庭。地域。国家。本作から読み取れる問題提起の射程は案外に広い。

横溝正史の本歌取りである本作は、本格探偵小説にこだわりつつも現代的な諸問題へと手を届かせた意欲作で、ジャン・ピエールを主人公にしたシリーズの第一作だ。（松本）

沈黙の目撃者

西澤保彦

徳間文庫

退職した先輩刑事の殺害現場に入った塙反幟流（はねさかのぼる）は、部屋の様子に強烈な違和感を感じる。被害者はアルコールが飲めなかったはずなのに、キッチンにはまるで料理中に飲んだかのように、ロング缶とビアマグが置いてあったのだ。しかもそのビアマグは、後日、被害者が遺していた指示に従って、塙反に譲られることになる。そして、塙反がビアマグにビールを注ぎ込んだとき、彼の耳に死者の声が聞こえてくるのだった（「第一話　沈黙の目撃者」）。

収録されている短編に共通するのは、特定の飲み物を注ぐと死者の声が聞こえる器が登場すること。本作ではこの超常的な器を巡って五つのエピソードが展開していく。前半と後半でテイストが大きく変わり、第一話と第二話では死者の声をヒントにしてオーソドックスな謎解きが展開されていく。一方、第三話以降は器を利用して死者の魂を別の肉体に憑依させる方法が明かされ、それを利用した人格の入れ替わりが物語の中心軸となっていく。良質な謎解きと、西澤が継続して追究しているジェンダーやセクシュアリティの問題を軸とした物語を同時に楽しめる作品だ。（諸岡）

世界樹の棺

筒城灯士郎

星海社FICTIONS

ベーリン王国に流れるマーレ川の対岸には、「世界樹の苗木」がそびえ立つ。一つの街ともいえる巨大な樹木の内部には、人とそっくりな姿をして、会話もできる古代人形が住んでいる。唯一彼らと交流のできる交易屋が、月に一度の商談をすっぽかされた。どうやら古代人形たちが姿を消したらしい。事態を知った国王は、考古学に詳しいハカセこと天王寺朧（おぼろ）とメモ魔のメイド・恋塚愛埋（こいづかあいまい）に調査命令を下す。任務を遂行するために向かった樹洞内で、二人は木棺を運ぶ六人の少女たちと出会った。居住するという洋館に招かれた深夜、愛埋は「死体のような何か」を発見してしまう。

被害者は人間なのか、壊れた人形なのかという謎のもと、閉ざされた館の中で、人かどうかも分からない犯人探しが始まる。語り手すら正体不明の存在と化し、謎は世界全体の構図まで膨れ上がってゆく。作中の「重要な伏線はギャグのなかに隠せ」のとおり、真実の隠し方が巧みで、特に犯人の不可解な行動心理が分かった瞬間は感嘆の声があがるだろう。筒井康隆が異才と認めたように、現代の奇書と呼ぶのにふさわしいファンタジック・ミステリである。（羽住）

珈琲城のキネマと事件

井上雅彦

光文社文庫

かつては名画座だったという「喫茶　薔薇の蕾」では、珈琲の香りの中、常連達の名（迷？）推理が披露される。

第一話「狼が殺した」で「薔薇の蕾」に持ち込まれるのは、内側から施錠されたホテルの一室で、男性の変死体が発見された事件。激しい出血、まるで獣に襲われたかのような不可解な喉の裂傷。明らかに他殺だった。保険会社の依頼を受けて解明に挑んだ調査官は「狼男が殺した」と同僚に伝えたのち、心筋梗塞で倒れる……。この奇怪な謎が解かれるのは、店のマスターが緞帳を上げ、ロン・チェイニーJrが悲劇の狼男を演じる"Wolfman"シリーズを銀幕にかけるときだ。

映画に造詣の深い井上雅彦には恐怖映画コラムとしても読める作品集『１００１秒の恐怖映画』（創元推理文庫）といった著作があるが、本作も、映画にまつわる知識が謎解きのヒントになる凝った作品である。それ自体が一読驚嘆の映画知識もあれば、馴染み深い撮影技法がトリッキーなミステリを成立させているものもある。両者は分かちがたく結びついている。全五話、クラシックな恐怖映画からＴＶ番組まで、扱う作品は幅広い。どこまでも洒落た一冊だ。（松本）

デルタの悲劇

浦賀和宏

角川文庫

横浜の鶴見で生まれ育った斎木明、丹治義行、緒川広司は、手のつけられない悪童トリオだ。彼らが小学四年生のとき、近所にある三ツ池公園の池で、クラスメイトが水死体となって発見される。警察は事故死と処理したが、実際はいじめによる殺しだった。それからちょうど十年後、命日でもある成人式の日に、八木剛という大学生が斎木のもとを訪れる。八木は死んだ児童の親友で、罪を告白してほしいと訴えてきた。

デルタはギリシャ文字の三角形を意味し、三人組の運命をなぞらえている。今さら捕まるわけにはいかないが、一人が裏切ったら犯行は露見してしまう。良心の呵責から謝罪をするかと迷いながらも、互いを牽制しあうために彼らは再会した。一方の八木は執念深く、周到に一人ずつ追い詰めていく。

作家・浦賀和宏が一世一代の勝負を賭けた会心作だ。鬱屈したマイルドヤンキーたちの心を壊すだけでなく、物語そのものですら、複数に絡ませた仕掛けを用いて破壊する。遺憾ながら、二〇二〇年に著者は四十一歳で病死した。本書が決死の覚悟を持って書かれた遺作だということが、訃報を持って証明されている（本来の遺作は『殺人都市川崎』）。（羽住）

COLUMN

多重解決

謎に対して複数の解決が与えられる趣向を指す。推理が語られるたびにその誤りが指摘され、最終的に正しい結論に至るパターンが多いものの、推理が並立状態で提示され、最終解決が不在という場合も存在する。

多重解決ミステリの早い時期の作例としては、ロナルド・ノックスの『陸橋殺人事件』、アントニイ・バークリーの『毒入りチョコレート事件』、つい最近邦訳されたミシェル・エルベール&ウジェーヌ・ヴィルの『禁じられた館』などがある（いずれも一九二〇〜三〇年代）。本書が対象とする二〇一一〜二一年の期間では、城平京、深水黎一郎、井上真偽、白井智之らが優れた作品を発表して多重解決ブームを形成した。

多重解決ミステリにおいては、複数の探偵役が登場して推理を競い合う場合が多いが、三津田信三の刀城言耶シリーズのように、一人の探偵が仮説を口にしては自らそれを否定する「一人多重解決」を短時間で繰り返す例や、芦辺拓の『異次元の館の殺人』のように、間違えるとパラレルワールドに飛ばされて最初から推理のやり直しを強いられる例もある。（千街）

COLUM

二〇一〇年代のミステリゲーム

諸岡卓真

■家庭用ゲームを取り巻く環境の変化

二〇一一年時点での据置機の主流ハードはWiiとプレイステーション3であった。その後、二〇一四年にプレイステーション4が、二〇一七年にニンテンドースイッチが発売され、二〇二一年の段階ではスイッチが最も普及しているハードとなっていた（二〇一二年にWiiUが発売されたもののヒットせず）。

一方、携帯機の主力ハードはニンテンドーDSとプレイステーションポータブルから、ニンテンドー3DSとプレイステーションVITA（ともに二〇一一）へと移行した。しかし、スマートフォンの普及率上昇、そして携帯機としても遊べるニンテンドースイッチの発売などにより、二〇二一年時点では携帯専用のゲーム機は不在となった。

これと関連して、二〇一〇年代の半ばから、マルチプラットフォームとダウンロード販売が増加したことも注目できる。二〇一〇年代の前半は、ミステリゲームは特定のハードのみで遊べることが多かった。しかし、二〇一〇年代の後半からは、スマートフォンやPCも含めた様々なハードで同じ作品を展開する形が一般化してきている。また、ソフトの販売形態についても、従来のパッケージ販売と並行してダウンロード販売が行われることが基本となり、ダウンロードのみで販売されるソフトの数も増加した。特に二〇一〇年代後半からは、ミステリゲームの主戦場はダウンロードソフトに移った感があり、小規模、低価格ながら魅力のある作品が多数発表されるという状況になっている（なお、本稿ではこれらの状況を鑑み、各タイトルについて、対応ハードや販売形態の情報は記載しないこととした。それらの詳細については、各タイトルの公式サイト等で最新情報を確認していただきたい）。

■主なシリーズの動向

主なミステリゲームシリーズについて、二〇一〇年代の動きを概観しよう。

この時期、最も気を吐いていたのは〈逆転裁判〉シリーズ（カプコン）である。『逆転検事2』、『レイトンVS逆転裁判』（ともに二〇一一）、『逆転裁判5』

（二〇一三）、『大逆転裁判』（二〇一五）、『逆転裁判6』（二〇一六）、『大逆転裁判2』（二〇一七）と、本編とスピンオフ合わせて六作が発表された。どの作品もシナリオ、ゲームシステムともに非常に丁寧に作られているが、中でも一九世紀末を舞台にした〈大逆転裁判〉シリーズは出色の出来。シャーロック・ホームズの天才的な推理をそれとなく（？）軌道修正する共同推理が楽しい。

〈ダンガンロンパ〉シリーズ（スパイク・チュンソフト（旧：スパイク））は、第一作『ダンガンロンパ』が二〇一〇年一一月に発表されている。「超高校級」の才能を持った生徒たちが閉鎖空間となった学園を舞台に殺人ゲームに参加させられるというキャッチーなシナリオもさることながら、スタイリッシュなビジュアルと有名声優を配したキャラクターなどで人気を博し、二〇一二年に『スーパーダンガンロンパ2』、二〇一七年に『ニューダンガンロンパV3』と続編が発売された（『V3』にはトリック協力で北山猛邦が参加）。スピンオフ作品として、アクションゲーム『絶対絶望少女』（二〇一四）も登場している。

〈神宮寺三郎〉シリーズ（アークシステムワークスほか）はゼロ年代はほぼ毎年のように新作が発売されていたが、二〇一〇年代は本数が減少。シリーズ本編としては二〇一二年に『探偵神宮寺三郎 復讐の輪舞』、二〇一七年に『探偵神宮寺三郎 GHOST OF THE DUSK』、二〇一八年に『探偵神宮寺三郎 PRISM OF EYES』の三本がある。このほか、新章として、若き神宮寺を主人公とした『ダイダロス：ジ・アウェイクニング・オブ・ゴールデンジャズ』（二〇一八）が発売された。

　二〇〇九年の『極限脱出 9時間9人9の扉』からはじまる〈極限脱出〉シリーズ（スパイク・チュンソフト）は、二〇一二年に第二作『極限脱出ADV 善人シボウデス』が、二〇一六年に完結編『ZERO ESCAPE 刻のジレンマ』が発表された。いずれも、脱出ゲームをベースにしながら、シナリオに仕掛けが施されており、ゲームならではの意外性のある物語が楽しめた。

　二〇一〇年代に開始された新シリーズとしては、〈ミステリー案内〉シリーズ（ハッピーミール）が注目できる。第一作『伊勢志摩ミステリー案内 偽りの黒真珠』（二〇一九）は、『北海道連鎖殺人 オホーツクに消ゆ』（一九八七）など、ファミコン時代のアドベンチャーゲームを強く意識したレトロテイストと練られたシナリオで好評を博した。続編として『秋田・男鹿ミステリー案内 凍える銀鈴花』（二〇二〇）、『大分・別府ミステリー案内 歪んだ竹灯篭』（二〇二二）が発表されている。

　SF的な色合いが濃いが、〈AI：ソムニウムファイル〉シリーズも吸引力のある謎と大仕掛けで楽しめる。第一作『AI：ソムニウムファイル』（二〇一九）では、廃墟となった遊園地で片眼をくりぬかれた死体の謎が、第二作『AI：ソムニウムファイル ニルヴァーナ・イニシアチブ』（二〇二二）では、六年の時を経て半身ずつ発見される切断死体の謎が発端となる。

■その他の注目作

二〇一〇年代はミステリを題材にした乙女ゲームの良作も目立った。『英国探偵ミステリア』（二〇一三、マーベラスAQL）、『Collar×Malice』（二〇一七、オトメイト）などはその代表作である。両作品とも、キャラクターごとのシナリオの水準が高いのはもちろん、最後に解放されるシナリオも練られている。

アナログとデジタルの融合例として、『マドリカ不動産』（二〇一八、ギフトテンインダストリ）、『紙謎 未来からの思いで』（二〇一九、ラセングル）などの作例も注目できる。これらは、様々な謎が描き込まれた用紙を自ら印刷し、それらを活用してゲーム内の謎を解いていくものである。現実の世界でも謎解きを楽しめるという点では、本誌別項（「体験型謎解きゲームの流行」）で触れられている、リアル謎解きゲームやマーダーミステリーなどと共通性を見いだすことができるだろう。

ゲームを「体験する」仕組みとしてはほかにVRがある。二〇一六年にプレイステーションVRが発売され、数は少ないながらミステリ的な謎を含むVR作品も発表された。『デラシネ』（二〇一八、ソニー・インタラクティブエンタテインメント）は、時間の止まった世界のなかで動くことができる妖精となり、人間たちの願いを叶えていく物語。『東京クロノス』（二〇一九、Sekai Project）は、八人の少年少女が何らかの理由によって外界から隔絶された渋谷に閉じ込められるという物語である（シナリオは〈謎好き乙女〉シリーズの瀬川コウ）。いずれも、特定の場所にワープするように移動する定点移動を基本としており、視点もある程度固定されている。そのため、空間移動の自由度は高くないが、VR酔いに代表される身体への負荷が低減されるというメリットがあり、意外なほど長時間のプレイが可能であった。この仕組みは安楽椅子探偵ものなどに応用可能だろう。

続いて海外の注目作を紹介しよう（発表年はすべて日本発売時のもの）。

『L.A.Noir』（二〇一一、テイクツーインタラクティブ）は、ゲーム内に一九四〇年代のロサンゼルスを構築し、そこで物語を展開するオープンワールド型のミステリゲーム。街中を自由に移動できるので、ドライブしながら当時の雰囲気を味わうのも一興。

『Until Dawn ―惨劇の山荘―』（二〇一五、ソニー・コンピュータエンタテインメント）は、吹雪の山荘に集まった男女八人が謎の事件に巻き込まれるという物語。後半はホラーの要素が強くなっていくが、前半は典型的なクローズドサークルミステリとなっている。

『Life is Strange』（二〇一六、スクウェア・エニックス）は、時間を巻き戻す能力を活用して、高校生の失踪事件の謎を追うSFミステリの傑作。本作はシリーズ化されており、二〇二二年発売の『Life is Strange True Colors』もミステリ風味の強い物語になっていた。

『Ｈｉｄｄｅｎ Ａｇｅｎｄａ―死刑執行まで48時間―』（二〇一七、ソニー・インタラクティブエンターテインメント）は、死体に罠を仕掛けて第一発見者までも犠牲にする殺人犯を追うというストーリー。コントローラーではなく、スマートフォンやタブレットなどを使って遊ぶゲームで、ミステリゲームには珍しく、複数人でも楽しめるシステムが備わっていた。

■二〇〇〇年代との比較と今後の見通し

二〇〇〇年代は横溝正史や西村京太郎ら著名作家の作品や、テレビドラマ、マンガ、アニメなどを原作とするミステリゲームが多数発表されたが、二〇一〇年代にはこれらが一気に数を減らした。唯一目立つのは〈名探偵コナン〉シリーズだが、これも『名探偵コナン 蒼き宝石の輪舞曲』（二〇一一）、『名探偵コナン 過去からの前奏曲』（二〇一二）、『名探偵コナン マリオネット交響曲』（二〇一三）、『名探偵コナン ファントム狂詩曲』（二〇一四）と、前半こそコンスタントに新作が出ていたものの、二〇一五年以降動きがない。

他方、ミステリ作家がゲームのノベライズやスピンオフ作品を手がける機会は増加傾向にある。代表例として、北山猛邦〈ダンガンロンパ霧切〉シリーズ（二〇一三～）、佐藤友哉『ダンガンロンパ十神』（全三巻、二〇一五～二〇一七）、円居挽『逆転裁判 時間旅行者の逆転』（二〇一七）などがある。また、家庭用ゲーム機という枠からは外れるが、スマートフォン向けゲーム『Ｆａｔｅ／Ｇｒａｎｄ Ｏｒｄｅｒ』のイベントシナリオのノベライズ作品として、円居挽『虚月館殺人事件』『鳴鳳荘殺人事件』（ともに二〇一九）があるほか、青崎有吾、汀こるもの、天祢涼、織守きょうや、円居挽が参加したアンソロジー『カルデアの事件簿ｆｉｌｅ．１』など（二〇二〇）も発表されている。

以上、二〇一〇年代のミステリゲームを概観してきた。一〇年スパンで振り返ると、予想以上に大きな変化が起きていたことに改めて驚かされる。現在、ソニーの主力ハードはプレイステーション5に移行しているものの、ニンテンドースイッチの次世代機はまだ発表すらされていない。どのようなハードが登場するのか予想がつかないが、仮に、既存のゲーム機とは違った特徴を備えたものになるならば、それに合わせて、ミステリゲームも変化することは間違いないだろう。

また、ｃｈａｔＧＰＴに代表される対話型ＡＩ技術にも注目できる。ＰＣ向けでは、すでに『ポートピア連続殺人事件』に自然言語処理を組み込んだ技術デモが公開されている。ただし、プレイヤーの入力に対して不自然な反応を返すことがあるなど、まだこなれているわけではなく、また、そもそも家庭用ゲーム機では文字入力や音声入力に適した仕組みが標準搭載されていないといったハードルもある。しかし、相棒と対話しながら謎解きを進めていくゲームは新しい体験をもたらはずだ。実現を期待したい。

2020

阿津川辰海『透明人間は密室に潜む』　2020.04.30
櫻田智也『蟬かえる』　2020.07.10

竹町『スパイ教室01』　2020.01.20
門前典之『エンデンジャード・トリック』　2020.02.10
貴戸湊太『そして、ユリコは一人になった』　2020.02.20
深木章子『欺瞞の殺意』　2020.02.21
稲羽白菟『仮名手本殺人事件』　2020.02.28
城戸喜由『暗黒残酷監獄』　2020.02.29
知念実希人『十字架のカルテ』　2020.03.18
朝永理人『幽霊たちの不在証明』　2020.03.19
桐山徹也『ループ・ループ・ループ』　2020.04.21
汀こるもの『探偵は御簾の中』　2020.05.20
辻真先『たかが殺人じゃないか』　2020.05.29
萩原麻里『呪殺島の殺人』　2020.06.01
芦辺拓『鶴屋南北の殺人』　2020.06.23
林泰広『オレだけが名探偵を知っている』　2020.06.30
五十嵐律人『法廷遊戯』　2020.07.13
結城真一郎『プロジェクト・インソムニア』　2020.07.15
白井智之『名探偵のはらわた』　2020.08.20
澤村伊智『うるはしみにくし あなたのともだち』　2020.08.23
斜線堂有紀『楽園とは探偵の不在なり』　2020.08.25
下村敦史『同姓同名』　2020.09.15
芦沢央『汚れた手をそこで拭かない』　2020.09.25
大山誠一郎『ワトソン力』　2020.09.30
市川憂人『揺籠のアディポクル』　2020.10.12
森川智喜『死者と言葉を交わすなかれ』　2020.10.15
谷川流『涼宮ハルヒの直観』　2020.11.25
方丈貴恵『孤島の来訪者』　2020.11.27
田中啓文『信長島の惨劇』　2020.12.15
紺野天龍『錬金術師の消失』　2020.12.25

透明人間は密室に潜む

阿津川辰海

光文社文庫

『透明人間は密室に潜む』は、それぞれ独立した短編を集めたものだが、設定に妙がある点は共通する。収録された四作には、いずれもなんらかの有利さを持つ人物が登場する。

表題作では、透明人間になる病が広がった状況で透明な体の女性が、見られずに殺人を行うことを目論む。

「六人の熱狂する日本人」ではアイドルオタク間で起きた殺人事件の裁判で、たまたまそのアイドルグループのオタクばかりが裁判員になってしまう。

「盗聴された男」には、耳が異常によい女性の探偵が登場する。彼女は、遠くの人の声や足音、機械の作動音なども聞き分け、聴覚だけで現場の状況をかなり把握できる（著者は二〇二二年にこの短編の探偵が登場する長編『録音された誘拐』を発表している）。

「第13号船室からの脱出」では、客船でリアル脱出ゲームが催されている最中に誘拐事件が発生する。その被害者となり探偵役を務めるのは、これまでのゲームで推理の実績をあげてきたため招待プレーヤーに選ばれた少年だった。

どの収録作でも能力や立場の面で有利さを持つ人物が、物語の中心になるわけだが、彼らは有利であると同時に不利も抱えている。透明人間は本人の体は透き通っていても、表面に汚れがつけば浮いて見えるし、持った武器は丸見えだ。作中では、その困難を乗り越え殺害に至った犯人が、密室から逃げ場を失う。裁判員は、事件関係者の今後を左右しうる機会を得るが、議論の過程を公開してはならない制約を負う。耳が異常によい探偵は、残念ながら頭の回転までよいわけではない。このため、彼女が得た材料をもとに上司に推理してもらわなければならない。招待プレーヤーは船上で出題される問題を解く能力は持っているが、監禁された部屋からの脱出に注力しなければならない。

各作品の焦点は、それらの有利と不利のバランスが、どう移り変わっていくか。物語が進むにつれ、有利が不利になり、不利が有利になる皮肉な逆転が生じるのが面白い。一作ごとに様々な工夫を施した贅沢な作品集である。阿津川辰海は、長編だけでなく短編でもサービス満点なのだった。（円堂）

蟬かえる

櫻田智也

創元推理文庫

魞沢泉（えりさわせん）。昆虫好きの茫洋とした青年。二〇一三年、第十回ミステリーズ！新人賞受賞作をもって読者の前に現れた名探偵だ。ＷＥＢライターとして娯楽記事を書いていた前歴のある著者の筆致は軽快で、登場人物のセリフの応酬も実にユーモラス。深夜の公園でカブトムシを採ろうとしてボランティアの見回り係員に不審人物扱いされるという初登場シーンからして頼りなさげな魞沢だが、そんな彼がなぜかいつも事件の謎を解き明かす……。

本書は二〇一七年の第一短編集『サーチライトと誘蛾灯』に続く第二弾。魞沢はブラウン神父、亜愛一郎の系譜に連なる探偵で、その魅力は謎解きの過程そのものにある。収録作は五編で、いずれも表面に見えている事件の構図が魞沢の視点ではがらりとかわったものになる。発想の転換や飛躍、伏線の収束ぶりなどが鮮やかで、第七十四回日本推理作家協会賞長編および連作短編集部門受賞、および第二十一回本格ミステリ大賞小説部門受賞という極めて高い評価を得た。

ところで、読者にはできる限り第一短編集から順番に読んでほしい。より大きな満足感を得られると思えるからだ。第一短編集では人々が気に掛かっている旧い思い出や不可解な出来事の裏側に潜む真相を魞沢が解き明かすことで、それぞれの人生がつかの間浮かび上がるという構成を取っていた。第二短編集でもそれは踏襲されている。本作の重要人物を挙げると、震災ボランティア、団地に住む中学生、エジプト人留学生、サイエンス雑誌の元ライター、アフリカで働いていた医師。本作にはこんな一節がある。「事件のことは、きっとすぐに忘れ去られてしまうだろう。／その裏側になにがあったのかは、そもそも語られさえしないだろう」。著者は魞沢を狂言回しとして、この社会に生きる名もなき人々の人生の一瞬を切り取ってみせる。彼らに注ぐ著者の目は優しい。

さらに本作では、著者があとがきで語るように魞沢自身に「人間味を与え、事件の当事者に近い存在として描」いてみせた。謎解きの快感と登場人物への穏やかなまなざしとを両立させたことが本作の高評価の理由だろう。（松本）

スパイ教室01
《花園》のリリィ

竹町

富士見ファンタジア文庫

世界大戦終結後、ディン共和国はスパイ教育に力を入れ、各地にスパイ養成学校を設立した。そんな学校で劣等生と見なされた少女たちが、他のスパイが失敗したなどの事情で達成不可能と判断された「不可能任務」を専門に行う『灯（ともしび）』というチームに配属される。教官のクラウスは世界一優秀なスパイだが、その教え方には致命的な欠点が……。

架空世界を舞台に、苛酷な任務に投入された少女たちがスパイとして成長してゆく姿を描いたシリーズの第一巻（第三十二回ファンタジア大賞受賞作）。あらゆる手段で自分を倒せというクラウスの課題に応じ、騙しあいで彼に打ち勝とうとする少女たちの奮闘が描かれるが、読んでいるうちに何かがおかしいと感じる読者もいる筈だ。そう、本書には思いがけないところに大仕掛けが用意してあるので、ゆめゆめ油断をしてはならないのである。

二〇二三年七月現在、このシリーズは本編一〇巻、短編集は四巻が出ている。起伏に富んだ展開にさまざまなトリックが鏤（ちりば）められた、先読み不可能の一大エンタテインメントとして通読をお薦めする。（千街）

エンデンジャード・トリック

門前典之

南雲堂

長野県の名家、九条家の所有する純日本家屋の目と鼻の先にあてつけのようにしてゲストハウスが建築された。地域を二分する敵対家である宇佐美家によるものだ。真四角のダイスを四つ重ねたような奇妙な外観で、通称はキューブハウス。その竣工後間もなく、工事担当者が建物の裏庭で変死する。転落死らしいが、雪の積もった庭や建物の屋上に、足跡など一切の痕跡はなかった。さらに翌年、本館の大座敷で首つり死体が発見される。自殺にしては疑問点が多いが、現場は密室。そして数年後、名探偵蜘蛛手啓司とワトソン役の宮村がハウスを訪れる。果たしてこの不可解な事件の真相は。

序盤の捜査時は五里霧中だが、蜘蛛手登場以降、徐々に本作の輪郭が見えてくる。展開の先読みを習慣にしている読者ほど、これでもかの大トリックと細部の謎解きの緻密さ、度肝を抜く幕切れに啞然としつつ快哉を叫んでしまうだろう。令和の世に燦然と輝く、文字通りの「エンデンジャード・トリック」である。タイトルについては巻末に蔓葉信博による解説があるが、先入観なしに本編を読んでほしい。このハイテンションぶりは著者にしか書き得ないものだ。（松本）

そして、ユリコは一人になった

貴戸湊太

宝島社文庫

名門校百合ヶ原高校には、ユリコという名を持つ女生徒は最終的に一人だけが学校に残り、その一人は超常的な力を得るというユリコ様伝説がある。入学以来クラスでイジメに遭っていた百合子もその噂を耳にし、周囲でユリコ様関連のトラブルまで発生する。だが親友である美月の論証と推理のお蔭で何とか心の平穏を保てていた。ユリコ様を題材とした劇の脚本を執筆することになった美月のため、百合子はユリコ様を信奉する白百合の会に入り込み、歴代のユリコ様関連事件資料や、初代ユリコ様の日記を読み進めるが……。

伏線や設定の巧みさが光る本書は、選評で指摘された欠点が改善され、数々の疑問が終盤で見事に氷解する本格作品だ。ユリコ様伝説絡みで、様々な事件やトラブルが全体を掴みがたいほどに数多く発生する中、それらのオカルティックな謎や事象を美月が次々と解明していくのが見所の一つであり、苦境に立たされている百合子のそばに名探偵がいることの心強さに感じ入る。長期間にわたるユリコ様伝説の謎・切実な犯人の動機・めくるめく真相の開示に読者は息を呑むことだろう。なお本書はテレビドラマ化もされている。（嵩平）

欺瞞の殺意

深木章子

角川文庫

昭和四十一年夏、Q県の資産家・楡（にれ）家で、長女の澤子と、彼女の亡兄の遺児にあたる九歳の芳雄が立て続けに毒死した。澤子の夫で弁護士の治重が逮捕され、裁判で無期懲役の判決を受ける。しかし、四十二年後の平成二十年、治重が仮釈放された時から、事件は再び動き出す。

本書は治重と、澤子の妹・橙子（とうこ）の往復書簡による推理合戦がメインとなっている。治重は自分は犯人ではないが、ある理由から罪を認めざるを得なかったのだと事情を明かし、推理小説マニアの橙子の意見を求めようとする。

毒が入っていたのがチョコレートだった点からも、本書がアントニイ・バークリーの『毒入りチョコレート事件』への挑戦であることは明白だが、そこに書簡体ミステリの妙味をプラスした点に特色がある。治重と橙子の手紙による事件の検討は、やがて互いの心理の熾烈な読み合いへとエスカレートし、その過程で幾つもの仮説が構築されては崩されてゆく。事件関係者のほぼ全員が一度は犯人に擬せられるほど目まぐるしい多重解決の果てに浮上する、根深い愛憎に裏打ちされた犯罪計画の全容が戦慄的だ。（千街）

仮名手本殺人事件

稲羽白菟

原書房

デビュー作『合邦の密室』(二〇一八年)が『摂州合邦辻』を題材にしたように、稲羽白菟の第二作『仮名手本殺人事件』は『仮名手本忠臣蔵』に関連する物語となっている。二つの古典はどちらも文楽と歌舞伎の両方で演じられているが、小説は前者が文楽、後者が歌舞伎の世界を扱っている。二作の探偵役は、劇評家の海神惣右介だ。本作では芝居の最中に役者が絶命し、桟敷席から消えた客が死ぬ。いずれも毒殺だった。現場に置かれたカルタは、なにを意味するのか。

章立ては、大序、二段目と始まり大詰へ至るという歌舞伎の構成をなぞっている。江戸時代の赤穂義士の討入りを室町時代に置き換えたのが『仮名手本忠臣蔵』だが、この小説の幕間に相当する部分には、容疑者の一人が書いたエッセイが挿入される。テーマは、義士から脱落した男を悪役にすえて裏『忠臣蔵』的な『東海道四谷怪談』だ。そして、伝統芸能の古典をからめて語られるのは、因習に満ちた梨園における血のしがらみを背景とする事件であり、それ自体が歌舞伎演目のヴァリエーションのようである。小説全体が古風な色に染められているところに趣がある。(円堂)

暗黒残酷監獄

城戸喜由

光文社文庫

清家椿太郎(せいけちゅんたろう)は、癖のある性格で学校では孤立気味、しかも人妻と不倫中の高校生だ。ある日、彼の姉で人気ユーチューバーの御鍬(みくわ)が十字架に磔にされて殺され、彼女の財布からは「この家には悪魔がいる」というメモが発見される。家族の中に潜む悪魔は、父か、母か、それとも椿太郎か。

第二十三回日本ミステリー文学大賞新人賞を史上最年少(応募時二十八歳)で受賞するも、選考委員の評価が賛否真っ二つに割れた問題作。椿太郎という、多くの読者にとって共感が難しいであろう非倫理的な主人公がその原因だが、椿太郎はエキセントリックではあっても、警察官や私立探偵のような捜査スキルを持たない一介の高校生なので、国会図書館や市役所や検察庁を訪問して書類や記事を検索するなど、調査方法は案外地道であるというギャップが独特の味わいを醸し出している。父も母も殺された姉も数年前に自殺した兄もみな秘密を抱えていた……という複雑極まる事情の家庭だけに「悪魔」候補には事欠かないけれども、家族だからと手加減せず真実に迫る椿太郎の調査と推理には、湿っぽい共感を拒むドライな心地良さがある。(千街)

十字架のカルテ

知念実希人

文春文庫

精神科の専門病院である光陵医大附属雑司ヶ谷病院に配属された弓削凜（ゆげりん）は、院長である影山司に精神鑑定を教えてほしいと直訴した。その結果、彼女は影山の助手として犯罪被疑者の精神鑑定に立ち会うようになる。東京を大地震から救うため通り魔事件を起こしたと主張する男、悪魔の命令で幼い我が子を殺したという母親……彼らの常軌を逸した主張は、やむにやまれぬ本心か、それとも詐病か。

　精神科医といえども人間の心の奥までは見通せない以上、被疑者の発言に筋が通っているかどうかを判断するには、その言い分に注意深く耳を傾けるだけでなく、彼らの秘められた過去にまで遡って事件の背景を調査するしかない。通常、鑑定医はそこまではしないけれども、徹底して調べ抜くのが影山のやり方だ。どんな細かい矛盾も見逃さない影山の推論によって被疑者たちの真意が暴かれてゆく心理戦にはホワイダニットならではの面白さが横溢しており、一編に複数回のどんでん返しが組み込まれた構成も凝っている。最初は未熟だった凜が、経験を積んで一人前の鑑定医になってゆくプロセスが爽快だ。（千街）

幽霊たちの不在証明

朝永理人

宝島社文庫

羊毛高校二年二組のクラス企画のお化け屋敷は行列ができるほど好評だった。買い出しを頼まれた「僕」こと閑寺尚は、想いを寄せる同級生・旭川明日葉（あしたば）に声を掛けられる。二人は教室に戻り、閑寺は受付を担当し、明日葉は首吊り幽霊を演じるために教室に入った。そして、十六時十五分、明日葉が首吊り幽霊の格好のまま絞殺されているのが発見された。

　次々と観客が入り、スタッフも入れ替わるお化け屋敷での殺害。閑寺とコンビを組んで探偵役を務める甲森璃瑠子は殺害時間をtとし、死亡推定時刻の下限と死体発見時刻から $14{:}30 \leqq t < 16{:}16$ という数式を設定して、証言などからtを絞り込むという外連味溢れる探偵法で楽しませてくれる。最後にtは一分単位で特定されるのだが、それにより導き出される犯人像には戦慄させられる。そして、閑寺と甲森は真相を究明するが報われない。そのほろ苦さゆえに本作を上質の青春ミステリとして喧伝したいのである。

　なお、本作は第二十七回鮎川哲也賞の最終候補に残った『幽霊は時計仕掛け』を改稿改題、第十八回『このミステリーがすごい！』大賞に投じて、優秀賞を獲得したものだ。（廣澤）

ループ・ループ・ループ

桐山徹也

宝島社文庫

高校二年生の橋谷郁郎（いくろう）は登校する際、家の玄関にある時計が、十一月二十五日の筈なのに二十四日を表示していることに気づく。最初は時計が狂っているのだろう程度に思っていた郁郎だが、授業の内容や校内で起こった出来事などから、自分が前日――すなわち十一月二十四日をもう一度繰り返していることに気づく。

タイムループSFといえば、何らかの事件やその世界の法則そのものを解明したり、使命を果たしたりするまではループから抜け出せないというのがお約束。だが本書の場合、自分の身に降りかかった非常事態の原因にどうしても思い当たらない郁郎が、自分はループを繰り返す「主人公」の物語に巻き込まれた「モブキャラ」だと自己規定する点がユニークだ。ループに巻き込まれたことに気づいた登場人物は郁郎だけではなく、しかも話が進むと人数が増えるので、「主人公探し」の難度はどんどん高くなってゆくし、更に前年に起きた生徒の飛び降り自殺や、町を騒がす連続扼殺事件の犯人探しまで絡んでくる。入り組んだ内容をポップな筆致で読ませてくれるSFミステリの快作だ。（千街）

探偵は御簾の中
検非違使と奥様の平安事件簿

汀こるもの

講談社タイガ

時は平安。右大将の若君である祐高と権大納言の姫・忍は、世間体のために契約結婚した。夫は十四歳、妻は十六歳、親の決めた相手と結婚しないとならない当時の貴族にしては晩婚だ。色恋など後ですればいいと忍に施されてから八年。祐高は今でいう警察トップの検非違使庁の別当に、忍は三人の子供たちの母になっていた。

かつての少女小説を思わせるラブコメ＋ミステリだ。第一巻となる本書は、薄着の女のばらばらとなった亡骸が発見されるという猟奇事件で幕が上がる。毎回怪事件に頭を悩ます祐高に、忍は耳年増で得た知識をもとに、真相を論理的に解明していく。陰惨な殺人事件をものともしない、母親ならではの鋭い着眼点は、まさに奥さま安楽椅子探偵の祖にふさわしい。可愛らしい語り口調にも要注目だ。

互いに情報交換することで離れている間の距離を縮め、謎解きという共同作業によって夫婦の絆を深めていく。一夫多妻が当たり前など現代人と異なる感覚が、伏線にもなりミスリードの役割も果たす。制作の苦悩と裏話をつづったあとがきも、巻を重ねるにつれて名物となっている。（羽住）

たかが殺人じゃないか
昭和24年の推理小説

辻真先

創元推理文庫

昭和二十四年、旧制中学を卒業した勝利は学制改革によって新制高校の三年生に編入。一年だけの男女共学を経験することになる。彼が部長を務める推理小説研究部は映画研究部と合同で夏休みに、女教師・操の引率で合宿に出かけた先で密室殺人に遭遇。さらには学園祭で発表する共同作品を撮影した廃墟でバラバラ殺人に巻き込まれる。生徒の危機に操は、旧知の素人名探偵・那珂一平に助けを求めた——。

作者が時代を直接知る最後の世代として書き遺そうとしているのが、若き日の那珂一平が探偵役を務める《昭和ミステリ》だ。戦前に名古屋で開かれた汎太平洋平和博覧会と満州国にまつわる第一作『深夜の博覧会』（二〇一八年）に続く本作では、作者自身に重なる少年が社会の大転換に翻弄されながら、推理(ミステリ)によって対峙する姿を描いて「このミステリーがすごい！」「週刊文春ミステリーベスト10」「ミステリが読みたい！」の三冠を成し遂げた。この時代であればこその状況・心理がミステリの要ともなっているだけでなく、いかなる登場人物も安全圏には置かないシビアさ、そして切ない青春譚全体を昇華する稚気溢れる大仕掛けも作者らしい。（笹川）

呪殺島の殺人

萩原麻里

新潮文庫 nex

第十回ティーンズハート大賞佳作受賞作『ましろき花の散る朝に』でデビューし、ライトノベルを中心に活動している著者による、オーソドックスな孤島＋嵐の山荘作品である。

古来より呪術を執り行って来た一族の島流し先で、その末裔が領主を治める赤江島が舞台となる。場所は東京都の南の沖合にあり、普通の住民も暮らしているという設定だ。

激しい頭痛で目が覚めると、主人公は見知らぬ部屋にいた。室内には中年女性の死体がある。手にはナイフを握っているが、頭を強く打ったせいか、一切の記憶がない。駆けつけた人たちによると、被害者はミステリー作家の赤江神楽(あかえかぐら)で、自分はその甥だという。伯母は人里離れた屋敷に住み、極秘の引退セレモニーを行うために関係者を滞在させていたらしい。

電化製品は持ち込み禁止、携帯の電波は届かず、人里と屋敷をつなぐ一本橋のたもとからは、通報を受けた警官の他殺体が見つかる。通称「呪殺島」の呪い伝播で死んだのか。それとも、遺産絡みの殺人なのか。さらに、第三、第四の殺人事件が発生する。呪殺島とは五つの島の総称で、『巫女島』と『人形島』も刊行されている。（羽住）

鶴屋南北の殺人

芦辺拓

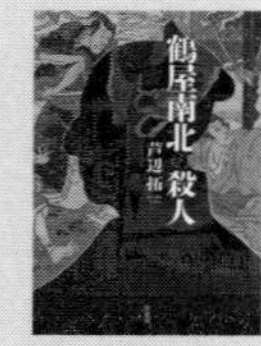

原書房

鶴屋南北の筆になる幻の歌舞伎台帳が発見され、歌舞伎界の異端児と言われる小佐川歌名十郎（おさがわかなじゅうろう）が洛陽創芸大学の劇場《虚実座》での公演にかけることになった。だが、舞台での屋体崩しのテスト中に、歌名十郎が目をかけている若者が下敷きになって死亡する。現場に居合わせた森江春策は冷蔵倉庫に閉じ込められて凍死しかけ、台帳を巡って歌名十郎と対立していた女性研究者が殺される。そして〝忠臣蔵〟を題材にした問題の作品『銘高忠臣現妖鏡（なもたかきちふしんうつしゑ）』自体も奇妙な趣向に満ちて、何らかの秘密が隠されていた――。

歌舞伎や戯作にも造詣の深い作者長年の腹案を実現した本作は、現代に起こる連続殺人と南北作品に秘められた謎の解明とが同時進行する。現代の殺人は、権力欲や情が絡んだ生臭い大学のお家騒動を背景にしながら歌舞伎の外連に彩られ、南北作品は忠臣蔵を奇妙奇天烈に歪めながら、その芯には原典以上に現実の政治権力に対する抵抗が仕掛けられている。江戸と現代、虚構と現実が次第に混淆していくクライマックスには、虚構＝本格ミステリにいったい何が出来るのかという作者の真摯な問いかけが垣間見えるようだ。（笹川）

オレだけが名探偵を知っている

林泰広

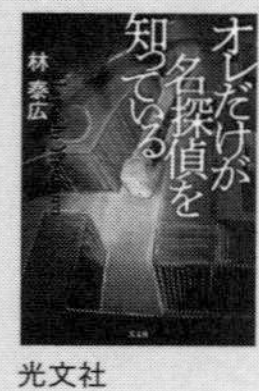

光文社

『本格推理』に「二隻の船」「プロたちの夜会」「問う男」が収録され、新人発掘企画「KAPPA-ONE 登龍門」の第一期生としてデビューした著者は、推薦者の泡坂妻夫のごとし奇想の持ち主で注目を浴びた。第一作『The unseen 見えない精霊』以降、約十五年間沈黙したが復活し、本書は第三作目となる。

警視庁捜査一課刑事の秋山は、義姉の夫が行方不明だと連絡を受けた。会社で会長から試練を課せられたと聞き、「怪物を封印している」という都市伝説のある本社ビルに忍び込む。ようやく探し当てた地下シェルター内で、秋山は複数の男女の遺体を発見した。数重にも封印された密室状態の地下迷宮で、一体何が起きたのか。

発端は失踪事件だったが、ロールプレイングゲームでミッションを解くように、次々に新たな謎が登場する。地下シェルターで起きた出来事に場面が変わるなど、語り手が不透明な章もあり、主人公すら曖昧になっていく。不可能犯罪の真相を探る企業ミステリかと思いきや、５Ｗ１Ｈに「誰と？」と「誰に？」の「何」を足した八何の原則に挑戦していることが分かる。「謎」の奇書と呼ぶにふさわしい作品だ。（羽住）

法廷遊戯

五十嵐律人

講談社文庫

久我清義(くがきよし)の通う法都(ほうと)大ロースクールでは「無辜(むこ)ゲーム」と呼ばれる模擬裁判が開かれていた。児童養護施設での過去を校内で暴露されたことから、清義はその私的法廷に告訴者として立つことになる。だがそれを皮切りに、彼らの周りでは不可解な出来事が起こり始め……というのが第1部のあらすじ。第2部では、弁護士となった清義が、本物の法廷でとある殺人事件を担当することになる。

第六十二回メフィスト賞受賞作だが、抑制の利いたストーリー展開と筆致から、メフィスト賞らしからぬと形容する向きもあるだろう。しかし、現実に即して見えるこの洗練された作風こそ現代本格的で、メフィスト賞らしいラディカルさを示しているのだ。というのも、本作は決してリアリズムを志向しているのではない。ここに表れているのはすなわち、現実それ自体の遊戯空間化（＝遊戯空間の現実化）という事態である。実際、第1部の無辜ゲームと第2部の公判では、いったいどちらが現実的といえるのか。本作以後も、五十嵐律人の小説は常にそうした曖昧な二重性を前提としているようであり、そこに独自性が宿っている。（秋好）

プロジェクト・インソムニア

結城真一郎

新潮文庫

ソムニウム社は、年齢、性別、属性の異なる七人が九十日間、夢の世界で毎晩生活を共にする不眠症計画「プロジェクト・インソムニア」の実験を開始した。無機物に有機物、現実に存在しないものも自由に生み出せ、理想の容姿にもなれる潜在意識の集合体であるユメトピアに、ドリーマーと呼ばれる被験者たちは意気揚々だ。しかし、六十三日目を迎えた晩、一人の死体が見つかった。さらに空からは「1人目」と書かれた紙が降ってきた。夢の中で人が死んでも問題ないはずだが、現実の世界でもドリーマーたちが相次いで亡くなっていた。企画社員の旧友でもある蝶野(ちょうの)は、何者かの悪意を感じとって真相を追うが、「ドリーマーたちは現実世界で接触してはならない」という鉄の掟が行く手を阻む。

無法地帯であるユメトピアで、彼らは各々の倫理観に基づき秩序を保っている。架空世界の人間は本当に実在するのかという観点から、現実世界も虚像でしか人間を捉えることはできないのではないかというパラドックスが生じる。現象学をサスペンスとして扱う、近未来の夢幻作品だ。（羽住）

名探偵のはらわた

白井智之

新潮文庫

巻頭、昭和に発生した猟奇事件（固有名が変更されているがモデルは自明）が七件並べて説明されている。続く第一話「神咒寺事件」は本格ミステリには向かない放火事件を扱っていて、難度も高く原稿枚数もいちばん多いのだが、実は連作の序章的な意味合いも含んでいる。この事件の結果、昭和の殺人鬼たちが現代人の身体を借りて蘇ったのだ。同時に名探偵も蘇る。「八重定事件」では現代の事件の解決が過去の事件の真相をも反転させる。「農薬コーラ事件」では設定自体を逆手にとったどんでん返しが鮮やかである。そして大トリはやはり「津ヶ山事件」だ。

　いつもの超絶技巧に加えて、今回は現実の事件に意外な真相を与える「歴史推理」的な面白さもある。主人公に感情移入できる点も白井作品では珍重されよう。昭和の七つの事件を扱っているのに、対応する短編が三本しかない点は構成美的にやや不足感が残るが、それ以外はほぼ完璧。二〇二二年には人民寺院集団自殺事件を単独で扱った姉妹編『名探偵のいけにえ　人民教会殺人事件』を刊行していて、長編化することで不足感も解消。傑作に仕上がっている。（市川）

うるはしみにくし あなたのともだち

澤村伊智

双葉社

四ツ角高校三年二組で一番美人な生徒・更紗が自殺した。遺書もなく自殺の原因がわからない中、学校では奇妙な噂が流れ始める。「ユアフレンド」というノートを持った者はクラスメイトの顔を美しくしたり、反対に醜くしたりすることができ、更紗は「ユアフレンド」の力で顔を醜くされ、そのことに絶望して自殺したのだと。そんな中、彼女のクラスメイトも次々と顔を醜くされる事態が発生し……。

「ユアフレンド」の持ち主は誰か、どうやっておまじないをかけているのか、次は誰が狙われるのか、持ち主の狙いはなにか……。呪いというホラー要素を用いて本格ミステリ的な謎を生み出す手腕は澤村伊智の真骨頂といったところだ。

　しかし、本作の魅力はこうした技巧の必要性がジャンル内に閉じていないところにある。ルッキズム、スクールカースト、ジェンダーといった社会問題が単に取り上げられているだけでなく、ジャンル的な要請と精緻に結びつけて描かれている。下世話な女子の格付けチェック表の話と、ミステリ談義が並行して行われる飲み会のシーンこそ、澤村作品の神髄であり、恐怖と驚異の淵源であろう。（荒岸）

楽園とは探偵の不在なり

斜線堂有紀

ハヤカワ文庫 JA

蝙蝠に似た翼を持つ灰色の天使が降臨する世界が、舞台である。二人を殺した人間がいると、鏡のように顔は輝いているが目鼻口のない天使たちが現れ、業火で地獄へ引きずりこむ。人間が罪を認め罰を決める前に、天使が死刑を執行するのだ。探偵の青岸焦（あおぎしこがれ）は、富豪の常木王凱に招かれ、天使が多くいる常世島を訪れた。その島に集まった人々が、次々に殺される。殺人が三人以上連続しても事件が終わらないのは、なぜか。犯人は地獄に落とされるはずではないのか。

斜線堂有紀『楽園とは探偵の不在なり』は、閉ざされた孤島での連続殺人という、本格ミステリでは定番の状況を扱っている。だが、天使が存在するため、謎のありかたが通常のミステリとは違う。この世界では二人以上の殺人は天使に断罪されるのだから、一人殺すまでは許される、あるいは二人殺すも大勢殺すも同じだと考える人もいる。一方、人による推理や裁きは不要ととらえられている。では、一度に大量の被害者を出すのではない、連続する殺人がどうして可能になったのか、そんな世界で探偵にできることはあるのか。あまりお目にかかれないこの問いの形が、魅力的だ。（円堂）

同姓同名

下村敦史

幻冬舎文庫

未成年の大山正紀が犯した少女殺害事件。メディアで犯人の本名が漏れたその事件が多くの大山正紀の運命を変えた。凶悪犯と同じ名前というだけで、様々な場で偏見に晒される中、一人の大山正紀によって『〝大山正紀〟同姓同名被害者の会』が作られ、十人の男たちがオフ会に集う。当初は辛い気持ちを分かち合う会だったのが徐々に目的を変え……。

同姓同名という要素を活かしたミステリとしては佐野洋や鮎川哲也らの作例があるが、本書は同姓同名という特殊な要素から派生しうるアイディアと真相を全て詰め込んだかのような大変贅沢なミステリに仕上がっている。登場人物のほぼ全員が大山正紀という奇異な設定でありながら、自然な人間心理と現代社会の風潮などの現実性に立脚した展開に不自然さはなく、それどころかその設定を社会派的なテーマを支えるのに利用するという荒技に成功している。ネット私刑や自分の名が穢される恐怖を描くのみならず、豊富な発想が説得力と背景のある二転三転するプロットを生み出し、ぐんぐんとページをめくらせる。遺産相続を特異な本格に仕上げた『絶声』と並ぶ特殊状況ものの傑作だ。（嵩平）

汚れた手をそこで拭かない

芦沢央

文藝春秋

ノンシリーズの短編集である。だが、五編はある種の色あいで統一感があり、収録作からとられたわけではない秀逸な本のタイトル『汚れた手をそこで拭かない』が、内容を象徴している。

　脚立の不具合で死者が出たことを回想する「ただ、運が悪かっただけ」。学校のプールの水を止め忘れたミスを教師が隠そうとする「埋め合わせ」。認知症の妻が誤配達の手紙を隣人に渡し忘れていたことに夫が気づく「忘却」。映画が不祥事で公開中止になりそうで関係者があがく「お蔵入り」。握手会に元カレがやってきて動揺する「ミモザ」。いずれの短編でも、なんらかの失敗があり、それを隠すか、挽回するかしようとしてあれこれ行い、策を講じるうちに予期せぬ方向に進む、それまでみえなかった真相に気づくといった道筋をたどる。つまり、自分の手が汚れたことに気づいた人間が、べつのなにかで拭いてごまかそうとするものの、結果的に意外なものが露わになる展開で共通している。すぐそばにある落とし穴にはまったら、これまでの日常が一気に裏返ってしまう。そんな怖さを鋭くとらえた優れた作品集だ。（円堂）

ワトソン力

大山誠一郎

光文社

警視庁捜査一課第二強行犯捜査第三係の刑事・和戸宋志（わとそうじ）には特殊な能力「ワトソン力」がある。彼が何らかの謎に直面すると、彼から半径二十メートル以内にいる人間の推理力が飛躍的に向上するという〝力〟である。「ワトソン力」は、名探偵シャーロック・ホームズの友人ジョン・H・ワトソン博士を語源に持つ。本書『ワトソン力』は、和戸宋志が関わり周囲の人間が謎を解いた七つのエピソードとプロローグからインタールードを経てエピローグに至る八つ目のエピソードを収録する連作短編ミステリである。

　和戸宋志自身が謎を解くわけではないので、ミステリの主人公としては微妙かつ画期的な存在といえるだろう。ただし、「ワトソン力」は、和戸の周囲の誰か一人を名探偵に仕立てて一気に事件の謎を解決させる特殊能力ではない。「ワトソン力」の及ぶ範囲内の人間の推理力を向上させるだけである。そのため、それぞれの物語は推理合戦の様相を呈してくる。〈誰が犯人か〉だけではなく、〈誰が謎を解くか〉についても楽しめる本格ミステリなのだ。名探偵という存在を考えるにも新たな視角を提示した一冊と言えよう。（浦谷）

揺籠のアディポクル

市川憂人

講談社

体調を崩して中学を早退した日の帰り道、タケルは意識を失った。以来、都内の無菌病棟《クレイドル》が少年の世界のすべてだ。患者の居住スペースに立ち入ることができるのは無菌服に身を包んだ医療従事者のみ。食事は小型エレベータ経由で配膳され、掃除は自走型掃除機がおこなう。病棟の患者は現在二名。タケルのほかはコノハという名の少女がいるだけだ。彼女の左腕は樹脂製の義手で、半人形のように見えた。揺り籠の中にいるようなさみしく穏やかな時間が終わりを告げたのは、巨大な低気圧が病院を襲った日のことだった。屋上の貯水槽が落下、病棟と外の世界をつなぐ唯一の出入り口を潰してしまったのだ。そして、目覚めたタケルが見たものは、息絶えたコノハの姿だった。殺人者を追って病棟の外へ向かった少年が見たものは？　閉鎖空間の殺人を描く「嵐の山荘」と呼ばれる古典的シチュエーションにひねりを加えた作品だ。現実のパンデミックと刊行時期が一致したこともあり、無菌病棟での少年の不安とその後の展開は、図らずも現代を活写している。少年と少女のセンシティブな描写はこの作家の真骨頂だろう。（松本）

死者と言葉を交わすなかれ

森川智喜

講談社タイガ

不狼煙(のらさず)さくらは、彗山小竹(ほうきやましの)が所長を務める興信所の一社員だ。ある浮気調査中、対象者となる男性が墓地の近くに停めた自家用車内で急死する事態が起きる。警察の調べによると、死因は心臓麻痺だった。車に仕掛けた盗聴器を回収すると、三十年前に死んだ彼の妹と話しているような声が録音されていた。探偵業を厄介に思う警察官に目をつけられている彗山は不狼煙を伴い、保険調査員を装って真相究明に動き出す。

「死者と会話することは可能なのか」という非科学的な謎を、探偵が地道な調査で解き明かす、ノンシリーズのバディものである。調査の過程で、独特の死生観や、自殺の原因をいじめに結びつける心情などの哲学的見解が繰り広げられる。題材は重いが、流れは軽い。このミスマッチが、本書における生と死の境目を曖昧にする相乗効果ともなっている。

第一幕の二十世紀の終わりに起きた不可思議な出来事は、同時代の第二幕で収まりをつけ、第三幕の令和時代ですべてが解決される。多くのミステリ好きに衝撃を与えた真の事実をどう受け止めるか。自覚なき悪意が浮かび上がったとき、その非情さは、心霊現象より恐ろしく感じるだろう。（羽住）

涼宮ハルヒの直観

谷川流

角川スニーカー文庫

無意識に世界を改変する能力を持つ女子高生・涼宮ハルヒと彼女が率いるSOS団の破天荒な学園生活を描くシリーズの第十二巻は、短・中・長編の三本立て。準団員のお嬢様上級生から届いた謎メールを読み解く長編「鶴屋さんの挑戦」が書き下ろしの本丸だ。添付された三つの旅行エピソードの記述から「犯人の名前」を推理せよ、という挑戦を受けた団員たち（嵐の孤島も吹雪の山荘も経験済み）は外野のミステリ研部員も交え、放課後の部室で推理合戦を開始する。

本格ファンで知られる人気ライトノベル作家が「一度やってみたかったことを全部まとめてやって」みたと豪語する、凝りに凝った挑戦パズラー。バークリー、アシモフ直系のサロン型安楽椅子探偵形式に「後期クイーン問題」「叙述トリック」等への関心を織り込みながら、玉ネギの皮をむくように作中作外の仕掛けと趣向を解き明かしていく。SOS団は特殊能力の持ち主ばかりだが、今回は探偵小説の基本ルールが最優先なので、SFツールや異世界ロジックはほぼ封印。それでも解決編後の感想戦で、ストーリー自体の成立根拠が問い直されるところは、さすが谷川流である。（法月）

孤島の来訪者

方丈貴恵

東京創元社

テレビクルーの一員として太平洋の孤島・幽世島(かくりよ)にやってきた竜泉佑樹(りゅうぜんゆうき)の目的は、同行者のなかにいる幼なじみを惨殺した三人に復讐することだった。しかし、その一人が島に棲んでいた、人ではない「何か」によって殺害される。島出身の同行者の話では、その「何か」は人にも擬態できるらしい。残ったクルーたちは自衛しつつ「何か」を追い詰めようとするが、またひとり復讐予定だった者が殺される。佑樹は「何か」からの凶行を防ぎながら、はたして復讐を遂げられるのだろうか。

前作『時空旅行者の砂時計』と同一世界の物語だが、直接的な続編ではないので、本作から読み進めても問題はない。関連があるとするなら前作と意匠は違えど、同じ特殊設定ミステリであることだが、今回は姿を擬態する怪物が登場するクローズド・サークルものいう異色ぶりが注目に値する。さらに主人公が復讐者であるという特殊性が加わるにもかかわらず、見事に手綱を操り、本格としたその完成度は前作に勝るとも劣らない。親切すぎる読者への挑戦状や、企み抜いたヒントの出し方など細い技巧にも注目されたい。（蔓葉）

信長島の惨劇

田中啓文

ハヤカワ文庫 JA

天正十年六月二日、本能寺の変。十三日、山崎の合戦終結。その数日後、三河湾に浮かぶ無人島「信長島」に羽柴秀吉、柴田勝家、高山右近、徳川家康らの戦国武将が集められた。本能寺の変で死んだはずの織田信長からの手紙で呼び出されてである。しかも、「信長島」で彼らを迎えたのは、千宗易（のちの利休）と謀反人の娘として幽閉されているはずの玉（細川ガラシャ夫人）、信長と共に本能寺で死んだはずの森蘭丸、信長の家来で黒人の弥助らであった。武将たちは「信長島」に建てられた館に宿泊滞在することになったが、皆が集まった夜、宴席にて森蘭丸が毒殺される。そして、その後も武将たちが次々と殺されてゆくのだが、それは壁にかけられた、鳥獣戯画を模した南蛮画と、その絵のとおりの京の「わらべうた」の内容に符合した見立て殺人だった。

夜陰に響く不気味なわらべうた、闇の中を徘徊するドッペルゲンガー、磔刑に処せられる切支丹大名。本格ミステリの雰囲気を存分に堪能できる作品である。献辞は「アガサ・クリスティーに」となっているが、ヴァン・ダインや横溝正史、大林宣彦などへのオマージュともなっている。（浦谷）

錬金術師の消失

紺野天龍

ハヤカワ文庫 JA

アスタルト王国軍務省錬金術対策室室長のテレサと部下のエミリアは、隣国バアル帝国とのあいだに流れる川の中州に建つ聖地「水銀塔」の調査に赴く。表面が液体水銀で覆われたこの建物には、テレサたちやバアルの錬金術師ニコラ・フラメルら主客十四人が集まっていた。しかし、そのうちの二人が密室から首なし死体となって発見される。

科学の代わりに錬金術が発達した異世界が舞台の『錬金術師の密室』の続編だが、前作より本格ミステリとしての出来は遥かに上。ただし、前作で明かされるテレサとエミリアの秘密が物語の前提となっているため、出来ればこのシリーズは順を追って読んでほしい。

「始まりの錬金術師」マグヌスの遺産の秘密を狙うテレサとフラメルは、その権利を賭けた推理合戦を行う。だが、フラメルの推理はあまりにもユニークかつ完璧に思えてしまい、テレサがその仮説を本当に覆せるのか不安になるほどだ。真相とその前段階の捨て推理とがいずれ劣らぬほどの完成度を誇っているため、長編二作ぶんを一作で読んだ気分になれる贅沢な本格ミステリである。（千街）

COLUMN

ミステリ出版の動向・変遷

二〇一一〜二一年のミステリ叢書・雑誌・賞の状況について整理しておこう。

叢書は南雲堂の本格ミステリー・ワールド・スペシャルなどが増えたものの、ゼロ年代までを支えてきたミステリ叢書（講談社ノベルス含む）の多くがこの十一年で刊行頻度を落としていく中、代わりに台頭してきたのがライト文芸レーベルである。ミステリ専門叢書ではなくとも、いずれの叢書もライトミステリやお仕事ミステリなどが大きな割合を占め、また講談社タイガは講談社ノベルスの後継的な役割も果たしている。

ミステリ雑誌は雑誌市場自体が極端に縮小している中、各社新しい形を模索していた期間だった。隔月刊となった「ミステリマガジン」（早川書房）、電子限定雑誌となった「ジャーロ」（光文社・少部数のPOD版あり）、電子版限定の後に会員限定誌となった「メフィスト」（講談社）、そして東京創元社の「ミステリーズ！」はミステリ専門誌から、ミステリを中心とする総合文芸誌の「紙魚の手帖」へと姿を変えた。変化はあれど、完全廃刊になった専門誌がなかったのは喜ぶべきことだろう。三門優祐による「Re-ClaM」などのファンジンも、コアなファンの需要に応える欠かせないものとなった。

一方で新たなミステリ系新人賞が陸続と誕生した。様々なジャンルの推理作家を生み出したアガサ・クリスティー賞（早川書房・二〇一一年〜）、広義のミステリ賞として何が出るか分からない新潮ミステリー大賞（新潮社・二〇一四年〜）、本格に特化し、育てる賞という特徴を持ったカッパ・ツー（光文社・二〇一六年〜）、警察小説大賞→警察小説新人賞（二〇一九年〜）・短編賞の大藪春彦新人賞（徳間書店・二〇一七年〜）などが開始したほか、二〇一九年に二つの賞が統合した横溝正史ミステリ&ホラー大賞は従来より独自性を強めた。その後も論創ミステリ大賞などの新人賞も増えている。また「メフィスト」（講談社）や日本推理作家協会では評論賞も実施され、同会では翻訳小説部門の試行も始動した。毎年多くの新人を生む「『このミステリーがすごい！』大賞」のほか、ライト文芸・新文芸・ネット小説系の賞でも多くのミステリが生まれている。『屍人荘の殺人』のようにデビュー作で最大級の評価を得るといった有力な本格系新人が数多く登場した一方で、新人賞が増えた弊害か、ミステリ系新人賞が受賞作なしに終わるケースも多く、二極化が進んでいるようだ。（嵩平）

COLUM

海外本格ミステリ紹介　この十年を顧みて想う

横井司

本書が対象とするこの一〇年の翻訳ミステリにおける本格シーンを顧みると、全体的には未訳の本邦初紹介や既訳の新訳によるクラシック紹介が相変わらず盛んであり、後半に近づくにつれて現代作家の新潮流が認められるようになってきたと感じさせるような状況だった。

クラシックで顕著な傾向を見せたのは、パトリック・クェンティンとヘレン・マクロイ、D・M・ディヴァインだ。

ディヴァインは二〇〇九年に『災厄の紳士』が創元推理文庫から出て以降、既訳作品の再刊が続いたが、二〇一一年の『三本の緑の小瓶』から本邦初訳作品の刊行が続き、それを含む五作がことごとく『本格ミステリ・ベスト10』にランクインした。スパイ小説ブームの渦中、本格ミステリ冬の時代と目されてきたミステリ史観に変更を強いることに大いに影響があったといえるかもしれない。

ヘレン・マクロイの場合、まず『暗い鏡の中に』の新訳が創元推理文庫から上梓され、『本格ミステリ・ベスト10』にランクインし、それ以降、刊行される本邦初訳作品がランクインし続けた。そのほとんどが創元推理文庫から刊行されたものだが、途中からちくま文庫が参戦し、両文庫から出た作品が共にランクインするということも生じた。ベイジル・ウィリング博士シリーズが全作翻訳で読めるようになっただけでなく、暗号ものとして名のみ知られていたノン・シリーズ作品『牧神の影』まで訳されたのは快挙であった。

同様な現象はパトリック・クェンティンにも見られた。論創海外ミステリと創元推理文庫によってパズル・シリーズの新訳や本邦初訳が進み、『女郎蜘蛛』も含め、ダルース夫妻シリーズが全て読めるようになった。一方、原書房からはジョナサン・スタッグ名義の長編第一作が訳された。山口雅也監修〈奇想天外の本棚〉でまとめられた短編集も含め、これらのほぼすべてがベストテンにランクインしただけではなく、二〇一二年には三作品がランクインするなど、その支持の強さを印象づけた。クェンティンは『二人の妻を持つ男』以降のサスペンス・タッチの作品が評価されてきた時期が長く、それだけにこの刊行ラッシュによって作家イメージを一新した。

この他にも、ジョージェット・ヘイヤー、レオ・ブルース、マージェリー・アリンガム、E・C・R・ロラック、エリザベス・フェラーズ、コリン・ワトスンなど、主としてイギリス作家が注目されることが多かったように思われる。

こうした動きが見られる一方で、大家の新訳も盛んに行なわれた。中でも突出しているのはエラリー・クイーンだろう。角川文庫と創元推理文庫の両方で国名シリーズの新訳が競合することとなり、角川文庫版が一足先に完結させている。国名シリーズ以降の、主としてライツヴィルものについても、ハヤカワ・ミステリ文庫が新訳を上梓し続けた。これに続くのがアガサ・クリスティーで、創元推理文庫の新訳プロジェクトのほか、早川書房がジュニア・ミステリのシリーズで刊行した。さらに創元・早川双方によるジョン・ディクスン・カーの新訳もリリースされ、バンコランものが創元推理文庫で揃ったのは感慨深いものがあった。創元推理文庫から南條武則によるG・K・チェスタトンのブラウン神父もの以外の新訳が続いたのも、個人的には注目された。こうした新訳ブームは、光文社古典新訳文庫の成功によって喚起されたものかもしれない（光文社の同文庫にもクリスティーやチェスタトンが収められた）。新しい読者に新しい日本語で名作を提供するという意味で意義のあるものであるといえる。

なお、一般の読者にはなかなか情報が行き渡らないが、同人出版などの私家版という形で、未訳の作品の出版が盛んなのも、この十年の傾向として指摘しておくべきかもしれない。レオ・ブルースなどは、むしろそちらの方が数多く出ているし、クェンティンほか、珍しい本格ものが少なくない。ナイオ・マーシュ『オールド・アンの囁き』やアンリ・コーヴァン『マクシミリアン・エレールの冒険』のように、同人出版と競合してしまった例も見られた。一般出版では刊行の見込みが立たないものが同人出版でフォローされるという状況は、喜ばしい一方で、情報不足と少部数のために入手難になることも少なくなく、悩ましいところだといえようか。

現代作家に目を遣れば、『本格ミステリ・ベスト10』を通年で観察してみると、前半ではエドワード・D・ホックの短編集や、本格ミステリ作家クラブ10周年企画で顕彰されることによって「発見」されたジャック・カーリィのランクインが目立つ。だが、中盤あたりからアン・クリーヴス、ジム・ケリーが登場し、二〇一八年に至ってアンソニー・ホロヴィッツが登場したことで、世代交代が達成されたという印象を強く受ける。クリーヴス、ケリー、ホロヴィッツらは、いずれもイギリス作家であり、ジェフリー・ディーヴァーやマイクル・コナリー、これにカーリィも含め、アメリカ勢によって形成されてきた現代本格の主軸が、イギリスに移ったことを印象づけるものであった。

同様にフランス作家の復権も目覚ましく、ピエール・ルメートル『その女アレックス』が文春文庫から刊行されたのを皮切りとして、現代フランス・ミステリの現状に注目が集まり、ミシェル・

ビュッシなどの作家が集英社文庫によって「発掘」された。それだけではなく、行舟文化という地方の出版メディアによってポール・アルテのオーウェン・バーンズ・シリーズが次々と翻訳刊行されることで、アルテが復権したのも印象的な出来事である。

　英米仏以外の動きとしては陳浩基『13・67』のランクインから始まる、いわゆる華文ミステリの躍進に注目されよう。陳に加え陸秋槎など、日本のいわゆる新本格の洗礼を受けた作家たちが支持を集めている。英仏以外のヨーロッパ圏や北欧のミステリも次々と訳されているが、書き手が属する社会の現実を踏まえた作風によるものか、ベストテンにはなかなか顔を見せない。とはいえ、本格ミステリ作家クラブが選定した〈二〇一〇年代海外本格ミステリ ベスト作品〉の候補にノルウェーのジョー・ネスボが加わっているように、この十年間の間に無視できない勢力となってきている。

　こうしたクラシックの紹介や現代海外ミステリの動向が、現代日本の作家に影響を与えているかどうかということになると、首を傾げざるを得ないところがある。クラシックに関していえば、コナン・ドイルやクリスティー、クイーンなどの定番作家をデビュー前に読んで影響を受けるということはあるだろう。一九九四年に国書刊行会の世界探偵小説全集が始動し、その第一作としてアントニイ・バークリーの『第二の銃声』が新訳されて以来、クラシック・ミステリの紹介は活発化し、新樹社、原書房、小学館、翔泳社、晶文社、河出書房新社、論創社、長崎出版と、実に多くの出版社が乗り出してきた（このうち現在も叢書刊行を継続しているのは論創海外ミステリのみ。原書房から出ていた山口雅也監修〈奇想天外の本棚〉シリーズは国書刊行会が引き継いだ）。これらの各書肆によって紹介された作品で最も影響を与えたと思われるのはアントニイ・バークリーではないかと考えられるものの、バークリー作品で最も影響を及ぼしたのは既訳の『毒入りチョコレート事件』なのが実情ではなかったか。多重解決趣向は『毒入りチョコレート事件』が創出したプロットとして現在もなお認識され、現代日本の状況に合わせて微修正されながらも、消費され続けているように思われるからだ。既訳作品のプロットが影響を及ぼす呼び水になったかもしれないが、その既訳作品を除けば、バークリーも実は影響を与えていないのではないか、と思わざるをえない。

　現代作家については、同じ時代を生き、同じ現実、同じ世界を見ているという意識がある以上、そしてまた、違う国に住み、違う現実に接している以上、世界観については影響を受けている、というよりも、同時代作家、同伴作家という意識が強いのではないかと思われる。プロットについては、すでに日本は独自の進化を見せており、スチュアート・タートンの作品（『イヴリン嬢は七回殺される』『名探偵と海の悪魔』）を読むと、日本の作家が他国の作家に影響を与えているのではないかと錯覚を起こすくらいだし、華文ミステリとして括られる一群の作家の中には、明らかに日本のいわゆる新本格ミステリの影響を受けたと思しい作家もいる。

華文ミステリ作家の中には、アメリカのサイコ・スリラーやジェフリー・ディーヴァーの影響を受けた作家もいる。影響というより、そうした市場を見据えているといった方が、正確かもしれない。自国以外のミステリの影響を受けるとすれば、それは作家作品作風からの影響というよりも、マーケットからの影響と考えた方が妥当かもしれない時代のように思われるのである。

現代日本のミステリは、その何冊かは海外に翻訳されているが、海外のマーケットを意識して書くということは、いまだ少ないと考えてよいのではないか。その意味では純粋培養に近いところがある。本格ミステリであれば、なおさらだろう。海外作家から影響を受けるのではなく、海外でも日本と同じような本格ミステリが書かれていることを喜び、自分の辿ってきた道は間違いではなかった、そういう存在確認の指標として海外の現代本格ミステリは存在し、位置づけられているように思われる。おそらくは小説家とはそういうものであり、小説家がそういうものでいられるくらい、江戸川乱歩・横溝正史の時代、佐野洋・都筑道夫の時代に比べて、日本のミステリは成熟してきたのだといえるのかもしれない。

影響というのは、批評精神を介在させないと生まれないものであるともいえる。海外における最新の動向を紹介し、理想的な本格ミステリのありようを志向し、指嗾するという形で、これまでの影響関係は生まれてきたといえなくもない。日本の場合、乱歩や都筑のように、作家評論家が斯界を動かしてきた。乱歩は書けないからこそ理想を追い求め、都筑は世界の現状を雑誌編集を通して示し、自ら実作を試みることで、半世紀の遅れを縮めようとしてきた。こうした作家のありようは、新本格第一世代までは受け継がれてきたように思われる。彼らの多くが大学ミステリ研究会出身者であり、いわばミステリの愛読者としての教養をベースに作品世界を紡いできたからだ。そこには実現すべき理想ないしは自分が読みたい作品への強いイメージや欲望があったし、自分の理想や存在意義を否定しさりかねない史観も存在していた。だからこそ海外作品からの影響関係は明確だったわけだが、現在ではその新本格作家に影響を受けて作家として立つ世代も登場してきている。そしてそういう世代は、海外ミステリ（や日本の古典ミステリ）以外のアクセス手段が少なかった時代とは違い、まんがや映像作品、ゲーム、そして新本格作家の作品などを通して物語やミステリに対する感性を磨いている。

そうした、従来の「教養主義」とは違ったところから、教養主義からは生まれなかった意外な発想が生じてくる場合もあるだろう。それが本格ミステリを新しいステージへと導いているといえなくもない。

今後もこの傾向は変わらないのか、すなわち海外ミステリの紹介と創作の流れとは併流して、交差することがないのかどうか。この先の十年で劇的な変化を迎えるのかは、現時点では予想がつかない。ただ定点観測を続けていくだけである。

2021

米澤穂信『黒牢城』　2021.06.02
芦辺拓『大鞠家殺人事件』　2021.10.15

榊林銘『あと十五秒で死ぬ』　2021.01.29
阿津川辰海『蒼海館の殺人』　2021.02.16
柄刀一『或るギリシア棺の謎』　2021.02.28
浅倉秋成『六人の嘘つきな大学生』　2021.03.02
羽生飛鳥『蝶として死す』　2021.04.09
道尾秀介『雷神』　2021.05.25
三津田信三『忌名の如き贄るもの』　2021.07.27
織守きょうや『花束は毒』　2021.07.30
犬飼ねこそぎ『密室は御手の中』　2021.07.30
紺野天龍『シンデレラ城の殺人』　2021.08.04
知念実希人『硝子の塔の殺人』　2021.08.10
潮谷験『時空犯』　2021.08.17
石持浅海『君が護りたい人は』　2021.08.20
似鳥鶏『推理大戦』　2021.08.23
大島清昭『影踏亭の殺人』　2021.08.27
伊吹亜門『幻月と探偵』　2021.08.30
紙城境介『僕が答える君の謎解き 2』　2021.09.15
桃野雑派『老虎残夢』　2021.09.16
夕木春央『サーカスから来た執達吏』　2021.09.28
辻堂ゆめ『トリカゴ』　2021.09.30
結城真一郎『救国ゲーム』　2021.10.20
矢樹純『マザー・マーダー』　2021.12.21

黒牢城

時は戦国時代。織田信長から摂津の支配を任されていた荒木村重は、毛利輝元と内通して信長に反旗を翻した。村重は元は小身の武士ながら主君を追放し摂津を手に入れた一世の雄であり、居城の有岡城に籠もって織田軍を迎え撃ちながら毛利の救援を待つという作戦に自信を持っていた。有岡城にやってきた織田方の小寺（黒田）官兵衛は、毛利輝元が信用に値せぬ人物であることを説き、「この戦、勝てませぬぞ」と忠告するが、村重は官兵衛を土牢に幽閉する。

　やがて、荒木方の安部二右衛門が織田軍に降った。村重は、本来なら処刑すべき二右衛門の子で人質の自念を、考えあって命を奪わず牢に入れるよう決定する。ところが翌朝、自念は密室状態の納戸で死んでいた。途方に暮れた村重は幽閉した官兵衛にこの謎について意見を尋ねるが、官兵衛は話を聞いただけで真相を察した様子を見せる。

　四つの年間ミステリランキングで国内部門一位を制覇、更に第十二回山田風太郎賞・第百六十六回直木賞・第二十二回本格ミステリ大賞を受賞……という前人未到の栄光に輝く作品。著者にとって初の、日本を舞台とした歴史ミステリでもある（海外が舞台の歴史ミステリなら『折れた竜骨』があったけれども）。

　荒木村重と黒田官兵衛。日本史に通じた読者なら、この二人の戦国武将が最終的にいかなる運命を迎えるかは最初からわかりきったことである。だが著者は、彼らを主人公としながらも物語の着地点を容易には予想させない。官兵衛が安楽椅子探偵（土牢の中という境遇は安楽とは程遠いが）であり、ハンニバル・レクター的な底知れなさも漂わせている……という多面性を具えているからだ。同時に村重も、一般的な彼のイメージとはかけ離れた人物として描かれている。「幽閉された官兵衛が村重に知恵を貸すのは何故か」「村重が信長に叛いたのは何故か」という二重のホワイダニットを軸として、城に関わる人々の向背が目まぐるしく錯綜するさまは、著者一流の透徹した人間観に裏打ちされている。乱世における生と死の意味を問う重厚な歴史小説にして、トリッキーな本格ミステリでもあるという著者の新境地だ。（千街）

大鞠家殺人事件

芦辺拓

昭和二十年、大阪。船場の化粧品商《大鞠百薬館》で、長女・月子が自室で刺傷を負って血塗れとなっているのが発見される。さらには当主・茂造が、自室で首吊り死体となっていた。警察医・波渕の助手として現場に赴いた女医・ナツ子は女学校時代の友人・美禰子と再会を果たす。陸軍少将の娘であった美禰子は大鞠家の長男・多一郎と結婚。多一郎の出征後も嫁として大鞠家を守っていた。茂造の死が自殺／他殺両面から捜査が進む中、家内には夜な夜な赤毛の小鬼が跳梁し、〝探偵〟を名乗る代議士の息子が押しかけてくる。約四十年前、跡取りとなるはずだった千太郎が難波パノラマ館の雑踏に失踪を遂げ、今また長男・多一郎、次男・茂彦共に兵隊に取られ、時節柄商いの衰退を余儀なくされている大鞠家を更なる惨劇と、そして戦火が襲おうとしていた——。

故郷・大阪に深い思い入れと失望を抱く作者の、「少女探偵は帝都を駆ける」（'09）以来十二年ぶりとなる「大阪小説」が本作だ。トリッキーな趣向からあえて離れ、〈物語〉としての本格ミステリ＝探偵小説を志向した作者がその舞台に選んだのは〝船場〟という、さまざまな仕来りに縛られた特殊な、しかし小説や映画、TVドラマや落語などで形作られたイメージでおなじみの世界だった。ある商家一族の没落を戦争に重ね合わせながら、連続殺人によって描くという他に類を見ないきわめて日本的な試みは、失われた文化風俗の再現に寄せた情熱と本格ミステリ——いや探偵小説としての物語性によって、デビュー以来三十二年目にして日本推理作家協会賞＆本格ミステリ大賞のW受賞に結実する。

本作は〈探偵小説〉についての、そして〈探偵〉であることについての物語である。ここに描かれる事件はある二重の意味で、探偵小説であればこそ起こったものだ。その世界を生き抜くために、登場人物たちは自ら探偵であろうとする。当初は独立したノンシリーズ作品を意図していた本作がある作品の後日談として、かつての潑剌とした自由闊達さを喪った彼女たちを描くことになったとき、探偵が局外から事件を見つめ、推理＝語ることによって喪われたものを束の間甦らせる存在であることの意味が切実さを持って迫ってくる。（笹川）

あと十五秒で死ぬ

榊林銘

東京創元社

鬼才・榊林銘のデビュー単行本。タイトル通り〝あと十五秒で死ぬ〟シチュエーションで統一されたコンセプトアルバムだが、内容は豊かすぎるほどにバラエティ豊かだ。

死の間際に与えられた十五秒を駆使して犯人に罠を仕掛ける被害者と犯人の頭脳戦をサスペンスフルに描く「十五秒」。目を離した十五秒間に登場人物が死んでしまったテレビドラマの最後の展開を推理するトリッキー極まる作中作ミステリ「このあと衝撃の結末が」。母子の最期の十五秒間を描いて幻想味あふれる「不眠症」……と、それぞれに〝あと十五秒で死ぬ〟という設定を様々に弄り倒したハイレベルな作品が並ぶが、圧巻は巻末の中編「首が取れても死なない僕らの首無殺人事件」。首が取れても十五秒以内に元に戻せば死なないという特異体質の住民が住む島で起きた殺人事件を、被害者の少年が友人と首を十五秒ごとに交換して命を繋ぎながら追う——という、奇妙奇天烈な特殊設定ミステリだ。この設定を使い倒したロジカルな推理もさることながら、その後の事態の〝解決法〟はまさに啞然茫然、阿鼻叫喚。令和の奇想ミステリの最前線を目撃せよ。（浅木原）

蒼海館の殺人

阿津川辰海

講談社タイガ

「館四重奏」シリーズの第二作。前作『紅蓮館の殺人』（二〇一九年）では、高校生の名探偵・葛城輝義が、連続殺人事件とのむきあい方をめぐり元探偵と対立し、真相は解き明かしても事件を解決し落着させるという意味では敗北した。その痛みで山中の実家に引きこもった葛城のもとへ、同級生でワトソン役の田所信哉が訪れるところから『蒼海館の殺人』は始まる。そして、葛城が「嘘つきの一族」と呼ぶ彼の家族が集まっている状況で連続殺人が起きるのだ。前作では山火事が近づいていたように、今度は台風による洪水が迫り、館がクローズドサークルになる状況が繰り返される。

本作は、前作で失意に沈んだ探偵の復活を描く。名探偵の存在意義というテーマは、デビュー作『名探偵は嘘をつかない』以来のものだろう。かつての葛城は、名探偵として正答を求め、嘘を拒否したが、「嘘つきの一族」間の連続殺人に家族としてかかわるなかで、自身も正しいだけではいられなくなる。主要人物の誰もが、大なり小なり嘘をつかざるを得なくなる状況で、真の犯人は誰かが問われるのだ。複雑に絡みあった嘘の網目を解きほぐす過程が、興味深い。（円堂）

或るギリシア棺の謎

柄刀一

光文社

柄刀版国名シリーズの第二弾。篤志家の安堂朱美が亡くなった。自身の心臓手術の際に関係のあった南美希風は、エリザベス・キッドリッジとともに弔問に行き、朱美の死に不審な点があると知らされる。彼女の死は、自殺か他殺の可能性があるというのだ。さらに、失踪した朱美の孫が一年前に死体となって発見され、こちらも殺人事件の可能性があるという。美希風たちは、不思議なジンクスや習俗が残る安堂家で起きる事件に挑むことになる。

安堂家の出自がギリシアにあり、棺をめぐる謎が提示されるなど、本家クイーンにオマージュを捧げながらも、謎とその推理は独自の展開を見せていく。特筆すべきは、偽の手がかりの可能性をつぶすその緻密な推理だ。本作は様々な謎を提示しながらも、前半は比較的ゆったりとしたペースで進んでいく。しかし、推理が始まると一気にスピードアップし、異様な真相まで突き進んでいくことになる。その過程では、前半のスローペースこそが、実は論理的な謎解きを描くための布石であったことが明らかにされる。美希風の繊細極まりない推理の手つきが印象に残る佳品だ。（諸岡）

六人の嘘つきな大学生

浅倉秋成

KADOKAWA

就活生の波多野祥吾は、最先端のＩＴ企業「スピラリンクス」の最終選考に残った。彼を含む六人の候補者によるチームディスカッションが成功したら、全員が内定をもらえるはずだった。しかし、直前で採用枠は一名となり、議題は「誰が最も内定に相応しいか」に変更される。制限時間は二時間半、三十分ごとに投票をおこなうと決めた後、それぞれの「裏の顔」を告発する手紙と写真入りの封筒が見つかった。

これまで特殊設定を得意としてきた著者が、現実的に実現可能なクローズドサークルに焦点を当てた。採用という生き残りをかけた状況では、いとも簡単に「最高のチーム」は崩壊していく。信頼関係の脆さと犯人当てが同時進行で描かれ、陪審員さながらの推理劇が繰り広げられる。

結論が出ても物語は終了させず、八年後の関係者インタビューを挟み込むことにより、さらなるサプライズを成功させた。常に表側しか見えない月は、裏側が見えても月であることに変わらない。この比喩を軸に、人間を判断する基準がいかに曖昧であるかを皮肉に描く、第二十二回本格ミステリ大賞と山田風太郎賞の候補となった話題作である。（羽住）

蝶として死す
平家物語推理抄

羽生飛鳥

東京創元社

一一八三年、加賀国篠原で手塚光盛に討たれた斎藤実盛を弔うべく、木曾義仲は知恵者として知られる平頼盛に頼み事をする。戦場にあった首のない複数の屍体から大恩を受けた実盛のものを見つけてほしい。武士の心意気も知らず断るというのなら、あなたを討ち、返す刃(やいば)で己も自害するのみ。弱り果てた頼盛は命がけで屍体特定の謎に挑む。第十五回ミステリーズ！　新人賞受賞作「屍実盛」を含む連作短編集。

平頼盛は平清盛の弟ながら極めて微妙な政治的立場に置かれた人物。ゆえに、彼の探偵としての立ち位置も複雑だ。ただ事件の謎を解けば良いというものではない。平清盛、高倉天皇、木曾義仲、源頼朝、北条時政。推理を披露する相手はいずれも自分のみならず一族郎党の命を左右する存在である。ひとつ話し方を間違えれば首が飛ぶのだ。怪物平清盛が権勢をほしいままにする時代から壇ノ浦の戦いののちまで、権謀術数渦巻く世界で知恵を武器に生き抜いた平頼盛は実に陰影の深い探偵として描かれており、魅力的だ。二〇二二年には平清盛健在時期の福原遷都を描く長編『揺籃の都　平家物語推理抄』も刊行されている。（松本）

雷神

道尾秀介

新潮社

四歳の娘・夕見(ゆみ)が落とした植木鉢が原因で妻が事故に遭って死亡した忌まわしき過去。私はその事実を十五年間娘に隠し続けてきたが、ある日娘の罪を本人にバラすという強請りの電話が入る。そんな中、夕見は私と姉の故郷へ行きたいと言い出す。その故郷は、母の不審死が起きた翌年に私と姉が雷に打たれ、重ねて発生した毒殺事件の犯人として今は亡き父が疑われた暗い記憶が残る地であった。父が負った罪は何だったのか？　そして三人がその地を訪れた時、新たな悲劇が。

道尾ミステリの最高到達点。誂えられたパーツの一つ一つが極上の特注品で、メインの着想を最大限に活かすためにどれほど細部まで磨かれたのか。人間を描くこととパズルのピースであることが一切分化せず、伏線が作品に溶け込んでいるから読者は自然に騙される。読者はただ物語に身を委ねればよい。道尾作品には人を守るための嘘がよく登場するが、本作でもその優しい嘘が残酷な運命を引き寄せる。運命が一つの大河を成すように収斂し、描かれるのは名作演劇に比肩する完璧で美しい形をとった人間悲劇。本格と文学との融合は道尾秀介によって疾うに達成されていたのだ。（嵩平）

忌名の如き贄るもの

三津田信三

講談社

生名鳴地方に伝わる、子供に別の名前を与えて身代わりとなし厄を祓うという「忌名の儀礼」の最中に、土石流と怪異によって不気味な臨死を体験した過去を持つ李千子は、婚約者・福太とその母を連れ、異母弟・市糸郎の儀式に合わせて帰郷しようとしていたが、市糸郎は儀式の途中で何ものかに殺害されてしまう。現場では村に伝わる化物「角目」が目撃されていた。先輩である福太に請われ同行していた刀城言耶は、彼の評判を知る県警の警部によって捜査に協力させられる羽目になるが、村人は皆彼を忌避する――。

メインとなる殺人事件は、不可能趣味や怪奇性というよりはむしろシンプル。現場となった山全体を巨大で緩やかな密室と捉え、出入りした人々のアリバイと動機をひとつひとつ細密に検討していくフーダニットだ。それと等価に忌名の儀礼と、それを執り行う旧家にまつわる秘密を解き明かす過程が綯い交ぜになった堅実な論考ミステリとでもいうべき趣だが、その詳細なディテールと結婚を巡るドラマの中には、いくつかのきわめて大胆なトリックや動機が隠されている。ホラーとミステリのある融合もいつになく直球勝負。（笹川）

花束は毒

織守きょうや

文藝春秋

かつて自分の家庭教師だった真壁研一と再会した大学生の木瀬芳樹は、結婚を控えた真壁のもとに幾たびか脅迫状が届いていることを知り、探偵事務所に調査を依頼した。奇しくも所長代理は中学時代の先輩・北見理花で、良心的な調査費用と引きかえに、木瀬自身も探偵の調査を手伝うことになる。しかし真壁には、脅迫者の追及をためらう理由があった。

『花束は毒』は『黒野葉月は鳥籠で眠らない』の進化系――というか、その企みを裏返してみせたような作品だ。どう裏返しているのかをここで説明するわけにはいかないが、あちらが中編ならではの鮮やかな切れ味により比重が置かれているとするならば、こちらはその切り口からほとばしった黒い情念が、物語を一発で覆い尽くすさまにこそ眼目があろう。最終章で真相が開示され、象徴的なタイトルの意味が明らかになったとき、ほとんどの読者が（仮に途中で真相に気付いたとしても）肝を冷やさずにはおられまい。と同時に、この幕切れを最大限効果的に演出するために木瀬のキャラクターが造形されているだろうことから、本格の書き手としての作者の非凡なセンスも窺える。（秋好）

密室は御手の中

犬飼ねこそぎ

光文社

光文社の新人発掘プロジェクト「カッパ・ツー」、阿津川辰海についで二人目の刺客が犬飼ねこそぎだ。

宗教団体『こころの宇宙』は人里離れた山奥に本拠地をもっていた。百年前には、密室の瞑想修行場である「掌室堂（しょうしつどう）」から修行者が忽然と姿を消し、三日後に、四キロ離れた谷川で発見されたとか。ある調査のため、その教団に潜入した興信所の「名探偵」は、密室の「掌室堂」で信者のバラバラ殺人事件に遭遇する。十四歳の教祖、神室密（かみむろひそみ）は事態が警察沙汰になるのを嫌い、「名探偵」に「助手」になることを強要し、自ら解決にのり出す。しかし、第二の密室殺人事件が教団施設内で発生し、状況は混迷を深めていく……。

ニセの手がかり。操り。名探偵と超犯人との対決。これらは後期クイーン問題としてかつて議論されたサブテーマだ。犬飼はこれらを見事に料理し、「名探偵」の超越性を示唆した。「奇跡が信仰を生むのではない。信仰が奇跡を生む」という言葉が、合理的謎解き小説で結実する稀有な結末を読者は目撃することになるだろう。次作で、この問題がどのように深化・進化するのか楽しみな新人である。（大森）

シンデレラ城の殺人

紺野天龍

小学館

継母や姉たちのお小言もなんのその、屁理屈で言い返しながら逞しく日常を送っているシンデレラ。そんな彼女が、国王の城で催される舞踏会に参加することに。そこで彼女は王子に見初められたが、直後に王子暗殺犯として拘束されてしまう。果たしてシンデレラの運命は？

特殊設定ミステリにおいては既存の有名な昔話や童話の世界を借用すると、架空の世界観や特殊なルールを一から説明する手間が省けるというメリットが生じる。本書も、誰もが知っている童話「シンデレラ」の世界を借用しているけれども、登場人物の性格設定はかなりアレンジされている。

王位継承者殺害の重罪人として最初から処刑確定という絶望的状況で法廷に立たされたシンデレラだが、ここで彼女の、日ごろ継母や姉たち相手に鍛えてきた屁理屈の能力が役に立つ。時には司法の公平性を逆手に取り、時には証言の矛盾を衝くなど、機転の連続で裁判の行方を引っかき回し続け、ついには驚愕の真相に到達するのである。

魔法が存在する異世界ならではの幻想的謎解きを、ポップな語り口で読ませる快作だ。（千街）

硝子の塔の殺人

知念実希人

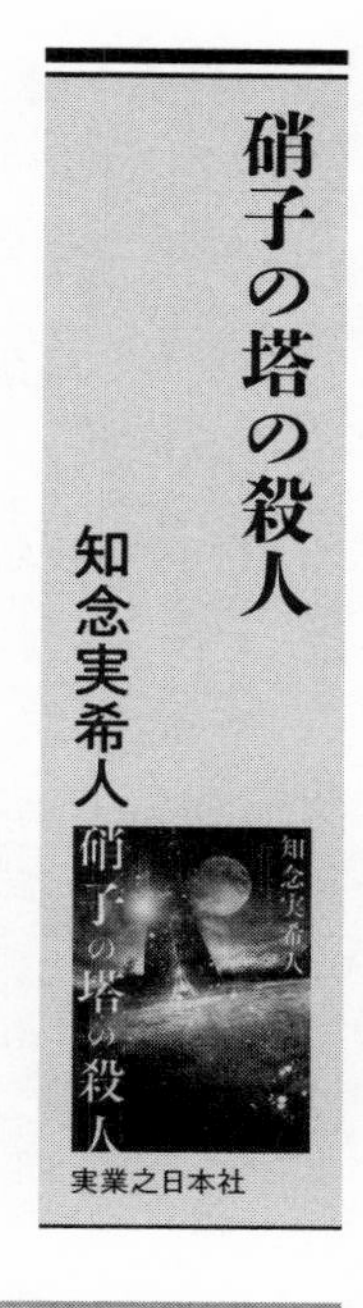

実業之日本社

長野県の山中に聳え立つ、十一階建ての円錐状のガラスの尖塔。それは、遺伝子治療の歴史を変えた天才にしてミステリマニアの大富豪・神津島太郎が住む「硝子館」である。その主治医・一条遊馬は、ある理由で神津島を殺害しようとしていた。予定通り神津島に毒を盛った遊馬だが、翌日から想定外の出来事が続発し、当初の計画は狂ってゆく。

異形の館、見取り図、クローズドサークル、密室、ダイイングメッセージ、暗号、奇矯な名探偵、アクの強い容疑者たち、読者への挑戦状……と、本格ミステリのガジェットを可能な限り大量に投入した作品である。完全犯罪を狙っていた犯人が成り行き上、名探偵の助手を務めなければならなくなる……という変型倒叙ミステリとしての趣向も面白い。

メインとなるトリックの実行可能度や、作中にばら撒かれたミステリに関する蘊蓄に関しては、間違いなく否定的な感想も出る筈である。だが、そこまで計算に入れてマイナスをプラスに逆転させてみせた点が著者のしたたかさだ。「新本格」に捧げられた讃歌にして葬送曲とも言うべき華麗なるミステリである。（千街）

時空犯

潮谷験

講談社文庫

情報工学の北神博士は、高額な報酬で私立探偵の姫崎をはじめ、いくつかのエキスパートを招待していた。博士の研究では、時間は常に直線に進むのではなく不意に巻き戻ったりするのだという。ところが今日、六月一日はすでに千回も巻き戻っており、これまでの観測にはない異常事態というのだ。その原因を突き止めるべく、招かれた面々は時間の巻き戻りを認知できる薬を飲んだのだが、再び始まった六月一日で、博士は何者かに殺されていた。

本書は『スイッチ 悪意の実験』でメフィスト賞を受賞した著者の第二作。時間ループミステリはミステリ小説だけでなく、漫画やゲーム、テレビドラマなどで数多く作られている。そうした作品にはない本作の特色は、ループ設定が犯人と主人公側との攻防に使われる特殊なサスペンスと、ループする事自体が犯人を限定する端正な消去法推理、その両立という独自の趣向だ。背後には宇宙規模の派手なSF設定もあり、本書は読み方によっていくつもの顔を見せる。第三作『エンドロール』もその多面性は同様で、油断ならない新人の今後の活躍が見逃せない。（蔓葉）

君が護りたい人は

石持浅海

祥伝社ノン・ノベル

三原一輝は決意していた。天涯孤独となった成富歩夏の生活を支えていたとはいえ、幼い少女のときに彼女に手を出し、そして今、二十歳も年の離れる歩夏と婚姻しようとする奥津雄斗を殺害することを。殺人と疑われぬよう、奥津を含めたキャンプ仲間を結婚の前祝いとして集め、そのなかで事故に見せかけ殺すつもりだった。さらに、この殺人は一方的な横恋慕によるものではないと芳野に話すと、犯罪の密かな見届け人になることも依頼していた。しかし、キャンプには友人のひとりとして、碓氷優佳も参加していたのであった。

これまでの碓氷優佳シリーズは犯人が語り手となる倒叙ものだったが、前作『賛美せよ、と成功は言った』から語り手は犯人ではない第三者になり、六作目となる本作では芳野が担当する。全体のテイストは倒叙のそれとほぼ同じであるが、犯行の具体的な方法は知らないため、芳野は殺害方法を推理しながら観察するという異色の叙述となっている。さらにいえば、名探偵として立ち振舞いも変わるのだ。皆といっしょにキャンプを楽しむ碓氷優佳であるがゆえに、彼女の恐ろしさが逆説的に際立つ見事な構成といえよう。(蔓葉)

推理大戦

似鳥鶏

講談社

ミステリ好きの祖父が世界各国の名探偵を北海道に集めて推理を競わせるイベントを企画。開催直前に祖父は亡くなったが、代理人と孫の僕たちが後を引き継いだ。賞品はキリスト教の聖遺物候補。五ヵ国の代表選手(探偵)たちが参加を表明。アメリカ代表、ウクライナ(!)代表、日本代表、ブラジル代表。中国代表を除く上記四人は、本書の半分以上を使って各国での活躍ぶりが紹介される。競技が始まるとさっそく、雪に閉ざされたコテージ村で死体が発見されるが、これは祖父の描いたシナリオどおりなのか。いずれにせよ主催者側か、集めた探偵たちの中に殺人犯がいるらしいが……。

前半の各探偵の紹介部分がまず面白い。トリックとロジックが揃った事件がテンポよく次々と解決されてゆく。読者から見ても「自称」ではなくちゃんと「名探偵」としての実績を積んでいるのだ。だからこそ本編の事件の扱いが難しくなる。簡単に解けたら話にならないし、苦闘したら名探偵たちの好印象が下がってしまう。語源どおりの「矛盾」を作者がどう捌いたか。難しい設定の中、やや力技感のある着地も含めて、ベストが尽くされている点を評価したい。(市川)

影踏亭の怪談

大島清昭

創元推理文庫

実話怪談のルポライター呻木叫子が密室状態の自宅で、両瞼を自分の髪で縫い合わされ、意識を失った状態で発見された。残された原稿から彼女が影踏亭という旅館の怪談を調査していたことが判明。いったい何が起きたのか。呻木の弟が調査を始める。影踏亭を訪ねると、ちょうどその夜、心霊研究家が離れに泊まって実験をする予定だという。だがその男は両目を刳り抜かれた状態で密室内で殺されてしまう……。

第十七回ミステリーズ！新人賞を受賞した表題作は、このあと意外な展開を見せる。不可能犯罪と怪談の組合せは、壁を通り抜けられる幽霊が犯人でした、といった真相だと読者をガッカリさせるが、本書は大丈夫。犯人は普通にトリックを弄して犯罪を実行するのだが、その動機や全体の脈絡に合理性がないのが怖いのだ。つまりハウダニットやり放題。この連作は本格読者が喜ぶトリック連発で、しかも解決すればするほど怖くなる。これはアイデア賞ものである。四つの怪談はどれも怖く、しかも最後にまとめてもう一段階、怖い真相が待ち受けている。トリック案出力、怖い話を作る力、そして構成力と、三拍子そろった快（怪）作だ。（市川）

幻月と探偵

伊吹亜門

KADOKAWA

日中戦争が泥沼化する一九三八年の満洲。哈爾浜（ハルビン）で探偵事務所を営む月寒（つきさむ）三四郎は、国務院産業部で辣腕を振るう岸信介の秘書が毒殺された事件の調査を引き受ける。被害者の瀧山秀一は、元陸軍中将・小柳津（おやいづ）義稙（よしたね）の孫娘・千代子と婚約したばかりで、初参加した小柳津邸の晩餐会で猛毒リシンを盛られたらしい。「三つの太陽（たいよう）を覺へてゐるか」とタイプされた脅迫状を受け取っていた義稙は、狙われたのは自分で、瀧山は身代わりに落命したと訴えるが、今度は義弟の雉鳩（きじばと）哲二郎が邸の研究室で砒素中毒死。日満蒙露の怪人脈と関東軍の闇利権がもつれ合う中、哈爾浜警察と憲兵隊に監視されながら、月寒は元中将が封印した戦歴の汚点に迫っていく。

満洲国が舞台の精妙な歴史推理で、参考文献に挙げられた『ペトロフ事件』にも見劣りしない。P・カー「ベルリン・ノワール」三部作に通じるハードボイルドな道行きと古風なお屋敷本格の手堅い謎解きが連動し、異郷の地でなければ成立しない大胆・切実な犯行動機が鮮明に立ち上がる（デビュー作『刀と傘』へのセルフ返歌の趣も）。甘粕正彦や石原莞爾と月寒の因縁も交えたシリーズ続編に期待。（法月）

僕が答える君の謎解き2 その肩を抱く覚悟

紙城境介

星海社 FICTIONS

生徒相談室に引きこもるクラスメートの明神凛音を教室に連れ戻すため、彼女の面倒を見ることになった伊呂波透矢。明神はどんな事件も一瞬で犯人を見抜いてしまう名探偵だが、自分がなぜその結論に至ったのかを他人に説明できないという問題を抱えていた。伊呂波は明神の正しさを証明するため、明神がどう推理したのかを推理することになる――。

アニメ化された『継母の連れ子が元カノだった』の紙城境介が贈るラブコメ本格ミステリシリーズ。「最初に真相だけを教えてくれる存在」というアイデアは様々な先例があるが、本作の明神凛音は自身の推理を説明できないだけの普通の名探偵。なので明神と同じ視点に立てば同じ論理で真相に辿り着くことができるし、明神が「なぜそのタイミングで真相に気付けたか」まで推理することが伊呂波には求められる。

連作形式の各話ともハイレベルなロジック本格だが、とりわけこの第二巻に収録された第五話の、些細な嘘を論理で解体していく怒濤のドミノ倒し推理は圧巻の一言。論理的な本格ミステリであること自体が青春小説としてのテーマとも有機的に結びついた傑作である。続刊が待ち遠しい。(浅木原)

老虎残夢

桃野雑派

講談社

時は南宋時代の中国。武侠の達人・梁泰隆の内弟子・蒼紫苑は、師の養女・恋華と、湖の中に経つ八仙楼にて三人で暮らしていた。ある雪の日、師の泰隆が奥義を譲る相手を選ぶため、縁故ある三人の武侠を八仙楼に招く。だがその翌朝、泰隆が死体で発見された――。

第六十七回江戸川乱歩賞受賞作。乱歩賞といえば数々の本格の名作を落選させてきたことでも知られるが、本作はなんと武侠小説と本格ミステリを合体させた特殊設定ミステリ。内功によって毒を無効化したり、軽功を操って己の体重を軽くしたり、といった武侠の特殊能力がトリックとその謎解きのロジックに組み込まれ、南宋という時代背景と絡む事件の壮大な構図が明らかになっていく、紛う方なき本格である。超常的な能力の持ち主が登場する本格ミステリの方法論として、本作と同じネタが登場する二十年前の格闘技ミステリ、深見真『ブロークン・フィスト』シリーズと読み比べるのも味わい深い。また紫苑と恋華の微笑ましい百合小説としても楽しめる、本作のような作品が乱歩賞を獲るということ自体が、ミステリ界の時代の変化を感じさせる一作だ。(浅木原)

サーカスから来た執達吏

夕木春央

講談社

大正十四年、「ユリ子」と名乗る風変わりな少女が、莫大な借金を抱える樺谷子爵家を訪れた。彼女は債権者の貿易商社社長に雇われた執達吏で、一家全員死亡した子爵家の財宝を見つけられたら負債を帳消しにするという。借金のカタに家から連れ出された三女の鞠子は、字の読めないユリ子の代わりに宝の隠し場所の暗号文を解くよう頼まれた。こうして奇妙な共同生活が始まった矢先、ライバルたちが現れ、さらに二人は過去に宝の番人が殺された事件にも巻き込まれてゆく。

元孤児でサーカスから逃げ出してきたらしい自称十八歳のユリ子と、同じ年で小説家を夢見る令嬢の鞠子による、新たな「相棒」が誕生した。それぞれの生い立ちや置かれた状況は重暗いながらも、少女たちはそこはかとなく明るく、いまを生きる女性のたくましさを軽妙な冒険活劇として映し出す。

直感型と論理型、対照的な過程を経て導き出された真相は、数十頁にわたって二転三転しながら描かれる。関東大震災に主軸をおいた天災ミステリの一種として位置づけられるが、現実の悲惨さのみにとらわれず、謎解きの遊び心を鋭敏に融合させた手腕が心地よい。まだ第二作なのが驚愕だ。(羽住)

トリカゴ

辻堂ゆめ

東京創元社

強行犯捜査係の森垣里穂子刑事たちが殺人未遂絡みで逮捕した女性・ハナは無戸籍者だった。だがハナは自白から否認に転じたことで嫌疑不十分で釈放されてしまう。彼女の不審な動きを察知し、あとをつけた里穂子は、無戸籍者のコミュニティ〝ユートピア〟に辿り着く。その住人のハナと兄が、かつて母親に鳥とともに監禁され、解放されたのちに攫われた鳥籠事件の被害者兄妹との疑いを抱いた里穂子は、鳥籠兄妹誘拐事件専従捜査員の羽山圭司とともに探りを入れる。

著者はライト文芸的な作品をハイペースで刊行しつつも、どの作品もキャラや設定の魅力だけに頼らない、巧妙な伏線や意外性を具えた優れた本格に仕上げている。また『十の輪をくぐる』ではミステリ的手法を用いて新境地を拓いた。更に大きく飛躍したのが、無戸籍者のリアルを描き大藪春彦賞を受賞した本作である。歪んだ特殊な状況下の人間が異常な動機で犯罪に踏み込むホワイダニット、その衝撃をテーマが下支えしている。リアリティーを伴う社会派であることが、想像や離れ業的プロットの足枷となる作品が多い中、本作は社会派要素が翼を授け、鳥籠から遥か高みに飛翔した。(嵩平)

救国ゲーム

結城真一郎

新潮社

二〇二×年、正体不明の動画サイトユーザー・パトリシアは、全国民を大都市圏に移住させるよう自身の動画で政府に要求した。六十日以内に執行しないと、次なる行動に出ると宣言する。それから六十一日後、パトリシアと敵対する神楽（かぐら）零士（れいじ）の遺体が、岡山県の山奥で発見された。被害者は、過疎化した集落に移住して活気を取り戻した立役者だった。

「#拡散希望」で第七十四回日本推理作家協会賞短編部門を受賞した著者の第三作は、起こり得る近未来に不可能犯罪を組み合わせた新社会派ミステリで、本格ミステリ大賞の候補にもなった。被害者は自宅リビングで絞殺されただけでなく、風呂場で切断され、首は物資を運ぶドローンに括りつけられた箱の中、胴体は二つの集落を行き来する自動運転車両の中で発見されるという、難解な謎が待ち受ける。

地方は救済するか、切り捨てるか。人口減は、国民が現実的に直面している問題だ。神楽が訴えていた「好きな場所で思うままに生きる」という当然の権利は、すでに失われつつあるのではなかろうか。行動が制限されたコロナ禍で本書が刊行されたのは、決して偶然ではないだろう。（羽住）

マザー・マーダー

矢樹純

光文社

短編「夫の骨」で日本推理作家協会賞を受賞し、短編ミステリの書き手として注目を集める矢樹純。小説では五冊目の著書となる本書は、そのタイトル通り〝母親〟をテーマにした連作ミステリである。

夫の収入減で馬の合わない知人の副業を手伝うことになったが、それが原因で隣人とトラブルになった主婦。離婚した夫の隠し子が現れて遺産を要求してきた、という相談を娘から受けた母。日常の陥穽を描いて鮮やかなドンデン返しを決める個々の短編を繋ぐのは、時に隣人として、時に職場の同僚として現れる梶原美里という女性。恭介という引きこもりの息子を溺愛する彼女だが、恭介は彼女の話の中にしか出てこず、一向に姿を現さない……。梶原家の秘密が垣間見える第三話で最高潮に高まった不穏な気配は、しかし過去に遡る第四話で思わぬ角度からその様相を変え、それまでの登場人物が勢揃いする第五話にてその全体像が露わになる。

何事も見た目だけではその内実はわからない。家族もまたその例外でないということを反転に次ぐ反転で炙り出す、トリッキーでサスペンスフルな連鎖式ミステリだ。（浅木原）

【特別寄稿】

中国ミステリの試行錯誤と課題

阿井幸作

2007年に北京のキオスクでミステリ専門雑誌『推理』を手に取ってから15年、中国ミステリの変遷を見てきたが、現在は業界全体で選択肢を増やし、活路を切り開いている最中という印象だ。

「推理（トゥイリー）」と「懸疑（シュエンイー）」（一般的に前者はミステリ、後者はサスペンスを指すが、明確な区別はない）という大きな枠組みの下、作家たちは本格と社会派、さらには密室、警察、時代、ユーモア、青春、百合、SF、特殊設定など多彩なミステリを書き上げるばかりか、別ジャンルに挑み、映像化やゲーム化などのメディアミックスのチャンスを得て、積極的に二足のわらじを履いている。

百合ミスで有名な陸秋槎がSFに進出したのは日本でもよく知られている。彼と同じく2010年代中後期に長編デビューした同世代の作家たちも活動範囲を拡大させている。「中国のジョン・ディクスン・カー」と呼ばれる孫沁文は、思考を止めると急激に老化する奇病を患っているために常に謎を解かないといけない少女が密室事件を次々に解決するという漫画の原作を手掛けた。ユーモアミステリの旗手で、アガサ・クリスティ作品の翻訳者でもある陸燁華は、「新京報」という新聞でミステリ関連のコラムを連載している。また、民国時代の上海を舞台にし、当時の作家たちが生み出した名探偵をモデルにしたキャラが推理劇を繰り広げるという時代ミステリの作者の時晨は、現在中国で唯一のミステリ専門書店を上海で経営中だ。

彼らより少し上の世代だと、作品が多言語に翻訳されている周浩暉は、映画の脚本を手掛けるばかりか、最近では自身の作品やSF小説家の短編小説をマーダーミステリー化している。『悪童たち』が原作のドラマ『バッド・キッズ 隠秘之罪』で知名度が急上昇した紫金陳は、作品の映像化以外に舞台化も成し遂げている。他にも、中国の社会問題を題材にし、自身と同姓同名の探偵を主人公とするシリーズ物を書いている呼延雲は、作品がドラマ化されただけではなく、中国の歴史上の不思議な事件を収集し独自の分析を加えた本を出している。

編集者に目を向けてみよう。国内外のミステリ小説を出版し続けている新星出版社の元有名編集者だった褚盟は、タレントがプレイヤーとなって犯人当てをする人気ネットバラエティ番組『明星大偵探』の脚本を担当している。華斯比は個人名義で華斯比推理小説賞を創設して新人作家を発掘したほか、清朝民国時代の探偵小説を精力的に収集するだけではなく、作家の遺族らと連絡を取って全集を出版し、中国ミステリ史を補強している。施玉環は配信者として自社の新刊宣伝動画を定期的にアップするほか、作家志望者へ創作の心得を発信し、SNSを重視したマーケティングを心がけている。

2010年代から現在まで活躍している作家と編集者の一部を紹介したが、この10年余りの作品の傾向をまとめた場合、東野圭吾の影響と「本土化」という概念は無視できない。

周浩暉も「中国の東野圭吾」と呼ばれているが、彼の作品が「中国版容疑者Xの献身」や「中国版白夜行」と呼ばれることはない。そう銘打たれた作品はたいていオリジナル作品が持つ叙情性を色濃く反映したもので、中国での東野圭吾人気が作風にまで影響が及び、一部の出版社も東野圭吾らしい作品を求めていることが分かる。社会派的な作品にとって便利なキャッチコピーとして利用されており、中国では半ばミステリの一ジャンルと化しているので、東野圭吾のネームバリューは当分の間使われ続けるだろう。

もう一つの「本土化」とは、簡単に言えば中国の文化や歴史、地理、風習、社会問題などを下敷きにして作品に中国色を出すということだ。舞台や設定、キャラの言動などに中国要素が欠けていると「本土化されていない」と評価されるが、特に明確な規定もない概念なので、こだわりすぎると不自由になる。ただ、例えば現代中国の都心部を舞台にした作品を書く場合、防犯カメラの存在を見て見ぬふりはできないので、リアリティラインを守るという点で、作家は自国に関する知識がますます必要になってくる。

これまで日本や欧米の作家に影響を受けた中国のミステリ作家はたくさんいたが、近年は自国の作家に触発されて執筆を始めた若手もおり、例えば陸秋槎チルドレンとも言うべき本格派の新人も生まれている。社会派では、防犯カメラを執拗に避ける紫金陳の作風を真似たかのような長編を執筆した陳研一という作家がおり、編集者の施玉環の手で今後さらに有名になるだろう。

そして長年の課題の一つだった評論家不足も、権田萬治の『謎と恐怖の楽園で』やフランシス・M・ネヴィンズの『エラリイ・クイーンの世界』といった海外の評論集を翻訳する有志グループ謎斗篷の活動によって、次第に後進が育っている。もう一つの懸念、権威があり継続的に開催する推理小説賞の不足はまだ解消の見込みがないが、作品が日本で翻訳されて評価されることが、特に若手作家のモチベーションアップにつながっているのは間違いない。まだ体系が整っていない中国のミステリ業界にとって、日本のミステリ業界ができることは多い。

COLUMN

二〇二二年補遺、そしてその先へ

浅木原 忍

最後に、本書でカバーすることができなかった、二〇二二年の本格ミステリについて駆け足でまとめておきたい。

二〇二二年の本格ミステリ界を席巻したのは、白井智之『名探偵のいけにえ 人民教会殺人事件』（新潮社）と夕木春央『方舟』（講談社）の二作であった。

前者は本書でも紹介されている『名探偵のはらわた』の姉妹編。特殊設定に基づいた謎解きと、特殊設定を排除した謎解きによる多重解決とその活用法、そして全てがタイトルに回収される結末まで精緻に構成された大胆不敵な傑作である。『本格ミステリ・ベスト10』にてぶっちぎりの一位を獲得し、第二三回本格ミステリ大賞を受賞した。

後者は山奥の奇妙な地下建築に閉じこめられた十人の中で起こるクローズド・サークルの連続殺人。古典的な極限状況のクローズド・サークルに、いわゆる〈トロッコ問題〉、あるいは〈カルネアデスの舟板〉の問題意識を導入した、衝撃的な結末が本格ファンのみならず多くの読者の支持を集め、『週刊文春ミステリーベスト10』一位に輝いた。

狭義の本格長編ではこの二作に次いで、VR空間での館ものミステリに倒叙と推理合戦とデスゲームを投入した方丈貴恵『名探偵に甘美なる死を』（東京創元社）、てんこ盛りの物理トリックと本格ミステリのトリックについての叫びが印象的な北山猛邦『月灯館殺人事件』（星海社）、設定やキャラクターにゼロ年代の薫りが色濃く漂う紺野天龍の多重解決ミステリ『神薙虚無最後の事件』（講談社）が本格雀の話題を集めた。

他に新鋭では、阿津川辰海が令和の誘拐ミステリに果敢に挑んだ『録音された誘拐』（光文社）、第二短編集『入れ子細工の夜』（光文社）に加えて、斜線堂有紀との競作『あなたへの挑戦状』（講談社）、さらに〈ジャーロ〉連載の読書日記をまとめた『阿津川辰海読書日記 かくしてミステリー作家は語る〈新鋭奮闘編〉』（光文社）を刊行し八面六臂の活躍。結城真一郎は日本推理作家協会賞受賞作「#拡散希望」などのどんでん返しものの短編を集めた第一短編集『#真相をお話しします』（新潮社）で大ブレイク。市川憂人は『灰かぶりの夕海』（中央公論新社）で現代だからこそ成立する大技を決め、羽生飛鳥は《平家物語推理抄》シリーズ初の長篇『揺籃の都』（東京創元社）で歴史本格として高い評価を集めた。ライト文芸で活躍していた楠谷佑は『ルームメイトと謎解きを』（ポプラ社）でスマートな消去法推理を披露。潮谷験はコロナ禍を舞台にした社会派路線の『エンドロール』（講談社）と特殊設定ミステリの『あらゆる薔薇のために』（講談社）の二作をリリース。逸木裕は連作短編『五つの季節に探偵は』（KADOKAWA）収録の「スケーターズ・ワルツ」で日本推理作家協会賞を受賞。鵜林伸也も第一短編集『秘境駅のクローズド・サークル』（東京創元社）を刊行し短編ミステリ作家としての実力を示した。

中堅・ベテラン勢は、有栖川有栖『捜査線上の夕映え』（文藝春秋）、相沢沙呼『invertII 覗き窓の死角』（講談社）、大山誠一郎『記憶の中の誘拐 赤い博物館』（文春文庫）と『時計屋探偵の冒険 アリバイ崩し承ります2』（実業之日本社）、柄刀一『或るアメリカ銃の謎』（光文社）、倉知淳『世界の望む静謐』（東京創元社）、道尾秀介『いけないII』（文藝春秋）、東川篤哉『スクイッド荘の殺人』（光文社）、辻真先『馬鹿みたいな話！ 昭和36年のミステリ』（東京創元社）、米澤穂信『栞と嘘の季節』（集英社）など、シリーズものでそれぞれ安定感を発揮したが、中でも笠井潔の《矢吹駆》シリーズ十一年ぶりの新刊『煉獄の時』（文藝春秋）と、東川篤哉の『館島』の十七年ぶりの続編『仕掛島』（東京創元社）が話題を呼んだ。青崎有吾の初短編集『11文字の檻 青崎有吾短編集成』（創元推理文庫）も要注目。

新人では、隕石の衝突による滅亡が迫る世界を舞台にした第六八回江戸川乱歩賞受賞作、荒木あかね『此の世の果ての殺人』（講談社）が最も話題を集めた。より狭義の本格では、第二〇回『このミステリーがすごい！』大賞・文庫グランプリを受賞した鴨崎暖炉『密室黄金時代の殺人 雪の館と六つのトリック』（宝島社文庫）が密室トリック乱れ打ちのハウダニット長編として一定の支持を集めた。他にアシモフ《黒後家蜘蛛の会》にオマージュを捧げた笛吹太郎『コージーボーイズ、あるいは消えた居酒屋の謎』（東京創元社）など。

本格と他ジャンルの境界領域では、得体の知れない爆弾犯と刑事の取調室での対決を描く呉勝浩『爆弾』（講談社）、SNSのなりすまし炎上で日本中から追われる身となった男の逃亡劇に鮮やかな仕掛けを潜ませた浅倉秋成『俺ではない炎上』（双葉社）が本格としても評価を集めた。年末には連城三紀彦の単行本未収録作を集めた『黒真珠 恋愛推理レアコレクション』（中公文庫）が文庫オリジナルで出ている。

二〇二二年の本格ミステリは、狭義の特殊設定ミステリよりも、『名探偵のいけにえ』『方舟』を筆頭に、特殊状況ミステリと呼ぶべき作品が話題を集めた。この潮流が今後どういう方向に向かうかを含め、引き続き注視していきたい。

新本格の勃興から三十五年を過ぎてなお、新世代の作家の台頭は続いている。「論理の面白さ」が物語の構成要素として存在しうる限り、本格ミステリは連綿と続いていくはずだ。『本格ミステリ・エターナル』——令和のその先も、論理の物語よ、永遠なれ。

ミニ作家案内つき

索引

三回講談社Birth小説部門を受賞しデビュー。ほかに『二人の推理は夢見がち』『悪魔のトリック』など著書多数。

猫河原家の人びと　一家全員、名探偵　144
浜村渚の計算ノート8と1/2さつめ　145
むかしむかしあるところに、死体がありました。　165

青山文平■あおやま・ぶんぺい■一九四八年神奈川県生まれ。早稲田大学卒。一九九二年、「影山雄作」名義で純文学作家としてデビュー。二〇一一年、『白樫の樹の下で』で第一八回松本清張賞を受賞し現名義で再デビュー。『鬼はもとより』で第一七回大藪春彦賞、『つまをめとらば』で第一五四回直木賞など受賞歴多数。

半席　110

秋吉理香子■あきよし・りかこ■兵庫県生まれ。早稲田大学第一文学部卒。ロヨラ・メリーマウント大学院で映画・TV製作修士号取得。二〇〇八年、「雪の花」で第三回Yahoo! JAPAN文学賞を受賞。二〇〇九年、短編集『雪の花』でデビュー。ほかに『暗黒女子』、『絶対正義』、『婚活中毒』など。

聖母　98

朝霧カフカ■あさぎり・かふか■一九八四年愛媛県出身。シナリオライター、漫画原作者、ライトノベル作家。投稿動画で角川書店に見い出され、二〇一三年『文豪ストレイドッグス』で漫画原作者としてデビュー。他の漫画原作として『水瀬陽夢と本当はこわいクトゥルフ神話』『汐ノ宮綾音は間違えない。』など。

綾辻行人VS.京極夏彦　106

浅倉秋成■あさくら・あきなり■一九八九年生まれ。二〇一二年『ノワール・レブナント』で第一三回講談社BOX新人賞"Powers"を受賞しデビュー。ほかに『九度目の十八歳を迎えた君と』、『俺ではない炎上』、浅倉冬至名義で映画『進撃の巨人　ATTACK ON TITAN』ノベライズなど。

教室が、ひとりになるまで　164
六人の嘘つきな大学生　205

浅野里沙子■あさの・りさこ■一九六二年東京都生まれ。レーシングチームや芸能プロダクション勤務を経て、二〇〇九年『六道捌きの龍―闇の仕置人無頼控―』でデビュー。二〇一〇年一月に亡くなった北森鴻とは公私にわたるパートナーで、北森の没後、未完の遺作を書き継いで完成させた。『邪馬台―蓮杖那智フィールドファイルⅣ』、『天鬼越―蓮杖那智フィールドファイルⅤ』など。

邪馬台　23

浅ノ宮遼■あさのみや・りょう■一九七八年生まれ。新潟大学医学部卒。二〇一六年第一一回ミステリーズ！新人賞を受賞した「消えた脳病変」収録『臨床探偵と消えた脳病変』(『片翼の折鶴』を改題)でデビュー。ほかに共作『情無連盟の殺人』。

臨床探偵と消えた脳病変　117

麻見和史■あさみ・かずし■一九六五年千葉県生まれ。立教大学文学部卒。二〇〇六年、『ヴェサリウスの柩』で第一六回鮎川哲也賞を受賞してデビュー。『真夜中のタランテラ』、『石の繭　警視庁捜査一課十一係』、『水葬の迷宮　警視庁特捜7』、『警視庁文書捜査官』、『邪神の天秤　警視庁公安分析班』など。

虚空の糸　52

芦沢央■あしざわ・よう■一九八四年東京都生まれ。二〇一二年『罪の余白』で第三回野性時代フロンティア文学賞を受賞しデビュー。二〇二一年『汚れた手をそこで拭かない』が第一六四回直木賞候補作、二〇二三年『夜の道標』で第七六回日本推理作家協会賞を受賞。他に『許されようとは思いません』、『火のないところに煙は』など。

芦辺拓■あしべ・たく■一九五八年大阪府生まれ。同志社大学卒業。八六年に「異類五種」で第二回幻想文学新人賞に佳作入選。九〇年に『殺人喜劇の13人』で第一回鮎川哲也賞を受賞してデビュー。二〇二二年に『大鞠家殺人事件』で第七五回日本推理作家協会賞と第二二回本格ミステリ大賞を受賞。ほかの著書に『時の審廷』『ダブル・ミステリ』など。

化野燐■あだしの・りん■一九六四年岡山県出身。二〇〇五年『蠱猫』でデビュー。考古探偵一法師全シリーズのほか、人工憑霊蠱猫シリーズがある。

阿津川辰海■あつかわ・たつみ■一九九四年東京都生まれ。二〇一七年、新人発掘プロジェクト「カッパ・ツー」で『名探偵は嘘をつかない』が選ばれデビュー。ほかに「館四重奏」シリーズなど。二〇二三年『阿津川辰海　読書日記　かくしてミステリー作家は語る〈新鋭奮闘編〉』で第23回本格ミステリ大賞評論・研究部門受賞。

我孫子武丸■あびこ・たけまる■一九六二年兵庫県生まれ。京都大学中退。在学中は推理小説研究会に所属。一九八九年に『8の殺人』でデビュー。ほかに『殺戮にいたる病』『弥勒の掌』など。ゲームソフト『かまいたちの夜』などのシナリオも手がける。

阿部智里■あべ・ちさと■一九九一年群馬県前橋市生まれ。早稲田大学文化構想学部卒。二〇一二年『烏に単は似合わない』で第一九回松本清張賞を受賞しデビュー。同作をはじめとした「八咫烏シリーズ」がある。

天祢涼■あまね・りょう■一九七八年生まれ。二〇一〇年に『キョウカンカク』で第四三回メフィスト賞を受賞しデビュー。ほかに「セシューズ・ハイ」シリーズ、「仲田・真壁」シリーズ、「境内」シリーズなど。

安萬純一■あまん・じゅんいち■一九六四年生まれ。東京歯科大学卒。二〇一〇年『ボディ・メッセージ』（応募時のタイトルは『ボディ・メタ』）で第二〇回鮎川哲也賞を受賞しデビュー。同作をはじめとした「探偵・被砥功児」シリーズのほか、『青銅ドラゴンの密室』、『星空にパレット』など。

彩坂美月■あやさか・みつき■一九八一年山形県生まれ。早稲田大学第二文学部卒。二〇〇九年に第七回富士見ヤングミステリー大賞に投じた『未成年儀式』が準入選となりデビュー。ほかに『ひぐらしふる』『みどり町の怪人』など。

夏の王国で目覚めない　19
柘榴パズル　96

綾辻行人■あやつじ・ゆきと■一九六〇年京都府生まれ。京都大学教育学部卒業、同大学院教育学研究科博士後期課程修了。一九八七年に『十角館の殺人』でデビュー。『時計館の殺人』で第四五回日本推理作家協会賞受賞。ほかの作品に『暗黒館の殺人』『Ａｎｏｔｈｅｒ』等。第二二回日本ミステリー文学大賞受賞。

奇面館の殺人　33

有栖川有栖■ありすがわ・ありす■一九五九年大阪府生まれ。同志社大学卒業。八九年に『月光ゲーム』でデビュー。二〇〇三年に『マレー鉄道の謎』で第五六回日本推理作家協会賞、〇八年に『女王国の城』で第八回本格ミステリ大賞、一八年に「火村英生シリーズ」で第三回吉川英治文庫賞を受賞。本格ミステリ作家クラブ初代会長。ほかに『高原のフーダニット』『論理爆弾』など。

江神二郎の洞察　44
鍵の掛かった男　100
狩人の悪夢　123
カナダ金貨の謎　169

家原英生■いえはら・ひでお■一九五六年東京都生まれ。建築家として働くかたわら、第六二回江戸川乱歩賞の最終候補として選ばれた『(仮)ヴィラ・アーク 設計主旨 VILLA ARC(tentative)』で、二〇一七年にデビュー。

(仮)ヴィラ・アーク設計主旨　124

五十嵐律人■いがらし・りつと■一九九〇年岩手県生まれ。東北大学法科大学院修了。弁護士。二〇二〇年に『法廷遊戯』で第六二回メフィスト賞を受賞してデビュー。ほかの著書に『不可逆少年』『原因において自由な物語』『六法推理』など。

法廷遊戯　189

伊坂幸太郎■いさか・こうたろう■一九七一年千葉県生まれ。二〇〇〇年『オーデュボンの祈り』で第五回新潮ミステリー倶楽部賞を受賞しデビュー。二〇〇四年『アヒルと鴨のコインロッカー』で第二五回吉川英治文学新人賞、二〇〇八年『ゴールデンスランバー』で第五回本屋大賞と第二一回山本周五郎賞、二〇二〇年『逆ソクラテス』で第三三回柴田錬三郎賞を受賞。

夜の国のクーパー　38

石崎幸二■いしざき・こうじ■一九六三年埼玉県生まれ。二〇〇〇年、『日曜日の沈黙』で第一八回メフィスト賞を受賞し、デビュー。女子高生が謎解きに参加するミリア&ユリシリーズを主に書き継いでいる。

鏡の城の美女　58

石持浅海■いしもち・あさみ■一九六六年愛媛県生まれ。九州大学卒。一九九七年、鮎川哲也編者の『本格推理』に短編が採用されたことで、「KAPPA-ONE 登龍門」の第一期に選ばれ、『アイルランドの薔薇』で長編デビュー。他に「座間味くん」シリーズ、「碓氷優佳」シリーズ、『高島太一を殺したい五人』など。

フライ・バイ・ワイヤ　45
わたしたちが少女と呼ばれていた頃　54
君が護りたい人は　210

市井豊■いちい・ゆたか■一九八三年神奈川県生まれ。日本大学卒。二〇〇八年「聴き屋の芸術学部祭」で第五回ミステリーズ！新人賞佳作入選。二〇一二年『聴き屋の芸術学部祭』でデビュー。ほかに『人魚と金魚鉢』『予告状ブラック・オア・ホワイト』。

聴き屋の芸術学部祭　34

市川憂人■いちかわ・ゆうと■一九七六年神奈川県生まれ。東京大学卒。二〇一六年、『ジェリーフィッシュは凍らない』で第二六回鮎川哲也賞を受賞しデビュー。ほかの著作に『ブルーローズは眠らない』『グラスバードは還らない』『神とさざなみの密室』『灰かぶりの夕海』など。

ジェリーフィッシュは凍らない　114
揺籠のアディポクル　193

稲葉一広■いなば・かずひろ■一九六〇年神奈川県生まれ。脚本家として活躍しつつ、二〇一九年、『戯作屋伴内捕物ばなし』で小説家デビュー。

戯作屋伴内捕物ばなし　168

稲羽白菟■いなば・はくと■一九七五年大阪府生まれ。二〇一五年『きつねのよめいり』で第一三回北区内田康夫ミステリー文学賞特別賞。二〇一八年『合邦の密室』が第九回島田荘司ばらのまち福山ミステリー文学新人賞準優秀作となりデビュー。他に『オルレアンの魔女』など。

仮名手本殺人事件　184

乾くるみ■いぬい・くるみ■一九六三年静岡県生まれ。一九九八年、第四回メフィスト賞受賞作『Jの神話』でデビュー。他に『匣の中』『スリープ』『嫉妬事件』『ジグソーパズル48』など。『イニシエーション・ラヴ』が映画化され知名度を高めた。市川尚吾名義で『ニアミステリのすすめ』『本格ミステリ・フラッシュバック』などに執筆。

嫉妬事件　24

乾緑郎■いぬい・ろくろう■一九七一年東京都生まれ。二〇一〇年に『完全なる首長竜の日』で第九回『このミステリーがすごい!』大賞、『忍び外伝』で第二回朝日時代小説大賞を受賞して小説家デビュー。ほかに「鷹野鍼灸院の事件簿」シリーズ、『愚か者の島』『仇討検校』など。

機巧のイヴ　71

犬飼ねこそぎ■いぬかい・ねこそぎ■一九九二年高知県生まれ。光文社新人発掘プロジェクト「カッパ・ツー」第二期に選抜され、『密室は御手の中』でデビュー。

密室は御手の中　208

井上真偽■いのうえ・まぎ■二〇一五年、第五一回メフィスト賞受賞作『恋と禁忌の述語論理（プレディケット）』でデビュー。ほかに『その可能性はすでに考えた』、『ムシカ　鎮虫譜』など。

聖女の毒杯　105
探偵が早すぎる　129
ベーシックインカムの祈り　170

井上雅彦■いのうえ・まさひこ■一九六〇年東京都生まれ。一九八三年、「よけいなものが」が星新一ショートショートコンテストで優秀作に選ばれる。怪奇幻想分野の作品集に『異形博覧会』等。ミステリの代表作に『竹馬男の犯罪』がある。企画・監修を務めるアンソロジー〈異形コレクション〉シリーズにより、第一九回日本SF大賞特別賞を受賞した。

珈琲城のキネマと事件　173

井上悠宇■いのうえ・ゆう■　兵庫県出身。二〇一〇年に『思春期サイコパス』で第一六回スニーカー大賞優秀賞を受賞するが刊行はされず。二〇一三年に『煌帝のバトルスローネ！』でデビュー。ほかに『僕の目に映るきみと謎は』『やさしい魔女の救いかた』『不実在探偵の推理』など。

誰も死なないミステリーを君に2　168

井上夢人■いのうえ・ゆめひと■一九五〇年福岡県生まれ。多摩芸術学園映画科中退。徳山諄一と「岡嶋二人」を結成。一九八二年、『焦茶色のパステル』で第二八回江戸川乱歩賞を受賞してデビュー。一九九二年に井上夢人名義の『ダレカガナカニイル…』でソロ・デビュー。ほかに『プラスティック』、『風が吹いたら桶屋がもうかる』、『ザ・チーム』など。

ラバー・ソウル　38

伊吹亜門■いぶき・あもん■一九九一年愛知県生まれ。同志社大学卒。二〇一五年、「監獄舎の殺人」で第一二回ミステリーズ！新人賞を受賞。二〇一八年の単行本デビュー作『刀と傘　明治京洛推理帖』は第一九回本格ミステリ大賞を受賞した。他に『雨と短銃』『京都陰陽寮謎解き滅妖帖』など。

刀と傘　138
幻月と探偵　211

今村昌弘■いまむら・まさひろ■一九八五年長崎県生まれ。二〇一七年、『屍人荘の殺人』で第二七回鮎川哲也賞を受賞しデビュー。大ヒットした同作は各種ミステリ・ランキング上位となったほか、翌年に第一八回本格ミステリ大賞を受賞。他に『兇人邸の殺人』など。

屍人荘の殺人　122
魔眼の匣の殺人　163

歌野晶午■うたの・しょうご■一九六一年千葉県生まれ。一九八八年、『長い家の殺人』でデビュー。二〇〇三年刊行の『葉桜の季節に君を想うということ』が第四回本格ミステリ大賞、第五七回日本推理作家協会賞を受賞。二〇一〇年、『密室殺人ゲーム2.0』で第一〇回本格ミステリ大賞受賞。著書多数。

誘拐リフレイン　46
Dの殺人事件、まことに恐ろしきは　116

内山純■うちやま・じゅん■一九六三年岡山県出身。二〇一四年『B（ビリヤード）ハナブサへようこそ』が鮎川哲也賞を受賞し、デビュー。他の作品に『土曜はカフェ・チボリで』『みちびきの変奏曲』などがある。

新宿なぞとき不動産　134

鵜林伸也■うばやし・しんや■一九八一年兵庫県生まれ。鮎川哲也賞に投稿した長編が編集者の目にとまり、二〇一〇年に短編「ボールがない」がアンソロジー『放課後探偵団』に掲載される。二〇一八年『ネクスト・ギグ』で本格デビュー。二〇二三年「ベッドの下でタップダンスを」が第七六回日本推理作家協会賞短編部門の候補作になる。

ネクスト・ギグ　154

冲方丁■うぶかた・とう■一九七七年岐阜県各務原市生まれ。早稲田大学第一文学部中退。一九九六年『黒い季節』で第一回スニーカー大賞金賞を受賞しデビュー。ほかに『天地明察』、「マルドゥック」シリーズなど。

十二人の死にたい子どもたち　115

浦賀和宏■うらが・かずひろ■一九七八年生まれ。一九九八年『記憶の果て』で第五回メフィスト賞を受賞しデビュー。同作をはじめとした「安藤直樹」シリーズのほか、「松浦純菜・八木剛士」シリーズ、「桑原銀次郎」シリーズなど。二〇二〇年没。

デルタの悲劇　174

大倉崇裕■おおくら・たかひろ■一九六八年生まれ。学習院大学法学部卒。二〇〇一年第四回創元推理短編賞佳作を受賞した『三人目の幽霊』を含む連作短編集を刊行しデビュー。同作をはじめとした「落語」シリーズほか、「白戸修」シリーズ、「問題物件」シリーズ、劇場アニメ『名探偵コナン』などの脚本など。

死神さん　150

アロワナを愛した容疑者　166

大島清昭■おおしま・きよあき■一九八二年栃木県生まれ。小説家デビュー前に研究書『現代幽霊論』等を刊行。二〇二〇年に短編「影踏亭の怪談」で第一七回ミステリーズ！新人賞を受賞。二〇二一年に同作を含む連作『影踏亭の怪談』を刊行。ほかに『赤虫村の怪談』など。

影踏亭の怪談　211

太田忠司■おおた・ただし■一九五九年生まれ。名古屋工業大学工学部電気工学科卒。一九九〇年『僕の殺人』でデビュー。同作をはじめとした「殺人三部作」のほか、「ミステリなふたり」シリーズ、「名古屋駅西喫茶ユトリロ」シリーズなど。

道化師の退場　167

大森葉音■おおもり・はのん■一九六五年北海道生まれ。北海道大学文学部卒。二〇一三年『果てしなく流れる砂の歌』でデビュー。大森滋樹名義でミステリに関する批評活動も行う。

プランタンの優雅な退屈　94

大山誠一郎■おおやま・せいいちろう■一九七一年埼玉県生まれ。京都大学法学部中退。在学中は推理小説研究会に所属。『密室蒐集家』で第一三回本格ミステリ大賞を受賞。「時計屋探偵と二律背反のアリバイ」で第七五回日本推理作家協会賞（短編部門）を受賞。ほかに『アルファベット・パズラーズ』、『赤い博物館』、『アリバイ崩し承ります』、『ワトソン力』など。

密室蒐集家　32

赤い博物館　98

アリバイ崩し承ります　150

ワトソン力　192

岡崎琢磨■おかざき・たくま■一九八六年福岡県出身。京都大学卒。二〇一二年『珈琲店タレーランの事件簿　また会えたなら、あなたの淹れた珈琲を』が第一〇回『このミステリーがすごい！』大賞の最終選考に残り、翌年出版されデビュー。ほかに『道然寺さんの双子探偵』『病弱探偵』『Butterfly World』など。

夏を取り戻す　152

岡田秀文■おかだ・ひでふみ■一九六三年東京生まれ。明治大学卒業。九九年に「見知らぬ侍」で第二一回小説推理新人賞を受賞、二〇〇一年に『本能寺六夜物語』で単行本デビュー。〇二年に『太閤暗殺』で第五回日本ミステリー文学大賞新人賞を受賞。ほかの著書に『伊藤博文邸の怪事件』『海妖丸事件』など。

黒龍荘の惨劇　73

小川一水■おがわ・いっすい■一九七五年岐阜県生まれ。一九九六年『まずは一報ポプラパレスより』（河出智紀名義）でデビュー。一九九八年『アース・ガード』から小川一水名義。長・短編で星雲賞を四回受賞し、二〇二〇年『天冥の標』で第四〇回日本SF大賞を受賞する。ミステリ系の作品には『美森まんじゃしろのサオリさん』など。

トネイロ会の非殺人事件　37

織守きょうや■おりがみ・きょうや■一九八〇年ロンドン生まれ。二〇一二年に『霊感検定』で第一四回講談社BOX新人賞Powersを受賞してデビュー。一五年に『記憶屋』で第二二回日本ホラー小説大賞読者賞、二一年に『花束は毒』で第五回未来屋小説大賞を受賞。ほかに『霊感検定』『ただし、無音に限り』『学園の魔王様と村人Aの事件簿』など。

黒野葉月は鳥籠で眠らない　92

花束は毒　207

折原一■おりはら・いち■一九五一年埼玉県久喜市生まれ。早稲田大学第一文学部卒。一九八八年オール讀物推理小説新人賞の最終候補作「おせっかいな密室」を含む『五つの棺』でデビュー（後に『七つの棺』に増補・改題）。同作をはじめとした「黒星警部」シリーズのほか、「〜者」シリーズなど。

潜伏者　46

階知彦■かい・ともひこ■一九六九年愛知県生まれ。二〇一三年から小説投稿サイト「E★エブリスタ」に投稿を開始。二〇一六年、『シャーベット・ゲーム　オレンジ色の研究』でデビュー。他に『シャーベット・ゲーム　四つの題名』『火曜新聞クラブ　泉杜毬見台の探偵』。

シャーベット・ゲーム　113

加賀美雅之■かがみ・まさゆき■一九五九年千葉県生まれ。二〇〇二年、『双月城の惨劇』でデビュー。フランス人予審判事シャルル・ベルトランの長短編を中心に活躍したが、二〇一三年に急逝。二〇二二年、アンソロジーなどに書き下ろした作品をまとめた『加賀美雅之未収録作品集』がまとめられた。

縛り首の塔の館　14

伽古屋圭市■かこや・けいいち■一九七二年大阪府生れ。公務員退職後、二〇一〇年に『パチプロ・コード』で第八回『このミステリーがすごい！』大賞優秀賞を受賞してデビュー。ほかに『散り行く花』『断片のアリス』『かすがい食堂』など。

からくり探偵・百栗柿三郎　90

笠井潔■かさい・きよし■一九四八年東京都生まれ。一九七九年、角川小説賞受賞作『バイバイ、エンジェル』でデビュー。編著『本格ミステリの現在』で日本推理作家協会賞評論その他の部門受賞。『オイディプス症候群』で本格ミステリ大賞小説部門、『探偵小説論序説』『探偵小説と叙述トリック―ミネルヴァの梟は黄昏に飛び立つか？』で同賞評論・研究部門受賞を二度にわたり受賞。『ヴァンパイヤー戦争』他、伝奇小説のシリーズも多い。

吸血鬼と精神分析　23

霞流一■かすみ・りゅういち■一九五九年岡山県生まれ。早稲田大学政治経済学部卒。一九九四年『おなじ墓のムジナ』で横溝正史賞佳作入選しデビュー。他に類を見ないバカミス専門作家。他に『首断ち六地蔵』『スパイダーZ』など著書多数。

フライプレイ！　76

パズラクション　148

片里鴎■かたざと・かもめ■広島県出身。二〇一二年から小説投稿サイト「小説家になろう」に投稿を開始。紙の本としては二〇一七年の『ペテン師は静かに眠りたい1』が第一作。本格ミステリとしては『異世界の名探偵1』『異世界の名探偵2』がある。

異世界の名探偵1　170

加藤元浩■かとう・もとひろ■滋賀県出身。「月刊少年ガンガン」などのスクウェア・エニックス系のコミックス誌でデビュー。一九九七年からミステリ漫画『Q.E.D.証明終了』を連載開始。同作は、二〇〇九年第三三回講談社漫画賞少年部門を受賞。二〇一五年から『Q.E.D.iff 証明終了』と改題し、現在も連載継続中。他に漫画作品として『C.M.B.森羅博物館の事件目録』『空のグリフターズ』『ないない堂 タヌキ和尚の禍事帖』など。

量子人間(クォンタムマン)からの手紙　132

香納諒一■かのう・りょういち■一九六三年神奈川県生まれ。早稲田大学第一文学部卒業。一九九〇年、「影の彼方」で第七回織田作之助賞佳作入選し、一九九一年、「ハミングで二番まで」で第一三回小説推理新人賞を受賞し、作家デビュー。一九九九年、『幻の女』で第五二回推理作家協会賞を受賞。ほかに『時よ夜の海に瞑れ』、『贄の夜会』、『ガリレオの小部屋』など。

完全犯罪の死角　143

紙城境介■かみしろ・きょうすけ■京都府生まれ。二〇一五年『ウィッチハント・カーテンコール 超歴史的殺人事件』にて第一回集英社ライトノベル新人賞優秀賞を受賞しデビュー。「継母の連れ子が元カノだった」シリーズが二〇二二年にテレビアニメ化。他の作品に「僕が答える君の謎解き」「シャーロック・アカデミー」シリーズ等。

僕が答える君の謎解き2　212

河合莞爾■かわい・かんじ■熊本県生まれ。早稲田大学法学部卒業。二〇一二年、『デッドマン』で第三二回横溝正史ミステリ大賞を受賞。ほかに『ドラゴンフライ』、『ダンデライオン』、『カンブリア　邪眼の章　警視庁「背理犯罪」捜査係』など。

救済のゲーム　94

玩具堂■がんぐどう■二〇一〇年「なるたま～あるいは学園パズル」で第一五回スニーカー大賞大賞受賞。同年に受賞作を改題した『子ひつじは迷わない　走るひつじが1ぴき』でデビュー。他の作品に「探偵くんと鋭い山田さん　俺を挟んで両隣の双子姉妹が勝手に推理してくる」シリーズ、「久青玩具堂」名義の『まるで名探偵のような雑居ビルの事件ノート』等。

子ひつじは迷わない　11

貴志祐介■きし・ゆうすけ■一九五九年大阪府出身。第三回日本ホラー小説大賞の佳作に入選した『十三番目の人格　ISOLA』で一九九六年にデビュー。『黒い家』で第四回ホラー小説大賞、『硝子のハンマー』で第五八回日本推理作家協会賞を受賞するなど受賞歴多数。他に『青の炎』『我々は、みな孤独である』など。

鍵のかかった部屋　19

ミステリークロック　133

岸田るり子■きしだ・るりこ■一九六一年京都府京都市生まれ。パリ第7大学理学部卒。二〇〇四年『密室の鎮魂歌』（応募時のタイトルは「屍の足りない密室」）で第一四回鮎川哲也賞を受賞しデビュー。ほかに『無垢と罪』、『月のない夜に』など。

白椿はなぜ散った　20

喜多南■きた・みなみ■一九八〇年愛知県生まれ。二〇一一年『僕と姉妹と幽霊(カノジョ)の約束(ルール)』でデビュー。他に『きみがすべてを忘れる前に』『八月のリピート　僕は何度でもあの曲を弾く』など。

絵本作家・百灯瀬七姫のおとぎ事件ノート　97

北村薫■きたむら・かおる■一九四九年埼玉県生まれ。早稲田大学第一文学部卒。在学中はワセダ・ミステリ・クラブに所属。一九八九年に『空飛ぶ馬』でデビュー。『夜の蝉』で第四四回日本推理作家協会賞、『ニッポン硬貨の謎』で第六回本格ミステリ大賞、『鷺と雪』で第一四一回直木賞を受賞。元早稲田大学文学学術院・文化構想学部教授。ほかに『六の宮の姫君』、『覆面作家は二人いる』、『スキップ』、『街の灯』など。

太宰治の辞書　93

北森鴻■きたもり・こう■一九六一年～二〇一〇年。山口県生まれ。駒澤大学文学部卒。編集プロダクション勤務を経て、一九九五年、『狂乱廿四孝』で第六回鮎川哲也賞を受賞しデビュー。一九九九年「花の下にて春死なむ」で第五二回日本推理作家協会賞・短編および連作短編集部門を受賞。ほかに『凶笑面』、『狐罠』、『共犯マジック』、『桜宵』、など。

邪馬台　23

北山猛邦■きたやま・たけくに■一九七九年岩手県生まれ。二〇〇二年『「クロック城」殺人事件』で第二四回メフィスト賞を受賞しデビュー。『オルゴーリェンヌ』『月灯館殺人事件』など以外に、『ダンガンロンパ霧切』――ゲームのスピンオフの本格ミステリも手がけている。

猫柳十一弦の後悔　25

オルゴーリェンヌ　77

城戸喜由■きど・きよし■一九九〇年北海道生まれ。第二三回日本ミステリー文学大賞新人賞を受賞した『暗黒残酷監獄』でデビュー。

暗黒残酷監獄　184

貴戸湊太■きど・そうた■一九八九年兵庫県出身。『このミステリーがすごい!』大賞U-NEXT・カンテレ賞を受賞した『そして、ユリコは一人になった』で二〇二〇年にデビュー。他に『認知心理検察官の捜査ファイル 検事執務室には発見器が住んでいる』などがある。

そして、ユリコは一人になった　183

木元哉多■きもと・かなた■埼玉県出身。第五五回メフィスト賞を受賞した『閻魔堂沙羅の推理奇譚』で二〇一八年にデビュー。同作はシリーズ化された。他に『遺産相続を放棄します』。

閻魔堂沙羅の推理奇譚　負け犬たちの密室　142

京極夏彦■きょうごく・なつひこ■一九六三年北海道生まれ。一九九四年、『姑獲鳥の夏』でデビュー。『魍魎の匣』で第四九回日本推理作家協会賞、『後巷説百物語』で第一三〇回直木賞を受賞するなど受賞歴多数。他に『鉄鼠の檻』『絡新婦の理』『嗤う伊右衛門』『巷説百物語』『死ねばいいのに』『ヒトごろし』など。

ルー＝ガルー2　22

霧舎巧■きりしゃ・たくみ■一九六三年神奈川県生まれ。駒澤大学卒。一九九九年『ドッペルゲンガー宮』でメフィスト賞を受賞し、本格デビュー。他に私立霧舎学園ミステリ白書シリーズや『名探偵もどき』など。

推理は一日二時間まで　111

桐山徹也■きりやま・てつや■一九七一年埼玉県出身。二〇一六年、『愚者のスプーンは曲がる』が第一五回『このミステリーがすごい!』大賞の「隠し玉」に選ばれてデビュー。

ループ・ループ・ループ　186

櫛木理宇■くしき・りう■一九七二年新潟県生まれ。二〇一二年『ホーンテッド・キャンパス』で第一九回日本ホラー小説大賞読者賞、『赤と白』で第二五回小説すばる新人賞を受賞しデビュー（投稿時は串木里有名義）。「ホーンテッド・キャンパスシリーズ」のほか、『チェインドッグ』（『死刑にいたる病』に改題）など。

鵜頭川村事件　144

鯨統一郎■くじら・とういちろう■國學院大學文学部国文学科卒。一九九八年第三回創元推理短編賞の最終選考作を収録した『邪馬台国はどこですか』でデビュー。同作をはじめとした「早乙女静香」シリーズのほか、「桜川東子」シリーズ、「作家六波羅一輝の推理」シリーズなど。

冷たい太陽　70

久住四季■くずみ・しき■一九八二年島根県生まれ。二〇〇五年、第一一回電撃小説大賞応募作『トリックスターズ』でデビュー。他の作品に「ミステリクロノ」シリーズ、『鷲見ヶ原うぐいすの論証』、『星読島に星は流れた』、「異常心理犯罪捜査官・氷膳莉花」シリーズ等。

星読島に星は流れた　92

倉阪鬼一郎■くらさか・きいちろう■一九六〇年三重県生まれ。早稲田大学第一文学部卒業。八七年、短編集『地底の鰐、天上の蛇』を上梓。九八年より専業作家。著書に『留美のために』『紙の碑に泪を　上小野田警部の退屈な事件』『三崎黒鳥館白鳥館連続密室殺人』など。

五色沼黄緑館藍紫館多重殺人　21

倉知淳■くらち・じゅん■一九六二年静岡県生まれ。一九九三年『競作　五十円玉二十枚の謎』に応募し別名義で若竹賞を受賞。一九九四年『日曜の夜は出たくない』で本格的に作家デビュー。二〇〇一年『壺中の天国』で第一回本格ミステリ大賞を受賞。他に『雪降り山荘の殺人』、「猫丸先輩」シリーズなど。

片桐大三郎とXYZの悲劇　99

皇帝と拳銃と　133

ドッペルゲンガーの銃　149

倉野憲比古■くらの・のりひこ■一九七四年福岡県生まれ。二〇〇八年『スノウブラインド』でデビュー。他に『弔い月の下にて』がある。

墓地裏の家　18

黒田研二■くろだ・けんじ■一九六九年三重県生まれ。信州大学卒。二〇〇〇年『ウェディング・ドレス』でメフィスト賞を受賞しデビュー。他に『硝子細工のマトリョーシカ』『幻影のペルセポネ』など著書多数。

さよならファントム　24

呉勝浩■ご・かつひろ■一九八一年青森県生まれ。大阪芸術大学映像学科卒業。二〇一五年に『道徳の時間』で第六一回江戸川乱歩賞を受賞してデビュー。一八年に『白い衝動』で第二〇回大藪春彦賞、二〇年に『スワン』で第四一回吉川英治文学新人賞と第七三回日本推理作家協会賞を受賞。ほかに『ロスト』『爆弾』など。

マトリョーシカ・ブラッド　146

小島正樹■こじま・まさき■埼玉県生まれ。『御手洗潔パロディ・サイト事件』『パロサイ・ホテル』への寄稿を経て、二〇〇五年、島田荘司との共著『天に還る舟』を上梓。二〇〇八年、『十三回忌』で単独デビュー。他に『扼殺のロンド』『龍の寺の晒し首』『浜中刑事の妄想と檄運』『四月の橋』など。

龍の寺の晒し首 15
誘拐の免罪符 147

谺健二■こだま・けんじ■一九六〇年兵庫県生まれ。一九九七年『未明の悪夢』が第八回鮎川哲也賞を受賞しデビュー。他に『赫い月照』、『星の牢獄』、『ケムール・ミステリー』など。

ケムール・ミステリー 107

古処誠二■こどころ・せいじ■一九七〇年福岡県生まれ。元航空自衛隊員。二〇〇〇年『UNKNOWN』（文庫版で『アンノウン』に改題）で第一四回メフィスト賞を受賞しデビュー。第四作『ルール』から戦争小説に転身。『いくさの底』で第七一回毎日出版文化賞、第七一回日本推理作家協会賞受賞を受賞。

いくさの底 130

小林泰三■こばやし・やすみ■一九六二〜二〇二〇年。京都府生まれ。大阪大学大学院修了。九五年に「玩具修理者」で第二回日本ホラー小説大賞短編賞を受賞。一二年に『天獄と地国』で第四三回星雲賞、一七年に『ウルトラマンF』で第四八回星雲賞を受賞。ほかに『大きな森の小さな密室』『完全・犯罪』『殺人鬼にまつわる備忘録』など。

アリス殺し 56

近藤史恵■こんどう・ふみえ■ 一九六九年大阪府生まれ。一九九三年に『凍える島』で第四回鮎川哲也賞を受賞してデビュー。二〇〇八年に『サクリファイス』で第一〇回大藪春彦賞を受賞。ほかに『天使はモップを持って』『ときどき旅に出るカフェ』など。

マカロンはマカロン 118

紺野天龍■こんの・てんりゅう■一九八五年東京都生まれ。第二三回電撃小説大賞応募作「ウィアドの戦術師」を改稿・改題した『ゼロの戦術師』で二〇一八年にデビュー。『錬金術師の密室』から本格ミステリに進出。他に「幽世の薬剤師」シリーズなど。

錬金術師の消失 195
シンデレラ城の殺人 208

酒井田寛太郎■さかいだ・かんたろう■神奈川県出身。二〇一七年に『翡翠と琥珀』で第一一回小学館ライトノベル大賞優秀賞を受賞。『ジャナ研の憂鬱な事件簿』と改題しデビュー。同作はシリーズ化した。他に『放課後の嘘つきたち』。

ジャナ研の憂鬱な事件簿 126

榊林銘■さかきばやし・めい■一九八九年愛知県生まれ。名古屋大学卒。二〇一五年、「十五秒」で第一二回ミステリーズ！新人賞佳作を受賞しデビュー。二〇二一年、同作を含む短篇集『あと十五秒で死ぬ』を刊行。「銘宮」名義で同人活動も行っている。

あと十五秒で死ぬ 204

櫻田智也■さくらだ・ともや■一九七七年北海道生まれ。二〇一三年、「サーチライトと誘蛾灯」で第一〇回ミステリーズ！新人賞を受賞。『蟬かえる』で第七四回日本推理作家協会賞長編および連作短編集部門受賞、および第二一回本格ミステリ大賞小説部門を受賞。

蟬かえる 181

佐藤青南■さとう・せいなん■一九七五年長崎県生まれ。二〇一〇年『ある少女にまつわる殺人の告白』で第九回『このミステリーがすごい！』大賞優秀賞を受賞しデビュー。主な作品に「行動心理捜査官・楯岡絵麻」シリーズ、「白バイガール」シリーズ等。

ヴィジュアル・クリフ　141

澤村伊智■さわむら・いち■一九七九年大阪府生まれ。二〇一五年、『ぼぎわんが、来る』で第二二回日本ホラー小説大賞を受賞しデビュー。二〇一九年、『などらぎの首』収録の「学校は死の匂い」で第七二回日本推理作家協会賞短編部門を受賞。ほかに『恐怖小説キリカ』、『ファミリーランド』など。

予言の島　164

うるはしみにくし あなたのともだち　190

沢村浩輔■さわむら・こうすけ■一九六七年大阪府生まれ。阪南大学経済学部卒業。二〇〇七年「インディアン・サマー騒動記」（『夜の床屋』に改題）で第四回ミステリーズ！新人賞を受賞し、二〇一一年デビュー。ほかに『海賊島の殺人』『時喰監獄』など。

夜の床屋　15

潮谷験■しおたに・けん■一九七八年京都府生まれ。二〇二一年に『スイッチ』で第六三回メフィスト賞を受賞し、『スイッチ 悪意の実験』と改題してデビュー。『時空犯』が「リアルサウンド認定２０２１年度国内ミステリーベスト10」第一位に選ばれる。他に『エンドロール』『あらゆる薔薇のために』。

時空犯　209

梓崎優■しざき・ゆう■一九八三年生まれ。東京都出身。二〇〇八年に短編「砂漠を走る船の道」で第五回ミステリーズ！新人賞を受賞。二〇一〇年に同作を含む連作『叫びと祈り』を刊行。『リバーサイド・チルドレン』で第一六回大藪春彦賞受賞。

リバーサイド・チルドレン　57

静月遠火■しずき・とおか■一九七七年生まれ。『パララバ -Parallel lovers-』が電撃小説大賞金賞を受賞し、二〇〇九年デビュー。ゲームのシナリオも手掛けている。他に『ボクらのキセキ』『R&R』がある。

真夏の日の夢　13

獅子宮敏彦■ししぐう・としひこ■一九六一年奈良県生まれ。龍谷大学文学部卒業。九〇年に「小田原の織社」で第二九回オール讀物推理小説新人賞を受賞（中野良浩名義）。二〇〇三年に「神国崩壊」で第一〇回創元推理短編賞を受賞。ほかに『砂楼に登りし者たち』『上海殺人人形』『豊臣探偵奇譚』など。

君の館で惨劇を　35

島田荘司■しまだ・そうじ■一九四八年広島県福山市生まれ。武蔵野美術大学卒。一九八一年、『占星術殺人事件』でデビュー。『斜め屋敷の犯罪』『異邦の騎士』等の名探偵御手洗潔シリーズ、『北の夕鶴2/3の殺人』『奇想、天を動かす』等の刑事吉敷竹史シリーズをはじめ、著書多数。「島田荘司選・ばらのまち福山ミステリー文学新人賞」「島田荘司推理小説賞」の選考委員を務める。第一二回日本ミステリー文学大賞受賞。

屋上　109

下村敦史■しもむら・あつし■一九八一年京都府生まれ。江戸川乱歩賞を受賞し二〇一四年『闇に香る嘘』でデビュー。他の作品に『悲願花』『絶声』など著書多数。

闇に香る嘘　72

同姓同名　191

斜線堂有紀■しゃせんどう・ゆうき■一九九三年秋田県生まれ。二〇一六年『キネマ探偵カレイドミステリー』で第二三回電撃小説大賞メディアワークス文庫賞を受賞し、翌年デビュー。二〇二一年『楽園とは探偵の不在なり』が第二一回本格ミステリ大賞候補作となる。他に「死体埋め部」シリーズ、『廃遊園地の殺人』、『回樹』など。

楽園とは探偵の不在なり　191

周木律■しゅうき・りつ■二〇一三年『眼球堂の殺人～The Book～』で第四七回メフィスト賞を受賞しデビュー。同作から始まる「堂」シリーズで注目される。他に『LOST　失覚探偵』、『死者の雨　モヘンジョダロの墓標』、『楽園のアダム』、『うさぎの町の殺人』など。

雪山の檻　78

白井智之■しらい・ともゆき■一九九〇年千葉県生まれ。東北大学法学部卒。二〇一四年に『人間の顔は食べづらい』でデビュー。『名探偵のいけにえ』で第二三回本格ミステリ大賞受賞。ほかに『お前の彼女は二階で茹で死に』『死体の汁を啜れ』など。

東京結合人間　99

おやすみ人面瘡　113

少女を殺す100の方法　139

そして誰も死ななかった　169

名探偵のはらわた　190

城平京■しろだいら・きょう■一九七四年奈良県生まれ。一九九八年に第八回鮎川哲也賞最終候補作『名探偵に薔薇を』でデビュー。『虚構推理　鋼人七瀬』で本格ミステリ大賞受賞。他に『雨の日も神様と相撲を』、漫画原作〈スパイラル～推理の絆～〉〈絶望のテンペスト〉など。〈スパイラル〉はのちに自ら小説化した。

虚構推理　8

雨の日も神様と相撲を　106

菅原和也■すがはら・かずや■一九八八年茨城県生まれ。第三二回横溝正史ミステリ大賞を受賞した『さあ、地獄に堕ちよう』で二〇一二年にデビュー。他に『柩の中に生者はいらない』『ブラッド・アンド・チョコレート』『あなたは嘘が見抜けない』など。

CUT　55

瀬川コウ■せがわ・こう■一九九二年山梨県生まれ。東北大学卒。二〇一四年『完全彼女とステルス潜行する僕等』でデビュー。同年、E★エブリスタ投稿の『謎好き乙女と奪われた青春』でスマホ小説大賞新潮文庫賞を受賞。ほかに『今夜、君に殺されたとしても』『君と放課後リスタート』など。ゲームソフト『東京クロノス』のシナリオも手がける。

謎好き乙女と奪われた青春　91

大門剛明■だいもん・たけあき■一九七四年三重県出身。龍谷大学文学部哲学科教育学専攻卒。横溝正史ミステリ大賞とテレビ東京賞をダブル受賞した『雪冤』で二〇〇九年デビュー。社会派ミステリを中心に執筆している。他に『確信犯』『鍵師ギドウ』など著書多数。

レアケース　41

高井忍■たかい・しのぶ■一九七五年京都府生まれ。立命館大学卒業。二〇〇五年に「漂流巌流島」で第二回ミステリーズ！新人賞を受賞してデビュー。著書に『漂流巌流島』『本能寺遊戯』『名刀月影伝』など。

柳生十兵衛秘剣考　13

高野史緒■たかの・ふみお■一九六六年茨城県生まれ。お茶の水大学人文科学研究科修士課程修了。九五年に第六回ファンタジーノベル大賞最終候補作『ムジカ・マキーナ』でデビュー。二〇一二年に『カラマーゾフの妹』で第五八回江戸川乱歩賞を受賞。ほかに『架空の王国』『赤い星』『まぜるな危険』など。

カラマーゾフの妹　40

竹町■たけまち■静岡県出身。第三二回ファンタジア大賞受賞作「スパイは甘く誘惑される。学校全員の美少女から」を改題・全面改稿した『スパイ教室』で二〇二〇年にデビュー。同作はシリーズ化された。

スパイ教室01　182

竹本健治■たけもと・けんじ■一九五四年兵庫県生まれ。一九七八年、『匣の中の失楽』でデビュー。『涙香迷宮』で第一七回本格ミステリ大賞受賞。他に『ツグミはツグミの森』『ウロボロスの偽書』『汎虚学研究会』『かくも水深き不在』など。『狂い壁狂い窓』『殺戮のための超・絶・技・巧』といったホラーやSF系列の作品も多い。

かくも水深き不在　40
涙香迷宮　104

田代裕彦■たしろ・ひろひこ■第三回富士見ヤングミステリー大賞を受賞し、その受賞作『平井骸惚此中ニ有リ』で二〇〇四年デビュー。ミステリとしては「平井骸惚」シリーズ以外に、「セカイのスキマ」シリーズ、「痕跡師の憂鬱」シリーズなど。

魔王殺しと偽りの勇者　67

田中啓文■たなか・ひろふみ■一九六二年大阪府生まれ。神戸大学経済学部卒。一九九三年、「落下する緑」が鮎川哲也編『本格推理』に入選。『背徳のレクイエム』が第二回ファンタジーロマン大賞で佳作となりデビュー。二〇〇二年、「銀河帝国の弘法も筆の誤り」で第三三回星雲賞、二〇〇九年、「渋い夢」で第六二回日本推理作家協会賞短編部門、二〇一六年、「怪獣ルクスビグラの足型を取った男」で第四七回星雲賞を受賞。ほかに『凶の剣士』、『水霊　ミズチ』、『鬼の探偵小説』、『ハナシがちがう！　笑酔亭梅寿謎解噺』など。

真鍮のむし　16
信長島の惨劇　195

谷川流■たにがわ・ながる■一九七〇年兵庫県出身。関西学院大学卒。二〇〇三年、第八回スニーカー大賞を受賞した『涼宮ハルヒの憂鬱』と電撃文庫『学校を出よう！』の同時刊行でデビュー。「涼宮ハルヒ」シリーズはアニメ化されて一大ブームに。他に『絶望系』『ボクのセカイをまもるヒト』など。

涼宮ハルヒの直観　194

千澤のり子■ちざわ・のりこ■一九七三年東京都生まれ。二〇〇七年に二階堂黎人との合作『ルームシェア　私立探偵・桐山真紀子』を宗形キメラ名義で発表。二〇〇九年に『マーダーゲーム』で単著デビュー。ほかに『暗黒10カラット』など。羽住典子名義で評論活動も行っている。

シンフォニック・ロスト　11

知念実希人■ちねん・みきと■一九七八年沖縄県生まれ。第四回ばらのまち福山ミステリー文学新人賞受賞作『誰がための刃　レゾンデートル』でデビュー。他に「死神」シリーズ、「天久鷹央の推理カルテ」シリーズ、『仮面病棟』『屋上のテロリスト』『ムゲンのi』など。

十字架のカルテ 185
硝子の塔の殺人 209

柄刀一■つかとう・はじめ■一九五九年北海道生まれ。一九九八年に鮎川哲也賞最終候補作『3000年の密室』でデビュー。ほかに『OZの迷宮』『ゴーレムの檻』『密室キングダム』など。

密室の神話 77
ミダスの河 145
或るギリシア棺の謎 205

月原渉■つきはら・わたる■一九七八年神奈川県生まれ。東京芸術専門学校卒。二〇一〇年、『太陽が死んだ夜』で第二〇回鮎川哲也賞を受賞してデビュー。ほかに『世界が終わる灯』、『月光蝶　NCIS特別捜査官』、『火祭りの巫女』、『使用人探偵シズカ―横濱異人館殺人事件―』など。

オスプレイ殺人事件 70
首無館の殺人 152

辻真先■つじ・まさき■一九三二年愛知県生まれ。名古屋大学卒業。アニメや特撮の脚本家として幅広く活躍。七二年に『仮題・中学殺人事件』でミステリ作家としてデビュー。八二年に『アリスの国の殺人』で第三五回日本推理作家協会賞、二〇〇九年に『完全恋愛』（牧薩次名義）で第九回本格ミステリ大賞を受賞。ほかに『焼跡の二十面相』など。

戯作・誕生殺人事件 56
残照 110
たかが殺人じゃないか 187

辻堂ゆめ■つじどう・ゆめ■一九九二年神奈川県出身。東京大学法学部卒。大学在学中の二〇一五年に『このミステリーがすごい！』大賞優秀賞を受賞した『いなくなった私へ』でデビュー。『トリカゴ』で大藪春彦賞受賞。他に『今、死ぬ夢を見ましたか』『あの日の交換日記』など。

トリカゴ 213

辻村深月■つじむら・みづき■一九八〇年山梨県生まれ。千葉大学教育学部卒業。二〇〇四年に『冷たい校舎の時は止まる』で第三一回メフィスト賞を受賞してデビュー。一一年に『ツナグ』で吉川英治文学新人賞、一二年に『鍵のない夢を見る』で第一四七回直木三十五賞、一八年に『かがみの孤城』で第一五回本屋大賞を受賞。ほかに『ハケンアニメ！』『傲慢と善良』など。

かがみの孤城 126

手代木正太郎■てしろぎ・しょうたろう■二〇一二年第九回講談社BOX新人賞powers talents受賞作『柳生浪句剣』でデビュー。ほかに『鋼鉄城アイアン・キャッスル』、『魔法医師の診療記録』など。

不死人の検屍人 162

筒城灯士郎■とうじょう・とうしろう■一九八九年生まれ。筒井康隆『ビアンカ・オーバースタディ』の続篇として執筆した『ビアンカ・オーバーステップ』で第一八回星海社FICTIONS新人賞を受賞しデビュー。

世界樹の棺 173

戸田義長■とだ・よしなが■一九六三年東京都生まれ。早稲田大学卒業。二〇一八年、第二七回鮎川哲也賞の最終候補作となった『恋牡丹』でデビュー。ほかの著書に『雪旅籠』『虹の涯』。

恋牡丹 153

友井羊■ともい・ひつじ■一九八一年群馬県

出身。國學院大学卒。二〇一一年『僕はお父さんを訴えます』で第一〇回『このミステリーがすごい！』大賞優秀賞を受賞してデビュー。ほかに『スープ屋しずくの謎解き朝ごはん』『さえこ照ラス』『無実の君が裁かれる理由』など。

ボランティアバスで行こう！　53
スイーツレシピで謎解きを　115

朝永理人■ともなが・りと■一九九一年福島県出身。大学卒業後、アルバイトのかたわら小説を投稿。第二七回鮎川哲也賞に応じた『幽霊は時計仕掛け』を改題・改稿した『幽霊たちの不在証明』で二〇一九年第一八回『このミステリーがすごい！』大賞・優秀賞を受賞し、翌年デビュー。他に『観覧車は謎を乗せて』『毒入り珈琲事件』。

幽霊たちの不在証明　185

鳥飼否宇■とりかい・ひう■一九六〇年福岡県生まれ。九州大学理学部生物学科卒。二〇〇一年『中空』で第二一回横溝正史ミステリ大賞優秀作を受賞しデビュー。同作をはじめとした「観察者」シリーズのほか、「綾鹿市シリーズ」、碇卯人名義で発表しているテレビドラマ「相棒」のオリジナル小説シリーズなど。

死と砂時計　88
絶望的　90
紅城奇譚　129
隠蔽人類　142

長江俊和■ながえ・としかず■一九六六年大阪府吹田市生まれ。二〇〇二年『禁忌装置』（『ゴーストシステム』を改稿改題）でデビュー。同作を含む「禁止」シリーズのほか、「東京二十三区女」、ドラマ演出で「富豪刑事」シリーズなど。

出版禁止　72

長岡弘樹■ながおか・ひろき■一九六九年生まれ。筑波大学第一学群社会学類卒。二〇〇三年「真夏の車輪」で第二五回小説推理新人賞を受賞しデビュー。ほかに『陽だまりの偽り』、『傍聞き』など。

教場　54

長沢樹■ながさわ・いつき■新潟県生まれ。二〇一一年に『消失グラデーション』で第三一回横溝正史ミステリ大賞を受賞してデビュー。ほかに『上石神井さよならレボリューション』『武蔵野アンダーワールド・セブン―多重迷宮―』『ダークナンバー』など。

消失グラデーション　22

中村あき■なかむら・あき■一九九〇年生まれ。二〇一三年に『ロジック・ロック・フェスティバル』で第八回星海社FICTIONS新人賞を受賞してデビュー。二〇二一年に『チェス喫茶フィアンケットの迷局集』で第三回双葉文庫ルーキー大賞を受賞。ほかに『トリップ・トラップ・バケーション』など。

ラスト・ロスト・ジュブナイル　135

中山七里■なかやま・しちり■一九六一年生まれ。花園大学文学部国文学科卒。二〇〇九年『さよならドビュッシー』で第八回『このミステリーがすごい！』大賞を受賞しデビュー。同作をはじめとした「岬洋介」シリーズのほか、「刑事犬養隼人」シリーズ、「毒島」シリーズなど。

連続殺人鬼カエル男　12
贖罪の奏鳴曲　26

名倉編■なぐら・あむ■一九八九年京都府出身。「ゲンロン大森望SF創作講座」をへて第五八回メフィスト賞を受賞した『異セカイ系』で二〇一八年にデビュー。

異セカイ系　147

七河迦南■ななかわ・かなん■　東京都出身。二〇〇八年、『七つの海を照らす星』で第一八回鮎川哲也賞を受賞しデビュー。そのほかの作品に『アルバトロスは羽ばたかない』『空耳の森』などがある。

夢と魔法の国のリドル　112

鳴神響一■なるかみ・きょういち■一九六二年東京都生まれ。中央大学法学部卒業。二〇一四年に『私が愛したサムライの娘』で第六回角川春樹小説賞を受賞してデビュー。ほかに「脳科学捜査官　真田夏希」シリーズなど。

猿島六人殺し　135

二階堂黎人■にかいどう・れいと■一九五九年東京都生まれ。一九九二年、『地獄の奇術師』でデビュー。鮎川哲也賞佳作入選の『吸血の家』も同年に刊行。『悪霊の館』『人狼城の恐怖』などの二階堂蘭子シリーズ、『軽井沢マジック』に始まる水乃サトル・シリーズなどを上梓。合作やアンソロジー編纂なども多い。

巨大幽霊マンモス事件　131

西尾維新■にしお・いしん■一九八一年生まれ。立命館大学中退。二〇〇二年、『クビキリサイクル』にて、第二三回メフィスト賞を受賞し、デビュー。ほかに「忘却探偵」シリーズ、「美少年」シリーズ、「返却怪盗」シリーズなど。

掟上今日子の備忘録　75

西澤保彦■にしざわ・やすひこ■一九六〇年高知県生まれ。米エカード大学卒。『聯殺』で第一回鮎川哲也賞最終候補。一九九五年『解体諸因』でデビュー。「異分子の彼女」で第七六回日本推理作家協会賞短編部門を受賞。ほかに『七回死んだ男』『依存』『身代わり』など。

悪魔を憐れむ　116
幽霊たち　151
沈黙の目撃者　172

仁科裕貴■にしな・ゆうき■広島県出身。二〇一四年『罪色の環　リジャッジメント』でデビュー。他に座敷童子の代理人シリーズや、後宮の夜叉姫シリーズなどがある。

罪色の環　69

似鳥鶏■にたどり・けい■　一九八一年千葉県生まれ。千葉大学教育学部卒。第十六回鮎川哲也賞で佳作入選した『理由あって冬に出る』が二〇〇七年に刊行されてデビュー。ほかに『名探偵誕生』『育休刑事』など著書多数。

いわゆる天使の文化祭　25
彼女の色に届くまで　125
叙述トリック短編集　149
推理大戦　210

野﨑まど■のざき・まど■一九七九年東京都生まれ。麻布大学獣医学部卒。二〇〇九年『[映]アムリタ』でメディアワークス文庫賞を受賞しデビュー。オリジナルアニメの脚本も務める。　他に『know』『バビロン』シリーズなど。

2　42

法月綸太郎■のりづき・りんたろう■一九六四年島根県生まれ。京都大学卒。在学時は京都大学推理小説研究会に所属。一九八八年、『密閉教室』でデビュー。二〇〇二年に「都市伝説パズル」で第五五回日本推理作家協会賞短編部門を、二〇〇五年に『生首に聞いてみろ』で第五回本格ミステリ大賞を受賞。他に『頼子のために』『キングを探せ』などのほか、多数の評論集を執筆。

キングを探せ　10
犯罪ホロスコープII　47
ノックス・マシン　52

萩原麻里■はぎわら・まり■兵庫県神戸市出身。神戸学院女子短期大学卒業。二〇〇一年『夜の王様 昼の王様』を出版したのち、第一〇回ティーンズハート大賞佳作受賞後、『ましろき花の散る朝に』でデビュー。ほかに「黒耀姫君」シリーズなど。

呪殺島の殺人　187

初野晴■はつの・せい■一九七三年生まれ。法政大学工学部卒。二〇〇二年『水の時計』で第二二回横溝正史ミステリ大賞を受賞しデビュー。ほかに「ハルチカ」シリーズ、『1/2の騎士』(『1/2の騎士～harujion～』を改題)など。

千年ジュリエット　36
向こう側の遊園　43

羽生飛鳥■はにゅう・あすか■一九八二年神奈川県生まれ。上智大学卒。二〇一八年に「屍実盛」で第一五回ミステリーズ！新人賞を受賞。二〇二一年、同作を収録した短編集『蝶として死す　平家物語推理抄』でデビュー。ほかの作品に『揺籃の都　平家物語推理抄』がある。児童文学作家としての筆名は齋藤飛鳥。

蝶として死す　206

葉真中顕■はまなか・あき■一九七六年東京都生まれ。二〇一三年に『ロスト・ケア』で第一六回日本ミステリー文学大賞新人賞を受賞してデビュー。一九年、『凍てつく太陽』で第二一回大藪春彦賞、第七二回日本推理作家協会賞を受賞。ほかに『絶叫』『そして、海の泡になる』『灼熱』など。

W県警の悲劇　161

早坂吝■はやさか・やぶさか■一九八八年大阪府生まれ。京都大学在学中は推理小説研究会に所属。二〇一四年『〇〇〇〇〇〇〇〇殺人事件』で第五〇回メフィスト賞を受賞し、デビュー。『誰も僕を裁けない』は本格ミステリ大賞候補作となる。他に『ドローン探偵と世界の終わりの館』『殺人犯対殺人鬼』など。

〇〇〇〇〇〇〇〇殺人事件　74
誰も僕を裁けない　107
双蛇密室　125
探偵AIのリアル・ディープラーニング　143

林泰広■はやし・やすひろ■一九六五年東京都生まれ。二〇〇二年『The unseen 見えない精霊』で「KAPPA-ONE 登龍門」第一期生に選抜されデビュー。ほかに『分かったで済むなら、名探偵はいらない』、『魔物が書いた理屈っぽいラヴレター』など。

オレだけが名探偵を知っている　188

はやみねかおる■はやみね・かおる■一九六四年三重県生まれ。『怪盗道化師（ピエロ）』が第三〇回講談社児童文学新人賞に佳作入選し一九九〇年に同作でデビュー。ほかに『そして五人がいなくなる』を含む「夢水清志郎事件ノート」シリーズ、「怪盗クイーン」シリーズ、「虹北恭助」シリーズや「都会（まち）のトム＆ソーヤ」シリーズなど。

名探偵夢水清志郎の事件簿2　41

幡大介■ばん・だいすけ■一九六八年栃木県生まれ。武蔵野美術大学造形学部卒業。二〇〇八年に「天下御免の信十郎」シリーズで時代小説家デビュー。著書に「大富豪同心」シリーズ、「独活の丙内密命録」シリーズなど。

猫間地獄のわらべ歌　39

東川篤哉■ひがしがわ・とくや■一九六八年広島県生まれ。岡山大学卒。二〇〇二年「KAPPA-ONE 登龍門」第一期生として、『密室の鍵貸します』で長編デビュー。『謎解きはディナーのあとで』で第八回本屋大賞受賞。ほかに『交換殺人には向かない夜』『仕掛島』など。本格ミステリ作家クラブ第五代会長を務める。

放課後はミステリーとともに　12
純喫茶「一服堂」の四季　75
探偵さえいなければ　128

東野圭吾■ひがしの・けいご■一九五八年大阪府大阪市生野区生まれ。大阪府立大学工学部卒。一九八五年『放課後』で第三一回江戸川乱歩賞を受賞しデビュー。ほかに「加賀恭一郎」シリーズ、「ガリレオ」シリーズ、「マスカレード」シリーズなど。

マスカレード・ホテル　21
沈黙のパレード　153

平石貴樹■ひらいし・たかき■一九四八年北海道函館市生まれ。東京大学文学部教授などを経て、現在は東京大学名誉教授。一九八三年、『虹のカマクーラ』で第七回すばる文学賞を受賞してデビュー。ほかの作品に『笑ってジグソー、殺してパズル』『だれもがポオを愛していた』『サロメの夢は血の夢』『スノーバウンド@札幌連続殺人』など。

松谷警部と三鷹の石　71
潮首岬に郭公の鳴く　172

深水黎一郎■ふかみ・れいいちろう■一九六三年山形県生まれ。二〇〇七年に『ウルチモ・トルッコ』（後に『最後のトリック』と改題）で第三六回メフィスト賞を受賞してデビュー。「人間の尊厳と八〇〇メートル」で日本推理作家協会賞短編部門を受賞。他に『大癋見警部の事件簿』『ミステリー・アリーナ』『虚像のアラベスク』『犯人選挙』など。

大癋見警部の事件簿　74
ミステリー・アリーナ　89
虚像のアラベスク　140

深緑野分■ふかみどり・のわき■一九八三年神奈川県生まれ。二〇一〇年、「オーブランの少女」で第七回ミステリーズ！新人賞の佳作に入選。二〇一三年、短編集『オーブランの少女』でデビュー。『戦場のコックたち』『ベルリンは晴れているか』『スタッフロール』で直木賞にノミネートされる。他に『この本を盗む者は』など。

戦場のコックたち　97

藤崎翔■ふじさき・しょう■一九八五年茨城県出身。二〇一四年『神様の裏の顔』で横溝正史ミステリ大賞を受賞しデビュー。元お笑い芸人で、ユーモアミステリを得意とする。他に『こんにちは刑事ちゃん』『OJOGIWA』『逆転美人』など。

おしい刑事　114

降田天■ふるた・てん■萩野瑛（一九八一年茨城県出身）と鮎川颯（一九八二年香川県出身）の合作ペンネーム。鮎川はぎの名義でライトノベル作家として活躍後、二〇一四年、降田天名義の『女王はかえらない』で第一三回『このミステリーがすごい！』大賞を受賞。「偽りの春」で第七一回日本推理作家協会賞短編部門を受賞。他に『すみれ屋敷の罪人』など。

偽りの春　165

古野まほろ■ふるの・まほろ■　東京大学法学部卒。リヨン大学修士課程修了。二〇〇七年に第三五回メフィスト賞受賞作『天帝のはしたなき果実』でデビュー。ほかに『探偵小説のためのエチュード「水剋火」』『パダム・パダム』など著書多数。警察官僚出身（デビュー当初は兼業）の経歴を活かし『警察官白書』等の新書も著している。

方丈貴恵■ほうじょう・きえ■一九八四年兵庫県生まれ。京都大学卒。在学時は京都大学推理小説研究会に所属。二〇一九年、『時空旅行者の砂時計』で第二九回鮎川哲也賞を受賞しデビュー。同作から続く「竜泉家の一族」シリーズとして『孤島の来訪者』『名探偵に甘美なる死を』がある。

松尾由美■まつお・ゆみ■一九六〇年石川県生まれ。お茶の水女子大学卒業。一九八九年に『異次元カフェテラス』で小説家デビュー。第一七回ハヤカワ・SFコンテストに入選したSFミステリ『バルーン・タウンの殺人』を一九九四年に刊行。ほかに『ハートブレイク・レストラン』など。

松本寛大■まつもと・かんだい■一九七一年北海道生まれ。二〇〇八年『玻璃の家』で第一回ばらのまち福山ミステリー文学新人賞を受賞。評論家、書評家としても活躍。

松本英哉■まつもと・ひでや■一九七四年兵庫県出身。ばらのまち福山ミステリー文学新人賞優秀作を受賞した『僕のアバターが斬殺ったのか』で二〇一六年にデビュー。

円居挽■まどい・ばん■一九八三年奈良県生まれ。京都大学卒。二〇〇九年『丸太町ルヴォワール』でデビュー。同作をはじめとした「ルヴォワール」シリーズのほか、「京都なぞとき四季報」シリーズ、「キングレオ」シリーズなど。

麻耶雄嵩■まや・ゆたか■一九六九年三重県生まれ。一九九一年『翼ある闇』でデビュー。『隻眼の少女』で第六四回日本推理作家協会賞と第一一回本格ミステリ大賞を受賞。『さよなら神様』で第一五回本格ミステリ大賞を受賞。ほかに『夏と冬の奏鳴曲』『鴉』『螢』など。

三上延■みかみ・えん■一九七一年神奈川県生まれ。二〇〇二年に第八回電撃小説大賞三次選考を通過した『ダーク・バイオレッツ』でデビュー。一一年に『ビブリア古書堂の事件手帖』を発表し、ベストセラーシリーズとなる。ほかに『江ノ島西浦写真館』『同潤会代官山アパートメント』など。

深木章子■みき・あきこ■一九四七年東京都出身。六十歳で弁護士を退職し、執筆を開始。第三回ばらのまち福山ミステリー文学新人賞受賞作『鬼畜の家』で二〇一一年にデビュー。『衣更月家の一族』と『螺旋の底』は本格ミステリ大賞の候補作となる。他に『敗者の告白』『消人屋敷の殺人』『罠』など。

汀こるもの■みぎわ・こるもの■一九七七年生まれ。追手門学院大学文学部卒。二〇〇八年『パラダイス・クローズド』で第三七回メフィスト賞を受賞しデビュー。同作をはじめとした「THANATOS」シリーズのほか、「出屋敷市子」シリーズ、「煮売屋なびきの謎解き仕度」シリーズ、など。

岬鷺宮■みさき・さぎのみや■静岡県浜松市出身。二〇一二年に『失恋探偵ももせ』で第一九回電撃小説大賞・電撃文庫MAGAZINE賞を受賞し、同誌にて連載開始。翌年、文庫として刊行され、シリーズ化する。ミステリとしては他に『失恋探偵の調査ノート　放課後の探偵と迷える見習い助手』がある。

水生大海■みずき・ひろみ■三重県生まれ。二〇〇八年に『少女たちの羅針盤』で第一回ばらのまち福山ミステリー文学新人賞優秀作を受賞してデビュー。ほかに『ランチ探偵』『ひよっこ社労士のヒナコ』『最後のページをめくるまで』など。

道尾秀介■みちお・しゅうすけ■一九七五年兵庫県出身。二〇〇四年『背の眼』でホラーサスペンス大賞特別賞を受賞しデビュー。『シャドウ』で本格ミステリ大賞、『カラスの親指』で日本推理作家協会賞、『龍神の雨』で大藪春彦賞、『光媒の花』で山本周五郎賞、『月と蟹』で直木賞受賞を受賞する。他に『向日葵の咲かない夏』『骸の爪』『ラットマン』など著書多数。

三津田信三■みつだ・しんぞう■奈良県生まれ。編集者を経て二〇〇一年に『ホラー作家の棲む家』でデビュー。一〇年に『水魑の如き沈むもの』で第一〇回本格ミステリ大賞を受賞。ほかに『厭魅の如き憑くもの』『碆霊の如き祀るもの』『どこの家にも怖いものはいる』『犯罪乱歩幻想』など。

皆川博子■みながわ・ひろこ■一九二九年京城生まれ。七二年に『海と十字架』でデビュー。七三年に「アルカディアの夏」で第二〇回小説現代新人賞を受賞。八五年に『壁──旅芝居殺人事件』で第三八回日本推理作家協会賞、九八年に『死の泉』で第三二回吉川英治文学賞、二〇一二年に『開かせていただき光栄です』で第一二回本格ミステリ大賞を受賞するなど受賞歴多数。

村崎友■むらさき・ゆう■一九七三年京都府生まれ。成城大学文学部卒。二〇〇四年『風の歌、星の口笛』で第二四回横溝正史ミステリ大賞を受賞してデビュー。ほかに『風琴密室』など。

桃野雑派■もの・ざっぱ■一九八〇年京都府生まれ。「桃ノ雑派」名義でアダルトゲームのシナリオライターとして活動。二〇二一年、『老虎残夢』で第六七回江戸川乱歩賞を受賞し現名義で小説家デビュー。他の作品に『星くずの殺人』。

老虎残夢　212

森川智喜■もりかわ・ともき■一九八四年香川県生まれ。京都大学大学院理学研究科物理学専攻修士課程修了。二〇一〇年『キャットフード 名探偵三途川理と注文の多い館の殺人』(『キャットフード』に改題)でデビュー。同作をはじめとした「名探偵三途川理」シリーズのほか、『半導体探偵マキナの未定義な冒険』、『そのナイフでは殺せない』など。

スノーホワイト　50

死者と言葉を交わすなかれ　193

門前典之■もんぜん・のりゆき■二〇〇一年、『建築屍材』で第一一回鮎川哲也賞を受賞してデビュー。ほかの作品に『浮遊封館』『屍の命題』『首なし男と踊る生首』『卵の中の刺殺体』『友が消えた夏』など。

灰王家の怪人　18

エンデンジャード・トリック　182

矢樹純■やぎ・じゅん■一九七六年青森県生まれ。弘前大学卒。二〇〇二年より漫画家の妹とのコンビで漫画原作者として活動。二〇一二年、『Ｓのための覚え書き かごめ荘連続殺人事件』が第一〇回『このミステリーがすごい!』大賞隠し玉として刊行され小説家デビュー。二〇二〇年「夫の骨」で第七三回日本推理作家協会賞受賞。

マザー・マーダー　214

八槻翔■やつき・しょう■東京都生まれ。二〇一六年「オカルトトリック」でＫＤＰ作家としてデビュー。二〇一八年、ＫＤＰで発表した「天空城殺人事件～もしＲＰＧの世界で殺人事件が起こったら。～①」が『天空城殺人事件』として書籍化。

天空城殺人事件　140

山形石雄■やまがた・いしお■一九八二年神奈川県生まれ。東海大学大学中の二〇〇五年『戦う司書と恋する爆弾』で第四回スーパーダッシュ小説新人賞大賞を受賞しデビュー。シリーズ化(全一〇巻)され二〇〇九年にテレビアニメ化。続く『六花の勇者』も二〇一五年にテレビアニメ化された。

六花の勇者　20

山口雅也■やまぐち・まさや■一九五四年神奈川県生まれ。早稲田大学在学中からミステリに限らない幅広い分野で執筆活動をしていたが、一九八九年、『生ける屍の死』で長編デビュー。一九九五年、『日本殺人事件』で第四八回日本推理作家協会賞短編および連作短編集部門受賞。ほかに「キッド・ピストルズ」シリーズ、『ミステリーズ』、『奇偶』など。

謎の謎その他の謎　42

山田正紀■やまだ・まさき■一九五〇年愛知県生まれ。一九七四年に中編「神狩り」でデビュー。ＳＦ作家として作品がたびたび星雲賞を受賞し、一九八二年『最後の敵』で第三回日本ＳＦ大賞を受賞する一方、二〇〇二年『ミステリ・オペラ』が第二回本格ミステリ大賞と第五五回日本推理作家協会賞を受賞する。他のミステリ作品に『神曲法廷』、「囮捜査官」シリーズなど。

ファイナル・オペラ　35

山本巧次■やまもと・こうじ■一九六〇年和

歌山県生まれ。鉄道会社に勤務。二〇一五年、『大江戸科学捜査　八丁堀のおゆう』で『このミステリーがすごい！』大賞の隠し玉としてデビュー。二〇一八年、『阪堺電車177号の追憶』で第六回大阪ほんま本大賞を受賞。ほかに『開化鉄道探偵』、『軍艦探偵』、『満鉄探偵　欧亜急行の殺人』、『乳頭温泉から消えた女』など。

開化鉄道探偵　127

山本弘■やまもと・ひろし■一九五六年京都生まれ。グループSNE所属を経て独立。SF作家、ゲームデザイナー。『神は沈黙せず』『アイの物語』『MM9』『詩羽のいる街』『プロジェクトぴあの』など、著書多数。『去年はいい年になるだろう』で第四二回星雲賞日本長編部門（小説）受賞。

僕の光輝く世界　69

結城真一郎■ゆうき・しんいちろう■一九九一年生まれ。東京大学法学部卒。二〇一八年『名もなき星の哀歌』（応募時のタイトルは「スターダスト・ナイト」）で第五回新潮ミステリー大賞を受賞しデビュー。ほかに『＃真相をお話しします』など。

プロジェクト・インソムニア　189

救国ゲーム　214

夕木春央■ゆうき・はるお■一九九三年生まれ。二〇一九年『絞首商會』（「絞首商会の後継人」を改題）で第六〇回メフィスト賞を受賞しデビュー。ほかに『方舟』など。

サーカスから来た執達吏　213

柚月裕子■ゆづき・ゆうこ■一九六八年岩手県出身。第七回『このミステリーがすごい！』大賞受賞作『臨床真理』で二〇〇九年にデビュー。『検事の本懐』で第一五回大藪春彦賞を受賞。『孤狼の血』で第六九回日本推理作家協会賞を受賞。他に『最後の証人』『盤上の向日葵』など。

合理的にあり得ない　123

横山秀夫■よこやま・ひでお■一九五七年東京都生まれ。大学卒業後、新聞社に勤務。一九九一年『ルパンの消息』での第九回サントリーミステリー大賞佳作受賞を機に退社。一九九八年『陰の季節』で第五回松本清張賞を受賞し、デビュー。二〇〇〇年「動機」で第五三回日本推理作家協会賞短編部門を受賞。他に『第三の時効』『半落ち』『ノースライト』など。

64（ロクヨン）　44

吉田恭教■よしだ・やすのり■一九六〇年佐賀県生まれ。二〇一一年に『変若水』で第三回ばらのまち福山ミステリー文学新人賞優秀作に選ばれデビュー。ほかの著書に『化身の哭く森』『凶血　公安調査官　霧坂美紅』など。

凶眼の魔女　100

米澤穂信■よねざわ・ほのぶ■一九七八年岐阜県出身。二〇〇一年、第五回角川学園小説大賞ヤングミステリー&ホラー部門奨励賞を受賞した『氷菓』でデビュー。『折れた竜骨』で第六四回日本推理作家協会賞、『満願』で第二七回山本周五郎賞、『黒牢城』で第一二回山田風太郎賞・第一六六回直木賞・第二二回本格ミステリ大賞をそれぞれ受賞。他に『追想五断章』など。

満願　68

王とサーカス　95

いまさら翼といわれても　117

本と鍵の季節　154

黒牢城　202

詠坂雄二■よみさか・ゆうじ■一九七九年生

まれ。二〇〇七年に「KAPPA-ONE 登龍門」を受賞した『リロ・グラ・シスタ』でデビュー。ほかに『遠海事件』『電氣人間の虞』など。

連城三紀彦■れんじょう・みきひこ■一九四八年愛知県生まれ。早稲田大学卒。一九七九年「変調二人羽織」で第三回幻影城新人賞小説部門に入選しデビュー。「戻り川心中」で第三四回日本推理作家協会賞、『恋文』で第九一回直木賞など受賞歴多数。二〇一三年没。没後、第一八回日本ミステリー文学大賞特別賞が贈られた。

若竹七海■わかたけ・ななみ■一九六三年東京都生まれ。一九九一年、『ぼくのミステリな日常』でデビュー。「暗い越流」で第六六回日本推理作家協会賞短編部門を受賞。他に『心のなかの冷たい何か』『ヴィラ・マグノリアの殺人』『依頼人は死んだ』『パラダイス・ガーデンの喪失』など。

【編著者】探偵小説研究会（たんていしょうせつけんきゅうかい）
1995 年に創元推理評論賞の選考委員と受賞者らを中心に結成。
おもに探偵小説に関する多面的な研究、評論活動を行っている。
編著に『本格ミステリ・ベスト 100 1975-1994』（東京創元社）、
『本格ミステリ・クロニクル 300』『本格ミステリ・ディケイド 300』（原書房）などのほか、
各メンバーが各紙誌書評、評論活動などで活躍している。
また、2006 年から機関誌『ＣＲＩＴＩＣＡ』を発行。

本格ミステリ・エターナル 300

2023 年 11 月 30 日　初版第一刷発行
2024 年 3 月 15 日　二版第一刷発行

編著者　探偵小説研究会

装幀　松木美紀

発行所　（株）行舟文化

発行者　シュウ ヨウ

福岡県福岡市東区土井 2-7-5
ＨＰ　http://www.gyoshu.co.jp
E-mail　info@gyoshu.co.jp
ＴＥＬ　092-982-8463
ＦＡＸ　092-982-3372

印刷・製本　シナノ書籍印刷株式会社

落丁乱丁のある場合は送料小社負担でお取替え致します。

ISBN978-4-909735-16-4, Printed in Japan